GABRIELA GROSS

Das Goldblütenhaus – Im Licht der Hoffnung

Weitere Titel der Autorin:

Das Goldblütenhaus – Der Ruf einer neuen Zeit

Titel auch als Hörbuch erhältlich

Über die Autorin:

Gabriela Groß ist das Pseudonym einer Autorin, die 13 Jahre Drehbücher fürs Hauptabendprogramm (ARD und ORF) sowie Kinder- und Jugendbücher geschrieben hat. Zuletzt hat sie mehrere Romane veröffentlicht. Sie liebt Blumen, besonders die Ringelblume, was sie zu der Idee einer Trilogie rund um diese besondere Pflanze inspiriert hat.

GABRIELA GROSS

DAS GOLDBLÜTENHAUS

IM LICHT DER HOFFNUNG

ROMAN

lübbe

Dieser Titel ist auch als E-Book erschienen

Die Bastei Lübbe AG verfolgt eine nachhaltige Buchproduktion. Wir verwenden Papiere aus nachhaltiger Forstwirtschaft und verzichten darauf, Bücher einzeln in Folie zu verpacken. Wir stellen unsere Bücher in Deutschland und Europa (EU) her und arbeiten mit den Druckereien kontinuierlich an einer positiven Ökobilanz.

FSC www.fsc.org MIX Papier aus verantwortungsvollen Quellen FSC® C014496

Originalausgabe

Textredaktion: Dr. Ulrike Brandt-Schwarze, Bonn
Einband-/Umschlagmotive: © AA11902385; © www.buersosued.de
Umschlaggestaltung: www.buerosued.de
Satz: Dörlemann Satz, Lemförde
Gesetzt aus der Minon Pro
Druck und Verarbeitung: GGP Media GmbH, Pößneck
Printed in Germany
ISBN 978-3-404-18780-5
2 4 5 3 1
Sie finden uns im Internet unter luebbe.de
Bitte beachten Sie auch: lesejury.de

PROLOG

Tegernsee, 1964

Die Kinderstimme hallte laut vom Gang wider. »Papi!«

Alfons vollführte eine halbe Drehung, schon flog die Tür zum Labor auf, und Annie erschien im Türrahmen. Ihre kleinen Füße trappelten geschwind über den Boden, geradewegs auf ihn zu.

»Papi, da bist du ja«, rief sie.

Alfons fing sein Töchterchen auf und umschlang es mit väterlicher Liebe.

»Mami und ich haben gestern ganz lange auf dich gewartet, aber dann musste ich ins Bett«, schalt sie ihn, lächelte jedoch dabei. Rasch schob sie sich die Hand vor den Mund und flüsterte verschwörerisch zwischen den Fingern hervor: »Mami hat sich Sorgen gemacht. Aber als ich ihr einen Kuss gegeben habe, war alles wieder gut.«

Alfons setzte eine ehrlich betrübte Miene auf. »Ich muss eingenickt sein, Annie. Ich hoffe, du und Mami verzeiht mir.«

»Nur, wenn du uns ganz doll bittest …«, Annalena hatte den leicht vorwurfsvollen Ton ihrer Mutter angenommen, zwinkerte Alfons jedoch weiterhin verschmitzt zu. Sie liebte es, die Rolle der Beschützerin und auch die einer Lehrerin einzunehmen, die einen Fehler anmerkte, damit er nicht wieder vorkam.

Alfons schaute zur Tür, wo Hedi abwartend stand. Das blonde Haar umrahmte ihr fein geschnittenes Gesicht. Wie immer war sie perfekt frisiert und gekleidet. Seine Frau war wunderschön. Alfons lächelte.

Als er ihr 1947 im Café Wien in Berlin zum ersten Mal begegnet war, hatte er denselben forschenden Blick in ihren Augen entdeckt. Dieser Blick hatte ihm sogleich klargemacht, dass sie ein Mensch war, der genau hinsah und sich nichts vormachen ließ. Mit einer Frau wie ihr würde er den Weg, den er vor sich sah, gehen können …

»Guten Morgen, mein Herz.« Alfons warf Hedi eine Kusshand zu und blickte kurz auf den Spruch, der eingerahmt über der Tür hing: *Schau nur zurück, wenn du dort etwas findest, das der Zukunft dienlich ist.* Nach vorn denken, nach diesem Motto lebten alle, die bei Glanz arbeiteten – Alfons an vorderster Stelle.

Er arbeitete gern im Team, doch wenn sich die Dunkelheit über das Labor senkte und alle anderen gegangen waren, begannen seine produktivsten Stunden. Dann forschte, mischte und verwarf er, ohne Fragen beantworten zu müssen. Oft vergaß er die Zeit und wurde erst morgens, den Kopf auf der Tischplatte liegend, von der flirrenden Helligkeit des anbrechenden Tages geweckt.

Hedi kam näher und blieb vor Alfons stehen. Sie strahlte das Selbstbewusstsein und den natürlichen Charme aus, die ausnehmend hübsche Frauen von anderen unterschieden – allerdings auf eine so unaufgeregte Weise, dass Alfons sich jedes Mal aufs Neue wunderte, dass ausgerechnet seine Frau nicht zu wissen schien, wie schön sie war.

»Diesen Monat bist du viermal nicht nach Hause gekommen und hast im Labor übernachtet. Ich verstehe, dass dieser Pflegestift dir keine Ruhe lässt, aber du musst auch schlafen, Alfons.«

Der Tadel, den Alfons aus ihren Worten heraushörte, wurde durch das Lächeln, das ihre Lippen umspielte, abgemildert. Hedi hielt akribisch nach, wie oft er sich am Ende einer Testreihe wähnte und dieses angenommene Ende dann wieder verwarf. Er blinzelte. Die Müdigkeit stand ihm vermutlich ins Gesicht geschrieben. Rasch presste er Daumen und Zeigefinger auf die

Schläfen, sodass die typische Denkerfalte zwischen seinen Augen erschien.

Die Reise des Forschens hatte begonnen, als er in Grasse im Labor seines französischen Kollegen Gérard die Goldblütencreme entwickelt hatte. Er hatte die Rezeptur dieser Creme unzählige Male überarbeitet, bis ihm eine Konsistenz gelungen war, die die Haut glatt und zart machte und deren Herstellung er sich leisten konnte. Seine Hartnäckigkeit hatte sich bezahlt gemacht. Am Tag darauf hatte er mit seinem Freund Gérard bei einem Glas Pastis im Bistro an der Straßenecke auf seinen Durchbruch angestoßen. An jenem Tag hatte er den Grundstein der Firma Glanz gelegt. Hedi war er erst einige Monate später begegnet. Und auch bei ihr war er sich sofort sicher gewesen. Sie war die Richtige – die Frau, mit der er eine Familie gründen und mit der er sein Leben verbringen wollte.

Annalena öffnete ihre kleine Hand wie Blütenblätter und zeigte Alfons vier Finger. Für jede Nacht, die er nicht daheim gewesen war, einen.

Erneut setzte sie zum Reden an. »Warum machst du einen Pflegestift, Papi?« Sie sah ihn mit zusammengekniffenen Augen an und nestelte am Ende ihres Rocksaums. Sie machte immer etwas mit ihren Händen, zupfte an der Kleidung herum, zog an ihren Fingern und lächelte dabei zufrieden.

»Damit sich unsere Lippen immer geschmeidig anfühlen. Die Lippenhaut hat nur wenige Talgdrüsen, deshalb fühlt sich die Haut dort häufig trocken und spröde an. Besonders merken wir das bei Kälte oder unter starker Sonneneinstrahlung.«

Annie hörte ihm zu und fuhr dabei mit dem Zeigefinger immer wieder über ihre Lippen. »Aber wer spielt mit mir, wenn du nicht heimkommst? Wer bringt mich zum Lachen?«, fragte sie ihn mit der kindlichen Unschuld, die er so an ihr mochte.

Das Grübchen in ihrem Kinn weitete sich, als sie ihn mit ihrem zuckersüßen Blick bedachte. Sogleich zog Alfons eine Grimasse, und Annie quietschte vor Vergnügen. Wenn er abends nach Hause kam, spielten sie oft Grimassenschneiden, dann versuchte er mit verdrehten Augen, einer Geste oder Handbewegung darzustellen, wie sein Tag verlaufen war – und Annie ahmte ihn nach. Dieses Spiel war sein schönster Ausgleich, bevor er sich mit Frau und Tochter zu einem gemütlichen Essen an den Tisch setzte.

»Heute Abend schneiden wir Grimassen, ganz lange. Nur du und ich.« Alfons hob Annie hoch und sah sie liebevoll an. »Und in nächster Zeit komme ich wieder pünktlich heim. Und sollte es doch einmal später werden, darfst du mich durchkitzeln.« Ja, es war die Zeit des Wirtschaftsbooms, aber nichts war so wichtig wie seine Familie.

Annie trommelte mit den Händen auf seiner Schulter und kicherte. »Au ja. Dann kitzle ich dich, bis du nicht mehr lachen kannst.«

Alfons setzte sie ab, trat ans Waschbecken und wusch sich Gesicht und Hände. Er brauchte nur einen ruhigen Moment, und schon überdeckte die Lebendigkeit in seinen Augen die Müdigkeit, die der Zeitdruck, unter dem er stand, auf sein Gesicht zeichnete. Er hatte seinen Abnehmern schon vor Monaten ein herausragendes Produkt angekündigt. Die Goldblüten-Lippenpflege sollte längst auf dem Markt sein. Die Konkurrenz schlief nicht. Doch sein Anspruch, Produkte zu entwickeln, die lange auf dem Markt blieben, machte ihm mitunter einen Strich durch die Rechnung. So manche Testreihe dauerte weit länger, als er angenommen hatte, und oft fiel ihm noch etwas ein, das er ändern wollte.

Seit Anfang des Jahres gaben sie zudem Nachrichten in Form einer kleinen Zeitung an ihre Kunden heraus. Die Publikationen, die verständlich geschrieben und mit ansprechenden Bildern und Fotos versehen waren, kamen gut an. Dort hatte er bereits mehrere Artikel über raue Lippen platziert, um den Boden für das neue Produkt zu ebnen. Er trocknete sich die Hände ab, schlüpfte aus dem Arbeitsmantel und ging mit Hedi auf den runden Metalltisch zu.

»Die Kartons sind da. Die Hülsen auch«, stellte Hedi überrascht fest.

»Und die Rezeptur steht. Diesmal ist es so weit!«

»Du bleibst also bei der letzten Rezeptur?« Hedi wandte sich den verschiedenen Behältnissen zu. Mischungen, die Alfons' Mitarbeiter jeden Tag aufs Neue herstellten.

Alfons setzte seine Hornbrille auf. »Der Pflegestift weist endlich die perfekte Mischung aus Cremigkeit und Festigkeit auf, sodass er bei täglichem Gebrauch nicht abbricht. Er wird den kosmetischen Ansprüchen unserer Kunden gerecht. Wir können in Produktion gehen.« Alfons zwirbelte seinen Schnurrbart, eine Geste des Tatendrangs.

Die Mischung, an der er seit Langem getüftelt hatte, bestand aus hochwertigen, pflegenden Wachsen und Ölen sowie Ringelblumenextrakt. Das Jojobaöl, das er einsetzte, war in Alfons' Augen ein Wundermittel, es schützte die Haut lang anhaltend vor Feuchtigkeitsverlust, und seit einigen Jahren gab es kommerziellen Anbau in Amerika. Außerdem hielt sich das aus dem Strauch gewonnene Wachs jahrelang, wenn es an einem dunklen Ort unter fünfundzwanzig Grad Celsius gelagert wurde.

Er griff nach der verschließbaren dunklen Flasche auf seinem Arbeitstisch und trug sie in den Nebenraum. Als er zurückkam, hatte Annie sich mit einem Buch an seinen Arbeitstisch gesetzt. Aufmerksam blätterte sie darin. Alfons beugte sich zu ihr hinab und deutete auf eine Abbildung. »Der Jojobastrauch wird bis zu zweieinhalb Meter hoch, er trägt das ganze Jahr sein grünes Blätterkleid und wird mehrere hundert Jahre alt.«

Das Mädchen sah staunend auf. Alfons meinte, seiner Tochter anzusehen, dass sie krampfhaft überlegte. »Dann lebt der Strauch ja länger als Mami und du … und sogar länger als ich?«, brachte sie schließlich hervor.

»Die Natur birgt ganz, ganz viele Überraschungen, Annie. Deshalb bleibe ich manchmal länger im Labor … um mit ein bisschen Glück eins dieser Geheimnisse zu entschlüsseln.« Alfons stupste mit dem Zeigefinger auf ihre Nase. »Und wenn mich dieses süße Gesicht nicht täuscht, enträtselst du später ebenfalls ein paar dieser Geheimnisse und schenkst sie deinen Mitmenschen.«

Annie sah sich um und nickte zufrieden. »Dann stelle ich da drüben ein Bett auf, damit ich nicht mit dem Kopf auf dem Tisch schlafen muss so wie du, Papi.«

Alfons lachte. Er griff nach den Hülsen, die er zur Ansicht hatte kommen lassen. Aluminium war seit Anfang der Fünfzigerjahre durch Kunststoff ersetzt worden, weil das leichter und moderner wirkte. Sein Goldblüten-Pflegestift käme per Drehverschluss aus dem Stift heraus, damit niemand mehr die Finger benutzen musste, um sich die Lippen einzucremen. Menschen ließen sich gern von etwas Gutem überzeugen, und er würde seine Kunden mit dem neuen Pflegestift begeistern, den man auch unter Lippenstiften, die die Lippen oft austrockneten, verwenden konnte.

»Trockene Lippen sind also bald Vergangenheit?«, nahm Hedi das Gespräch wieder auf.

Alfons nickte eifrig. »Jojobaöl hinterlässt keinen unangenehm fettigen Film. Die Feuchtigkeit wird von der Haut schnell aufgenommen. Ich kann noch gar nicht glauben, dass uns so ein wunderbares Produkt gelungen ist.«

Hedi schnupperte an der Mischung.

»Ein angenehm zarter Geruch, findest du nicht auch?«, fragte Alfons.

Hedi nickte zufrieden. »Das duftet ganz wunderbar. Du hast hervorragende Arbeit geleistet.«

Alfons langte nach dem Karton, in dem der Pflegestift in die Läden gehen würde, sonnengelb mit einem einprägsamen Schriftzug, und reichte ihn Hedi.

»Goldblüten-Pflegestift«, las Hedi mit Stolz in der Stimme und küsste Alfons auf die Wange.

Alfons nahm den Karton wieder an sich und schob ihn zur Seite. Annie hielt ihm ihre Kussschnute entgegen. »Küssen, Papi. Wie Mami«, verlangte sie.

Alfons hielt Annalena seine Wange hin und bekam einen lauten Schmatzer.

»Wenn alles so gut läuft, können wir ja heimgehen und gemeinsam frühstücken … bevor du dich hier wieder verschanzt«, sagte Hedi.

Sie hatte alle Argumente auf ihrer Seite, deshalb hütete Alfons sich zu widersprechen. »Einverstanden. Ich sehe schon ein großes, leckeres Frühstück vor mir … für die Grimassenschneider vom Tegernsee«, fügte er in Annies Richtung hinzu.

»Au ja. Darf ich zwei Eier essen? Ich bin doch schon groß«, gluckste die Kleine.

»Wir fangen mit einem Ei an, dann sehen wir weiter«, versprach Hedi und strich ihrer Tochter liebevoll übers Haar.

Alfons beobachtete seine beiden Frauen, wie er sie im Stillen nannte, zog sich das Jackett über und trat mit Hedi und Annalena hinaus in die Sonne.

Sie stiegen ins Auto und machten sich auf den Weg nach Hause. Wenn Alfons auf das Haus zufuhr, sah er das Blau des Tegernsees immer schon durch die Bäume hindurch. Im Goldblütenhaus – wie die Einheimischen den Stammsitz mit dem Mosaik der Goldblüte an der Vorderfront nannten – überkam ihn jedes Mal tiefe Dankbarkeit. Hier tankte er auf, genoss das

Familienleben und hoffte auf weitere Kinder. Eine große Familie war sein innigster Wunsch.

Alfons hielt auf dem Vorplatz an, und Hedi und Annie stiegen aus. Während er den Wagen in die Garage lenkte, überfiel ihn plötzlich die Erinnerung an jenen Abend … Letztes Jahr in München hatte Hedi ihn während eines Tanzes weggestoßen, hatte ihr bodenlanges Kleid gerafft, war ohne ein weiteres Wort fortgelaufen und hatte ihn bestürzt zurückgelassen. Ausgerechnet in der festlichen Atmosphäre im Hotel Bayerischer Hof, während eines Kosmetikkongresses mit anschließender Abendveranstaltung hatte sie ihm wieder vor Augen geführt, dass das Goldblütenhaus nicht nur Glück und Freude kannte, sondern auch ihre größte Trauer barg – ihr Geheimnis, wie er sie einmal leise murmeln gehört hatte.

Über dieses Kümmernis war Gras gewachsen, doch es würde nie hoch genug sein, um den Grund, weshalb Hedi weggelaufen war, zu vergessen …

Kopfüber ins Leben

Lass dich ohne Angst und Zweifel in jeden Tag hineinfallen, das bedeutet es, voll und ganz zu leben …

1.

Kopenhagen, Dänemark, September

»Mehr und mehr begann sie, die Menschen zu lieben, mehr und mehr wünschte sie, zu ihnen aufsteigen zu können, deren Welt ihr weit größer zu sein schien als die ihrige …«

Ella Glanz stand vor dem Wahrzeichen von Kopenhagen, der Kleinen Meerjungfrau, und betrachtete die Bronzefigur, deren Körper die morgendlichen Sonnenstrahlen reflektierte. »Ich habe die Märchen von Hans Christian Andersen geliebt. Ganz besonders *Die kleine Meerjungfrau.* Mama musste uns die Geschichte immer wieder vorlesen. Irgendwann konnten Leonie und ich sie auswendig.«

Ellas Augen versuchten, jedes Detail der im Hafenbecken auf einem runden Felsen sitzenden Figur einzufangen. »Dieser sehnsüchtige Blick … Edvard Eriksen hat so viel Gefühl in dieses Kunstwerk gelegt.« Sie drehte sich zu Timo um, der sie ansah, als hätte es ihm die Sprache verschlagen.

»Weißt du, was ich besonders an dir liebe? Das unglaubliche Strahlen in deinen Augen in den unscheinbarsten Momenten.«

Ella schlang die Arme um seinen Hals. Wenn sie zusammen waren, schien die Luft zu flirren. Es war einzigartig – magisch. »Und weißt du, was ich an dir liebe? Die Gabe, meine Empfindungen aufzunehmen, bevor ich sie selbst bemerke. Du gibst mir die Möglichkeit, mir selbst näher zu kommen als je zuvor.«

Schon bei ihrem zweiten Treffen vor über einem Jahr hatte Ella das Gefühl gehabt, als würde Timo ihre Emotionen bündeln, sie in Blicke übersetzen, und schon wusste sie, wo sie stand.

»Klingt super«, hatte Leonie befunden, als sie ihr davon erzählte. »Du solltest diesen Mann unbedingt wiedersehen.«

Das hatte Ella getan, und nun standen Timo und sie hier, als Paar mit einer vielversprechenden Zukunft. Ella genoss Timos einnehmendes Lächeln und seine wohlklingende Stimme – sein Timbre und sein offener Blick gaben nicht nur ihr, sondern auch anderen das Gefühl, ihm vertrauen zu können. Sie war seit gut einem Jahr mit Timo zusammen, und auf ihren Wunsch hin hatten sie ausgemacht, es langsam angehen zu lassen, doch in letzter Zeit malte sich Ella immer häufiger aus, wie es wäre, mit Timo gemeinsam in dem Familiensitz der Glanz' zu wohnen, dem Goldblütenhaus am Tegernsee. Dort lebte die gesamte Glanz-Familie unter einem Dach: ihre Großmutter Hedi, ihre Mutter Annalena, ihre Schwester Leonie und Ella selbst. Von diesem Traum hatte sie Timo allerdings noch nichts erzählt.

Timo strich ihr übers Haar und holte sie aus ihren Gedanken. »Sollen wir den Rest der Stadt unsicher machen? Ich lade dich auch auf einen Kaffee und ein Stück Kuchen ein.«

»Kuchen zum Frühstück? Die Idee hätte von mir sein können«, rief Ella.

Sie schwangen sich auf ihre Räder. Es waren die letzten Septembertage. Schon seit Tagen war das Wetter prachtvoll, auch in Kopenhagen. Die Temperaturen waren ungewöhnlich mild – Spätsommer vom Feinsten. Die Bäume waren noch dicht belaubt, strahlten in wunderbarem Grün – gelbe und rote Blätter ließen noch auf sich warten.

Nach einer kurzen Fahrt setzten sie sich in einem hübschen kleinen Café an einen runden Tisch, um den Bambussessel vor einem großzügigen Fenster standen, das sich über die gesamte Fassade erstreckte. Neben dem Fenster hing Efeu in Blumenampeln, dessen Blätter eine auffällig weiß-grüne Musterung aufwiesen.

»Ich möchte unbedingt den dänischen Schichtkuchen probieren, von dem du letztens so geschwärmt hast. Englische Creme, knuspriger Biskuitboden und Aprikosenmarmelade«, las Ella leise aus der Speisekarte vor. »Da läuft mir das Wasser im Mund zusammen.« Sie sah auf und blinzelte, weil die Sonne durch das Fenster hereinschien.

Timo winkte der Kellnerin.

»Guten Morgen. Was darf ich euch bringen?« Die fröhliche und offene Art der jungen Frau mit der weißen Schürze stand im Kontrast zu ihrem streng nach hinten gekämmten Haar, das sie in einem klassischen Dutt trug.

»Zwei Milchkaffee und zwei Stück Dansk Lagkage bitte«, sagte Timo.

Wenige Minuten später kam die Kellnerin mit einem runden Silbertablett zurück, das sie gekonnt auf ihrer Handfläche balancierte, und stellte Kaffeebecher und Kuchenteller vor ihnen ab. Sie wünschte ihnen guten Appetit und ging weiter, um die nächste Bestellung aufzunehmen.

Ella nahm einen Schluck Kaffee und verdrehte genüsslich die Augen. »Solche entspannten Vormittage sind Gold wert. Da tanke ich auf.«

»Geht mir genauso. Besonders, wenn du dabei bist. Dann wird aus Gold Platin.« Timo stach mit der Gabel ein kleines Stück Kuchen ab und zwinkerte Ella zu. Er war zärtlich und aufmerksam – eben goldrichtig für sie. Sie aßen in Ruhe und genossen eine Weile einfach ihre Zweisamkeit, bevor sie sich mit dem Rad auf den Weg zu Schloss Amalienborg machten.

Ella liebte Geschwindigkeit und Sinneseindrücke. Zu Hause am Tegernsee nahm sie beides während ihrer Spritztouren mit dem Auto wahr. Doch in Kopenhagen fuhr gefühlt jeder mit dem Rad.

»Du kennst noch viel zu wenig von der Stadt, und das ist die ideale Möglichkeit, Kopenhagen in seiner ganzen Vielfalt zu erleben«, hatte Timo ihr versichert, als er eine längere Radtour vorschlug. »Es gibt allerdings einige Regeln, die zu beachten sind.« Sein Gesicht hatte sich zu einem Grinsen verzogen. »Ich möchte schließlich nicht, dass du hier zur Verkehrssünderin wirst.«

Ella hatte Timo einen leichten Schubs gegeben. »Ich kann dir versichern, ich beherrsche die Grundregeln des Fahrradfahrens aus dem Effeff. Schulterblick, wenn ich zum Überholen ausscheren will. Klingeln, um zu Überholende zu warnen. Handzeichen beim Abbiegen …«

»… und den Arm nach oben strecken, sobald du langsamer wirst oder anhalten möchtest.«

»Und was ist mit freihändig fahren? Darin hab ich nämlich jahrelange Übung.«

»Wenn du freie Bahn hast, ist alles erlaubt.«

Früher war ihr Bruder Alexander mit seinen Freunden oft freihändig gefahren, Leonie und sie hatten heimlich geübt, um mitzuhalten. Was hatten sie damals für einen Spaß gehabt!

»Meine beiden Nesthäkchen«, hatte Alex sie gerufen, wenn seine Freunde fort waren. Als Kind hatte Ella das auf die Palme gebracht, heute rief die Erinnerung wehmütige Gefühle in ihr hervor, denn er lebte nicht mehr.

Ella fuhr auf dem Radweg, der von der Fahrbahn getrennt war. Nicht zuletzt das trug zum Wohlbefinden bei, wenn man die Stadt per Drahtesel erkundete. Sie kamen an einer Kirche vorbei, der Turm erhob sich über die Baumkronen.

»Es ist nicht mehr weit. Gleich sind wir da«, versprach Timo mit einem raschen Blick nach hinten.

Ella nahm die Hände von der Lenkstange. Der Wind fuhr ihr durchs Haar, strich über Gesicht und Hände, als wolle er sie liebkosen. Alle Gedanken flogen davon. Es gab nur noch sie, das Rad und den Wind. Sie stieß einen Glücksschrei aus, der tief aus ihrem Inneren kam, griff wieder nach dem Lenker und trat in die Pedale. Timo drehte sich nach ihr um und grinste.

Die Wachablösung der Königlichen Leibgarde war ein Ereignis, das Ella trotz mehrerer Besuche bei Timo noch nicht miterlebt hatte. Täglich verließen die neuen Wachen ihre Quartiere im Schloss Rosenberg um exakt 11 Uhr 27 und marschierten zum Schloss Amalienborg. Dort kamen sie um 12 Uhr an und nahmen den Wachwechsel vor.

Ella und Timo fuhren auf den achteckigen Platz zu, der von vier baugleichen Stadtpalais umgeben war, und stiegen von den Rädern. Es herrschte buntes Gewimmel. Eine Menge Menschen wollten diesem besonderen Spektakel beiwohnen. Sie gingen zu dem Reiterstandbild Frederiks V. und schossen mit dem Handy ein paar Fotos.

»Schick Leonie einen lieben Gruß. Und sag ihr Danke, dass sie dich mir ausleiht.«

»Mach ich.« Ella sendete das Foto und blickte auf die Männer der Garde, die mit ihren dicken Fellmützen mit Musikkapelle in den Schlosshof marschierten, sah die blauen Hosen mit den weißen Streifen und die schwarzen Mützen, unter denen die Gesichter der Männer nur zu erahnen waren. Die Garde ging an den Zuschauern vorbei.

»Die Königin kann über einen Brückengang zu einem zweiten Gebäude gehen, in dem sich ihr Atelier befindet. Toll, oder?«, erzählte Timo.

»Und wo wohnt der Rest der Familie?«, wollte Ella wissen.

»In zwei weiteren Häusern. Salopp gesagt alle unter einem Dach, wie ihr im Goldblütenhaus«, antwortete Timo. »Vielleicht verwendet die Königin auch eure Goldblütencreme oder sogar eure neue Rosencreme mit dem Duft der Damaszenerrose?«

»Wenn du das je erfährst, schick mir eine Nachricht, am besten mit Foto«, erwiderte Ella grinsend.

Als die Wachablösung vorbei war, machten sie sich auf den Weg zu dem Kongens Have, dem »Garten des Königs«, einer weitläufigen Anlage des Schlosses Rosenberg. Die Gärten mit ihren imposanten Alleen und Skulpturen waren der perfekte Ort für einen gemütlichen Zwischenstopp.

Gemeinsam breiteten sie die Picknickdecke auf der Wiese aus und holten die Limonade hervor, die Timo mit der Decke in dem Korb an seinem Rad verstaut hatte.

»Wie steht es zurzeit bei der dekorativen Kosmetik? Kommt ihr voran?«

Ella zupfte einen Grashalm von ihrer Jacke und setzte sich mit angezogenen Beinen auf die Decke. »Momentan wird an den Lippenstiften gearbeitet. Der Lieblingslippenstift meiner Mutter hatte einen ziemlich ausgeprägten Duft, daran kann ich mich noch heute erinnern. Aktuell sind bei dekorativer Kosmetik allerdings dezente Düfte angesagt. Subtil parfümierte Produkte, die die Farbe und die Textur nicht in den Hintergrund treten lassen. Und natürlich stellen wir bei Glanz an unsere Entwicklungen Ansprüche, die über das, was die meisten Firmen als gut und machbar bezeichnen, hinausgehen.«

Keinen Augenblick hatten Leonie und sie in Erwägung gezogen, eine bestehende Bioformel zu nehmen, um möglichst schnell eine Lippenstiftserie auf den Markt zu werfen. Selbst Firmen, die hochpreisige Produkte anboten, gingen mitunter so vor.

»Was inspiriert dich eigentlich zu den einzelnen Produkten?«

»Farben, die ich besonders schön finde, Kunst, Fotografien, Mode-Events, natürlich auch Reiseeindrücke«, zählte Ella auf. »Ab einem bestimmten Moment entsteht in meinem Kopf eine Geschichte zu dem Produkt, egal ob es sich um Lidschatten, Rouge oder einen Lippenstift handelt. Nur wenn ich Emotionen zu den Farbschattierungen und Konsistenzen habe, können funktionale Produkte daraus werden. Was die Verpackung anbelangt, möchte ich eine Signatur schaffen, Produkte, die modern und gleichzeitig vertraut wirken, als hätte man sie schon immer benutzt und sähe sie doch jeden Tag neu. Klingt paradox, ich weiß, aber darin liegt nun mal die Herausforderung. Bei den Käuferinnen müssen angenehme Gefühle ausgelöst werden, wenn sie die Produkte sehen, riechen, testen und später zu Hause benutzen. Auch Alltagstauglichkeit ist ein wichtiger Punkt. Die Lippenstifte wird man zum Beispiel für die Lippen und als Cremerouge verwenden können.«

»Sehr praktisch«, warf Timo ein.

»Finde ich auch. Anhand von Videos zeigen wir unseren Kundinnen, wie man unsere Produkte passend zur Gesichtsform aufträgt. Die Bezeichnung Problemzonen, die auch bei Make-up-Produkten verwendet werden, kommen bei uns nicht vor. Jedes Gesicht ist auf seine Weise schön, finde ich. Darüber hinaus wollen wir die sozialen und ökologischen Projekte ausbauen und den Schutz der Menschen, mit denen wir arbeiten, vorantreiben. Auch das empfinden Leonie und ich als eine Seite unserer Kreativität. Und ich bin überzeugt, unsere Kundinnen sehen das auch so.«

Ella erzählte in Ruhe weiter, zwischendurch nickte Timo beeindruckt. »In der nächsten Zeit hast du definitiv eine Menge vor.«

»Kleine Auszeiten mit dir inklusive«, versprach Ella.

Sie ließen sich noch eine Weile die Sonne ins Gesicht scheinen, dann packten sie ihre Sachen zusammen und schwangen sich wieder aufs Rad. Timo fuhr vorneweg.

Ella versuchte, seinen Vorsprung aufzuholen. »Und so was nennt sich Gentleman«, neckte sie ihn, als sie an seiner Seite war.

Sie genoss die Leichtigkeit, die Timo in ihr Leben brachte. Die Lässigkeit, die er ausstrahlte, war ein angenehmer Gegensatz zu ihrem beruflichen Alltag. Timo hielt nichts von Anzügen, trug am liebsten Jeans, Lederjacken und Boots. Und wenn er ein paar Tage frei hatte, ließ er sich einen Dreitagebart wachsen. Ihr Leben hätte nicht unterschiedlicher sein können, und doch war Timo aus dem gleichen Holz geschnitzt wie sie.

Der Markt der grauen Mönche, mitten in der Altstadt, war ihr nächstes Ziel. Die farbenfrohen Fassaden der umliegenden Häuser ließen die turbulente Geschichte des Platzes, wo einst ein Franziskanerkloster gestanden hatte, nicht einmal erahnen. Ella interessierte sich für Geschichte, besonders wenn sie vor Ort war und die Stimmung eines Platzes oder eines Gebäudes in sich aufnehmen konnte.

»Das Kloster, das hier früher war, musste dran glauben, ebenso das Herrenhaus von Corfitz Ulfeldt. Er war ein Verräter. Beides wurde dem Erdboden gleichgemacht«, erzählte Timo.

Andächtig lauschte Ella seinem Vortrag. Als sie die Äpfel, die sie unterwegs in einem kleinen Laden gekauft hatten, aufgegessen hatten, sausten sie über Kopfsteinpflasterstraßen, bis es über ihnen dunkel wurde.

Timo bremste an einer Straßenecke und sah zum Himmel. Dunkle Wolken zogen über ihnen hinweg, hatten die Sonne inzwischen verdrängt. »Sieht nicht gut aus. Wir sollten die Tour für heute beenden.« Er deutete auf die andere Straßenseite, auf der sich eine Fahrrad-Rückgabestation befand.

Sie waren die Räder gerade losgeworden, als es heftig zu regnen begann. Die schwarzen Wolken, die den Himmel inzwischen bedeckten, entluden sich innerhalb kürzester Zeit.

»Meine Güte, ging das schnell. Die reinste Sintflut«, sagte Timo und winkte einem Taxi.

Ella schüttelte ihr nasses Haar, als sie einstiegen. Timo reichte ihr seinen Pullover, den er zusammengerollt halbwegs vor der Nässe geschützt hatte. Ella nahm ihn und trocknete sich notdürftig Gesicht und Arme ab. Timos liebevolle Art überraschte sie immer wieder. Ihre letzte Beziehung war das genaue Gegenteil gewesen. Umso mehr genoss sie Timos Aufmerksamkeit. Bibbernd vor Kälte kehrten sie heim und quetschten sich, Seite an Seite, unter den heißen Wasserstrom der Dusche.

2.

Kopenhagen, Dänemark, September

Nach der Dusche fühlte Ella sich auf angenehme Weise erschöpft. Barfuß ging sie in die Küche und setzte sich an die Küchentheke, wobei ihr seidiges dunkles Haar über die nackte Schulter glitt, die ihr Shirt freiließ.

»Weißt du, was ich am meisten genieße, wenn ich mit dir zusammen bin?«, fragte sie und spielte dabei gedankenverloren mit einer Haarsträhne.

Timo schnitt gerade zwei Scheiben Roggenbrot von einem großen Laib. Nun legte er das Messer beiseite und drehte sich nach Ella um. »Warte, lass mich raten …« Er legte den Finger an die Lippe und suchte nach der richtigen Antwort. »Ich hab's, du genießt es, mit einem Mann zusammen zu sein, der dir was Anständiges zu Essen macht.«

Ella schmunzelte. »Das auch.« Sie verdrehte genüsslich die Augen. »Aber vor allem genieße ich es, mit dir in den Tag hinein zu leben. Zu Hause ist immer zu viel los, um in Trägheit zu verfallen. Aber mit dir fühlt es sich an, als stünde alles mal auf irrsinnig angenehme Weise auf Standby.« Sie beugte sich vor und küsste ihn zärtlich auf den Mund.

Heute Morgen war Timo – von ihr unbemerkt, weil sie tief und fest geschlafen hatte – aufgestanden, um Brot zu backen. Er wusste, dass sie eine Schwäche für frisch gebackenes Brot hatte, und hatte sie mit einem nach Koriander, Kümmel und Sonnenblumenkernen duftenden Laib überrascht. Und nun kümmerte er sich darum, ihnen belegte Brote zu machen.

Sie genoss die Wärme der geräumigen Küche, während draußen der Regen gegen die Fensterscheiben prasselte. Das Ambiente der Wohnung, selbst das der Küche, war prächtig. Es gab hohe, stuckverzierte Decken, Flügeltüren, Sprossenfenster und jede Menge Platz. Kai, Timos älterer Halbbruder, bewohnte die weitläufige Maisonette-Wohnung allein, bekam jedoch regelmäßig Besuch von seinem Sohn Sven, der vor einigen Monaten vierzehn geworden war. Oft kam auch Freja vorbei, sie war knapp zwei Jahre jünger als Sven und die Tochter von Kais Ex-Partnerin aus einer früheren Beziehung, zu der Kai weiterhin ein gutes Verhältnis hatte, obwohl die Beziehung zu Frejas Mutter gescheitert war. Für Kai war es selbstverständlich, dass Timo, wenn er in Kopenhagen war, bei ihm wohnte.

In jungen Jahren hatten die beiden Brüder Seite an Seite im Münchner Sternerestaurant *Tantris* gearbeitet, bis Kai anfing, in der Weltgeschichte herumzureisen. Vor vier Jahren hatte er sich in Kopenhagen niedergelassen, wo nicht nur die Mutter seines Sohnes lebte, sondern auch Kais Mutter. Nach der Trennung von seiner langjährigen Partnerin war Timo Kai gefolgt. Vorübergehend, wie es anfangs geheißen hatte.

»Kopenhagen ist eine bemerkenswerte Stadt. Findest du nicht auch?«, sagte Timo, nachdem er sich wieder den Brotscheiben zugewandt hatte. »Dänen sind die glücklichsten Menschen der Welt. Sogar wenn du dich nicht in Kopenhagen verliebst, was ich mir nicht vorstellen kann, liebt die Stadt *dich*. Hier kauft die Königin auf dem Wochenmarkt ein, und Fahrradfahrer haben immer grüne Welle. Und wo, bitte schön, gibt es Cafés, in denen die Gäste bei Schlechtwetter dazu aufgefordert werden, es sich mit Brett- oder Kartenspielen so richtig nett zu machen? Diese Stimmung zwischen Aufbruch und Gemütlichkeit ist einzigartig. Das spürst du doch auch?«

Ella, die an der Küchentheke lehnte, sah Timo an. »Da kann

ich dir nur zustimmen. Aber jetzt mal raus mit der Sprache: Warum schwärmst du von der Stadt, als gäbe es keinen schöneren Platz auf der Welt? Dafür gibt es doch bestimmt einen Grund.«

»Also gut.« Auf Timos Gesicht machte sich ein schüchtern-vorfreudiges Lächeln breit. »Vorgestern ist Kai mit einer Idee rausgerückt, die schon eine ganze Weile in seinem Kopf herumspukt.« Timo schob das Brett mit den Brotscheiben ein paar Zentimeter von sich weg. »Er möchte das ehemalige Restaurant *Rækkehus* aus dem Dornröschenschlaf wecken und es um einen Concept Store erweitern.«

Ella ahnte, worauf Timo hinauswollte. »Lass mich raten. Gemeinsam mit dir?«

Timo nickte verlegen. »Richtig. Ehrlich gesagt, trage ich mich seit einiger Zeit selbst mit dem Gedanken, etwas aus dem *Rækkehus* zu machen. Unabhängig von Kai.«

»Davon hast du mir gar nichts erzählt.« Ella klang ungewollt schmollend, sah auf die Kaffeetassen im Regal und die Gewürze in einem anderen. Ihr ernster Ton überraschte sie. Mit einem hinterhergeschobenen Lächeln signalisierte sie, dass sie offen für ein Gespräch war.

»Ich wollte das Thema nicht am Telefon und auch nicht zwischendurch besprechen«, fuhr Timo fort. »In den letzten Wochen haben wir beide viel gearbeitet. Du vorwiegend tagsüber, ich vorwiegend nachts, wenn ich an meinen Artikeln saß. Da hat sich einfach keine passende Gelegenheit ergeben.« Er zog das Holzbrett wieder zu sich heran und begann, die Roggenbrotscheiben zu buttern. Das Geräusch, wenn das Messer leise über das Brot glitt, beruhigte Ella. »Aber selbstverständlich treffen wir diese Entscheidung gemeinsam.«

Ella schwieg und sah Timos drängenden Blick. »Es würde dir viel bedeuten, wenn ich in dieser Sache hinter dir stehe, hab ich recht?«, fragte sie schließlich.

Timo nickte. »Es ist Zeit, was Anständiges aus diesem ehemaligen Juwel zu machen, bevor jemand anderes es tut. Die Lage ist fantastisch, und etwas von dem Ruf, den das Restaurant hatte, ist noch immer in den Köpfen der Menschen verankert. Darauf lässt sich aufbauen.«

Ella wusste, dass es Timo in der Seele wehtat, wenn etwas Besonderes verkam. Das *Rækkehus* war lange eine Institution gewesen, ein Ort, an dem Menschen nicht aßen, sondern dinierten, doch das war schon eine Weile her.

»Was du da ankündigst, ist was richtig Großes und vor allem Langfristiges, Timo. Du weißt, ich schätze die Bereitschaft, über den Tellerrand hinauszusehen, aber habt ihr das gründlich zu Ende überlegt?«

»Keine Sorge, weder Kai noch ich sind verrückt. Klar, so ein Mammut-Projekt ruft man nicht von heute auf morgen ins Leben, und zugegeben, es ist ein Risiko, aber auch eine Chance. Wir sind dem gewachsen, Ella.«

Ella hörte zu und versuchte, gegen das flaue Gefühl in ihrem Magen anzukommen. Sie wusste, was diese Neuigkeit bedeutete. Nach dem vergangenen Jahr sehnte sie sich vor allem nach Ruhe und Beständigkeit. Kaum zu glauben, dass das mal auf ihrer Liste der zu erhoffenden Dinge stehen würde. In letzter Zeit hatte sie sich Tagträumen hingegeben, hatte vor ihrem geistigen Auge gesehen, wie sie in ihrer Wohnung Platz für Timos persönliche Sachen schaffte und er Kartons in den Flur trug. Wenn alles verstaut wäre, würden sie sich – falls Sommer wäre – in die Korbstühle auf ihrer kleinen Terrasse fläzen und mit einem Sundowner in der Hand dem orangeroten Ball beim Untergehen zusehen. Im Winter säßen sie vor dem Kamin und hörten das Holz leise knacken.

Als Timo weitersprach, hörte Ella den enthusiastischen Unterton in seiner Stimme. »Du kennst das, wenn die Leidenschaft aus dir heraussprudelt … So geht es mir bei diesem Projekt.«

Timos Augen strahlten vor Freude. In diesem Moment wusste Ella, dass sie es nicht übers Herz bringen würde, seinem Traum im Weg zu stehen, ganz egal wie sehr sie sich wünschte, jeden Abend neben ihm einzuschlafen und jeden Morgen neben ihm aufzuwachen.

»Bedeuten deine Pläne, dass du in Kopenhagen sesshaft werden möchtest?«, fragte sie leise.

Sie dachte daran, wie sie gestern erleichtert aus dem Flugzeug gestiegen war. Eine Durststrecke von etlichen Wochen, in der Timo und sie sich nicht gesehen hatten, war endlich zu Ende gegangen. Doch jeder Flug bedeutete höchste Anspannung für Ella. Ihre Flugangst war stets ihr treuer Begleiter. Und während sie hier saß und Timo beim Broteschmieren zusah, erfüllte sie die Zärtlichkeit, die sie für ihn empfand, und die Erleichterung, endlich bei ihm zu sein. Diese Gefühle durchdrangen den Raum, jeden Winkel der Küche, schöner als jede Musik.

»Kannst du dich noch daran erinnern, was du mir erzählt hast, als wir uns gerade mal ein paar Stunden kannten?«, fuhr Timo fort, während Ella noch nachdachte. »Du hast gesagt, du liebst Übergänge, weil sie dir zeigen, dass das Leben bunt ist und Abwechslung bietet. Kais Angebot ist ein solcher Übergang. Eine vorläufige Entscheidung für ein weiteres Jahr in Dänemark. Bis *wir* wissen, was wir auf Dauer wollen und was für unsere Beziehung das Beste ist.«

»Da hast du jetzt aber einen weiten Bogen gespannt.« Ella spürte, wie sich ein Schmunzeln auf ihre Lippen stahl. Eines musste sie Timo lassen, in seiner Argumentation lag Kreativität. »Es stimmt. Ich liebe Übergänge, zum Beispiel den Wechsel vom Frühling zum Sommer, von kalt zu warm, fern zu nah. Vor allem darüber habe ich damals gesprochen.«

Timo hielt die Hände unters Wasser und trocknete sie an einem Stück Küchenrolle ab. »Du bist meine Stütze, Ella, und ich wünsche mir nichts sehnlicher, als dich immer an meiner Seite zu haben.« Er sah sie aus seinen ruhigen braunen Augen an. »Trotzdem würde ich es bereuen, wenn ich die Chance, die sich mit Kais Angebot auftut, nicht wahrnehmen würde. Irgendetwas in mir sagt: ›Stimm zu, Timo.‹«

Ellas langsames Ausatmen war kaum zu hören. Kai und Timo lechzten geradezu danach, neben dem *Noma* zu bestehen. Das *Noma* – das mehrere Male zum weltbesten Restaurant gekürt worden war – pflegte eine kreative Interpretation nordischer Gerichte, die bevorzugt aus heimischen Produkten, insbesondere Fisch, bestand. Immer wieder gab es vorübergehend Pausen, um im Ausland als Pop-up-Restaurant zu gastieren. Timo inspirierten grenzüberschreitende Projekte. Es entsprach seinem Wesen, das auf Ausweitung ausgerichtet war, darauf, das Unmögliche möglich zu machen.

Auch Ellas Wesenskern bestand aus Lebensfreude und Mut. Diese Ähnlichkeit zwischen Timo und ihr war die stärkste Grundlage ihrer Beziehung.

»Und wenn das Restaurant brummt? Überlegst du dir dann, für immer hierzubleiben?« Gänsehaut kroch Ella über den Rücken. Sie hievte sich auf den Küchenhocker, schlug nervös die Beine untereinander und rutschte fast wieder hinunter.

»Wenn eine langfristige Entscheidung im Raum steht, bist du die Erste, die davon erfährt, das ist ja wohl klar. Schließlich geht es hier nicht nur um mich, sondern um uns. Kai und ich wollen das raue Arbeitsklima aufweichen, das in den meisten Küchen herrscht, außerdem wollen wir unseren Gästen neben einem stylishen Restaurant die Möglichkeit bieten, etwas von dem Wohlfühlambiente, das sie bei uns vorfinden, mit nach Hause zu nehmen. Bei uns können die Gäste die Deko kaufen. Als kämen Freunde zu Besuch, und einer sagt: ›Hey, eure Lampe ist toll, die hätte ich gern in meinem Wohnzimmer.‹«

»Und ihr antwortet: ›Kein Problem. Nehmt sie mit. Kostet nicht die Welt.‹«

Timo nickte eifrig. »Die Leute sollen neben einem kulinarisch außergewöhnlichen Abend auch eine Erinnerung an unser Restaurant mitnehmen. Außerdem laden wir Gastköche ein, über die ich schreiben werde. Ich stehe natürlich auch selbst hinterm Herd. Aber es wird Auszeiten geben. Und die verbringe ich mit dir. Und zwar jede einzelne kostbare Minute.«

Die Aufrichtigkeit in Timos Stimme berührte Ella. Wenn sie ehrlich war, fand sie das Konzept großartig. Es klang stimmig. Ganz nach Timo.

Aber auch Ella hatte große Pläne. Mit vereinten Kräften hatten Leonie und sie in den vergangenen Monaten ihre Mitarbeiter und Handelspartner von ihren Führungsqualitäten überzeugt, und nun brannte Ella darauf, die Produktpalette um dekorative Kosmetik zu erweitern. Seit Bestehen des Konzerns standen Cremes und andere Körperpflegeprodukte im Mittelpunkt. Den dekorativen Aspekt hatten ihr Großvater, ihre Mutter und ihr Bruder – von einem Lippenpflegestift einmal abgesehen – ausgespart. Doch nun würden sie das Sortiment endlich ergänzen. Ella hatte bereits mit Gedeon, dem Leiter der Forschungsabteilung, gesprochen. Leonie und Gedeon hatten sich vor Monaten getrennt, doch Gedeon arbeitete weiterhin für sie, und so sollte es auch bleiben. Ella war entschlossen, mit seinem Know-how die vor ihnen liegende Aufgabe in Angriff zu nehmen. Sie hatten sogar schon ein Grundstück in Spanien erworben, wo die dekorative Kosmetik produziert werden würde, außerdem wurden bereits Mitarbeiter geschult, die in Spanien für sie arbeiten würden. Doch das Sortiment um dekorative Kosmetik zu erweitern wäre keine Kleinigkeit. Sie wäre auf Timos Verständnis angewiesen, wenn sie demnächst öfter als gewöhnlich auf Geschäftsreise ginge oder länger arbeitete. Dessen war sie sich bewusst. Ella suchte Timos Blick. Er strich sich mit der Hand übers Kinn und sah sie abwartend an.

»Ich bin einverstanden, ist doch klar.« Ella spürte, wie ihr angesichts des versöhnlichen Satzes leichter ums Herz wurde. »Wir schaffen das schon.«

Timo streckte beide Hände nach ihr aus, zog sie an sich und küsste sie leidenschaftlich. »Ella, du bist ein Schatz! Kai weiß, dass ich den Laden nur mit ihm schmeiße, wenn ich regelmäßig deine Küsse schmecken kann … Ich komme so oft nach Deutschland, wie ich kann. Gib mir einfach nur dieses eine weitere Jahr. Danach reden wir noch mal.«

Ella rollte gespielt überrascht mit den Augen. »Timing ist nicht gerade deine Stärke. Von unserem Kennenlernen mal abgesehen«, fügte sie schmunzelnd hinzu.

Hatte sie sich nicht längst an den Rhythmus, den das Leben mit Timo vorgab, gewöhnt? Das vergangene Jahr hatte sie sich während der Zeit ohne ihn in der Arbeit vergraben. Wenn sie die Bürotür erst spätabends hinter sich zuzog, um heimzufahren, spürte sie die Sehnsucht nach ihm nicht so stark. Auch in Zukunft würde sie regelmäßig die Abende und Wochenenden dranhängen, denn die Zeit, die sie in Kopenhagen verbringen würde, musste sie wieder aufarbeiten.

Timo redete weiter und versprach ihr jede Unterstützung, schließlich deutete er auf die Zutaten vor ihm auf der Arbeitsfläche. »Und jetzt wieder zum Essen.« Er wies auf das aufgeschnittene Roastbeef, die Mayonnaise im Schraubglas, die frische Kresse und den Stangensellerie und die getrockneten Pflaumen. »Diese Zutaten? Oder lieber Serrano-Schinken, pikante Tomatenpaste und Kapern – Kais Favorit. Ich richte ihm ebenfalls ein Brot, sicher freut er sich darüber, wenn er gleich heimkommt.«

»Timo-Brot.« Ellas Augen blitzten beipflichtend.

»Timo-Brot ist eine hervorragende Wahl. Die Pflaumen legen

sich angenehm süß auf den Gaumen, und die Schärfe der Meerrettichmayonnaise rundet den Geschmack auf geradezu perfekte Weise ab.« Timo steckte Ella lachend ein Stück Pflaume in den Mund, dann begann er die Brote zu belegen, nebenbei goss er jedem von ihnen leichten Weißwein in Gläser, sodass sie anstoßen konnten.

Ella spürte den Wein angenehm kühl auf der Zunge und sah auf die Fotos an der Wand – Schnappschüsse von Sven und Freja. Die Bilder verströmten die Lebensfreude, die Kai, Sven und Freja – und auch Kais wechselnde Freundinnen – in die Räume brachten. In Kais Wohnung herrschte eine ähnliche Stimmung wie im Goldblütenhaus. Hier konnten Kai und Timo – und auch Ella, wenn sie zu Besuch war – für sich sein oder »den Rest der Bande«, wie Timo immer sagte, in ihre Tage miteinbeziehen. Auch jetzt freute Ella sich darauf, alle wieder gemeinsam am Tisch sitzen zu sehen. Aus dem Zusammensein mit anderen Menschen zog sie Kraft. Natürlich war es wunderbar, nach einem langen Arbeitstag die Wohnungstür hinter sich zuzuziehen, dann umfing sie eine Stille, die viel mehr war als nur Geräuschlosigkeit. Wenn sie in seliger Ruhe zu Hause war, zeichnete Ella gern. Doch noch schöner war es, wenn Menschen kamen und gingen und das Leben pulsierte.

Timo war schnell mit den Broten fertig. Galant schob er den Stuhl zurück, damit Ella sich an den Tisch im angrenzenden Esszimmer setzen konnte. Einen kurzen Moment lehnte sie sich an seine Schulter. Bei der Vorstellung, die nächsten zwölf Monate auch privat regelmäßig in ein Flugzeug steigen zu müssen, wurde ihr angst und bange. Um Geschäftsreisen kam sie nicht herum, doch was private Reisen anging, war bisher hauptsächlich Timo gependelt. Ella umklammerte ihr Glas und schob den Gedanken ans Fliegen beiseite.

Morgen würde sie mit Leonie über die neueste Entwicklung

sprechen. Wenn ihre sprunghafte Art mit ihr durchzugehen drohte, war Leonies Rat Gold wert. Gemeinsam würden sie eine Lösung finden, die auch für die Firma tragbar wäre.

Sie löste sich von Timo, sah, wie draußen die Dämmerung heraufzog. Sie stießen erneut an und tranken. Der Wein war leicht und süffig. Manchmal dachte Ella, dass es ein Wink des Schicksals gewesen war, Timo kurz vor dem Unfall ihres Bruders kennengelernt zu haben. Ohne ihn hätte sie diese schwierige Zeit kaum überstanden. Der Schmerz des Verlustes hatte sie zwischenzeitlich völlig aus der Bahn geworfen, doch Timo hatte sie gestützt und sie in ihrer Trauer aufgefangen. Wenn er bei ihr gewesen war, hatte sie es geschafft, kurz Luft zu holen.

Nun konnte sie dasselbe für ihn tun, konnte seine Entscheidung mittragen. Es war gut, dass er seinen Weg verfolgte, das ließ das Gefühl, zerrissen zu sein, das er sicher manchmal verspürte, verschwimmen. Ja, sie sehnte sich nach Timos Rückkehr nach Deutschland, danach, dass es nicht mehr so viel zu koordinieren gäbe. Es wäre schön, wenn Timo und sie ein ausgefülltes Privatleben wie Leonie und Michael führen könnten. Vermutlich würde Michael bald zu Leonie ziehen. Und selbst wenn er es nicht täte, konnten sie sich sehen, wann immer sie Sehnsucht nacheinander verspürten. Ella biss von ihrem Brot ab und hielt die offene Hand darunter, um die Krümel aufzufangen.

Timo wischte ihr mit der Serviette behutsam einen Klecks Mayonnaise vom Mund.

»Was hältst du davon, wenn wir es uns gleich im Bett gemütlich machen und uns einen Film anschauen? Unter der Decke, wo es kuschelig warm ist.«

Als sie fertig waren, wischte Timo die Arbeitsplatte sauber, hängte das Handtuch über den Griff des Backofens und ging mit Ella ins Gästezimmer. Dort klappte er sein Notebook auf. Als Ella die Bettdecke zur Seite schob und unter das kühle Laken glitt, fühlte sie sich, trotz der anfangs überraschenden Neuigkeiten, unbeschwert.

»Und wo wirst du wohnen, wenn du noch ein Jahr hierbleibst? Du bleibst doch sicher nicht bei Kai?«

»Ich hab schon was in Aussicht. Nicht so pompös wie das hier.« Timo deutete auf den überdimensionierten Raum und den imposanten Kronleuchter über ihnen. »Dafür schnuckelig und gemütlich. So wurde mir die Wohnung zumindest beschrieben. Morgen zeig ich sie dir.«

Ella schmiegte sich in das Kissen, dessen Enden mit Spitze verziert waren. Kai hatte die Bettwäsche für das Gästezimmer in einem Secondhandladen gekauft, vermutlich die Hinterlassenschaft aus einem Schloss. Ella sah die Spitze plötzlich am Taufkleid eines Babys, das sie im Arm hielt – ihres Babys. All die Jahre hatte sie das Gefühl gehabt, unstet zu sein, es irgendwie falsch anzugehen. Sie hatte geradezu hartnäckig ihre Freiheit verteidigt. Doch nun gestand sie sich ein, sich eine Familie mit Kindern durchaus vorstellen zu können – nicht jetzt, im Moment hatte sie in der Firma viel zu viel zu tun, aber später.

Kate Winslets Gesicht flimmerte über den Bildschirm. Ella liebte Filme, in denen die Britin mitspielte, und Kate Winslet machte sich gut als Landschaftsgärtnerin, die darum bemüht war, allein durch die Anordnung von Pflanzen ein Fenster zur Vollkommenheit zu erschaffen. Ella stellte sich vor, wie es wäre, wenn sie hier morgens aufwachte und sich dem Genuss hingäbe, in aller Ruhe wach zu werden. Meist lag bereits die Tageszeitung neben dem Wasserglas, das Timo ihr abends aufs Nachttischchen stellte, manchmal sogar frisches Gebäck.

»Damit du nicht unterzuckert in den Tag startest«, hatte auf einem Zettel gestanden, als sie Timo das erste Mal in Kopenhagen besucht hatte. Kein Zweifel, er war der Partner, den sie brauchte, mit ihm war ihr Leben vollkommen.

Ella schmiegte ihr Gesicht kurz in Timos offene Handfläche. Die Handlung war spannend, und die Epoche, in der der Film spielte, interessierte sie. Kate Winslet schritt gerade in prächtiger Robe über die Leinwand, als ein Handy klingelte. Ella erkannte den Klingelton. »Das ist meins. Wer kann das um die Zeit sein?« Sie schob die Decke zur Seite und schwang die Beine aus dem Bett. »Es ist Leonie«, sagte sie, als sie den Namen ihrer Schwester auf dem Display las. »Ich gehe kurz ran.« Wenn Leonie in Kopenhagen anrief, noch dazu später am Abend, musste etwas Gravierendes geschehen sein.

»Lass dir Zeit. Ich halte den Film an«, sagte Timo.

Ella wischte über den grünen Knopf. »Leonie? Schön, dich zu hören. Ist alles in Ordnung?« Ein unbestimmtes Gefühl sagte ihr, dass etwas nicht stimmte, und ihr Gefühl trog sie nicht.

»Es gibt leider ein Problem in der Firma.«

Ella steckte sich die Stöpsel in die Ohren und setzte sich auf den Stuhl im Gästezimmer. »Was ist passiert?«, fragte sie.

»In der Charge 104005 wurden mikrobielle Verunreinigungen festgestellt.« Leonie klang betroffen.

»Weißt du schon Näheres?« Stumm hörte Ella Leonie zu. Nach einer Weile formte sie mit den Lippen *Probleme* in Timos Richtung.

»Hast du mit Gedeon gesprochen und mit dem technischen Vorstand?«, fragte sie.

»Das hab ich gleich als Erstes gemacht. Stefan Kopf ist ebenfalls informiert. Wir sind uns einig, dass wir schnell handeln müssen.«

»Ich komme sofort zurück«, sagte Ella. »Morgen nehme ich den ersten Flieger.«

»Übereil nichts, Ella. Im Moment kannst du hier nicht viel tun. Als Erstes müssen wir feststellen, was der Grund dieses Problems ist. Und du bist ja sowieso bald wieder da. Ganz abgesehen davon, dass du dich lange auf die Tage mit Timo gefreut hast. Ich halte dich auf dem Laufenden und melde mich, wenn es schneller als erwartet Neuigkeiten gibt.«

»Ruf mich an, egal, wie früh oder wie spät es ist. Versprichst du mir das?«, verlangte Ella.

»Natürlich. Du kannst dich auf mich verlassen.«

Mit einem beklommenen Gefühl beendete Ella das Gespräch und legte das Handy zur Seite. Einen Moment versuchte sie, das Gehörte in seiner ganzen Tragweite zu erfassen.

Timo war aufgestanden und sah sie fragend an. »Du bist ja kreidebleich. Was genau ist denn los?«

Sie sah ihn an. »Mächtige Gewitterwolken am Kosmetikhimmel«, antwortete sie bedrückt. »Stell dir vor, eine unserer getönten Tagescremes ist verunreinigt in die Läden gegangen, und zwar eine riesige Charge.«

»Das klingt nicht gut …«

»Das ist eine Katastrophe! Wir führen selbstverständlich sofort eine interne Recherche durch, und logischerweise klopfen wir mit Fingerspitzengefühl die Zulieferer ab. Wenn uns eine Händlerklage droht, könnte das verheerende Folgen haben. So eine Schadensersatzforderung kann in die Millionen gehen, vom Imageschaden ganz zu schweigen. Wenn wir viel zahlen müssen und uns gleichzeitig die Verkäufe wegbrechen, weil die Kunden unseren Produkten nicht mehr vertrauen, steht schlimmstenfalls unsere Firma auf dem Spiel. Leonie hält eine Menge aus, das weiß ich, aber vorhin klang sie ziemlich ratlos.« Ella begann, nachdenklich im Zimmer herumzugehen. »Wir müssen größeren Schaden verhindern. Unbedingt.« Sie rief die Instagram-Seite der Glanz AG auf. Als sie die Kommentare las, seufzte sie laut, und in dem tiefen Seufzer lag das ganze Ausmaß ihrer Verunsicherung. »Es gibt schon Kommentare von Frauen, die negativ über die Creme schreiben.«

Timo sah sie mitfühlend an.

Eine Weile war Ella mit Instagram beschäftigt, dann legte sie das Handy weg. »Wie konnte das nur passieren?«, murmelte sie. »Wir sind so sorgsam, wenn es um den Herstellungsprozess geht. Hoffentlich wissen wir bald, wo der Fehler liegt.« Erschöpft ließ sie sich aufs Bett fallen.

»Sollen wir den Film überhaupt weiterschauen? Sicher hast du jetzt keinen Kopf dafür.«

»Ich weiß nicht …« Ella ließ sich ratlos in die Kissen sinken. »Vielleicht lenkt der Film mich ab?«

Timo nickte und ließ den Film weiterlaufen, doch Ella spukten Leonies Worte im Kopf herum. Das Ganze ließ ihr einfach keine Ruhe. Schon wenige Minuten später wandte sie sich an Timo. »Hast du Lust, mir das Haus mit der Wohnung schon mal von außen zu zeigen? Nach Leonies Anruf kriege ich nichts mehr von der Handlung mit. Vielleicht lenkt die Hausbesichtigung mich ab.«

3.

Kopenhagen, Dänemark, September

»Kai! Leihst du mir kurz den Wagen?«, fragte Timo, als er sachte gegen die Wohnzimmertür klopfte.

Kai, der inzwischen nach Hause gekommen war, streckte den Kopf zur Tür heraus und sah sie mit einem Mitleid heischenden Blick an. »Sven spielt derart höllisch gut Schach. Es ist beängstigend, sag ich euch.« Er trat in den Flur und verpasste der Tür mit dem Fuß einen Stoß, doch sie schloss nur halb.

»Er kommt eben ganz nach seinem Vater«, erwiderte Timo. »Klug, zugänglich und lernbegierig, nur bei Frauen nimmt er sich hoffentlich kein Beispiel an dir.«

Kai tat, als sei er gekränkt. »Was kann ich dafür, dass ich nicht so viel Glück habe wie du und der Richtigen schon über den Weg gelaufen bin?«

Es gelang Ella nicht, ein Lächeln aufblitzen zu lassen, wie sie es sonst tat, wenn Timo und Kai miteinander blödelten.

»Wer sagt, dass du die Richtige finden musst? Dreh's um: Sei du der Richtige … wenn du es denn für jemanden sein willst«, meinte Timo.

Ella warf einen Blick auf Sven, den sie durch die halb offene Tür sah. Der Hoodie, den er trug, spannte über seinen Schultern. Er war in den letzten Wochen schon wieder gewachsen, hatte die Beine lässig übereinandergeschlagen, drückte seine Wange gegen die Stuhllehne und winkte ihr frech grinsend zu.

»Lassen wir das Thema Beziehungen, das ist nicht zwischen Tür und Angel zu lösen. Ihr braucht den Wagen?«, fragte Kai.

»Wäre toll, ja«, sagte Timo.

Kai klopfte Timo kumpelhaft auf die Schulter. »Du weißt, wo der Autoschlüssel ist. Bedien dich … Ich stelle mich weiter meinen Vaterpflichten. Mannomann, dass Sven mich am Schachbrett derart alt aussehen lässt, kratzt an meiner Spielerehre.« In sich hineingrummelnd verschwand er ins Wohnzimmer.

Ella und Timo traten vors Haus. Es war kurz nach neun am Abend, und es hatte endlich aufgehört zu regnen. Am Himmel sah Ella den Mond leuchten.

Timo schüttelte den Kopf. »Kai und die Frauen … Aber als Vater ist er top. Er ist für die Kids sogar nach Frederiksberg gezogen, weil es da nicht so quirlig ist.«

Frederiksberg war eine Oase unweit des Kopenhagener Stadtzentrums – ruhig und grün. Neben eleganten Villen gab es Cafés, Restaurants und Boutiquen. Kai und Timo kannten inzwischen beinahe jedes Lokal – behaupteten sie zumindest. Und oft machte Ella mit ihnen einen Spaziergang zum Frederiksberg Have, einem großen ehemaligen Schlosspark. Auch dieser war ein Grund, weshalb Kai die Wohnung in dem Haus am Solsortvej gekauft hatte.

Als sie losfuhren, kam es Ella vor, als verließen sie eine Insel, auf der sie sich längst eingerichtet hatten. Sie war einerseits gespannt darauf, was sie gleich zu sehen bekäme, fand es aber trotzdem schade, dass Timo bei Kai auszog.

»Vesterbro ist *das* Szeneviertel mit trendigen Modelabels, hippen Bars und jungen, aufstrebenden Gastronomen«, schwärmte Timo. »Und im Schlachthofviertel Kødbyen gibt es jede Menge tolle Restaurants und Galerien.«

»Und alles mit ein bisschen Industriecharme versehen«, las Ella aus ihrem Reiseführer vor, der aufgeschlagen auf ihren Schenkeln lag. »Vesterbro ist in die Top Ten der coolsten Stadtviertel der Welt gewählt worden. Sieh an.«

Ella wusste, dass Timo keine Arbeit scheute, und sei sie noch so hart. Er würde mit einer renovierungsbedürftigen Wohnung klarkommen, darauf erpicht, sie mit viel Engagement herzurichten. Bei allem hatte er den Anspruch, es allein zu schaffen, und egal, wie viel es ihm abverlangen würde … *seinen* Weg zu gehen stand für ihn an erster Stelle.

Ella war in eine Unternehmerfamilie hineingeboren und behütet aufgewachsen. Und auch wenn sie in der Schule manches erst im zweiten oder dritten Anlauf gut hinbekommen hatte – Mathematik zum Beispiel oder Physik –, hatten ihre Eltern ihr immer das Gefühl gegeben, so, wie sie war, perfekt zu sein. Nach ihrem Wirtschaftsstudium war sie nach London gegangen, um ein Kunststudium anzuhängen. Danach war sie in die Glanz AG eingestiegen. Sie hatte sich nie selbst etwas aufbauen müssen, ihre finanziellen Mittel waren nie begrenzt gewesen wie Timos. Er war anpassungsfähig und empfand Einschränkungen als kreative Herausforderung. Ella hingegen hatte innerhalb der Familie immer auf Unterstützung hoffen können. Erst Alex' Tod hatte ihr die Unwägbarkeit des Lebens in aller Härte vor Augen geführt.

Ella wusste, wie sehr Timo sie um den Familienzusammenhalt beneidete. Wenn es um ihre Familie ging, sprach er vom siebten Weltwunder. »Niemand ist so eng miteinander wie ihr. Wo ist der Haken?«, hatte er Ella anfangs gefragt.

»Es gibt keinen«, hatte Ella mit zum Schwur erhobenen Fingern geantwortet. Die Frauen der Glanz-Familie und die AG selbst, das war im Grunde dasselbe. Das eine gab es nicht ohne das andere.

Als Ella Timo kennenlernte, hatte dieser gerade eine lange Beziehung hinter sich, die in einer schrecklichen Trennung endete. Zwischen seiner Ex-Partnerin und ihm war ein Streit um jeden Stuhl entbrannt, den sie einstmals für die gemeinsame Wohnung gekauft hatten.

»Es war der blanke Horror«, hatte Timo erzählt, und Ella hatte ihm angesehen, wie sehr ihn dieser Rosenkrieg mitnahm. Die Trennung war der Hauptgrund, weshalb er sich darauf eingelassen hatte, Kais Ruf nach Kopenhagen zu folgen. Timo wollte Abstand gewinnen und noch mal ganz von vorn beginnen. Als sie auf der Party ins Gespräch gekommen waren, wohnte er bereits seit einigen Wochen in Kopenhagen und schrieb für ein Food-Magazin über Sterneköche und angesagte Restaurants. Nachdem sie die halbe Nacht miteinander geredet und getanzt hatten, hatten sie begonnen, miteinander zu telefonieren. Sie verliebten sich still und leise ineinander – untypisch für Ella –, und eines Abends, als jeder von ihnen sich das Handy ans Ohr drückte, versprachen sie sich, sich so oft zu sehen wie möglich. Damals hatte Ella nicht an *für immer* gedacht. Sie hatte die Zeit mit Timo einfach genossen.

Ella schwelgte in den Erinnerungen an die Kennenlernphase, das lenkte sie von ihren Sorgen ab, dabei spürte sie erneut diesen Aufruhr in sich, dieses *Abtasten*, wenn sie sich für jemanden interessierte. Sie liebte es, Menschen kennenzulernen und Fremdes zu erkunden, doch ein Teil von ihr sehnte sich nach Beständigkeit. Sie mochte zwar das Auf und Ab des Lebens, besonders die Hochs – und ohne die Tiefs waren die Hochs nun mal nicht zu haben –, doch Trennungen fielen ihr schwer, und bei Timo dachte sie zum ersten Mal daran, wie schön es wäre, mit ihm zusammenzuziehen.

Schließlich bremste Timo und setzte den Wagen in eine Parklücke. Ella stieg aus und sah sich um. In diesem Teil von Vesterbro reihte sich ein Haus mit Stuckfassade ans nächste. Dazwischen standen hohe Bäume, und Fahrräder lehnten an Fassaden oder waren an Eisenzäunen angekettet. Überall standen Bänke zum Rasten.

Timo war weitergegangen, aber Ella war stehen geblieben,

um die Schaufenster eines Einrichtungsladens zu betrachten. Sie hoffte auf ein spannendes Viertel und eine Wohnung, in der sie sich wohlfühlen konnte, aber nun holte sie Timo ein und schummelte ihre Hand in seine.

»Da vorn ist es.« Timo wies auf ein Haus etwa fünfzig Meter entfernt.

»Das mit der hellen Fassade?«

»Ja, genau.« Dann standen sie vor einem mehrstöckigen, auffallend schlicht wirkenden Haus. Ella schätzte, dass es in den Siebzigern erbaut worden war. Aus den Fenstern, hinter denen das Leben der Bewohner stattfand, drang wohlige Helligkeit.

»Die meisten Wohnungen hier in Kopenhagen werden über Kontakte vermietet. Es gibt einen Immobilienmarkt, aber der richtet sich hauptsächlich an Käufer«, klärte Timo sie auf. »Ich habe den Tipp mit der Wohnung von einem Freund von Kai bekommen, der die Besitzerin des Hauses kennt. Ist nicht leicht, in Dänemark etwas Passendes zu finden. Die meisten Dänen wohnen in ihrer eigenen Immobilie. Leerstehende Objekte werden nur sehr selten über Makler oder durch Zeitungsanzeigen vermietet. Meist wird einfach ein Schild mit der Aufschrift *Til leje* aufgestellt oder über Kontakte im Freundes- und Verwandtenkreis vermietet.«

Schon von außen sah man den Unterschied zwischen dem Backsteinbau, in dem Kai wohnte, und dem Haus, vor dem sie nun standen. Kais Bleibe wirkte herrschaftlich, dieses Haus jedoch war minimalistisch. Ella dachte an das typisch dänische Design, das sich durch klare Farben und Formen und vor allem durch Funktionalität auszeichnete. Immerhin war die Eingangstür blitzsauber, die Klingeln ebenfalls. Wäre das Haus ein Mensch, hätte sie steif und fest behauptet, es sei schüchtern.

Timo hatte ihr während der Fahrt erzählt, dass viele behördliche Dinge ohne feste Adresse nicht zu regeln waren. »Auch deswegen brauche ich eine Wohnung, wenn ich längerfristig hier arbeiten will.«

»Wie groß ist die Wohnung eigentlich, und was kostet sie?«, wollte Ella wissen, während sie an der Fassade bis zum Dach hinaufblickte.

Kopenhagen gehörte zu den teuersten Städten der Welt, das machte sich auch bei den Mietpreisen bemerkbar. Ein kleines Appartement kostete mehrere hundert Euro Kaltmiete, hatte sie gelesen. Im Stadtgebiet und in bevorzugten Vorortgegenden lagen die Mietpreise sogar weit höher.

Timo nannte eine Summe, und Ella sog laut die Luft ein. »Hübsches Sümmchen. Und die Kaution?«

»Die meisten Vermieter verlangen eine Vorauszahlung von sechs Monatsmieten. Manchmal sogar zwölf. In diesem Fall möchte man mir nur drei Monatsmieten abknöpfen.«

»Das ist ja geradezu entgegenkommend«, meinte Ella.

Gott sei Dank waren Mietverträge in Dänemark fast immer befristet. Langfristige Verträge, wie man sie von Deutschland kannte, waren hier unüblich, hatte Kai bei einem gemeinsamen Abendessen berichtet.

»Und was bietet die Wohnung? Nenn mir die Pluspunkte.«

»Eine gut ausgestattete Küche, Waschmaschine und Trockner. Außerdem sind der Wohnraum und das Schlafzimmer möbliert. Und was den Rest anbelangt, setze ich auf den Loppehylder. Kai hat da schon ein paar echte Design-Schnäppchen gemacht.«

»Na, da kommt ja was auf uns zu.« Ella kannte den Flohmarkt in Frederiksberg, auf dem ausschließlich Privatleute ihre kleinen und größeren Raritäten anboten. Sie sah sich schon mit Timo, mit einem Becher Kaffee bewaffnet, sonntagmorgens herumstöbern, um eine Kommode oder einen der begehrten Sammelteller von Royal Copenhagen zu ergattern.

»Die Bude kriegen wir mit links voll. Kein Problem«, sagte

Timo zuversichtlich. »Kai hat in den letzten Jahren viel zu viele Kleinmöbel gekauft und schon angeboten, mir das eine oder andere Teil abzutreten. Du kennst ja seinen guten Geschmack.«

Kais Mutter war eine erfolgreiche Galeristin, von ihr hatte er den erlesenen Geschmack geerbt. Sie war immer zur Stelle, wenn etwas Neues angeschafft werden sollte, und ließ sich nicht davon abhalten, es ihrem Sohn *warm und gemütlich* zu machen, wie sie es ausdrückte. Kai entschied sich nur für besondere Stücke oder solche, aus denen man mit ein bisschen handwerklichem Geschick etwas Einzigartiges machen konnte.

»Apropos guter Geschmack. Ich finde, in deinem neuen Zuhause würde sich eine Playstation ziemlich gut machen. Zeitloses Design gepaart mit endlosem Spielvergnügen. Ein absolutes Must-have, das in keiner Wohnung fehlen darf«, versicherte Ella.

Timo stieß ein vergnügtes Lachen aus. »Bei den meisten Frauen schlägt das Herz höher, sobald sie eine tolle Handtasche sehen, aber bei dir leuchten die Augen, wenn eine Spielkonsole in deinem Blickfeld auftaucht.«

»Tja, in mir steckt eben nicht nur eine Businessfrau, sondern auch eine gewiefte Spielerin. Außerdem hab ich, wie du weißt, ein Faible für Kunst, und Spieldesign fällt, mit ein bisschen Fantasie, in dieselbe Kategorie.«

»Wenn das so ist, steht deine Playstation ganz oben auf der Liste der Dinge für die neue Wohnung«, versprach Timo, als sie das Haus ausgiebig begutachtet hatten.

Am nächsten Vormittag – Ella hatte nur schwer einschlafen können – standen sie wieder vor dem Haus, diesmal im Hellen. Die Straße war einer von diesen Orten, die Ella auch beim zweiten Besuch attraktiv fand.

Als sie klingelten, warteten sie auf den Summer, doch stattdessen hörten sie Schritte, und schließlich wurde die Haustür geöffnet. Die Besitzerin, Smilla Mortensen, war um die siebzig. Sie trug das Haar kurz und schien die Farbe Grau zu bevorzugen – grauer Rock, graue Bluse, sogar die Wände im Treppenhaus, auf das sie einen Blick erhaschen konnten, waren grau.

»Ah, da sind Sie ja«, begrüßte sie das Paar. »Kommen Sie rein. Der Wind heute ist grässlich. Da ist man lieber drinnen.« Sie trat zur Seite und winkte sie ins Haus. Ella und Timo folgten der Vermieterin durch das breite, von schlichten Lampen erhellte Treppenhaus, bis sie vor einer Tür stehen blieben. »Hier ist es. Die Wohnung ist ab sofort zu haben. So, dann mal hinein mit uns«, sagte sie, als sie aufschloss. Sie schubste Ella und Timo beinahe in den Flur, der von Spiegeln optisch vergrößert wurde.

Die Wohnung war durchaus geschmackvoll eingerichtet, wie Ella nach dem ersten Eindruck zugeben musste. Sogar der Schirmständer in dem kleinen Vorraum stammte von einem bekannten skandinavischen Designer. Sie waren gerade erst eingetreten, als es an der Eingangstür klopfte. Die Vermieterin öffnete. Eine junge Frau kam herein und gesellte sich zu ihnen.

»Hallo, ich bin Astrid Mor-ten-sen.« Sie sprach die Silben ihres Nachnamens einzeln aus und lachte. Sie wirkte ausgesprochen sympathisch. Ihre tiefbraunen Augen sahen Ella unverwandt an.

»Astrid ist mein Lichtblick, und nebenbei ist sie meine Tochter«, erklärte Smilla Mortensen strahlend.

»Ach, wissen Sie was? Vergessen Sie den Nachnamen, Astrid reicht völlig«, sagte ihre Tochter.

»Gern, Astrid. Ich bin Timo«, stellte er sich vor.

»Und ich bin Ella.«

Optisch hätte der Unterschied zwischen Mutter und Tochter nicht größer sein können. Astrids Haare waren rot gefärbt, und ihre Fingernägel leuchteten in verschiedenen Farben. Von Grau keine Spur.

»Dann übernehme ich jetzt, einverstanden?« Astrid sah ihre Mutter auffordernd an. Diese nickte und wandte sich Timo und Ella zu.

»Meine Tochter zeigt und erklärt Ihnen alles Nötige. Wir sehen uns später bei mir.« Sie verabschiedete sich mit einem Nicken und ließ sie allein.

»Die Wohnung hat neunzig Quadratmeter und ist recht hübsch eingerichtet«, begann Astrid. »Neunzig Quadratmeter ist groß für hiesige Verhältnisse. Einen Aufzug gibt es nicht. Wir trösten uns damit, dass wir in Bewegung bleiben. Hoffentlich stört euch das nicht.«

»Kein Problem, ich laufe gern«, entgegnete Timo.

Astrid führte sie durch den Flur ins Wohnzimmer. Die Wände waren weiß gestrichen und die Decken hoch, sodass ein luftiger Eindruck entstand.

»Hier hat früher mal mein Onkel gewohnt. Er ist vor einiger Zeit in ein Seniorenstift gezogen und konnte nur wenige Möbel mitnehmen. Vor seiner Pensionierung hat er als Produktdesigner gearbeitet. Der große Durchbruch ist ihm nie gelungen, aber er hatte eine Menge guter Ideen, die er unter anderem in dieser Wohnung umgesetzt hat«, berichtete Astrid.

Die Möbel im Wohnzimmer waren auf Maß gearbeitet, hatten klare Formen und waren schlicht, schienen aber von guter Qualität zu sein. Timo drehte sich einmal um sich selbst, um sich einen Gesamteindruck zu verschaffen.

»Ich wäre selbst nicht auf die Idee gekommen, den Raum so zu gestalten, aber es gefällt mir«, sagte er. Er suchte Ellas Blick, die ihn zustimmend anlächelte.

Nachdem sie alle Zimmer gesehen und ein paar Fragen gestellt hatten, gingen sie hinunter in Smilla Mortensens Wohnung im Erdgeschoss, wo ihnen die Vermieterin in ihrem Wohnzimmer Kaffee servierte. Timo und sie klärten die Formalitäten. Sie wurden sich schnell einig und vereinbarten, dass Timo einige Tage Bedenkzeit hätte und sich dann bei ihr melden würde. Als sie sich von der Hausbesitzerin verabschiedet hatten, begleiteten sie Astrid in ihren Laden zwei Häuser weiter.

»Was verkaufst du denn in deinem Geschäft?«, fragte Ella auf dem Weg.

»Kosmetik und Make-up, Tipps inklusive. Bei mir kann man nur Produkte erwerben, deren Verkauf ich verantworten kann, ohne Tierversuche et cetera. Seit der Pubertät interessiere ich mich für nichts anderes.« Sie deutete auf ihr Gesicht. »Unsere Haut ist unser größtes Organ, darum müssen wir uns kümmern, nicht wahr? Ihre Beschaffenheit sagt eine Menge darüber aus, was wir unserem Körper zumuten. Meine Mutter bringt mein Job allerdings langsam, aber sicher um den Verstand.« Sie lachte auf eine Weise, die klarmachte, dass es in Wahrheit so schlimm nicht war. »Sie hat sich in ihrem Leben noch nie geschminkt. Ich habe sie jedenfalls noch nie mit Foundation, Lippenstift oder Mascara herumhantieren sehen. Und dann hat sie eine Tochter wie mich. Aber was soll's. Jeder wird nach seiner Vorstellung selig.« Astrid öffnete die Tür zu ihrem Reich. »So, das ist es. Hier verbringe ich die meiste Zeit des Tages. Kommt rein«, sagte sie und schloss die Tür mit einem leisen Bimmeln hinter sich.

Astrids Kosmetikladen bot ein Sammelsurium an Kostbarkeiten, präsentiert in filigranen Regalen. Alles wirkte wie in einer Puppenstube, klein, sortiert und in bunten Farben präsentiert. Keine Spur von Minimalismus.

»Ich schreibe nebenher einen Beauty-Blog. Stelle neue Produkte vor, beantworte Fragen. Wenn Produkte gut sind, schwärme ich. Ich kann sehr emotional sein, gehe letztendlich aber kritisch an das Ganze ran, das wissen die Leute, und das schätzen sie auch an mir.«

Ella sah sich um, schließlich entdeckte sie Glanz-Produkte

in den Regalen, feinsäuberlich nebeneinander aufgereiht. Gott sei Dank hatte Astrid die getönte Tagescreme nicht im Sortiment.

»Du verkaufst die Rosenlinie?«, erkundigte sie sich, darum bemüht, sich ein Schmunzeln zu verkneifen.

Astrid griff nach der eleganten Glasflasche mit dem Pumpspender. »Ja. Auch die Goldblütencreme habe ich immer vorrätig. Die geht weg wie geschnitten Brot. Die Rosenlinie hat mich ebenfalls überzeugt, gleich von Anfang an. Glanz ist eine tolle Firma. Die denken sich was dabei, wenn sie etwas Neues auf den Markt bringen.«

Ella wurde rot vor Freude. »Freut mich zu hören. Ich bin Ella Glanz. Die Enkeltochter von Alfons Glanz, dem Firmengründer.«

Astrid sah Ella an, als hätte sie gerade behauptet, sie käme vom Mars. »Das ist nicht wahr, oder?« Ihr Gesicht lief vor Überraschung ebenfalls rot an.

»Doch, ist es.« Ella suchte nach einer Visitenkarte und reichte sie Astrid. »Kosmetik ist auch mein Leben. Schon immer. Ich hatte gar keine andere Wahl.«

»Das ist ja vielleicht ein Zufall!« Astrid lachte laut und ungestüm. »Ich liebe die Goldblütencreme. Alle Altersgruppen kaufen sie. Die Creme bringt die Leute zusammen. In meinem Laden sprechen die Menschen über das, was sie kaufen. Und ich fördere diesen Austausch, so gut es geht.« Astrid fasste sich an die Wange. »Die Rosenlinie hinterlässt übrigens ein wunderbares Hautgefühl … Und erst der Duft! Ich bin süchtig danach und benutze sie jeden Tag.«

Die Sätze flogen hin und her, so als wollten die beiden jungen Frauen sich noch mehr davon überzeugen, dass sie auf einer Wellenlänge lagen. Sie sprachen über Produkte, die es, ihrer Ansicht nach, noch zu verbessern galt.

»Ich warte die ganze Zeit darauf, dass mal jemand Abschminktücher, ein Gel oder einen Schaum entwickelt, der das Gesicht wirklich gut reinigt«, sagte Astrid. Sie brachte ihre Argumente leidenschaftlich hervor, sprach über Inhaltsstoffe, die von den meisten Konzernen nicht kritisch genug betrachtet würden, wobei Ella ihr zustimmte. Die Themen nahmen kein Ende. Zum Schluss wollte Astrid wissen, wie es wäre, innerhalb einer Familie zusammenzuarbeiten. »Generationswechsel scheitern oft. Davon hört man immer wieder.«

Ella nickte. »Ich denke, das hat mit unterschiedlichen Vorstellungen zu tun, die nicht ausführlich genug kommuniziert werden, mit verschiedenen Herangehensweisen und natürlich mit Gefühlen. Innerhalb der Familie zusammenzuarbeiten ist speziell. Man kennt sich in intimen Situationen, und plötzlich muss man in der Firma eine gewisse Distanz wahren, um gut miteinander zu harmonieren. Kurz gesagt, ist es wichtig, im Auge zu behalten, dass man im Beruf manches Gefühl für sich behalten muss, weil es um das große Ganze geht.«

Es war Mittag, als sie Astrids Laden verließen. Sie spazierten noch ein wenig durchs Viertel und fuhren am Nachmittag zurück nach Frederiksberg. Ella warf sich aufs Sofa, riss sich die Strümpfe von den Füßen und besah sich ihre Fersen. »Wieso ziehe ich solche Schuhe an, wenn ich mit dir durch die Stadt tigere?«, jammerte sie. Sie hatte an beiden Füßen Blasen.

Timo holte Massageöl aus dem Bad und setzte sich neben sie. Sein Zeigefinger zog eine gerade Linie von Ellas Handgelenk bis zur Halsbeuge. Sie spürte seinen Kuss sanft an ihrem Hals. Dann sagte er: »Gib mal her.«

Er nahm ihren malträtierten rechten Fuß und begann, ihn sanft zu massieren. Ella lehnte sich zurück, schloss die Augen und genoss Timos Zuwendung. Er fuhr über Ellas Rist und arbeitete mit geschickten Handgriffen das Avocado-Öl ein. Er ließ nicht ab, ihren Fuß zu bearbeiten, und begann gerade mit dem zweiten, als Ellas Handy klingelte.

Hastig setzte sie sich auf. »Das ist vielleicht Leonie mit Neuigkeiten.« Sie langte nach ihrem Mobiltelefon und sah aufs Display. »Großmama.« Ein Schreck durchfuhr sie. Ihre Großmutter rief sie nie an, wenn sie bei Timo war. Was war bei diesem Besuch in Kopenhagen nur los?

Timo ließ von ihr ab, als Ella das Gespräch annahm.

»Großmama. Hallo!«

»Ella, Liebes.« Die Stimme ihrer Großmutter klang so einnehmend wie eh und je. »Entschuldige. Ich möchte dich bitten, einen Termin für mich freizuhalten, sobald du zurück bist. Leonie ist zwar bestens über deine geschäftlichen Termine informiert, allerdings nicht über deine privaten, deshalb habe ich mir gedacht, ich rufe dich einfach kurz an.«

»Worum geht es, Großmama? Willst du mir nicht sagen, was du auf dem Herzen hast?«, bohrte Ella nach.

Timo verschränkte die Hände hinterm Kopf und sah Ella beim Telefonieren zu.

»Ich würde gern über eine Sache mit euch sprechen, die lange zurückliegt. Du weißt ja, wie es ist. Wenn man sich erst mal zu etwas durchgerungen hat, will man es auch machen«, erwiderte Hedi. »Aber es hat keine Eile, das nicht.«

Ella sah in ihrem Kalender nach und einigte sich mit Hedi auf einen Termin. Dabei dachte sie an das Verständnis, das ihre Großmutter Leonie und ihr entgegenbrachte. Sie konnten Tag und Nacht zu ihr kommen und ihr Herz bei Hedi ausschütten. Fragten sie jedoch nach der Vergangenheit, verschloss ihre Großmutter sich wie eine Schnecke, die sich in ihr Haus flüchtete. Unter Umständen ging es bei dem Treffen um den dunklen Fleck in ihrem Leben, über den sie nicht sprach. Vielleicht wollte sie ihnen endlich sagen, was ihr auf der Seele brannte.

»Ganz schön viel los bei dir. Ich hoffe, diesmal war es nichts Unangenehmes?«, erkundigte sich Timo, als Ella ihr Handy beiseitegelegt hatte.

»Ich weiß nicht.« Sie klang nachdenklich und sah an Timo vorbei aus dem Fenster. »Großmama hat mal gesagt, das Leben bliebe uns nie etwas schuldig, wir dem Leben manchmal jedoch schon.«

»Sehr philosophisch, würde ich sagen.«

»Sie hätte nicht angerufen, wenn es nicht um etwas furchtbar Wichtiges ginge, auch wenn sie sagt, es sei nicht so.«

4.

Tegernsee, September

Hedi betrachtete das Grün der Heuschrecke. Es war ein großes Exemplar, ungefähr zehn Zentimeter lang. Mit angehaltenem Atem ließ sie ihren Blick zu den Fühlern und den spitz nach hinten ragenden Beinen wandern. Wie fein alles aufeinander abgestimmt war. Und wie verbunden man sich mit einem Tier fühlen konnte.

»Heuschrecken sind gute Anzeiger für die Umwelt- und Lebensraumqualität.« Hedi flüsterte, aus Sorge, schon die Vibration ihrer Stimme könne das Insekt, das vor wenigen Sekunden wie aus dem Nichts auf ihren Handrücken gesprungen war und nun dort saß, vertreiben.

Nicole Marquarts Kopf war nur wenige Zentimeter von Hedis entfernt. Auch sie hockte im Gras und starrte auf die Heuschrecke, als sähe sie zum ersten Mal eine.

»Ich habe mal für ein Umweltmagazin einen Artikel über Heuschrecken geschrieben.« Nicole war in Hedis Flüstern eingefallen und bewegte sich nicht. »Erst vor wenigen Jahren konnte nachgewiesen werden, dass Heuschrecken sogar in einer Marmorhöhle im Fichtelgebirge leben. Faszinierende Tiere.«

Plötzlich zuckte Hedis kleiner Finger. Die Heuschrecke setzte an, und ehe Hedi sichs versah, sprang sie von ihrer Hand und war verschwunden.

»Dieses verflixte Zucken«, rief Hedi verärgert. Ihr Blick wanderte zu der Stelle, wo das Tier im Gras gelandet und in den Schutz des Grüns verschwunden war.

Nicole hielt Hedi den Arm hin. Hedi griff danach, kam vorsichtig aus der Hocke in den Stand und machte einen prüfenden Schritt nach vorn. Ihr Knie schmerzte, noch dazu hatte sie ihren Gehstock in der Wohnung vergessen.

Hedi bemerkte, dass die Journalistin sie mitfühlend von der Seite ansah. Nicole arbeitete als Ghostwriterin und hatte mit Hedi schon etliche Interviews für eine Chronik der Firma Glanz geführt. Seitdem hatten die beiden unterschiedlichen Frauen sich angefreundet, denn Nicole war einer dieser Menschen, denen man sein Vertrauen schenkte, ohne einen Beweis dafür zu brauchen, dass man damit richtig lag.

»Soll ich Ihnen eben Ihren Stock holen?«, bot Nicole an.

Hedi biss die Zähne zusammen. »Nicht nötig, es geht schon«, versicherte sie. Lieber nahm sie Schmerzen in Kauf, bevor sie als hinfällig angesehen wurde. »Tiere und Kinder sind fesselnd, nicht wahr?«, sagte sie, und schaffte es, von sich selbst abzulenken. »Ich freue mich immer wieder, wenn zum Beispiel ein Marienkäfer auf meinem Arm oder meiner Hand landet.«

»Marienkäfer …« Nicole lächelte. »Die liebe ich, seit ich denken kann. Als kleines Mädchen habe ich mich zweimal zu Fasching als Marienkäfer verkleidet. Damals hab ich die Flügel meines Kostüms ausgebreitet und bin voller Stolz über die große Wiese neben unserem Haus gelaufen.«

Hedi ließ sich von Nicole führen. Auf halber Strecke gabelte sich der abschüssige Weg. Jenseits der Dächer am anderen Seeufer – hinter den Kiefern und Tannen – spannte sich über dem türkisgrünen See im Sommer oft ein makellos blauer Himmel. Heute war es verhangen, doch der See glitzerte, sobald die Sonne kurz herauskam. Hedi blieb stehen und genoss den Moment. Wenn Regen drohte, zog sie sich gern auf die überdachte Terrasse des Gartenhauses in der Nähe des Stegs zurück und ließ die Seele baumeln. Sie gingen weiter und nahmen unweit des Ufers auf den Stühlen, die um einen Teakholztisch gruppiert waren, Platz. Hedi streckte die Füße aus und sah aufs Wasser, wo zwei Segelboote kreuzten. Der Wind fiel in die Segel und blähte sie auf. Hedi wandte sich an die Journalistin.

»Wären Sie so lieb, uns eine Erfrischung zu holen? Im Gartenhaus sind Getränke. Ich bin sicher, Sie finden sich zurecht. Kekse müssten auch noch da sein. Nehmen Sie, was immer Sie mögen.«

Ein wehmütiges Lächeln trat auf Hedis Gesicht, als Nicole mit großen Schritten davonging. Noch einmal so laufen können wie die junge Frau. Manchmal waren Erinnerungen tröstlich. Man konnte die Augen schließen und wieder jung sein, mit einer verheißungsvollen Zukunft vor sich …

Kurz darauf kam Nicole mit einer Wasserflasche, Gläsern und einer Schale mit Butterkeksen zurück, stellte das Tablett auf den Teakholztisch, füllte zwei Gläser und reichte eines Hedi.

»Danke.« Hedi nahm einen Schluck.

Schweigend sahen sie aufs Wasser. Nicole deutete zum See und auf die Berge dahinter. Die Wellen bildeten kleine Schaumkronen und brachen an der höchsten Stelle, und plötzlich zeigte sich wieder die Sonne. »Herrlich, nicht wahr?«

Hedi sah auf die blitzblaue Wasseroberfläche. »Ja, es ist immer wieder atemberaubend, all das zu sehen.« Ihr Blick wanderte zu der Schachtel auf dem Stuhl, die Nicole abgestellt hatte, als sie angekommen war.

»Danke, dass Sie mir Gesellschaft geleistet haben, als ich mit meinen Enkeltöchtern gesprochen habe. So ist es mir leichter gefallen, die Telefonate hinter mich zu bringen.«

»Der Anfang ist gemacht. Sie können zufrieden sein«, versicherte Nicole.

Seit die Journalistin die Entwicklung der Firma für die Chronik beleuchtet hatte, war sie zu einer Vertrauensperson für Hedi geworden. Nach einigen Gesprächen hatte sie es zum ersten Mal gewagt, jemandem ihre Vergangenheit anzuvertrauen. Nicoles Fragen hatten zum Vorschein gebracht, was Hedi jahrzehntelang in den letzten Winkel ihres Herzens geschoben hatte. Seitdem war die Vergangenheit wieder so präsent wie damals. Das war der erste Schritt gewesen, dem der zweite, ihrer Familie endlich die Wahrheit zu sagen, bald folgen sollte.

Das Adrenalin kribbelte noch immer in Hedis Körper. Es hatte sie eine Menge Überwindung gekostet, bei Annalena vorbeizuschauen und danach Leonie und Ella anzurufen. Und obwohl diese nun wussten, dass sie etwas mit ihnen besprechen wollte, war sie sich nicht sicher, ob sie das Richtige tat.

»Wissen Sie, seit ich Ihnen die Briefe gegeben habe, überlege ich, ob es nicht doch besser wäre, manches für mich zu behalten. Die Wahrheit kann hart sein, und sie kann vieles verändern … nicht nur zum Guten.« Hedi glaubte, Nicole anzusehen, was sie von ihren Gedanken hielt. »Ich bin mir einfach nicht sicher, was das richtige Vorgehen in meinem Fall ist«, fügte sie rasch hinzu. Sie legte die Hände übereinander und atmete tief durch.

»Entschuldigen Sie meine Offenheit, Frau Glanz, aber Sie haben nicht endlos Zeit. Irgendwann sind Sie nicht mehr da, um Rede und Antwort zu stehen. Möchten Sie denn, dass Ihre Geschichte verloren geht?«

»Nein«, gab Hedi zu. Sie schwieg einige Sekunden, dann fuhr sie fort: »Am Tag unserer Hochzeit haben mein Mann und ich uns geschworen, stets unser Bestes zu geben.« Hedi hörte selbst, wie wehmütig sie klang. »Leider haben wir das Beste schon früh aus den Augen verloren, und das hat uns schwer zu schaffen gemacht.«

Eine Stimme in ihr riet ihr: *Teile deine Geschichte mit der Familie.* Eine zweite rief laut: *Tu es nicht. Danach wird nichts mehr sein wie zuvor.* Hedi seufzte. Sie wollte keinen Druck auf

Nicole ausüben, aber als sie weitersprach, schwang Kritik in ihrer Stimme mit. »Sie haben sich mit dem Lesen der Briefe Zeit gelassen.«

Als Nicole vor einigen Wochen mit den Briefen ihre Wohnung verlassen hatte, hatte Hedi den Fernseher angestellt. Sie konnte sich nicht auf die flimmernden Bilder konzentrieren und hatte das Gerät schließlich wieder ausgeschaltet. Stattdessen hatte sie ein Buch aufgeschlagen, ohne jedoch wahrzunehmen, was sie las. *Die Decke bis ans Kinn ziehen und schlafen. Nur für ein paar Stunden.* Auch das war ein frommer Wunsch geblieben, denn die Fragen hatten sich in ihrem Kopf weiter im Kreis gedreht. Wie sollte sie ihrer Familie erklären, dass sie jahrelang Briefe an jemanden geschrieben hatte, von dem niemand der Ihren je gehört hatte? Was würde geschehen, wenn die Familie erfuhr, welche Schuld Alfons und sie auf sich geladen hatten? Hedi fluchte im Stillen. Warum, in Herrgotts Namen, hielten alle an der Wahrheit fest, als sei sie ein Baum, der auch im Sturm nicht umfiel?

»Um ehrlich zu sein, habe ich die Briefe anfangs ignoriert.«

Hedi blickte auf und sah vor sich, wie Nicole jeden Tag an der Schachtel mit den Briefen vorbeigegangen war, ohne den Deckel anzuheben.

»Manchmal zögere ich, den Ball zu ergreifen, mit dem jede Geschichte beginnt.« Die Journalistin fuhr mit dem Daumen über den dunkelroten Nagellack ihres Ringfingers. »Geschichten, die eine gewisse Brisanz haben, gehören zu meinem Berufsalltag. Man müsste also meinen, ich wäre gewappnet. Aber gleich der erste Brief hat mich mit ungeheurer Heftigkeit überrollt.«

Die Unsicherheit in der Stimme der jungen Frau nahm zu.

»Die Gespräche mit Ihrem Mann ... Dieses ewige Sich-im-Kreis-Drehen, ohne irgendwo anzukommen ... Und der Moment, in dem Sie Ja zum Vorschlag Ihres Mannes sagen ... Ich war mittendrin in der Trauer und dem Schmerz und diesem … diesem Unvermögen. Ich konnte keinen Abstand zu Ihrer Geschichte wahren.« Das Wort *Unvermögen* hatte Nicole mit einer gewissen Resignation in der Stimme ausgesprochen.

Noch ehe Hedi etwas erwidern konnte, sprach Nicole schon weiter.

»Als ich mit dem letzten Brief durch war, hatte ich das Gefühl, mein Leben sei auf links gedreht worden.« Nicoles Augenbrauen formten einen nach oben gezogenen Bogen. »Niemand steckt je in der Haut eines anderen, es wäre also vermessen zu behaupten, ich könnte mich in Sie hineinversetzen. Aber ich habe mich die ganze Zeit gefragt, wie Sie nach dem, was geschehen ist, weiterleben konnten.«

Hedi versuchte, sich vorzustellen, wie es Nicole beim Lesen ergangen, wie erschüttert sie gewesen war. Vielleicht hatte sie die Wucht der Briefe unterschätzt, schließlich hatte Nicole sich nicht auf den Sog ihrer Vergangenheit vorbereiten können. Das Ganze war für sie aus heiterem Himmel gekommen.

»Falls ich Ihnen zu viel zugemutet haben sollte, tut es mir leid.«

Nicole winkte ab. »Das muss ich aushalten können. Machen Sie sich da mal keinen Kopf.«

Ihre Stimme klang nun wieder professionell. Positiv und gut gelaunt von Berufs wegen, fügte Hedi im Stillen hinzu und verwarf den Gedanken gleich wieder. Nicole war eine empathische Frau, blieb dabei jedoch stets sachlich, und Hedi würde niemand helfen, der in einem Tränenmeer versank. Was sie brauchte, war ein offener, unvoreingenommener Blick auf die Dinge.

Hedi richtete sich auf und sah noch einmal aufs Wasser, dann zu Nicole. »Danke, dass Sie sich die Zeit für meine Geschichte genommen haben.« Sie zögerte kurz, bevor sie weitersprach. »Jetzt, wo das Offizielle hinter uns liegt und Sie mein lang gehütetes Geheimnis kennen, könnten wir doch Du zueinander sagen. Was meinen Sie?«

Nicole sah Hedi überrascht an, dann lächelte sie. »Sehr gern.«

Hedi nahm ihre Hand und drückte sie fest. »Also dann Hedi und Nicole?«

Nicole nickte. »Hedi und Nicole«, antwortete sie.

»Falls der Inhalt der Briefe an die Öffentlichkeit gelangen würde, wäre der Ruf meines Mannes, selbst über seinen Tod hinaus, ruiniert.« Wenn sie an das Ausmaß der Katastrophe dachte, lief ein kalter Schauer durch Hedis Körper.

»Mir ist durchaus klar, dass Sie … dass du geschwiegen hast, um die Zukunft der Firma und die deines Mannes nicht zu gefährden, und natürlich um deine Tochter und später deine Enkelinnen behütet aufwachsen zu sehen«, sagte Nicole.

»Der Schutz der Familie hatte immer oberste Priorität.« Hedi holte laut Luft.

»Warum hast du aufgehört, Briefe zu schreiben?«

»Weil ich am Tiefpunkt meines Lebens erkannt habe, dass mein Selbstmitleid ein riesiger Stein war, den ich mir selbst in den Weg gelegt hatte. Diesen Stein musste ich wegräumen. Und dazu gehörte, mit den Briefen aufzuhören. Nicole, sag mir bitte freiheraus, kann ich meiner Familie meine Geschichte zumuten? Ich weiß, ich hätte nicht Ja zu dem sagen sollen, was mein Mann von mir verlangte, aber ich habe es getan.«

Nicole sah zu Boden. Anscheinend suchte sie nach einer passenden Umschreibung für ihre Empfindung.

Du musst nichts vortäuschen, Nicole. Weder Verständnis noch gute Laune. Du kannst ehrlich sein. Hedi sah sie forschend an. Da war ein kurzes Zögern, eine Klippe, die die Journalistin zu umschiffen versuchte. Hoffentlich ist das nicht der letzte Moment Normalität, dachte Hedi.

»Es ist unmöglich vorherzusagen, wie deine Familie auf die

Briefe reagieren wird. Du wirst dir eine Menge unbequeme Fragen gefallen lassen müssen, so viel ist sicher. Deine Familie wird wissen wollen, wie du so lange mit deinem Geheimnis klarkommen konntest. Und wieso du ihnen nicht vertraut hast. Sie werden sich fragen, was das alles für sie bedeutet. Aber ich denke, du schlägst die richtige Richtung ein.«

Hedis Herz setzte einen Schlag aus. Ihre Arme, die sie vor der Brust verschränkt hatte, zitterten. Manche Familien zerbrachen an alten Geschichten, oder sie verstummten. Liebte ihre Familie sie auch dann noch, wenn sie sie *wirklich* kannte?

»Es lohnt sich, mutig zu sein«, fuhr Nicole fort. Ihre Stimme war mit einem Mal voller Mitgefühl. »Manchmal müssen wir den Finger in die Wunde legen, um zu begreifen, wer wir wirklich sind. Dinge, über die nie ein Wort verloren wurde, das kommt in den meisten Familien vor. Leg deine Vergangenheit offen, damit du endlich diese Last loswirst.«

Eine Amsel flog in den Kirschbaum und begann zu zwitschern. Hedi lauschte dem Gesang. Sie wollte nicht bis zum Ende ihres Lebens verbissen schweigen und ihre Familie später mit Fragen zurücklassen.

Hedi versagte beinahe die Stimme. »Was würde ich dafür geben, die Zeit zurückzudrehen und einen anderen Weg einzuschlagen.«

Anerkennung lag in Nicoles Blick. Hedis Hand rutschte ab und fiel ins Leere.

Nicole fing sie auf. »Und wie gern würde ich dir sagen, dass es nie zu spät ist, neu zu beginnen. Aber manchmal ist die Zeit einfach nicht auf unserer Seite.«

5.

Kopenhagen, Dänemark, September

Timo folgte den Schildern zum Terminal 2, wo der internationale Flugverkehr am Kopenhagener Flughafen abgefertigt wurde. Sie hatten die Metro genommen. Die M 2 war an den Flughafen angebunden, der sich an der Ostküste der Insel Amager, acht Kilometer vom Stadtzentrum entfernt, befand. Kein Stau, keine Parkplatzsuche. So hatte es doch noch etwas Gutes gehabt, dass Kai mit seinem Wagen unterwegs war.

»Eine Menge los heute«, murmelte Timo. Selbst die kleinste Ecke war mit telefonierenden, redenden, vor sich hinstarrenden Reisenden bevölkert. Das war kein Wunder, schließlich war Kopenhagen-Kastrup im nordeuropäischen Raum der größte Umschlagplatz und Verkehrsknotenpunkt.

Ella ging schweigend neben ihm her und schien nichts von dem mitzubekommen, was um sie herum geschah. Schon beim Aufstehen am Morgen war sie ungewöhnlich still gewesen, doch dass die Schweigsamkeit anhielt und sie wortlos neben ihm hertrottete, kannte Timo nicht.

»Alles okay, Ella?«, erkundigte er sich und stabilisierte den seltsam altertümlich wirkenden Koffer aus gestepptem roten Leder auf dem Gepäckwagen. Ella hatte ihm erzählt, wie sie den Koffer auf einem Trödelmarkt erstanden und darin ein vierblättriges Kleeblatt entdeckt hatte. Seitdem bezeichnete sie ihn als ihren Glückskoffer.

Es dauerte einige Augenblicke, bis Ella antwortete. »Entschuldige.« Sie blieb kurz stehen und legte ihm die Hand an die

Wange. »Meine Gedanken haben mich voll und ganz im Griff. Erst der Anruf von Leonie, dann Großmama …«

»Ich kann verstehen, dass du gedanklich schon in Deutschland bist.« Timo beugte sich vor und hauchte, bevor sie weitergingen, einen Kuss auf Ellas Lippen.

Ella lächelte. »Hab ich dir eigentlich schon gesagt, was das Beste an einem Familiendomizil wie unserem ist?«

»Ich lausche gespannt«, entgegnete Timo.

»Dass wir da Platz für weitere Lieblingsmenschen haben«, erklärte Ella und sah Timo vielsagend an.

Bei diesen Worten wurde es Timo warm ums Herz. Dies war eine Einladung, das wusste er. »Das hört sich fantastisch an.«

Ella versuchte weder ihn einzuschränken noch unter Druck zu setzen. Auch für diese Rücksichtnahme, die er nie eingefordert hatte, liebte Timo sie.

»Beim nächsten Mal zeige ich dir den Flieger-Grill. Dahin hätten wir längst einen Abstecher machen sollen.« Der Imbissstand am Rande des Landefeldes war ein beliebter Treffpunkt und deshalb zu einem Kulturgut Dänemarks erklärt worden. »Kai hat mich nicht umsonst gleich bei meinem ersten Aufenthalt dorthin geschleppt. Wir können Astrid Mortensen mitnehmen. Ihr habt euch doch so gut verstanden. Vielleicht hat sie Lust, uns zu begleiten, dann könnt ihr wieder über Kosmetik fachsimpeln.«

Astrids Kosmetikladen begeisterte Ella weiterhin. Die beiden Frauen hatten gleich am Tag nach der Wohnungsbesichtigung miteinander telefoniert. Im Gegensatz zu Ellas Schwester Leonie, die laut Ella immer mit einem klaren Ziel vor Augen lebte, hatte Astrid eine unbekümmerte, spielerische Seite, die auch Teil von Ellas Wesen war. Ellas Kontakt zu Astrid hatte es Timo leicht gemacht, die Wohnung anzumieten. Wenn Ella eine Freundin im Haus hätte, würde sie sich dort sicher ebenso wohlfühlen wie er.

Sie überholten eine Gruppe Reisender und erreichten den Schalter von Ellas Fluglinie. Dort stellten sie sich in die Warteschlange. Als sie an der Reihe waren, hob Timo Ellas Koffer aufs Band. Wie immer grinste er, als Ella ihren Spruch vom Glückskoffer loswurde.

»Nicht vorzustellen, wenn dieser Koffer wegkäme«, sagte sie auch jetzt wieder.

Die Dame vom Bodenpersonal versprach, man werde schonend mit Ellas Gepäckstück umgehen.

»Danke, das ist sehr freundlich von Ihnen.« Ella nahm die Bordkarte entgegen und drehte sich zu Timo.

»Brauchst du noch was? Eine Zeitschrift oder ein Buch? Oder deine Lieblingsdrops?«, erkundigte er sich.

»Danke, nein. Ich hab alles.« Ella stellte sich auf die Zehenspitzen und gab ihm einen flüchtigen Kuss. Ihre Lippen waren weich und verlockend wie immer, doch Timo bemerkte Ellas Anspannung, denn der Kuss war schneller vorbei als sonst.

Seit Leonie angerufen und von dem Problem mit der getönten Tagescreme berichtet hatte, wirkte Ella fahrig. Das vergangene Jahr war nicht einfach für sie und Leonie gewesen. Plötzlich an der Spitze eines Kosmetikkonzerns wie der Glanz AG zu stehen war eine Herausforderung, inklusive durcharbeiteter Nächte, endloser Überlegungen und Sorgen. Es war zu hoffen, dass bessere Zeiten auf die Schwestern zukommen würden. Doch wie es schien, blieb dies ein frommer Wunsch.

Timo sah erneut zu Ella. Sie kaute auf der Innenseite ihrer Wange. Zu Beginn ihrer Beziehung hatte er Ella wie einen Springbrunnen wahrgenommen, dessen Wasserfontäne hoch in den Himmel schoss. Ella hatte lebensfroh und extrovertiert auf ihn gewirkt, und dieses Quirlige gefiel ihm. Doch seit Alexanders Unfall hatte sich etwas Eigenbrötlerisches in ihr Wesen geschlichen. Menschen, die sie nur oberflächlich kannten, bemerkten diese plötzliche Zurückgezogenheit nicht. Sicher wäre Ella wieder ganz sie selbst, wenn nur ein bisschen mehr Zeit verging, hofften sie vermutlich. Doch Timo wusste, dass der Verlust ihres Bruders und ihre neue berufliche Aufgabe Ella dauerhaft verändert hatten. Michaels lange zurückliegende Trennung von Leonie, bei der Ella eine entscheidende Rolle gespielt hatte, hatten diese Nachdenklichkeit noch verstärkt.

Timo fühlte mit Ella, doch manchmal hatte er den Eindruck, sie glaube, Liebe sei etwas, das man sich erst verdienen müsse, wie man sich mit guter Arbeit einen Vertragsabschluss verdiente. Wenn er ihr gegenüber durchblicken ließ, dass es nichts gab, was er nicht an ihr liebte, sah Ella ihn an, als müsse sie sich erst an den Gedanken gewöhnen.

Sie waren bei der Absperrung angekommen und blieben stehen. Ella beobachtete die Reisenden, die ihre Jacken, Notebooks, Handys und Taschen auf das Band legten.

»Hey, du.« Timo schlang die Arme um ihre Hüfte und zog sie an sich.

Ella sah ihn mit einem einnehmenden Lächeln an, das nur sie zustande brachte. Es war das Lächeln einer Frau, die die Zeit als Kind, als ihr die Welt ohne Einschränkung offengestanden hatte, trotz aller Herausforderungen nie ganz verloren hatte.

»Vergiss nicht, dass ich jeden Morgen und jeden Abend an dich denke, und zwischendurch geisterst du natürlich sowieso durch meinen Kopf«, sagte er leise. »Du bist immer bei mir, auch wenn du am Tegernsee bist und ich hier bin … Und was die Firma anbelangt, halt den Kopf hoch. Lass dich nicht unterkriegen, wie schlecht es gerade auch aussehen mag. Versprichst du mir das?«

Ella sah ihn mit ihren großen Augen an und nickte.

»Ich verstehe, dass du trotz Leonies Worten früher zurückmöchtest. Wenn ich du wäre, könnte ich ebenfalls keinen Tag länger hierbleiben. Du musst gemeinsam mit deiner Schwester den Schaden eingrenzen … Eins weiß ich jedoch. Mit Fingerspitzengefühl an etwas herangehen, das könnt ihr beiden perfekt. Gib Bescheid, wie es läuft, ja?«

»Mach ich. Du bekommst jeden Abend ein Update.«

»Und damit es keine Missverständnisse gibt: Du musst dir keine Gedanken über unser nächstes Treffen machen. Ich komme zu dir, so schnell ich kann. Einverstanden?«

Ella atmete erleichtert auf. »Danke für deine Rücksicht.«

»Das ist keine Rücksichtnahme, das ist Liebe. Egal, wie lange du am Tegernsee gebraucht wirst, du kannst auf meine Unterstützung zählen. Immer!«

Er nahm sie ein letztes Mal in den Arm, küsste ihre Schläfe, dann ihre Lippen, schließlich versetzte er ihrem Rücken einen leichten Stups. »Nun ab mit dir. Wir telefonieren. Klar?«

Ella schob sich die Handtasche auf die Schulter und ging davon. Als sie sich zu Timo umdrehte, formten dessen Lippen: *»I love you.«* Er sah, wie auch sie stumm *I love you* sagte und *more* dranhängte, dann winkte sie ihm zu und verschwand in der Menge.

Timo stand da, ohne sich zu rühren. Anfangs hatte die Tatsache, dass sie eine Fernbeziehung führten, ihm nichts ausgemacht, doch neuerdings gab es ihm jedes Mal einen Stich, wenn Ella nach Hause flog oder er zurück nach Kopenhagen musste. Er rieb sich mit der Hand übers Kinn, suchte sich seinen Weg durch die Reisenden und stieg in die Metro.

In Frederiksberg öffnete sich die Eingangstür zu Kais Wohnung, bevor er überhaupt den Schlüssel ins Schloss stecken konnte.

»Sven … Hast du keinen Unterricht?«, fragte Timo überrascht, als er Kais Sohn sah.

Sven lief puterrot an und ließ ihn eintreten. »Ich hab mich

heute nicht gut gefühlt und bin vorsichtshalber zu Hause geblieben.« Sven griff sich demonstrativ an den Magen.

Timo legte den Schlüssel ab. »Mathetest?«, vermutete er.

Sven schüttelte den Kopf. »Kein Test. Weder Mathe noch sonst was.«

»Lass mich raten.« Ein Blick reichte, um Bescheid zu wissen. »Dein Unwohlsein bezieht sich nicht zufällig auf diese Region hier?« Timo deutete auf seinen Brustkorb.

Sven sah betreten zu Boden und schwieg.

Timo fasste seinen Neffen an der Schulter und hob mit der anderen Hand sacht dessen Kinn, sodass dieser ihn ansah. »Von mir erfährt dein Vater nichts, klar? Wenn es um die Schule geht, regt er sich immer furchtbar auf. Lass uns in die Küche gehen und was trinken.«

Eine Viertelstunde später wusste Timo, dass Sven sich nicht in die Schule getraut hatte, weil er annahm, Liva, eine Klassenkameradin, in die er sich verliebt hatte, habe von seinen Gefühlen für sie erfahren.

»Die anderen machen mich platt, wenn sie Wind davon bekommen, dass ich auf Liva stehe. Sie ist das beliebteste Mädchen in der Klasse.« Sven machte eine wegwerfende Handbewegung. »Ach was, der ganzen Schule.« Nach einem Moment des Überlegens zog er sein Handy aus der Gesäßtasche, scrollte durch seine Fotos und zeigte Timo ein Bild, auf dem Liva neben einem anderen Mädchen stand und keck über ihre Schulter schaute. Ihr dichtes, glänzendes Haar fiel ihr über die Schulter und reichte ihr beinahe bis zu den Ellbogen.

»Und?« Sven bedachte Timo mit einem neugierigen Seitenblick, konnte dessen Reaktion kaum abwarten.

»Nicht schlecht«, sagte Timo nach ein paar Sekunden.

Sven boxte ihn in die Hüfte. »Nicht schlecht?«, wiederholte er enttäuscht. »Liva ist eine Göttin!«

Timo gab Sven das Handy zurück. »War nur ein Witz«, sagte er ruhig. »Liva ist wirklich außergewöhnlich hübsch. Aber wie ist sie sonst so? Abgesehen von ihrem Äußeren?«

Svens Profil wurde durch die Küchenspots über ihm deutlich hervorgehoben.

»Sie ist gut in Mathe und für jeden Spaß zu haben. Und sie ist immer freundlich. Deshalb hängen alle ständig wie die Kletten an ihr. Vor lauter Typen um sich herum sieht sie mich natürlich nicht.« Sven klang keineswegs, als wäre er mit seinem Leben, wie es zurzeit lief, zufrieden, und schon gar nicht, als hätte er eine Lösung für sein Problem parat.

Timo wuschelte ihm durchs Haar, was Sven mit einem genervten Ausdruck quittierte. »Dass sie dich nicht sieht, glaube ich nicht, Sven. Hast du dich schon mal gefragt, was Mädchen an Jungs toll finden? Und du hast doch viel zu bieten, du bist anständig, freundlich …«

Sven schnaubte gekränkt. »Ich bin zu schüchtern, das dürfte keine Neuigkeit für dich sein, und Mädchen stehen auf coole Typen. Und gar nicht so wenige stehen auf öde Angeber. Muss was mit den Genen zu tun haben, von wegen starke Typen sichern das Überleben.«

»Schüchtern zu sein kann ein Vorteil sein, Sven. Schüchterne Menschen sind in der Regel sehr einfühlsam und empathisch. Und egal, wie Mädchen sich manchmal anstellen, meiner Erfahrung nach sind das in Wahrheit die Qualitäten, die Mädchen suchen.«

Der Junge sah ihn an, als hätte er einen Witz gerissen. Timo wusste, dass Sven das unstete Verhalten seines Vaters, was Frauen anbelangte, insgeheim ablehnte. Manchmal kam ihm Svens Schüchternheit wie das bewusst gewählte Gegenteil von Kai vor, der, ohne zu zögern, auf jede Frau zuging.

»Kluge Mädchen wissen, dass Jungs, die sich in Szene setzen, meist Bluffer sind. Die Unsicheren hingegen haben zumindest den Mut, ehrlich sich selbst gegenüber zu sein, sonst wüssten sie ja nicht, dass sie schüchtern sind. Mit denen können sie reden. Gib Liva Zeit, das herauszufinden, und zeig ihr, wer du bist, dann wird sie dich früher oder später als den wunderbaren Menschen wahrnehmen, der du bist.«

»Liva ist ein besonderes Mädchen, die schnappt sich doch bestimmt spätestens übermorgen ein anderer aus der Schule.«

»Deshalb bleibst du ja an ihr dran … Und gehst zur Schule, sonst siehst du sie nämlich nicht, und sie dich auch nicht, was echt schade wäre. Und noch zum Schluss. *Zu* gibt es nicht. Zu schüchtern, zu laut, zu dünn, zu was auch immer. Du bist, wie du bist. Komm, darauf stoßen wir an.« Timo wandte sich Richtung Kühlschrank. »Ist dein Lieblingsdrink immer noch Milch?«

»Ich kann nichts dagegen tun, mir schmeckt Milch nun mal«, sagte Sven in einem Ton, als wäre seine Wahl die falsche Entscheidung.

»Gegen Milch ist nichts einzuwenden.« Timo goss frische Vollmilch in Gläser und setzte sich damit an den Küchentresen.

Sven streckte die Arme über dem Kopf aus, gähnte verstohlen, dann zog er das Glas zu sich heran und nahm einen Schluck. »Will Papa tatsächlich mit deiner Unterstützung diesen alten Schuppen auf Vordermann bringen?«

»Hmm. Wobei ich das *Rækkehus* nicht als alten Schuppen bezeichnen würde.« Timo betrachtete seinen Neffen. Er kam ihm wie eine der Möwen vor, die oft in Gruppen gemächlich im Wasser trieben. Im Grunde fühlte er sich wohl in seiner Haut, sogar mit seiner Schüchternheit – er konnte es nur nicht zugeben.

»Und was ist mit Ella und dir? Wenn ihr das Projekt durchzieht, wirst du vor allem hier gebraucht. Macht Ella dir deswegen nicht die Hölle heiß? Kopenhagen ist nicht mal eben um die Ecke, wenn man am Tegernsee wohnt.« Sven sah Timo forschend an.

Timo trank und wischte sich über den Mund. »Stimmt. Die Entfernung ist ein Problem.« Er legte die Stirn in Falten. »Wie es aussieht, pendeln wir ein weiteres Jahr. Und dann sondieren wir neu.«

»Doofe Situation.« Sven blickte nachdenklich aus dem Fenster. »Wenn Liva mich wählen würde, würde ich alles daransetzen, sie jeden Tag zu sehen. Ella ist übrigens in Ordnung. Ziemlich locker und ziemlich hübsch.«

»Danke, ich hab schon bemerkt, dass du sie magst. Es geht mir mit Ella übrigens wie dir mit Liva. Aber da ist eben nicht nur meine Liebe zu ihr, sondern auch die Leidenschaft für meinen Beruf. Manchmal überschneiden sich die Dinge. Die Chance, die sich für deinen Vater und mich ergibt, wollen wir ergreifen. Ella weiß, dass ich es liebe, kreativ zu arbeiten. Das gehört zu meinem Leben wie die Luft zum Atmen. Wir werden schon eine Lösung finden, die auf Dauer funktioniert. Gut Ding braucht Weile … und aktive Gehirnzellen.« Timo tippte sich an den Kopf.

Sven verdrehte die Augen. »Ich hasse diesen Spruch.«

»Was glaubst du, wie es mir manchmal geht?« Timo schnaubte leise. »Manches lässt sich nun mal nicht übers Knie brechen. Herausforderungen anzunehmen bedeutet, die schützende Bucht, in der wir uns eine Weile befunden haben, zu verlassen und auf die offene See zuzusteuern.«

»Die globale Welt voller Likes, Follower und Messlatten sehe ich nicht als offene See, eher als Haifischbecken.«

»Vergiss für einen Moment Likes und Follower. Was bringt es dir, dich ständig zu vergleichen? Im Leben müssen wir nichts, aber wir können eine Menge.« Timo zwinkerte Sven aufmunternd zu. »Findest du nicht, dass das Leben wie ein Abenteuerspielplatz ist, und wir sind mittendrin? Leben soll Spaß machen.« Timo stand auf, trug die Gläser zum Spülbecken und wusch sie ab, dabei sah er auf seine Armbanduhr. »Apropos Spaß. Am besten verkrümelst du dich jetzt in dein Zimmer und rufst Liva an. Frag sie nach den Hausaufgaben oder so was. Sie wird sich freuen, von dir zu hören.«

»Mal sehen«, antwortete Sven vage.

Der Junge war gerade aus der Küche verschwunden, als Kai hereinspazierte. Er hatte einen Schwung Papiere unter dem Arm und legte ihn auf den Tisch. Timo schielte darauf. »Sind das die Pläne für die Renovierung?«, fragte er.

»Yep.« Kai warf seine Jacke auf den Tresen und schob Timo die Unterlagen zu.

Der schlug die erste Seite auf und blätterte durch die Zeichnungen bis zu den Kostenvoranschlägen. »Wow!«, sagte er. »Das sieht alles grandios aus. Wenn wir das durchziehen, ist das *Rækkehus* ein Palast, und wir sind pleite.«

Kai nahm sich eine Dose Cola aus dem Kühlschrank und riss die Lasche auf. »Im Gegenteil. Danach starten wir durch und schöpfen den Rahm des Erfolgs ab. In zwei, drei Jahren beneiden uns alle darum, dass wir die Chance ergriffen haben.«

»In drei Jahren hat Ella vergessen, wie ich aussehe.«

Kai trank in großen Schlucken und stellte die Cola auf die Arbeitsfläche. »Denk an die Männer, die auf Bohrinseln arbeiten und nur zwei-, dreimal im Jahr heimkommen.«

Timo lachte. »Ich bin nicht auf einer verdammten Bohrinsel. Ich bin in Kopenhagen, bei meinem großen Bruder, der mal wieder Pläne für zwei macht.«

»Und mein kleiner Bruder«, Kai machte in gespielter Ernsthaftigkeit eine Geste, die sie beide verband, »ist so klug und steigt mit ein.«

Timo sah die Papiere noch einmal durch. Auf seiner Stirn wuchs eine Sorgenfalte. Halb widerstrebend, halb anerkennend, weil Kai bereits alles bis ins Detail geplant hatte, nickte er schließlich. »Du hast gute Vorarbeit geleistet. Aber dieses Projekt lässt sich nicht mal eben mit links abhaken. Bei Ella gibt es gerade ziemliche Probleme. Ich weiß nicht, wie es in Zukunft beruflich bei ihr weitergeht. Nicht, dass ich mir Sorgen machen würde, aber sie ist nun mal an den Tegernsee gebunden.«

»Glaubst du, das weiß ich nicht? Und was die Kosten für den Umbau anbelangt, siebzig Prozent trage ich, dreißig du.« Kai rekelte sich, wodurch sein T-Shirt nach oben rutschte und den Blick auf ein kleines Stück seines noch immer durchtrainierten Bauchs freigab. »Unterm Strich fällt das *Rækkehus* für dich auf längere Sicht nicht wirklich in die Kategorie unkalkulierbares Risiko. Die Investition können wir absetzen, und auf den Erfolg müssen wir garantiert nicht lange warten, schließlich war das Restaurant eine Institution, an die viele sich noch erinnern. Von der guten Presse, die wir bestimmt bekommen, ganz zu schweigen. Wenn wir es geschickt anstellen, bauen wir uns was richtig Feines auf. Etwas mit Substanz – einen echten Hotspot. Und wenn du nach zwei Jahren häufiger bei Ella sein möchtest, finden wir eine Lösung. Das verspreche ich dir von Bruder zu Bruder.« Kai wies mit dem Daumen hinaus, in Richtung des Gartens und der angrenzenden Häuser. »Ich mag Frederiksberg unter anderem deshalb, weil die Gegend etwas Dauerhaftes ausstrahlt und kein Strohfeuer ist. So stelle ich mir auch unser Restaurant vor. Es soll ein Ort sein, an den Kinder, wenn sie erwachsen geworden sind, zurückdenken, weil sie früher mit den Eltern dort eine nette Zeit verbracht haben. Sie sollen wiederkommen, weil sie uns in guter Erinnerung haben … *A home far away from home.*«

Timo legte den Arm um Kais Schultern. Er war nicht mit allem einverstanden, was sein Bruder tat, doch er schätzte dessen Sinn für Chancen und die Vorliebe für Dinge, die überdauerten.

»Wir schaffen das, Timo. Abgemacht?« Kai hielt ihm die geöffnete Hand entgegen. Timo überwand das kleine innere Zögern und schlug ein.

6.

Tegernsee, September

Ella nahm ihre Handtasche vom Beifahrersitz und stieg aus dem Wagen. Der Verkehr hatte sich Gott sei Dank in Grenzen gehalten. Die Fahrt vom Flughafen an den Tegernsee war ohne besondere Vorkommnisse verlaufen. Sie öffnete den Kofferraum und ließ den Blick über den Vorplatz des Goldblütenhauses schweifen. Es war unter anderem die gefällige Symmetrie, die in denjenigen, die das Gebäude zum ersten Mal sahen, das Gefühl weckte, an einem ganz besonderen Ort zu sein. Ella dachte, wenn sie auf den Familienstammsitz zufuhr, immer daran, wie aufgehoben sie in diesem Haus war.

Sie griff nach ihrem roten Koffer, schloss den Kofferraum mit einem satten Geräusch und war schon im Begriff, auf das Portal zuzugehen, als sie den Motor eines Wagens hörte. Ein schwarzes Saab-Cabrio kam die Auffahrt herauf. Als das Auto nahe genug war, erkannte Ella hinter der Frontscheibe Markus Goss. Er parkte schwungvoll neben ihrem Mini und stieß die Fahrertür auf.

»Hallo, Ella. Du bist nicht in der Firma?«, begrüßte er sie.

Ella stellte den Koffer ab und ging auf ihn zu. »Ich komme gerade vom Flughafen. Ich war bei Timo und will mich nur rasch frisch machen, bevor ich in die Firma fahre.« Sie schloss Markus in eine herzliche Umarmung. »Wir haben uns eine ganze Weile nicht gesehen. Viel zu lange, wenn du mich fragst. Telefonate zählen nicht.«

»Stimmt. Wir müssen uns bessern. Und zwar schleunigst«, entgegnete er.

Als Alex vor einem Jahr bei einem tragischen Unfall ums Leben gekommen war, war Ella wie gelähmt gewesen. Niemand aus der Familie hatte von Markus' Existenz und seiner Bedeutung für ihren Bruder gewusst, denn Alexander war verheiratet gewesen und hatte seine Beziehung zu Markus geheim gehalten. Doch als sie davon erfahren hatte, war Ella, ohne zu zögern, bereit gewesen, diesen kennenzulernen. Und als sie mit ihm gesprochen hatte, war seine Trauer um ihren Bruder so greifbar gewesen, dass auch Ella die Stimme versagt hatte. Inzwischen hatten alle in der Familie Markus ins Herz geschlossen. Ella hatte sich von Anfang an in seiner Gesellschaft wohlgefühlt. Markus hingegen schien noch immer nicht fassen zu können, ohne Wenn und Aber von ihnen allen aufgenommen worden zu sein. Für Ella, ihre Schwester, ihre Mutter und ihre Großmutter war Markus ein Glücksfall, ebenso wie Baker, der Mischlingshund, den Alex Markus zum Geburtstag geschenkt hatte.

Ella sah in den Wagen, wo Baker sehnsüchtig darauf wartete, hinausgelassen zu werden. Markus öffnete die Beifahrertür, und sofort hüpfte Baker vom Sitz, sprang an Ella hoch und sah sie mit diesem treuherzigen Blick an.

»Hallo, mein Süßer.« Sie streichelte seine Pfoten, die an ihrer Hüfte lagen. »Wie schön, dass ich dich wieder mal sehe.«

Baker war schon einmal für ein paar Tage bei ihnen gewesen, als Markus beruflich nach Hamburg gemusst hatte.

»Besuchst du einen Kongress?«, erkundigte sich Ella. Markus unterrichtete an der Münchner Uni Geowissenschaften und hielt regelmäßig Vorträge oder besuchte Kongresse.

»Ja.« Markus strich über die Flanke des Mischlingsrüden und nickte. »Diesmal bleibt Baker allerdings nur zwei Tage. Übermorgen hol ich ihn wieder ab.«

»Na, da wird sich Großmama aber freuen.« Ella wandte sich wieder an Baker. »Weißt du eigentlich, dass uns hier ein Hund fehlt? Dafür gibt es nur eine einfache Lösung. Du kommst öfter vorbei und schaust hier nach dem Rechten.«

Markus holte Bakers Korb und den Rest seiner Sachen aus dem Cabrio. Gemeinsam gingen sie zum Haus und traten in die Eingangshalle. Dort nahmen sie den Aufzug nach oben, dessen Türen sich im ersten Stock öffneten.

»Schade, dass ich es diesmal ziemlich eilig habe. In der Firma herrscht gerade Ausnahmezustand.«

Markus sah Ella mitfühlend an. »Dann hoffe ich, dass dieser Zustand schnell vorbeigeht. Und keine Sorge. Baker und ich kommen bald wieder, dann haben wir sicher ein bisschen mehr Zeit füreinander.«

In ihrer Wohnung stellte Ella den Koffer und die Handtasche ab. Aus der Küche hörte sie das leise Brummen des Kühlschranks. Sie ging ins Bad, machte sich frisch und tauschte die getragene Bluse gegen eine frische. Das Gepäck musste warten, darum würde sie sich später kümmern. Sie schloss die Tür hinter sich, nahm die Treppe ins Erdgeschoss und stieg zum zweiten Mal an diesem Tag in ihren Wagen.

Als sich der Schlagbaum vor der Glanz AG hob, nickte sie dem Mann vom Sicherheitsdienst zu. Wenn die Gebäude für Forschung, Produktion und Verwaltung vor ihr auftauchten, empfand sie jedes Mal ein bisschen Stolz. Über die Zukunft des Kosmetikkonzerns zu entscheiden war grundsätzlich eine große und befriedigende Aufgabe, doch gerade fühlte sie sich hilflos.

Ella stellte den Mini auf dem Firmenparkplatz ab, zupfte sich einen Faden von der Bluse und stieg aus. Entschlossen schlug sie die Autotür zu, bereit fürs Krisenmanagement.

Vor dem Eingang des Verwaltungsgebäudes flatterte die Fahne im Wind. *Glanz* – goldene Buchstaben auf weißem Grund.

Ella nahm die Treppe nach oben. Selbst Rückschläge ließen sich mit gutem Willen, einer Portion Cleverness und Tatkraft in etwas Positives ummünzen, diese Meinung hatte ihr Großvater stets vertreten, und diese Meinung vertrat auch Ella.

Als sie in Leonies Büro ankam, sah ihre Schwester auf.

»Du bist schon da?«

»Ich hab's in Kopenhagen einfach nicht mehr ausgehalten.«

Ein erleichtertes Lächeln huschte über Leonies Gesicht. Sie stand auf und schloss Ella liebevoll in die Arme. »Danke, dass du so schnell nach Hause gekommen bist.«

Ella steuerte mit Leonie die Sitzecke an, um sich im Schnelldurchlauf auf den neuesten Stand bringen zu lassen. Wie immer nahm Leonie sich des Problems mit der Art einer Psychologin an, die sich durch nichts aus der Ruhe bringen ließ. Nur hin und wieder blitzte Verunsicherung wegen der Tragweite des drohenden Schadens durch. »Langer und Fichte wird, wie die anderen Parfümerieketten auch, die gesamte Palette aus dem Verkehr ziehen. Bis jetzt wurden allerdings schon über zweieinhalbtausend Cremes aus der verunreinigten Charge in den Filialen verkauft.«

»Wir sollten vorsorglich auch die zwei anderen getönten Tagescremes aus dieser Serie zurückziehen, meinst du nicht auch?«, gab Ella zu bedenken.

»Ist schon passiert«, entgegnete Leonie. »Wir werden die betroffene Ware zurücknehmen und den Preis an jeden, der zu Schaden gekommen ist, zurückzahlen.«

»Was sagt Gedeon?«

»Gedeon ist genauso geschockt wie wir. Die Forschungsabteilung überprüft gerade penibel jeden einzelnen Schritt. Die Rechtsabteilung habe ich ebenfalls informiert. Du kannst dir vorstellen, wie erfreut die über meinen Anruf waren.«

Großvater würde sich im Grab umdrehen, dachte Ella. »Wissen wir schon, um welchen Keim es sich handelt?«

Leonies Miene wurde düster. »Nein. Wir wissen nur, dass die Verwendung der Tagescreme bei einigen Verbraucherinnen zu

Irritationen geführt hat. Rötungen, sich schuppende Haut, in wenigen Fällen wird von einem Ausschlag berichtet.«

»Gibt es denn schon eine Schadensersatzforderung von Langer und Fichte an uns?« Ella wurde siedend heiß. Sie sah die Sache realistisch.

»Noch nicht.« Leonie klang verhalten.

Ella betrachtete ihre Schwester nachdenklich. »Du glaubst, das ist nur eine Frage der Zeit, nicht wahr?«

»Ja, das denke ich.«

»Dass wir mal vor diesem Problem stehen …«, murmelte Ella.

Langer und Fichte unterhielt Filialen in ganz Europa und war einer ihrer größten Abnehmer. Ella sah bereits den Text der Klageschrift vor sich: *Langer und Fichte, im Weiteren der Kläger genannt, macht gegenüber dem Beklagten, der Glanz AG, Ansprüche aus dem Produkthaftungsgesetz geltend.*

Sie atmete tief durch, um sich zu beruhigen. Probleme mit Händlern kamen schon mal vor – wo gehobelt wurde, flogen Späne –, allerdings war eine juristische Auseinandersetzung eine völlig neue Dimension. Die Gerichte zu bemühen, weil eines ihrer Produkte mangelhaft war, lief der Hoffnung zuwider, beruflich ruhigere Gewässer anzusteuern, wie Ella es sich für die Zukunft vorgestellt hatte.

»Was ist eigentlich bei dem Telefonat beim Gesundheits- und Umweltministerium herausgekommen, von dem du in deiner Mail geschrieben hast?« Wenn Leonie Kontakt mit dem Ministerium aufnahm, ohne sich näher mit ihr besprochen zu haben, musste es wirklich schlimm sein.

»Nichts. Ich wollte lediglich vorfühlen und gleichzeitig signalisieren, dass wir mit nichts hinterm Berg halten.« Leonie legte die Stirn in Falten. »Könnte vielleicht ein zugekaufter Stoff verunreinigt gewesen sein?«, überlegte sie. »Unsere Hygienestandards kennen wir aus dem Effeff. Unsere Rohstoffe sind 1a, mangelnde Betriebshygiene ist so gut wie ausgeschlossen, auch das verwendete Wasser kann es nicht sein. Und die Konservierungsstoffe sind genau ausbalanciert.«

»Ja, vielleicht liegt da das Problem«, mutmaßte Ella.

Auf die Konservierung achteten sie penibel, sie wollten die Konzentration nicht zu hoch ansetzen, aber wenn sie zu schwach dosierten, konnte das unangenehme, zum Teil sogar verheerende Folgen für die Haltbarkeit ihrer Produkte nach dem Öffnen haben.

Ella dachte an einen Prozess, den ein Konkurrent vor einigen Jahren geführt hatte. Es war um ein Serum gegangen, das unerwünschte Nebenwirkungen hervorgerufen hatte. Schlussendlich war es zu einem Vergleich gekommen, doch der Schaden war bereits angerichtet gewesen. Das Serum war vom Markt genommen worden, was bedeutete, dass jahrelange Forschungsinvestitionen umsonst getätigt worden waren. Je länger sie die Möglichkeiten durchdachte, desto mehr schauderte es sie. Im schlimmsten Fall wäre das Image ihres Markenkerns enorm beschädigt. Sich davon zu erholen würde viel Zeit und Marketingarbeit erfordern, bis das Vertrauen der Kunden in ihre Cremes wiederhergestellt wäre. An die finanziellen Verluste, die ihnen durch niedrigere Verkaufszahlen, Gerichtskosten und die Entschädigungen entstehen würden, mochte Ella noch nicht einmal denken. Die Investitionsmittel für die dekorative Kosmetik hätten sie dann mit Sicherheit nicht mehr, aber hier stand das Überleben der Firma auf dem Spiel.

Leonie rieb sich über die Augen.

»Sag mal, hast du überhaupt geschlafen, seit wir das letzte Mal telefoniert haben?«, erkundigte sich Ella besorgt. Der detaillierte Lagebericht deutete darauf hin, dass ihre Schwester die Nacht durchgearbeitet hatte.

»Schlafen kann ich, wenn wir die Klage abgewendet haben.

Die Summe, die fällig werden könnte, mag ich mir gar nicht vorstellen. Ich bin gerade dabei, die Höhe zu überschlagen.«

Ella beugte sich zu Leonie hinüber und nahm ihre Hände, die ungewöhnlich kalt waren, in ihre. »Wir finden eine Lösung. Ganz bestimmt. Und heute gehst du früher nach Hause. Ich übernehme hier.«

»Danke, Ella.« Leonie seufzte. »Sag Timo, es tut mir leid, dass du früher zurückkommen musstest. Ich mache es wieder gut.«

»Ich grüße ihn gern von dir, aber es gibt nichts wiedergutzumachen.«

Leonie war aufgestanden und öffnete das Fenster. Milde Luft strömte ins Büro.

»Weißt du zufällig, was Großmama mit uns besprechen möchte? Wenn sie mich anruft, während ich in Kopenhagen bin, springen bei mir gleich sämtliche Alarmglocken an«, sagte Ella.

Leonie drehte sich um, strich sich eine Strähne ihres gewellten haselnussbraunen Haars hinters Ohr und atmete tief durch. »Mir hat sie auch nur gesagt, dass es um eine Sache geht, die lange zurückliegt. Leider wollte sie mir partout nichts Näheres verraten. Du weißt ja, wie sie ist, wenn es um früher geht.«

»Umso interessanter, dass sie es sich offenbar anders überlegt hat.« Ella machte eine kurze Pause. »Je länger ich darüber nachdenke, desto mehr beschleicht mich das Gefühl, dass es um die Rolle unserer Großeltern während des Zweiten Weltkriegs gehen könnte. Damals haben sich viele dem NS-Regime verschrieben, trugen es mit und sind bewusst oder unbewusst zu Mittätern geworden. Und gerade in diesem Zusammenhang wird oft geschwiegen. Wieso sollte das nicht auch auf unsere Familie zutreffen?«

»Lass uns erst mal mit ihr sprechen, dann sehen wir weiter.«

»Ich bin ganz bei dir, Leonie. Ich wünsche mir nur, dass

Großmama weiß, dass sie sich uns anvertrauen kann, unabhängig davon, wie dunkel ihre Vergangenheit auch ist. Sie hat es verdient, dass wir ihr zuhören.«

Leonie kippte das Fenster und setzte sich wieder zu Ella. »Es gibt übrigens auch gute Nachrichten.«

Ella fing das verhaltene Lächeln ihrer Schwester auf und spürte, wie auch ihr Gesicht sich zu einem Lächeln verzog. Sie konnte ein bisschen Aufmunterung gut gebrauchen. »Lass hören. Ich lechze geradezu nach positiven Infos.«

Leonies Gesicht hellte sich weiter auf. »Die Scheidung von Gedeon ist so gut wie durch.« Ihr Lächeln wurde zu einem Strahlen.

Ella entfuhr ein leiser Schrei. »Wirklich?«

»Ich bin auch ziemlich überrascht. Aber es gibt keine Streitpunkte, und weil wir keine Kinder und keinen gemeinsamen Besitz haben, ging das Ganze zügig über die Bühne. Gedeon und ich müssen nur noch unterschreiben, dann sind wir offiziell geschieden.«

»Und wie ist es nach diesem Schritt mit Gedeon, wenn ihr euch in der Firma über den Weg lauft?«

»Gedeon hat gestern kurz bei mir im Büro reingeschaut. Er wollte mir noch einmal versichern, wie leid es ihm täte, dass unsere Ehe gescheitert ist, und wie sehr er sich für Michael und mich freut. Er klang ehrlich. Es war erleichternd, endlich wieder entspannt mit ihm zu sprechen, deshalb bin ich guter Dinge, dass wir auch in Zukunft miteinander klarkommen werden.«

Ella strahlte nun ebenfalls übers ganze Gesicht. »Das klingt großartig. Ich bin so froh, dass der Weg für Michael und dich jetzt auch offiziell frei ist.« Sie zog Leonie an sich und umarmte sie. Als sie sie losließ, sah sie ihre Schwester forschend an. »Da ist doch noch was. Das sehe ich dir an.«

Leonies Wangen färbten sich in sanftem Rot. »Dir kann ich

auch nichts verheimlichen.« Sie hob die Schultern. »Halt dich fest, Micha hat mir einen Antrag gemacht.«

»Nein!« Ella schlug die Hand vor den Mund. »Nach so kurzer Zeit?«

»Ja!« Leonie stand das Glück deutlich ins Gesicht geschrieben. Die Sorge um die Firma war für einen Moment vergessen.

»Doch nicht etwa so richtig mit Ring und Kniefall?« Ella griff nach Leonies Hand und suchte dort vergeblich nach einem Ring.

Leonie zog ihre Hand langsam aus Ellas. »Der Antrag kam spontan. Wir waren in München, in Michaels Wohnung.« Als sie weitersprach, grinste sie. »Eigentlich waren wir noch im Treppenhaus, es war völlig verrückt, irgendwie schräg. Michael blieb plötzlich stehen und sagte, er wolle keinen Tag seines Lebens mehr ohne mich sein. Und er könne es nicht erwarten, mich zu fragen, ob ich ihn heiraten wolle, deswegen mache er es gleich jetzt … Der Ring wird nachgeliefert, sagt er.«

Ella griff erneut nach Leonies Hand und streichelte darüber. »Oh, Leonie! Du kannst dir nicht vorstellen, wie sehr mich das freut. Schließlich war ich der Grund, weshalb eure Beziehung damals gescheitert ist und …«

»Das ist längst vergessen«, unterbrach Leonie sie. »Es ist ja alles gut ausgegangen. Michael und ich sind glücklich. Nur darauf kommt es an. Und mit deiner Einschätzung für unsere Zukunft lagst du durchaus richtig.«

Ella sah alles bereits vor sich. »Weißt du was, sobald wir die Sache hier in der Firma im Griff haben, gehen wir auf Brautkleidsuche. Eine meiner Freundinnen aus der Studienzeit in London hat vor Kurzem eine Boutique für Brautmode in München eröffnet. Da finden wir etwas für dich, das dich noch schöner aussehen lässt, als du sowieso schon bist. Ich schreibe ihr gleich morgen eine SMS, damit sie vorgewarnt ist. Und danach rufe ich Silvy an.«

Leonie winkte lachend ab. »Halt Silvy bitte fürs Erste raus, sonst bombardiert sie mich jeden Tag mit neuen Ideen.«

»Silvy ist deine beste Freundin! Es ist ihre Aufgabe, dich in dieser Zeit nicht aus den Augen zu lassen.«

»Bis jetzt haben Micha und ich uns mit dem Thema Hochzeit noch nicht befasst. Und wenn wir heiraten, wird es im kleinen Kreis sein, nur unsere Familie, Markus eingeschlossen, Silvy und ihr Mann Sascha und Michas Freund Fred und seine Partnerin. Es käme mir unpassend vor, groß zu feiern, wo ich doch gerade erst so gut wie geschieden bin.«

Vom Gang her vernahm Ella Stimmen. Henry Stüve, Alexanders Assistent, der nun für Leonie und Ella arbeitete, war im Gespräch mit einem Kollegen. »Dass du Rücksicht auf die Situation nimmst, heißt aber nicht, dass die Wahl deines Kleides darunter leiden muss.« Ella hatte nicht vor, beim Thema Romantik Abstriche zu machen. Nicht, wenn es um Leonies Brautkleid ging. »Gib mir Bescheid, wenn du mit Micha gesprochen hast. Silvy und ich kümmern uns mit dem größten Vergnügen um alles, was mit dem Thema zu tun hat. Du darfst uns natürlich bei Bedarf bremsen. Du kennst uns ja, manchmal geht es mit uns durch.« Es tat Ella gut, sich nach dem bedrückenden Gespräch auf Leonies Glück zu konzentrieren.

Gegen sechs Uhr machte Leonie sich auf den Heimweg. Ella blieb in der Firma und verschanzte sich hinter ihrem Schreibtisch. Im Netz hatte sich bereits eine Menge Unmut über die getönte Tagescreme breitgemacht, zahlreiche Verbraucherinnen berichteten von ihren Erfahrungen. Ella überflog zusätzlich das Budget für das kommende Jahr. Die Jahresprämien für die Mitarbeiter waren bald fällig. Jedes Jahr zahlte die Firma eine beträchtliche Summe aus. Ella dachte an die zufriedenen Gesichter, wenn die Höhe der Prämien bekannt gegeben wurde. Das Leuchten in den Augen der Angestellten wollte sie auch dieses Jahr nicht missen, aber das war nur eine ihrer Sorgen. Unter Umständen mussten sie sogar Mitarbeiter entlassen. Ella versuchte das unangenehme Gefühl, das sie bei diesem Gedanken beschlich, zu unterdrücken, doch es gelang ihr nicht. Nach einem Blick auf die Uhr – es war kurz vor neun, noch nicht zu spät für einen Anruf – griff sie zum Telefon und wählte die Nummer ihrer Mutter. »Mama … Ich bin wieder hier und wollte kurz Hallo sagen«, sagte sie, als Annalena sich meldete.

»Ella! Ich wollte dich schon anrufen, hab aber gezögert, weil Leonie sagte, du arbeitest heute länger. Wie geht es Timo? Hattet ihr es schön miteinander?«

Annalena klang erfreut über den Anruf. Vermutlich hatte sie es sich in der Bibliothek gemütlich gemacht und lümmelte in dem bequemen Designersessel, den sie sich unlängst gegönnt hatte. Seit einiger Zeit war sie damit beschäftigt, ihrer Wohnung mit dem ein oder anderen Teil einen moderneren Touch zu verleihen.

»Timo geht es hervorragend, er hat spannende Pläne. Davon erzähle ich dir in Ruhe. Ich soll dich übrigens herzlich von ihm grüßen. Allerdings war es eine etwas überstürzte Abreise aus Kopenhagen.« Ella stützte ihre Ellbogen auf der Tischplatte ab. »Leonie hat dir sicher von den verunreinigten Tagescremes und den sich daraus ergebenden Herausforderungen erzählt.«

»Nur in groben Zügen. Langer und Fichte ist in das Problem involviert, so viel weiß ich. Einzelheiten hat sie allerdings ausgespart. Du kennst sie ja, sie will mich nicht belasten. Aber jetzt, wo du anrufst, wüsste ich gern Näheres«, bat Annalena. »Wie ist der aktuelle Stand?«

Ella holte aus und schilderte die Lage. »Für Sonntag haben wir ein Gespräch mit Stefan Kopf angesetzt, um mit ihm gemeinsam auszuloten, wie wir den Schaden begrenzen können und wann wir die Mitarbeiter informieren. Wie es aussieht, müssen wir mit einer satten Schadensersatzklage rechnen. Was das bedeutet, muss ich dir nicht sagen. Leonie und ich klopfen sämtliche Möglichkeiten ab, wie wir da finanziell am besten durchkommen.«

»Das klingt nicht gut. Könnt ihr schon einschätzen, inwieweit das aktuelle Problem die neue Make-up-Produktlinie betrifft?«, fragte Annalena.

»Das wird sich erst noch rausstellen. Du weißt ja, dass wir vor ein paar Monaten ein Grundstück in Spanien gekauft haben, um dort die Produktionsstätte zu bauen. Wir haben da schon einiges investiert. Die Planung ist abgeschlossen, die Arbeiten sind in vollem Gange. Außerdem haben wir Mitarbeiter vom Tegernsee geschult, die bereit sind, ihren Lebensmittelpunkt nach Spanien zu verlegen, um die Leitung des neuen Standortes zu übernehmen. Und natürlich hängen dort auch unzählige Jobs an unserem Vorhaben.«

»Und ausgerechnet jetzt taucht dieses Problem auf, zum denkbar schlechtesten Zeitpunkt.« Annalena seufzte.

»Wenn wir es nicht schaffen, die finanziellen Mittel zusammenzubekommen, um die Schadensersatzforderung zu begleichen, müssen wir den Standort in Spanien abstoßen, bevor es dort überhaupt losgegangen ist. Die einzige Chance, die uns bleibt, ist, wo immer möglich Einsparungen vorzunehmen und dieses Jahr keine Prämien zu zahlen. Hoffentlich reicht das, um die nötige Summe aufzubringen.«

Einen Moment war es still am anderen Ende, dann hörte Ella erneut die Stimme ihrer Mutter. »Das ist eine ausgesprochen schwierige Situation. Es steht eine Menge auf dem Spiel.« Annalena klang ernsthaft besorgt.

»Da hast du recht. Wenn die Firma in Schieflage gerät und die Mitarbeiter davon erfahren, haben sie verständlicherweise Angst um ihre Arbeitsplätze. Wir suchen fieberhaft nach einer Lösung, die alles zu einem guten Ende bringt. Jedenfalls werden wir Stefan Kopf vorschlagen, unsere Boni zu streichen und unsere Gehälter zu reduzieren. Und wenn die Mitarbeiter bereit sind, auf die diesjährige Prämie zu verzichten, können wir, so sieht es im Moment zumindest aus, für die nächsten drei Jahre eine Beschäftigungsgarantie aussprechen und Kündigungen ausschließen. Ich hoffe, dass unser Team sich hinter uns stellt und wir gemeinsam durch diese schwierige Zeit kommen, ohne dass wir jemanden freistellen müssen.« Ella strich sich das Haar aus dem Gesicht.

»Die Mitarbeiter werden im ersten Moment geschockt sein, wenn sie erfahren, wie es um die Firma steht«, sagte Annalena. »Allerdings kann ich mir vorstellen, dass die Belegschaft Verständnis hat, wenn ihr offen sprecht. Je eher die Leute wissen, welchen Weg ihr einschlagen wollt, und ihr ihnen klar macht, dass ihr alles in eurer Macht Stehende tut, desto besser, um die Probleme zu lösen«, fuhr Annalena fort. »Und Stefan Kopf ist sicher einverstanden, seinen Bonus zu streichen und sein Gehalt zu kürzen. Ich kenne ihn lange genug, um zu wissen, dass er in einer solch herausfordernden Situation seinen Beitrag leisten wird … Sag mal, wenn ihr euch schon an einem Sonntag mit dem Finanzvorstand besprecht, wie wäre es, wenn ihr auf meiner Terrasse zusammenkommt? Das herrliche Wetter soll anhalten, und in ungezwungener Atmosphäre kommen einem oft die besten Ideen. Ich würde mich um Kaffee und Kuchen kümmern.« Sie zögerte einen Moment. »Wenn es euch nicht stört, wäre ich gern bei dem Gespräch dabei«, sagte sie dann. »Ich will mich nicht einmischen, keine Sorge, Ella. Ich möchte nur informiert sein, um nicht den Anschluss zu verlieren … Auch wenn es nicht einfach werden wird, Leonie und du, ihr meistert die Herausforderung, daran habe ich keinen Zweifel.«

»Das Meeting in angenehmer Umgebung abzuhalten ist

eine gute Idee. Da spricht es sich gleich lockerer, auch wenn das Thema alles andere als leicht ist. Und klar kannst du dabei sein.«

Nachdem Ella sich von ihrer Mutter verabschiedet und das Gespräch beendet hatte, fühlte sie sich wesentlich wohler. Annalena konnte sich eins zu eins in ihre Situation hineinversetzen, schließlich hatte sie die Firma lange allein geführt. Es hatte gutgetan, sich mit ihr auszutauschen.

Ella schob den Bürostuhl zurück und ging in die Teeküche, um sich einen Pfefferminztee zu kochen. *Wahrscheinlich bedeutet nicht mit Sicherheit und unwahrscheinlich nicht unmöglich*, hatte Henry als Spruch des Tages auf die Tafel geschrieben. Er mochte sinnstiftende Sprüche, hängte in regelmäßigen Abständen einen an die Pinnwand seines Büros oder schrieb sie auf die Tafel in der Teeküche. Ella nahm ihren Tee, ging zurück an ihren Schreibtisch und arbeitete, bis sie mit dem Wichtigsten, das sich angesammelt hatte, durch war.

Es war kurz vor Mitternacht, als sie endlich heimfuhr. Der Schlagbaum hob sich, und Ella verließ das Firmengelände. Während der Fahrt nach Hause sah sie Timo vor sich. In ihrer Vorstellung stand er an die Kücheninsel in Kais Wohnung gelehnt, in einem der T-Shirts mit den coolen Sprüchen, die er so liebte. *Reden ist Silber, Kochen ist Gold* oder *Wer Gäste bekocht, steht auf der Sonnenseite des Lebens*. Sie verließ Kopenhagen nie, ohne eins seiner Shirts zu stibitzen, damit sie es, wenn sie Sehnsucht nach Timo hatte, als Schlafshirt tragen konnte.

Sie lenkte den Wagen in die Garage und fuhr mit dem Aufzug in den ersten Stock, knipste das Licht im Flur an, hängte ihren Mantel an die Garderobe und ging in die Küche. Neben der Kaffeemaschine lag eine angebrochene Tafel Schokolade. Sie schnappte sie sich und ließ sich im Wohnzimmer auf die Couch fallen. Ihren Koffer würde sie morgen auspacken, jetzt war sie zu erschöpft dazu. Sie schob sich ein Stück Schokolade in den Mund

und schaltete den Fernseher an. Eine Schauspielerin erzählte von dem Parfüm, das sie früher getragen hatte.

»Dieser Duft wird mich für immer an meine erste Liebe erinnern«, schwärmte sie.

Auch Leonie hatte während ihrer ersten Zeit mit Michael ein Lieblingsparfüm gehabt. Soweit Ella wusste, gab es dies nicht mehr zu kaufen. Sie dachte darüber nach, wie schön es wäre, wenn Leonie bei der Hochzeit diesen Duft trüge, auch olfaktorisch würde sich so der Kreis zwischen damals und heute schließen. Die Idee nahm immer mehr Gestalt an. Morgen würde sie das Internet durchsuchen. Wäre doch gelacht, wenn sie nicht irgendwo noch ein Fläschchen des blumigen Parfüms auftreiben könnte.

Das nächste Stück Schokolade schmolz auf Ellas Zunge. Sie ließ den Kopf auf das Kissen sinken und war einen Moment später vor dem laufenden Fernseher eingeschlafen.

Briefe aus der Vergangenheit

Verliere nie deine Lebensfreude, weil du versuchst, nichts falsch zu machen.

7.

Berlin, 1946

»Gütiger Himmel.« Hedi kaute an ihrer Wange, als würde sich allein dadurch ein Gefühl der Sättigung einstellen. Gab es ein berauschenderes Gefühl, als im Besitz mehrerer Dauerwürste zu sein? Schon das Riechen daran ließ sie die Anstrengung vergessen, die sie auf sich genommen hatte, um sie zu bekommen.

Auch heute hatte sie wieder den Antriebsriemen der Singer in Schwung gebracht und stundenlang die Nähmaschine traktiert, hatte Naht um Naht hinter sich gebracht und ihre Füße auf dem Pedal hin- und hergekippt. Bei dem Gedanken an die vielen Stoffe unter ihrer Hand und an das mühsame Auftrennen alter Kleidungsstücke, deren Stoff noch zu verwenden war, an die lästigen Fragen der Frauen, wann sie endlich mit der Arbeit fertig wäre, und die ewig gleiche Antwort: *Bald*, streckte Hedi die schmerzende Wirbelsäule durch. Nähen bedeutete, eine gefühlte Ewigkeit mit gekrümmtem Rücken dazusitzen und hinterher möglichst geschickt zu verhandeln. Die Frauen außerhalb von Berlin nahmen Hedis Dienste als Schneiderin gern in Anspruch, das hinderte sie jedoch nicht daran, wie die Waschweiber um jedes Stäubchen Mehl und jedes Stück Käse zu feilschen, das Hedi dafür verlangte. Noch schlimmer waren die lüsternen Blicke ihrer Männer. Die wenigsten sahen Hedi ins Gesicht, viel lieber nahmen sie ihre Brüste in Augenschein. Wie oft hatte Hedi in Augen gesehen, die vor Verlangen und Lust zu kleinen Schlitzen verengt waren.

Hedi sog erneut den Geruch der Wurst ein, sah vor sich, wie

sie ein Stück abschnitt und es sich in den Mund schob. Der erste Bissen würde vermutlich schmecken, als wäre sie im Schlaraffenland …

An den Tagen, an denen sie nicht zum Dienst auf den Trümmerbergen eingeteilt war, stand sie in aller Herrgottsfrühe auf. Wenn sie aufs Land fuhr, musste sie los, bevor die Sonne am Horizont erschien. Nach einer schnellen Wäsche band sie sich das Haar hoch und schlüpfte in ihre Strickjacke, über die sie ihren Mantel zog, um vor dem tückischen Fahrtwind geschützt zu sein. In die Manteltaschen stopfte sie Schneiderkreide, Stecknadeln, ihr Maßband und einige Rollen Garn und schnappte sich die Papprolle mit den Grundschnitten für eine Bluse, einen Rock und ein Kleid. Vor Ort musste sie die Originalmaße nehmen und die Grundschnitte nach diesen Maßen nachzeichnen. Aber mit ihrer Erfahrung war das keine Hexerei. Zum Schluss band sie sich meist noch ein Tuch um den Kopf, weil sie empfindliche Ohren hatte. In dieser Aufmachung schwang sie sich aufs Rad und schloss sich der Gruppe Frauen an, die außerhalb von Berlin Hausrat, Kleidung und Wertgegenstände gegen Lebensmittel eintauschten.

Marion, mit der sie auf den Trümmerbergen in einer Schicht arbeitete, lieh ihr dafür ihr Rad. Wenn sie zurückkam, gab Hedi ihr stets etwas von dem ab, was sie auf dem Land ergattert hatte. Jeder ihrer Ausflüge endete bei der patenten Berlinerin, die Hedi als Dank fürs Teilen überschwänglich in die Arme schloss.

»Ohne dein Rad könnte ich die Landausflüge abhaken. Dir steht ein Teil der Ration zu. So sieht's aus«, sagte Hedi jedes Mal und erntete meist prompt eine weitere Umarmung von Marion.

Hedi besaß schon lange kein Rad mehr und hatte anfangs vergessen, um Baumwurzeln, Steine und Pfützen herumzufahren. Doch obwohl ihre Waden schon nach kurzer Zeit brannten, trat sie bei jedem Ausflug, wie sie die Fahrten für sich nannte, unermüdlich in die Pedale, legte Kilometer um Kilometer zurück und folgte dem Plappern der anderen Frauen, die wie aufgescheuchte Gänse klangen. Es wurde gelacht und gesungen, keine hielt ihre Zunge im Zaum, denn die Geschichten, die sie einander anvertrauten, gaben ihnen Zuversicht und Hoffnung.

Sie wussten, dass die Bauern der Erfassung durch die Ernährungsämter zu entgehen versuchten, denn ihre Waren – Butter, Eier, Wurst, Kartoffeln und Getreide – waren auf dem Schwarzmarkt viel wert. Essbares wurde gehortet und musste teuer bezahlt werden. Schmuck, Gemälde und Kleider wurden im Austausch von Lebensmitteln von den Landwirten favorisiert.

Hedi besaß nichts von Wert. Sie hatte keine Kleider, die gut genug gewesen wären, um sie jemandem anzubieten, und erst recht keinen Schmuck oder andere Wertgegenstände. Doch sie hatte geschickte Hände und jahrelange Erfahrung im Nähen und wurde nie müde, nach Gelegenheiten zu suchen, um im Austausch gegen ihre Dienste an zusätzliche Nahrungsmittel zu kommen.

Hedi sah ein letztes Mal auf die Würste, schlug das Papier über ihrer Ausbeute zusammen und ignorierte, dass der Hunger ihr wie ein Messer in den Magen schnitt. Sie war auf dem Land groß geworden. Dort war es üblich, mit anzupacken und sich in Verzicht zu üben. Doch was sie und die anderen Frauen in den Trümmern von Berlin leisteten, überstieg alles, was Hedi sich hatte vorstellen können. Es gab keine unter ihnen, die nicht erschreckend dünn und ausgemergelt war. Es wurde höchste Zeit, dass es endlich bergauf ging. Hedi presste das Päckchen wie einen Schatz an sich und ging weiter. Plötzlich musste sie husten und blieb stehen, bis der Hustenanfall vorbei war.

Gestern, inmitten der Schutthaufen, hatte sie vor Anstrengung kaum noch mit dem Husten aufhören können. Marion hatte sie mit sorgenvollem Blick angesehen und war sofort losgelaufen, um Wasser zu holen. Dankbar hatte Hedi die Schöpfkelle entgegengenommen, und nach einigen Schlucken hatte sie endlich wieder durchgeatmet, sich den nächsten Ziegel genommen, ihn sorgfältig abgeklopft und zu den übrigen gelegt.

Erst am Abend hatte sie der Müdigkeit nachgegeben, hatte sich auf das schmale Bett in ihrer Wohnung sinken lassen und war noch in ihren Kleidern eingeschlafen. Der Schmutz, der ihr in einer Wolke aus zerbröselnden Ziegeln und Mörtel tagtäglich in die Poren drang und die Haut jucken ließ, war im Schlaf ebenso vergessen wie die Schuhbänder, die sie immer zu fest zuband, weil sie durch das viele Bücken im Laufe des Tages locker wurden. An manchen Tagen fühlten ihre Schuhe sich wie Fesseln an.

Während sie der Straße folgte, erinnerte sich Hedi daran, wie sie früher geflucht hatte, wenn ihre Mutter sie angehalten hatte, beim Ausbessern von Blusen und Röcken und beim Nähen neuer Kleider mit Hand anzulegen. Ständig hatte Wilhelmine Köck etwas an ihrer Arbeit auszusetzen gehabt. Meist war eine Naht nicht sauber genug oder der Schnitt nicht perfekt. Doch mit der Zeit war Hedi besser geworden, und inzwischen war sie dankbar für das Gelernte.

Was sie in die Hände nahm, gelang, und so manche Ehefrau bettelte so lange, bis ihr Mann nachgab und mit dem Tausch, den Hedi vorschlug, einverstanden war.

Auf dem Rückweg ihrer Landfahrten war Hedi stets auf der Hut, um den Kontrollen an den Ausfallstraßen zu entgehen. Nicht selten wurde das hart Erarbeitete dort beschlagnahmt, sodass sie mit leeren Händen und Tränen in den Augen nach Hause kam. Doch wenn sie es unbehelligt zurück nach Berlin schaffte, konnte sie ihr Glück kaum fassen. Marion war die Einzige, die sie daran erinnerte, sich hin und wieder ein wenig Erholung zu gönnen, damit sie den Raubbau an ihrem Körper eines

Tages nicht teuer bezahlte. Schließlich war so manche Trümmerfrau von einem Tag auf den anderen nicht mehr fähig, zur Arbeit zu erscheinen. Die schlechtere Versorgung mit Nahrungsmitteln, die jeder Frau drohte, die ihrer Arbeit nicht mehr nachkommen konnte, war es, die Hedi abhielt, bis an die äußerste Grenze dessen zu gehen, was sie körperlich leisten konnte.

Sie folgte der Straße Richtung Zentrum und dachte an ein Gespräch, das sie vor zwei Tagen zufällig mitangehört hatte.

»Die Frau, von der ich die Information habe, ist verlässlich. Anscheinend ist dieser Fritz ein ausgebildeter Friseur«, hatte eine Frau um die vierzig zu einer jüngeren gesagt.

»Und wo ist der rechtmäßige Besitzer des Salons abgeblieben?«

»Vermutlich ist er gefallen oder geflohen ...« Weitere Fragen prasselten auf die Ältere ein. Mit vorgerecktem Kinn versuchte diese, das Gespräch abzukürzen. »Den jetzigen Friseur hat es auf der Flucht hierher verschlagen, und er hat sich in dem verlassenen Geschäft seines Kollegen einquartiert. Heutzutage muss man sich zu helfen wissen. Das weißt du ja selbst am besten. Jetzt arbeitet im Salon jedenfalls der Fritz. Wie er weiter heißt, weiß ich nicht. Er schneidet wie ein Gott, das ist alles, was *ich* wissen muss.« Sie nannte der anderen Frau die Adresse des Salons, die Hedi kannte, drehte sich um und ging davon.

Hedi ging das Gespräch nicht mehr aus dem Kopf. Eine neue Frisur ... Wenn sie ihren Traum, Schauspielerin zu werden, wahr machen wollte, müsste sie sich um ihr Äußeres kümmern. Als sie ihrer Mutter vor dem Krieg einmal davon erzählte, hatte diese schallend gelacht. Der maßregelnde Blick, der Wilhelmine Köcks Lachen gefolgt war, hatte Hedi tief getroffen. Glaubte ihre Mutter etwa, sie habe kein Talent oder keine Ausdauer, um ihr Ziel zu erreichen? Oder nahm sie an, sie plappere irgendetwas vor sich hin, ohne einen Plan zu haben? Für ein großes Ziel brauchte man einen langen Atem, das wusste Hedi. Aber vor allem wusste sie, dass sie ihr Leben nicht verschwenden wollte. Es war nicht leicht, sich allein in Berlin durchzuschlagen, doch sie wollte es versuchen, um dem Leben, das sie auf dem Land erwartete, zu entgehen. Warum verstand ihre Mutter das nicht? An jenem Abend – Hedi lag bereits im Bett – hörte sie, wie die Tür zu ihrem Zimmer aufging. Ihre Mutter kam herein und setzte sich schweigend auf die Bettkante, und während Hedi den Kopf trotzig zur Seite drehte und die Wand anstarrte, gestand Wilhelmine, dass sie nur aus Scham gelacht hatte.

»Entschuldige, Hedwig. Mein Lachen war nicht nett, und mein Blick war hart, weil dein Traum mir schmerzlich klargemacht hat, dass ich meine eigenen Träume längst vergessen habe. Ich habe sie aufgegeben, als wären sie nichts wert. Morgens stehe ich auf, und abends krieche ich unter die Bettdecke, ohne überhaupt zu begreifen, dass ich etwas verpasse.« Eine Weile hatten sie geschwiegen – ein Schweigen, das sie auf traurige Weise verband. »Mach es besser, Hedwig. Scheu kein Risiko, wenn es darum geht, einen Schritt nach vorn zu tun. Die Jahre vergehen schnell, und Träume schmelzen wie Butter in der Sonne. Ehe du dichs versiehst, hast du vergessen, dass du welche hattest.«

Die Worte berührten Hedi und hatten sich für immer in ihr Gedächtnis gebrannt. Nach dem Tod der Mutter waren sie zu deren Vermächtnis geworden.

Bei der Erinnerung an den Rat ihrer Mutter fiel Hedi die Entscheidung, ob sie einen Teil der Würste gegen eine neue Frisur eintauschen sollte, plötzlich leichter. Sie wusste, dass sie es sich nicht leisten konnte, ihr Aussehen in den Mittelpunkt zu stellen, doch am nächsten Tag wollte sie für eine Nebenrolle in einem UFA-Film vorsprechen.

Nach dem Krieg dürsteten die Menschen nach Lachen und Freude – nach Geschichten, die sie ablenkten, sie bei der täglichen Schinderei, dem Hunger und der Angst, wie es weiterginge, am Leben erhielten. Verzicht und Verdruss wollte jeder hinter sich lassen. Das ewige Grau auf den Straßen hatten alle satt. Hedis Traum, in Rollen zu schlüpfen und Menschen mit ihrem Spiel zu unterhalten, war längst nicht mehr nur ein Traum, sondern eine der wenigen Möglichkeiten, das eigene Überleben zu sichern. Wenn ihr Anblick allerdings derart zu wünschen übrig ließ, würde das Vorsprechen nicht gut ausgehen. Sie sah aus wie ein gerupftes Huhn, da halfen auch ein wenig Rot auf den Lippen und ihr strahlendstes Lächeln nicht. Sie musste die Produzenten von sich überzeugen, und dazu gehörte nun mal auch ihr Aussehen.

Den Kopf voller widersprüchlicher Gedanken nahm Hedi sich vor, bei besagtem Fritz anzuklopfen und zu fragen, was es koste, sich die Haare machen zu lassen. Ein Friseur, der in den Räumlichkeiten eines abgängigen Kollegen schnitt, verlangte vermutlich nicht viel, hoffte sie. Wenn sie Glück hätte, könnte sie zwei Würste behalten – drei bekäme Fritz.

Als sie nun auf der anderen Straßenseite gegenüber dem Salon stand, griff Hedi sich unwillkürlich ins Haar. Ein Bild erschien vor ihrem inneren Auge: Mit perfekter Frisur und leuchtendem Blick rezitierte sie einen Absatz aus Gottfried Kellers Novelle *Kleider machen Leute*. Der Produzent lauschte andächtig und lächelte schließlich. »Sie haben mich auf ganzer Linie überzeugt. Sie bekommen die Rolle«, hörte sie ihn sagen. Hedi blickte auf das Paket mit den Würsten.

»Nein«, schalt sie sich. »Hör mit dem Unsinn auf, Hedi Köck. Träumen kannst du später, wenn es endlich bergauf geht.«

Sie war gerade im Begriff, sich umzudrehen und sich auf den Nachhauseweg zu machen, als sie sah, wie auf der anderen Straßenseite eine Frau aus dem Salon trat. Hedi hielt die Luft an. Derart kunstvoll frisiertes Haar hatte sie das letzte Mal in einer

Zeitschrift gesehen. Mit den Augen folgte sie der Frau, dabei regten sich in ihr Begehrlichkeiten. Auch sie könnte als jemand anderes aus dem Hintereingang kommen. Hedis Zweifel wurden schwächer, langsam überquerte sie die Straße. Vor der Eisentür holte sie tief Luft und drückte die Klinke herunter.

Der Gang war dämmrig, es roch nach Staub und Chemikalien. Hedi gönnte ihren Augen einen Moment, um sich an das fahle Licht zu gewöhnen, gleichzeitig unterdrückte sie den Drang zu husten.

»Hallo?« Sie folgte dem lang gezogenen, engen Gang. »Ist hier jemand?« Sie rief lauter, bekam jedoch keine Antwort.

Irgendwo rumpelte es. Schritte kamen näher. Eine Tür öffnete sich. In einem Streifen Licht nahm Hedi die Umrisse eines Mannes wahr. Sie legte die Hand über die Augen, um besser sehen zu können. Der Mann war kaum mehr als einen Meter sechzig groß, sein Kopf war nur spärlich mit Haar bewachsen, doch er hatte ein Lächeln wie eine Einladung – offen und voller Zuversicht.

»Wen haben wir denn da?«, fragte er.

Hedi trat näher und deutete auf ihren Kopf. »Kundschaft«, antwortete sie.

Der Mann kam auf sie zu. »Das sehe ich.« Beim Anblick von Hedis mitgenommenem Haar zog er die Stirn kraus. »Scheint, als bräuchten Sie dringend meine Hilfe. Ich bin Fritz. Formalitäten sparen wir uns.«

»Hedi.« Hedi streckte die Hand aus, ließ sie jedoch sinken, denn Fritz machte sich sogleich an ihrem Haar zu schaffen.

»Da kommt eine Menge Arbeit auf mich zu. Aber kein Grund zur Sorge.« Der Ausdruck des Bedauerns verschwand aus Fritz' Gesicht. Er schob die Brille, die ihm über die lange Nase nach unten gerutscht war, hoch, drehte sich um und sagte über die Schulter zu Hedi: »Folgen Sie mir. Ich will mir Ihr Haar in Ruhe ansehen, dann kann ich beurteilen, was noch zu retten ist.«

Hedi betrat einen Raum mit mehreren Fenstern, von denen alle – bis auf eines – mit Brettern vernagelt waren. Kritisch sah sie sich um. Sie erblickte mehrere Friseurstühle, vor denen an verschossenen Tapeten Spiegel hingen, neben denen Wandlampen angebracht waren, doch in zweien davon fehlten die Glühbirnen. Vor einem Stuhl stand ein schmaler Tisch mit Schneideutensilien, Pinseln und Handspiegeln.

Fritz, der Hedis Gedanken offenbar erriet, zuckte mit den Schultern. »Das Wichtigste funktioniert.« Er zeigte auf sich selbst und lachte. »Das kann ich Ihnen versichern. Dann mal rein mit Ihnen.« Fritz deutete auf den Stuhl, der Hedi am nächsten stand.

Mit einem beklommenen Gefühl nahm sie Platz. Fritz verschwand hinter einem Vorhang und kam mit einem Päckchen Lucky Strikes zurück.

»Mögen Sie eine?« Er hielt Hedi die Zigaretten entgegen. »Ich kann mich besser konzentrieren, wenn ich rauche.«

Hedi schüttelte den Kopf. »Ich hab's noch nie probiert. Also lieber nicht.«

Fritz nickte, zündete die Zigarette mit dem Streichholz an und nahm einen Zug. Als er den Rauch zur Seite ausblies, zupfte er sich einen Krümel Tabak von der Lippe. Hedi sah, wie die Zigarette aufglomm, als Fritz erneut daran zog, dann klemmte er sie in einen Aschenbecher und widmete sich ihrem Haar.

»Viel ist da nicht mehr zu machen, das sage ich Ihnen gleich«, meinte er. »Wir müssen radikal schneiden. Und was die Farbe anbelangt, Ihr Blond ist hübsch, aber recht unauffällig. Da lässt sich mehr draus machen. Wofür brauchen Sie die neue Frisur? Steckt ein Mann dahinter? Vielleicht ein GI?«

»Kein Mann!« Hedi spürte, wie ihr die Hitze in die Wangen schoss. »Es geht um eine Rolle beim Film. Ich möchte Schauspielerin werden und den Produzenten von mir überzeugen.« Nervös zog sie ihren Rock zurecht. Ausgesprochen hörte sich ihr Wunsch fast nach Größenwahn an. Sie hatte keine Kontakte in der Branche. Lediglich ihre Liebe zum Film und die Hoffnung auf eine bessere Zukunft waren ihre Verbündeten.

»Zum Film wollen Sie. Na ja, warum nicht.« Fritz nahm sie genauer in Augenschein. »Hübsch genug sind Sie, und wenn wir mit den Haaren nachhelfen …«

»Was würde mich dieses Nachhelfen denn kosten?«, fragte Hedi ein wenig zögerlich, froh, dass Fritz so selbstverständlich auf ihren Plan reagierte.

»Nun mal nicht so bange, junges Fräulein. Ich bin schon kein Unmensch. Zeigen Sie mal, was Sie dabeihaben. Vielleicht werden wir uns ja einig.«

Hedi dachte an ihre zerstochenen Finger, an die Stunden, die sie mit gebeugtem Rücken bei kläglichem Licht über Stoffen gesessen hatte …

Fritz nahm ihr die Entscheidung ab. Tatkräftig griff er nach dem Paket, das sie auf das Tischchen vor sich gelegt hatte. Ehe Hedi protestieren konnte, machte er sich bereits am Papier zu schaffen. Als die Würste zum Vorschein kamen, erstrahlte sein Gesicht. Hastig zählte er.

»Geben Sie mir vier davon, dann kommen wir ins Geschäft«, schlug er vor.

»Zwei.« Beherzt nahm Hedi Fritz die Würste ab und setzte den Gesichtsausdruck ihrer Mutter auf, wenn nicht mehr mit ihr zu verhandeln gewesen war. »Mehr kann ich Ihnen *wirklich* nicht geben.«

Fritz sah Hedis entschlossene Miene, schnippte die Asche in den angeschlagenen Teller, den er zu sich herangezogen hatte, und hob drei Finger. »Drei! In Anbetracht dessen, was bei Ihnen zu tun ist, ist das das Mindeste. Ich lege Ihnen eine Welle, dass jeder Mann den Atem anhält. Wasserstoffblond à la Jean Harlow kostet allerdings mehr …«

Hedi tat, als ringe sie noch mit sich. »Also gut. Drei Würste für Sie. Allerdings müssen Sie mit Farbe nachhelfen.«

Es hatte immer geheißen, Hedi habe kein Talent zum Feilschen, doch vielleicht hatte man sie immer unterschätzt. Fritz schien ihr den unnachgiebigen Gesichtsausdruck jedenfalls abzunehmen.

»In Ordnung … Weil ich ein Menschenfreund bin«, gab er nach. Mit diesen Worten hielt er ihr die schwielige Hand entgegen.

Hedi schlug ein. Im Spiegel sah sie, wie ein vorfreudiges Lächeln über ihr Gesicht huschte. »Dann sind wir uns einig! Unter der Voraussetzung, dass Sie mich in eine Schönheit verwandeln.«

Fritz lachte kurz auf. »Kindchen, schön sind Sie von allein. Ich rücke lediglich das, was schon da ist, ins rechte Licht.«

Er drückte die Zigarette aus und legte den Stummel beiseite, um ihn später weiterzurauchen, langte nach einem Umhang und warf ihn Hedi über. Mit geübten Handgriffen wusch er ihr das Haar und teilte es mit dem Kamm in einzelne Strähnen.

»Entspannen Sie sich. Und denken Sie dran: Es zählt das Ergebnis.«

Bei diesen Worten schlug Hedis Herz schneller. Nach dem Krieg war Aufschneiderei an der Tagesordnung. Doch was konnte sie schon anderes tun, als Fritz zu vertrauen? Sie schloss die Augen und gab sich Fritz' Können hin. Zwischendurch hörte sie ihn schnauben, schließlich legte er die Schere klappernd zur Seite. Zaghaft öffnete sie die Augen.

»Um Himmels willen!« Entsetzt schlug sie die Hand vor den Mund. Fritz hatte ihr Haar extrem gekürzt. Sie sah aus wie ein Junge in Frauenkleidern. »Sie haben ja kaum etwas von meinem Haar übrig gelassen.«

»Immer mit der Ruhe«, erwiderte Fritz. »Haben Sie nicht gesagt, Sie wollen Schauspielerin werden? Da gehört Warten dazu, hab ich mir sagen lassen. Wir sind noch nicht am Ende.«

Hedi wagte nicht, sich anmerken zu lassen, was in ihr vorging. Doch auch auf die Gefahr hin, mit dem Ergebnis nicht zufrieden zu sein – sie musste sitzen bleiben.

Die nächsten zwei Stunden vergingen quälend langsam, aber nach und nach wurde aus Hedis Skepsis Begeisterung. Fritz färbte ihr Haar in einem verführerischen Blond, danach legte er es in sanfte Wellen. Eine Strähne, die er etwas länger gelassen hatte, fiel ihr keck in die Stirn. Sie sah frech aus und auf neue Weise weiblich.

Endlich nahm Fritz einen Pinsel und entfernte die feinen Haare, die während des Schneidens in Hedis Nacken gerutscht waren. »Und? Hab ich übertrieben?«, fragte er, als er den Pinsel beiseitelegte.

Hedi strahlte wie schon lange nicht mehr. »Nein. Sie haben Wort gehalten. Ich sehe wie jemand aus besseren Zeiten aus.« Sie drehte zaghaft den Kopf, um sich aus jeder Perspektive zu betrachten. »Wie ein … ein Filmstar.«

»Jean Harlow, mindestens.« Fritz strahlte ebenfalls. »Kommen Sie regelmäßig vorbei, dann mache ich noch mehr aus Ihnen.« Er zog den Umhang von Hedis Schultern.

»Ich fürchte, das kann ich mir nicht leisten«, sagte Hedi kleinlaut. Langsam erhob sie sich.

»Wir sehen uns wieder. Warten Sie's nur ab.« Fritz verstaute seine Bezahlung und brachte Hedi zum Hintereingang. »Wenn Sie ein Star geworden sind, vergessen Sie mich nicht. Empfehlen Sie mich weiter.«

»Das werde ich. Vielen Dank, Fritz!« Hedi hörte, wie er die Tür hinter ihr schloss, und trat auf die Straße.

Die ersten Schritte kamen ihr vor, als wären es ihre ersten

überhaupt. Sie schien zu schweben. Alles um sie herum war in sich zusammengefallen, entzweigebrochen, nichts als Asche, Berlin war nur noch die Idee einer Stadt, doch sie sah plötzlich das Berlin vor sich, das wiederauferstand. Eine Stadt, die lebte und pulsierte. Was eine neue Frisur ausmachte …

Hedi kam an einem Hinterhof vorbei, aus dem Musik erklang. Entschlossen griff sie sich an den Kopf. Die weichen Haarspitzen glitten ihr durch die Finger. Es wurde höchste Zeit, wieder daran zu glauben, dass Träume wahr wurden. Der Besuch bei Fritz hatte ihre Lebensgeister geweckt. Das war mehr wert als drei Würste.

Von fern erklang ein dumpfes Grollen und mischte sich unter die Musik. Hedi sah zum Himmel, wo sich dunkle Wolken türmten. Hastig stieg sie über einen Schutthaufen. Die Straßen waren voller Pfützen, denn gestern hatte es gegen Abend heftig geregnet. Hedi ging schneller. Sie durfte ihre Frisur nicht dem Regen aussetzen, schließlich hatte sie dieses bisschen Schönheit teuer bezahlt.

Eine Frau mit hohlwangigem Gesicht und Hungerödemen schlurfte auf sie zu. »Det is meener«, schrie sie mit Blick auf die Überreste eines Tischs auf dem Gehweg. Hedi winkte ab, wollte um die Ecke davoneilen und lief beinahe in einen Mann hinein.

Sie wich zurück und sah ihn an. Offenbar gehörte er zu den Menschen, die das Tauschgeschäft perfekt beherrschten. Seine füllige Figur, sein beinahe blühendes Aussehen kennzeichneten ihn als jemanden, der sich jenseits der gesetzlichen Regelungen betätigte.

»Entschuldigen Sie«, haspelte Hedi.

Statt seinerseits zurückzuweichen, trat er näher auf sie zu. »Was für eine nette Überraschung«, säuselte er.

Am Himmel riss für einen kurzen Moment die Wolkendecke auf. Die Augen des Mannes lagen im Schatten, wirkten bedrohlich. Der lüsterne Blick, den sie auf sich spürte, gefiel Hedi nicht. Sie versuchte, an dem Fremden vorbeizukommen, doch er baute sich vor ihr auf.

»Warum so schüchtern, Schönste?«

Hedi glaubte, einen Regentropfen zu spüren, und hielt sich instinktiv die Hände über den Kopf. »Lassen Sie mich bitte vorbei«, sagte sie. Ein Blitz zog eine helle Linie über den Himmel. Sie stieß den Mann zur Seite, eilte an ihm vorüber und fing an zu laufen. Die Müdigkeit und die fehlende Kraft zerrten an ihr wie fremde Arme. Sie rannte und versuchte, das Letzte aus sich herauszuholen, doch dann spürte sie, wie etwas in ihr nachgab. Ihre Beine brannten, sie bekam kaum noch Luft.

Als sie hinfiel, flammte ein stechender Schmerz in ihrem Bein auf. Hedi fühlte die Erschöpfung durch sich hindurchfließen. Erneut zuckte ein Blitz über den Himmel. Sie sehnte sich danach, sich auszuruhen, fluchte und blieb kurz sitzen, als sie eine Stimme über sich hörte: »Hätten Sie mal lieber auf mich gewartet. Warum rennen Sie auch so?«

Hedi sah auf. Der Mann war ihr gefolgt. Sie spürte, wie ihr die Zornesröte ins Gesicht stieg. Ihr Kampfgeist war geweckt. »Lassen Sie mich in Ruhe, Sie Flegel«, schrie sie. In ihren inneren Tumult mischte sich das Krachen des nächsten Blitzes.

»Und wenn ich keine Lust habe, Sie in Ruhe zu lassen?«, entgegnete der Mann. »Das mit dem Flegel habe ich übrigens überhört.«

Hedi wollte ihm gerade weiter einschärfen, dass sie kein hilfloses junges Ding war, als eine neue Stimme die ihres Verfolgers übertönte.

»Didn't you hear what the woman said? Get lost!« Die Stimme war tief und bestimmt.

Ihr Verfolger konterte, doch nach weiteren energischen Worten trat er den Rückzug an.

Hedi sah, wie sich ihr eine Hand entgegenstreckte, und schaute in das lächelnde Gesicht eines schwarzen GIs. Die Freundlichkeit, die in seinen Augen lag, ließ sie aufatmen. Nach kurzem Zögern ergriff sie die Hand, und er half ihr auf.

»Sergeant Alan Fox«, stellte er sich vor.

»Hedi Köck«, antwortete sie und klopfte sich das Kleid ab.

»May I give you a ride home, Miss Köck?« Hedis Blick folgte seiner Hand, die zu einem überdachten Jeep auf der gegenüberliegenden Straßenseite deutete. *»It would be my pleasure.«*

Der GI wertete Hedis Schweigen als Zustimmung und führte sie über die Straße zu einem Militärjeep. Als Hedi eingestiegen war, ging Sergeant Fox zur Fahrerseite. Dankbar nannte sie ihre Adresse, und sie fuhren schweigend durch die zerbombte Stadt. Die Ruinen und Trümmerberge wurden im einsetzenden Regen zu einer einzigen grauen Fläche. Kurz darauf hielten sie vor dem Haus, in dem Hedi wohnte. Alan Fox stieg aus und hielt eine Kappe schützend über Hedis Kopf. So lief er mit ihr zum Hauseingang. Als sie vor dem Eingang stehen blieben, sagte er: *»Someone once told me that chocolate makes people happy. Would you care to share this happiness with me?«*

Alan Fox lief noch einmal zum Wagen und kam durchnässt mit mehreren Schokoladetafeln zurück.

Hedi starrte auf die Tafeln – es waren fünf –, als wäre Weihnachten. *»I … I don't even know what to say«*, stammelte sie.

Das schüchterne Lächeln, das folgte, malte Zuversicht in Alan Fox' Gesicht. *»No worries. I'm glad I could put a smile on your face. Especially after the day you have had.«*

»You are very kind, Mister Fox. Thank you.«

Der GI nickte und ging ein paar Schritte auf seinen Jeep zu, dann drehte er sich noch einmal um und hob die Hand zum Abschied. *»Until next time, Miss Köck.«*

Als die Wohnungstür hinter ihr ins Schloss fiel, stieß Hedi

einen Freudenschrei aus. Sie wagte nicht, sich vorzustellen, was sie für die Schokolade bekäme, wenn sie die Tafeln eintauschte. Sie rannte zum Fenster und blickte hinunter zur Straße. Der Jeep war fort, aber in ihrer Vorstellung sah sie Alan Fox noch immer dort unten stehen.

8.

Tegernsee, September

Über dem Wasser kreisten Möwen. Ella griff nach dem Band, das am Rücken mit dem Reißverschluss ihres Neoprenanzugs verbunden war, und zog es mit einem Ruck nach oben.

Barfuß lief sie weiter. Mit den Füßen wahrzunehmen war für sie eine Freude – je nach Witterung – bis spät in den Herbst hinein. »Autsch!« Sie blieb stehen. Ein Stein war zwischen ihre Zehen geraten. Nachdem sie ihn entfernt hatte, richtete sie sich wieder auf und sah, dass ihre Mutter ein Tablett mit Geschirr auf die Terrasse trug und auf dem Tisch abstellte. Durch die offen stehende Tür verschwand sie wieder ins Innere des Hauses und kam wenig später mit Wassergläsern zurück. Sorgsam begann sie den Tisch zu decken.

In drei Stunden war der Termin mit dem Finanzvorstand. Hoffentlich würde dieses Meeting sie irgendwie weiterbringen. Viel Zeit blieb nicht, bis Leonie und sie mit einem ausgearbeiteten Einsparungsplan vor die Mitarbeiter treten mussten.

Langsam trat Ella aus dem Schatten des Baumes und ging zu der Stelle, wo die Landschaft sich rechter Hand zu einem blühenden Ringelblumenfeld öffnete. Weiter unten blitzte das Seeufer zwischen den Bäumen hervor. Ella war froh, dass Sonntag war. Eine kurze gedankliche Auszeit, in der sie ihren Kopf durchlüftete und ihre Energiereserven auffüllte, kam ihr gerade recht.

Sie ging unter den Ästen der Linde hindurch und gelangte zu dem abseitig gelegenen Steg, an dessen äußerstem Ende Wellen an die Pfosten klatschten. Sie streckte die Zehenspitzen aus und glitt auf das Surfboard, das dort vertäut war. Mit geübten Griffen band sie das Seil los, stieß sich vom Ufer ab, legte sich bäuchlings auf das Brett und paddelte mit kräftigen Bewegungen hinaus. Während ihre Arme rhythmisch durchs Wasser fuhren, streichelte die hinter den Wolken hervorkommende Sonne samtweich Ellas Unterschenkel. Weit draußen, wo ihr der Himmel und das Wasser grenzenlos erschienen, setzte sie sich auf und ließ die Füße beidseits ins Wasser gleiten, schließlich positionierte sie sich mittig auf dem Brett, ließ sich nach hinten sinken und blickte gedankenverloren in den Himmel. Es war herrlich, das Seewasser an den Füßen zu spüren. Hier und da sprangen Fische auf der Jagd aus dem Wasser und ließen es plätschern. Wenn sie sich den Gerüchen und Geräuschen der Natur hingab, trat alles, was sie belastete, in den Hintergrund.

Zeitlosigkeit – ein begehrter Zustand, seit ihre Mutter ihnen früher vorgelesen hatte und Zeit unwichtig gewesen war. Währenddessen hatte es nur Annalenas Stimme und ihre Fantasie gegeben. Damals hatte Ella nicht gewusst, wie kostbar dieser Zustand war. Erst wenn ihre Mutter verstummt war, hatte sie sie mit Fragen zu der Geschichte gelöchert. Ihr Vater hatte einmal gemeint, es würde ihn nicht wundern, wenn Ella eines Tages verkündete, Privatdetektivin werden zu wollen.

Ella lachte bei dem Gedanken. Sie liebte es, Neues in Erfahrung zu bringen und die Dinge in Relation zu ihrer Arbeit zu setzen. In Straßencafés konnte sie stundenlang beobachten, was um sie herum geschah, und wenn sie über Produkten brütete, sann sie darüber nach, was potenzielle Kundinnen vom Leben erwarteten, und wie sie es ihnen, das Thema Hautpflege betreffend, geben konnte.

Sie fuhr mit der Hand durchs Wasser und spürte das weiche Nass zwischen den Fingern. Ein paar Meter neben ihr tauchte ein

Haubentaucher im Schlichtkleid auf. Der sonst auffällige Kragen wurde nur durch einzelne schwarze und rote Federn angedeutet. Ella setzte sich wieder auf und ließ die Augen zum Steg wandern, auf dem sich die Schatten der Bäume abzeichneten. Leonie stand in ihrem einfarbigen Badeanzug neben der Badeleiter und winkte ihr zu. Ella hob die Hand und sah, wie ihre Schwester ein paar Schritte Anlauf nahm und kopfüber ins Wasser sprang. Beim Auftauchen strich sie sich die Haare aus dem Gesicht, dann kraulte sie auf Ella zu.

»Dich halten wohl nicht mal bescheidene 20 Grad Wassertemperatur vom Schwimmen ab«, sagte Ella, als Leonie mit kräftigen Zügen bei ihr ankam.

Angesichts des herrlichen Tags strahlte Leonie übers ganze Gesicht. »Niemals. Das weißt du doch.« Sie legte ihre Handflächen auf das Surfboard und zog sich hoch. Das Brett wackelte gefährlich.

Ella versuchte, das Gleichgewicht zu halten. »Du schaffst es noch, dass wir beide ins Wasser plumpsen«, schimpfte sie lachend.

Leonie rutschte vorsichtig ans vordere Ende. Das Schaukeln wurde sanfter und hörte schließlich fast auf. »Mama legt sich für das Gespräch mit Stefan Kopf ganz schön ins Zeug, findest du nicht?«

»Manchmal fehlt ihr halt die Arbeit.«

»Da magst du recht haben.« Leonie schwieg, dann fuhr sie fort: »Ich will ja nichts heraufbeschwören, aber ich glaube, es gibt noch einen weiteren Grund, weshalb sie heute dabei sein möchte. Stefan Kopf …«

»Wenn ich deinen Gesichtsausdruck richtig deute, glaubst du, dass aus den beiden was werden kann?«

»Tatsache ist, er und seine Frau leben schon eine Weile getrennt, und Mama und Stefan haben sich schon immer sehr gut verstanden«, antwortete Leonie. »Du hast doch sicher bemerkt, dass Stefan sich optisch verändert hat. Frauen gehen zum Friseur oder stylen sich um, wenn sie sich trennen, Männer sind da gar nicht so anders, sie rasieren sich den Bart ab oder lassen sich einen wachsen.«

»Dass er getrennt ist, wusste ich nicht.«

»Ich hab es von Henry. Manchmal frage ich mich, ob es etwas gibt, was der nicht mitbekommt.« Leonie wurde ernst. »Ich würde Mama ein wenig Abwechslung gönnen. Sie ist zu oft allein. Hier und da ein Theaterbesuch oder ein schickes Abendessen hätte sie verdient. Und ehrlich gesagt ist mir, als du mir erzählt hast, dass wir uns bei ihr treffen, der Gedanke gekommen, dass sie bei dem Gespräch auch deshalb dabei sein möchte, um ganz unverfänglich Zeit mit Stefan zu verbringen.«

»Wäre schön, wenn sie jemanden in ihrem Leben hätte«, fand auch Ella. Eine Libelle landete auf ihrem Zeh. »Nicht bewegen«, flüsterte sie und deutete mit dem Kopf zu dem Tierchen.

Sie wusste, dass das Wendemanöver dieses Insekts schneller vonstattenging, als sie mit den Augen folgen konnte, und betrachtete die Hunderte von Härchen, die die Libelle an ihren blauschimmernden Flügeln wie feinen Schmuck trug. Damit spürte sie minimale Luftdruckveränderungen unter und über ihren Flügeln. Leonie starrte ebenso gebannt auf Ellas Zeh. Dann wehte eine leichte Brise übers Wasser. Die Libelle flog auf, stand kurz in der Luft und verschwand.

Ella stieß einen leisen Schrei des Entzückens aus. »Wegen dieser Momente paddle ich so gern mit dem Board hinaus … und weil ich hier draußen meine Gedanken sortieren kann.«

Ein Blesshuhn schwamm gemächlich auf sie zu. Ella beobachtete das Tier mit dem kurzen Schwanz und dem weißen Schnabel aufmerksam.

»Timo und Kai haben sich in den Kopf gesetzt, ein ehemaliges Kultrestaurant wiederzueröffnen«, sagte Ella. Sie erzählte von der Besichtigung von Timos neuer Wohnung und der Begegnung mit Astrid Mortensen. »Ich zweifele keine Sekunde daran, dass sie gemeinsam etwas Großartiges auf die Beine stellen. Nur frage ich mich, was wird, wenn das Konzept aufgeht und der Erfolg sich einstellt?«

Leonie hatte still zugehört. »Glaubst du, Timo will länger in Kopenhagen bleiben?«

Ella sah den Wellen nach, die ihre Hand im Wasser verursachte. »Vorläufig ist es nur für ein weiteres Jahr, aber wer weiß schon, wie dieser berufliche Exkurs ausgeht? Timo brennt für seinen Beruf. Halbherzig an Projekte heranzugehen liegt ihm nicht.« Sie rückte näher zu Leonie. »Bis die Klage vom Tisch ist und wir uns auf eine Schadensersatzzahlung geeinigt haben, bleibe ich natürlich hier. Danach würde ich gern öfter nach Kopenhagen fliegen, wenn es sich mit der Arbeit vereinbaren lässt.«

»Das kriegen wir hin, mach dir deswegen keine Sorgen.« Leonie blickte auf ihre wasserfeste Uhr. »Ach je, schon so spät. Ich muss noch ein paar Unterlagen für das Gespräch vorbereiten.« Sie glitt vom Board und landete mit einem sanften Platschen im Wasser. »Wir sehen uns gleich.«

Ella legte ihre ausgestreckte Hand an die Schläfe. »Aye, aye, Käpt'n. Und lass dich nicht von den Fischen beißen.«

»Bestimmt nicht. Fische fürchten sich vor mir, oder siehst du einen, der mir zu nahe kommt?«

Ella sah das Kreisen von Leonies Armen. Nach einer Weile legte sie sich wieder bäuchlings aufs Board und paddelte zurück ans Ufer. Am Steg band sie das Surfbrett fest, schälte sich aus dem Neoprenanzug und entwirrte ihr feuchtes Haar. An der Fassade des Badehauses wuchs ein Spalierbirnbaum. Er war gepflanzt worden, als Alex, Leonie und Ella noch nicht in die Schule gegangen waren. Im Herbst, wenn die Früchte geerntet wurden, vergewisserte Ella sich jedes Mal aufs Neue, dass es die besten Birnen waren, die sie je gegessen hatte.

Sie drehte den Schlüssel um und trat in das dämmrige Licht des Badehäuschens. An der Wand stand eine Bank, auf der Kissen in blau-weiß gestreiftem wasserabweisenden Stoff lagen, daneben befand sich der Schrank mit den Badeutensilien.

Das Badehäuschen bot alles, was einem ein erfüllter Tag am Strand bieten konnte: Hier stapelten sich flauschige Handtücher, es gab Badeanzüge, Taucherbrillen und Schwimmbretter, eine komfortable Dusche, ein WC und eine große Sauna – und einen Kühlschrank, der immer gut gefüllt war.

Ella hängte den Neoprenanzug zum Trocknen in das angrenzende Bad und schlüpfte in ihren Bademantel, der an der Tür hing. Früher hatte ihr Vater Alex, Leonie und Ella nach dem Toben am Strand in ihre kleinen Bademäntel aus weichem Frotteestoff gehüllt. Unter dem Schatten eines Baums oder des Sonnenschirms hatte es, wenn sie nicht zu viel Unsinn angestellt hatten, für alle ein Eis gegeben.

Eingemummelt in ihren Bademantel schlenderte Ella aufs Haus zu. In der Küche ihrer Wohnung holte sie den Krug Himbeerlimonade aus dem Kühlschrank, goss sich ein, trank und ging ins Schlafzimmer. Dort kleidete sie sich an und zog, als es Zeit für das Meeting war, mit einem leichten Ruck die Wohnungstür hinter sich zu.

Das Refugium ihrer Mutter im westlich gelegenen Flügel des Familienstammsitzes war nur ein paar Stufen die Treppe hinunter und den Gang entlang. Ella klopfte an die angelehnte Tür und ging bis zum Ende des Flurs. Wie sie erwartet hatte, war ihre Mutter mit den letzten Vorbereitungen beschäftigt. Sie schnitt gerade einen Marmorkuchen an.

»Hallo, Mama.«

»Ella.« Annalena legte das Messer zur Seite, wischte sich die Hände ab und zog ihre Tochter an sich. »Leonie sitzt draußen, und Stefan Kopf kommt sicher jeden Augenblick.«

Ella sah ihre Schwester durchs Fenster. Leonie blätterte konzentriert durch ihre Unterlagen.

»Kann ich dir noch was helfen?«, fragte Ella.

Annalena deutete mit dem Kopf zur Arbeitsfläche, wo ein Becher frische Sahne stand. »Du kannst die Sahne schlagen, wenn du möchtest. Alles andere ist schon erledigt.«

»Gern.« Ella nahm den Mixer aus dem Hängeschrank, schlug die Sahne, füllte sie in eine Glasschale und brachte sie hinaus.

Als die melodiöse Klingel ertönte, kam sie zurück in die Küche. »Ich mach auf.« Mit wenigen Schritten war sie an der Tür und sagte durch die Gegensprechanlage: »Die Eingangstür zur Wohnung steht offen.« Wenige Augenblick später klopfte es an der Tür zu Annalenas Wohnung.

»Immer den Stimmen nach«, rief Annalena Richtung Flur.

Schritte erklangen, dann erschien Stefan Kopf in der Küchentür. Der Bart, den er jahrelang getragen hatte, war verschwunden. Nun war er glattrasiert, was für Ella immer noch ungewohnt war, aber nicht schlecht aussah, wie sie fand.

»Einen schönen Nachmittag.« Kopf streckte Annalena die Hand entgegen. Sie tauschte einen Händedruck mit ihm.

Leonie öffnete die Terrassentür und trat auf den Finanzvorstand zu. »Herr Kopf. Schön, dass Sie gekommen sind.«

Ella begrüßte ihn ebenfalls.

Sie wechselten ein paar Worte, dann gingen sie hinaus und steuerten den aufgespannten Sonnenschirm auf der Terrasse an. Annalena erschien mit der Kaffeekanne.

Stefan Kopf, der an der Stelle gestanden hatte, wo die Terrasse endete und in eine Wiese überging, eilte auf sie zu und fragte: »Darf ich?«

Sie stutzte, dann reichte sie ihm die Kaffeekanne. Er nahm sie und schritt sogleich zur Tat. Mit sicherer Hand goss er Kaffee in die Tassen, hantierte mit der Zuckerzange und reichte das Milchkännchen reihum. Bald waren alle versorgt, und so setzte er sich und lehnte sich in dem bequemen Gartenstuhl zurück. Einen Moment sah er sich um, dann machte er eine Geste, die den weitläufigen Garten, an dessen Ende das Blau des Sees wie die perfekte Ergänzung zum Orange der Goldblüten ringsum erschien, einschloss.

»Um es gleich vorwegzusagen, ich empfinde es als Privileg, bei diesem prächtigen Wetter hier draußen sitzen zu dürfen. Da kommt mir das Arbeiten fast wie Urlaub vor.«

Annalena lächelte entspannt. »Deswegen habe ich den Vorschlag gemacht, das Meeting hier abzuhalten. Wir haben ja schon früher einige Gespräche hier geführt, meist mit gutem Ausgang.« Sie rührte in ihrem Kaffee und sah zum Seeufer.

Ella folgte dem Blick ihrer Mutter. Im Herbst, wenn die Sonne tiefer stand, überzog ein silbernes Glitzern den See, als würden Tausende Brillanten auf dem Wasser schweben.

»An diese Treffen erinnere ich mich nur zu gern. So lange ist es ja noch nicht her«, sagte Kopf.

Sie sprachen über den herrlichen Altweibersommer und über Annalenas Marmorkuchen, als säßen sie aus privaten Gründen hier. Ella brachte kaum einen Bissen hinunter. Schließlich legte sie die Gabel zur Seite und lenkte das Gespräch aufs Geschäftliche. Mit wenigen Worten machte sie deutlich, wie froh sie wäre, dass sie zusammenkommen waren, um nach einer Lösung für das derzeitige Problem zu suchen. »Unseren Mitarbeitern verdanken wir, dass wir unserer Leidenschaft nachgehen können und jeden Tag das tun, was wir lieben: uns um den Fortbestand der Firma und um neue Produkte zu kümmern.«

Leonie saß im Schatten und nickte Ella zu. Sie legte Stefan

Kopf eine Mappe mit Ausdrucken vor. »Hier finden Sie unsere Ideen, wie wir der Sache Herr werden können, inklusive eines Ausblicks auf das nächste Jahr.«

Er griff nach der Mappe, schlug sie auf und überflog die Headlines.

»Wenn ich die Eckpunkte kurz zusammenfassen darf?«, fragte Ella.

Stefan Kopf sah auf und nickte in Ellas Richtung.

Mit ruhiger Stimme erläuterte sie die wichtigsten Punkte ihres Plans, erzählte von ihren Überlegungen, wie sie dieser finanziellen Herausforderung begegnen wollten.

»Haben wir schon etwas schriftlich?«, fragte er.

Ella schüttelte den Kopf. »Noch nicht. Während des letzten Telefonats wurde die Klage jedoch angekündigt. Es ist also nur eine Frage der Zeit, bis wir sie auf dem Tisch liegen haben.«

»Glanz arbeitet seit vielen Jahren erfolgreich mit Langer und Fichte zusammen. Mal abwarten, wie hoch die Forderung tatsächlich ausfällt. Gibt es weitere Parfümerieketten, die angekündigt haben, Ansprüche geltend machen zu wollen?«

»Bisher nicht. Aber darauf möchte ich mich lieber nicht verlassen. Finanziell wird es eng, da sollten wir uns nichts vormachen«, antwortete Ella. »Und bei allen Schwierigkeiten wollen wir unserem Weg weiter folgen und langfristig expandieren.« Sie sprach über die dekorative Kosmetik, obwohl sie sich bewusst war, dass nicht gesichert war, ob sie diesen Geschäftszweig so schnell wie geplant weiterverfolgen könnten. »Aus der Forschungsabteilung gibt es bisher keine konkreten Ergebnisse, was zu den Problemen mit der getönten Tagescreme geführt hat. Alle arbeiten unter Hochdruck. Wenn wir Klarheit haben, wo der Fehler liegt, wissen wir, in welche Richtung wir weitergehen können.«

Alle wussten, wie wichtig es war, so rasch wie möglich Ergebnisse vorweisen zu können. Einen Moment hing jeder seinen

Überlegungen nach, dann kam Ella auf die Boni und die Vorstandsgehälter, schließlich auf die Mitarbeiterprämien zu sprechen.

»Selbstverständlich unterstütze ich es, den Vorständen dieses Jahr keinen Bonus zu zahlen und die Gehälter zu kürzen«, sagte Kopf.

»Wir möchten so schnell wie möglich vor die Mitarbeiter treten«, erwiderte Leonie. »Mit den Büros in Europa halten wir Videokonferenzen ab«, erläuterte sie. »Niemand soll sich mit seinen Fragen alleingelassen fühlen. Transparenz ist jetzt besonders wichtig, damit keine falschen Gerüchte in Umlauf kommen.«

Stefan Kopf schob seinen Teller zur Seite und nahm sein Mobiltelefon zur Hand. »Haben Sie schon ein Datum für eine Mitarbeiterversammlung im Auge?«

Leonie nannte einen Tag, und er trug den Termin in sein Handy ein.

Ella spürte, wie etwas in ihr nachgab und sie sich entspannte. Leonie ging es, wie sie sah, ähnlich. Dass Stefan Kopf sich hinter sie stellte und sie nun ein Datum festgelegt hatten, an dem sie die Mitarbeiter informieren würden, war ein wichtiger Schritt in die richtige Richtung.

Gegen fünf verabschiedeten sich Stefan Kopf und Leonie. Ella brachte die beiden zur Tür und kam dann noch einmal zurück, um ihrer Mutter beim Abräumen zu helfen. Sie trugen das benutzte Geschirr in die Küche. Ella klappte den Sonnenschirm zusammen und schob die Stoffhülle darüber. In der Küche sortierte Annalena das Geschirr in die Spülmaschine. Bei dem Gedanken an den schüchternen Blick ihrer Mutter, als Stefan Kopf ihr die Kaffeekanne abgenommen hatte und ihr beim Verteilen des Kuchens zur Hand gegangen war, musste Ella lächeln.

»Unser Finanzvorstand ist ein Gentleman alter Schule. Ich fand es reizend, wie er vorhin helfend eingesprungen ist …« Ella wischte das Silbertablett mit einem trockenen Tuch ab und stellte es in den Schrank. Danach schloss sie die Tür zur Terrasse, damit die inzwischen abgekühlte Luft nicht hereinkam.

»Er war wohl froh, mal dem Büro zu entkommen. Kommt schließlich nicht so häufig vor, dass er sich in einem Garten bespricht.« Annalena deutete auf den Marmorkuchen, von dem noch genügend übrig war. »Möchtest du noch ein Stück? Vor lauter Argumentieren hast du kaum was gegessen.«

Ella sah auf den Kuchen und nickte. Aus dem Lautsprecher der Stereoanlage erklang *Stayin' Alive*, und Ella trällerte mit. »Ein echter Ohrwurm. Seit wann hörst du Feel-good-Music?«

Annalena stellte einen Teller mit Kuchen auf den Tisch. »Seit die Bee Gees neulich im Radio liefen und ich ihre Songs nicht mehr aus dem Ohr bekomme. Seitdem höre ich sie rauf und runter.« Sie deutete auf den Platz, an dem Ella gewöhnlich saß. »Setz dich doch.«

Ella ließ sich an dem Tisch nieder und dachte an die Nachmittage, die sie mit ihrer Mutter in dieser Küche verbracht hatte. In ihrer Familie zeigte man die Liebe zueinander immer auch durch Essen. »Danke, dass du dich heute so wunderbar um die Verköstigung gekümmert hast«, sagte sie.

Annalena goss frischen Kaffee, den sie rasch zubereitet hatte, in zwei Tassen, dann drehte sie sich zu Ella um. »Hab ich gern gemacht.«

Ella blickte auf den Kuchen auf dem edlen Teller. »Marmorkuchen und Nymphenburger Porzellan mit Goldrand …« Sie lachte, wobei sich kleine Fältchen um ihre Augen bildeten. »Weißt du noch, wie du meine Klassenlehrerin auf deine Seite bringen wolltest, weil ich den Unterricht geschwänzt hatte, um die Katze aufzupäppeln, die uns zugelaufen war? Du hast einen Kuchen gebacken, dieses Geschirr und deine Überredungskünste eingesetzt und hattest damit tatsächlich Erfolg.«

Bei der Erinnerung daran umspielte Annalenas Lippen ein Schmunzeln. Sie schob den Stuhl zurück und setzte sich zu Ella. »Besondere Herausforderungen verlangen nach besonderen Lösungen.«

»Da sagst du was Wahres.« Ella stach in den Kuchen und ließ sich den feinen Buttergeschmack auf der Zunge zergehen. »Ich bin so froh, dass das Gespräch mit Stefan Kopf gut verlaufen ist. Jetzt bleibt nur zu hoffen, dass die Mitarbeiter hinter uns stehen und die Schadensersatzforderung nicht zu hoch ausfällt.«

»Die Glanz AG stand schon vor einigen Hürden. Ihr werdet diese schwierige Phase durchstehen, wie wir bisher alles durchgestanden haben.« Annalena nahm Ellas Hand in ihre und streichelte sie. »Ich war selbst ziemlich jung, als ich in die Firma eingestiegen bin. Menschen zu führen verlangt einem viel Disziplin, Haltung und Energie ab. Man glaubt, immer hocherhobenen Hauptes und voller Zuversicht vorangehen zu müssen, auch wenn einem gar nicht danach ist. Andererseits müssen gerade Führungskräfte fähig sein, Fehler einzugestehen. Das führt zu einer besseren Fehlerkultur und damit zu einem besseren Arbeitsklima im Betrieb. Beides miteinander zu verbinden ist nicht immer einfach … Ihr macht das hervorragend und habt verdient, dass ihr diese schwierige Phase bald hinter euch lasst«, sagte ihre Mutter. Langsam ließ sie Ellas Hand los. »Ich bin unfassbar stolz auf euch zwei. Mit welchem Weitblick und welcher Vehemenz ihr nach der besten Lösung sucht, beeindruckt mich.«

Ella atmete tief durch. »Danke, Mama. Deine Worte bedeuten mir viel. Du bist noch heute ein Vorbild für Leonie und mich.« Sie legte sich die Hand in den Rücken und verzog unmerklich das Gesicht.

Annalena sah Ella besorgt an. »Wieder diese dubiosen Rückenschmerzen?«

Ella beeilte sich, ihre Mutter zu beruhigen. »Vermutlich sollte ich regelmäßig Übungen machen, um die Rücken- und Bauchmuskulatur zu stärken. Sobald ich Zeit dazu finde, schaue ich beim Osteopathen vorbei.«

Ella setzte sich aufrecht hin, ließ von ihrem Rücken ab und gönnte sich einen Blick aus dem Fenster. Draußen stand die Sonne tief am Horizont und tauchte den See in ein atemberaubendes Licht. Für sie besaß die Natur eine geradezu berauschende Schönheit. Sie nahm Bilder wie diese in sich auf und übersetzte sie später oft genug in Emotionen für ihre Produkte, in letzter Zeit vorrangig in Farbschattierungen für dekorative Kosmetik. Ella widmete sich wieder dem Kuchen. Jetzt, wo ihr leichter zumute war, schmeckte er noch besser. »Sag mal …«, sie stach erneut mit der Gabel ein Stück ab, »was läuft eigentlich zwischen Stefan Kopf und dir?« Sie sah ihre Mutter an.

Annalena nippte schweigend an ihrem Kaffee.

»Ach, komm schon, Mama«, fuhr Ella kauend fort, »ich hab gesehen, wie ihr miteinander umgeht, und spreche nur aus, was offensichtlich ist. Leugnen ist zwecklos!« Sie stupste ihre Mutter vorsichtig in die Seite und grinste vielsagend.

Annalena machte eine wegwerfende Handbewegung, lief jedoch rot an. »Du tust ja gerade so, als hätten wir heute Nachmittag ein Date gehabt.«

»Vielleicht solltet ihr mal eins haben? Für die Liebe ist es nie zu früh … und auch nie zu spät.«

»Mit dem Thema bin ich durch. Das weißt du.« Plötzlich wirkte sie nachdenklich.

Ella wartete ab, hoffte, dass noch etwas käme. Am liebsten ein Hinweis, dass Annalena auch privat irgendwann wieder eine Perspektive hätte, denn sie fand es schade, dass ihre Mutter schon so lange allein durchs Leben ging.

»Weißt du, manchmal sehne ich mich nach den Zeiten zurück, als dein Vater und ich noch Pläne geschmiedet haben. Als alles eng miteinander verzahnt war, die Familie, die Firma, unsere Freunde, die kostbare private Zeit – wir waren ein perfektes Team. Daran habe ich lange festgehalten … Und auch jetzt bin ich gedanklich manchmal immer noch in dieser Zeit.«

Die Worte ihrer Mutter trafen Ella mitten ins Herz. Nach außen hin erschien Annalena als toughe Frau, die gern mit anpackte, doch im Inneren war sie offenbar dünnhäutiger, als sie alle glauben machen wollte.

Ella dachte darüber nach, dass auch sie sich gern überall einbrachte, doch wenn es emotional wurde, war auch sie nicht so stark, wie sie erschien. Jetzt fiel ihr zum ersten Mal auf, wie ähnlich sie ihrer Mutter in dieser Hinsicht war. *Habe ich wegen dieser vorgespielten Stärke all die Jahre Schwierigkeiten gehabt, eine glückliche Partnerschaft zu führen*, überlegte sie. *Weil ich Angst vor einem Scheitern hatte, wie Annalena es hinter sich hat?* Bei Timo fühlte Ella sich zum ersten Mal sicher. Er sah nicht etwas in ihr, was sie nicht war oder was er gern sehen wollte, wie so manch anderer vor ihm. Er nahm sie, wie sie war, mit ihren Fehlern und manch scharfer Kante, die durch seine Liebe vielleicht abgeschliffen würde, wie er einmal spaßeshalber gesagt hatte.

»Und wenn nicht, bleibst du eben, wie du bist. Du bist nämlich toll, auch mit deinen Ecken und Kanten.«

Niemand hatte je etwas in dieser Art zu Ella gesagt und es auch so gemeint.

Bevor sie die Wohnung ihrer Mutter verließ, drückte Ella ihr einen zärtlichen Kuss auf die Wange. »Danke für den sensationellen Kuchen. Und denk mal drüber nach, ob du mit Stefan Kopf vielleicht irgendwann ins Theater gehen willst. Auch ihm täte ein bisschen Abwechslung in der jetzigen Situation gut.«

»Vermische nie Privates und Berufliches«, mahnte Annalena und klammerte sich an die Tür.

»Na, das hat für Leonie und Gedeon ja wohl nicht gegolten«,

erinnerte Ella. Sie sah in das Gesicht ihrer Mutter und entschied, sich zurückzuhalten.

Mit einem Päckchen Kuchenstücke, die Annalena für sie in Alufolie eingeschlagen hatte, ging Ella in ihre Wohnung, stellte den Kuchen in den Vorratsraum und tippte eine Nachricht an Timo:

Ich vermiss Dich. Rufe Dich später an. Küsse, Ella.

Sie lief über den Berberteppich ins Schlafzimmer, warf sich aufs Bett und nahm das eingerahmte Foto vom Nachtkästchen. Es war ein Schnappschuss, den Kai von Timo und Ella gemacht hatte.

Ihr Blick verweilte auf Timo. Diesen Tick, die Augen aufzureißen, sobald ein neues Thema aufkam und er scharf nachdachte, mochte sie. Dann wirkten seine Augen wie Sterne, die noch funkelnder strahlten. Ella stellte das Foto mit einem zufriedenen Seufzen zurück auf den Nachttisch. Manchmal konnte sie ihr Glück, jemanden wie ihn gefunden zu haben, kaum fassen.

9.

Tegernsee, September

Als Ella in Leonies Büro trat, saß ihre Schwester über einen Schriftwechsel gebeugt und machte sich Notizen. In letzter Zeit war Leonies Schreibtisch mit Papieren übersät – ein Universum schriftlicher Korrespondenz.

»Erledigt!« Leonie schlug die Mappe mit einem demonstrativen Knall zu, rollte mit dem Bürostuhl zurück und kam auf Ella zu.

Ella schloss die Tür hinter sich.

»Max Hartmann aus der Produktion hat heute um Urlaub gebeten. Seine Frau ist ins Krankenhaus eingeliefert worden. Offenbar ein Notfall.«

Ella zog die Stirn kraus und überlegte. »Ich erkundige mich, wo sie liegt, und lasse Blumen schicken«, versprach sie.

»Danke, dass du dich darum kümmerst.« Leonie sah auf ihre Armbanduhr. »Irgendwo in dieser Firma muss es einen Zeitdieb geben, der die Stunden verschlingt.« Sie zog an dem Haargummi, der ihre Haare in einem tief sitzenden Pferdeschwanz zusammenfasste, griff nach dem Blazer, den sie über die Lehne des Stuhls gehängt hatte, und fädelte den rechten Arm hinein.

Ella half ihr in die Jacke. »Keine Sorge. Dieses kleine Zeitmonster hat gegen uns keine Chance. Wenn alle Stricke reißen, machen wir die Nacht zum Tag.«

»Sollten Nächte nicht zum Schlafen da sein? Oder dazu, sich die Zeit anderweitig zu vertreiben?«

»Wem sagst du das?« Ella legte beide Arme auf Leonies

Schultern und zog sie näher an sich heran. In einem Augenblick der Selbstvergessenheit standen die Schwestern umschlungen da. Ella spürte das Blut in ihrem Kopf pulsieren. »Wir beide, für das Team.«

»Wir beide, für das Team«, wiederholte Leonie mit klarer Stimme.

Als Ella ein kleines Mädchen gewesen war und nicht einschlafen konnte, hatte ihr Vater ihr erlaubt, es sich neben ihm auf der Couch gemütlich zu machen und den Anfang eines Rockkonzerts, das live im Fernsehen übertragen wurde, anzuschauen. Bevor die Musiker die Bühne betraten, legten sie einander die Arme auf die Schultern, steckten die Köpfe zusammen und wurden immer lauter, als sie ihren Leitsatz wiederholten. Schon damals hatte Ella gespürt, wie einnehmend ein solcher Moment war und wie sehr er ein Team zusammenschweißte. Und als Leonie und sie vor einem Jahr vor die Belegschaft treten mussten, hatten sie ein ähnliches Ritual eingeführt. Es schweißte sie noch stärker zusammen und gab beiden das Gefühl, gemeinsam alles schaffen zu können, egal was kam.

Sie lösten sich voneinander und klatschten sich ab. Leonie hängte sich ihre Beuteltasche über die Schulter, im selben Moment piepste ihr Handy.

»Lass mich raten. Michael«, vermutete Ella und klappte den Taschenspiegel zusammen, in dem sie ihr dezentes Augen-Make-up überprüft hatte.

Leonie trat durch die Tür, die vor ihr aufschwang, und wischte auf ihrem Handy herum. »Micha wünscht uns Glück«, sagte sie und tippte in Windeseile eine Antwort.

»Bist du nervös?«, fragte Ella, als sie bei der Treppe, die in die Halle führte, ankamen. Sie hatten beide Respekt vor dem Moment, in dem sie ihren Leuten sagen mussten, in welche Richtung sie steuerten.

»Und wie!« Leonie steckte ihr Handy in die Tasche. Wir kommen mit unangenehmen Neuigkeiten. Ich kann nur hoffen, dass niemand merkt, wie angespannt ich bin.«

Ella warf ihrer Schwester einen aufmunternden Blick zu. »Wir beide schaffen das gemeinsam. Und vergiss nicht, Stefan Kopf und der Rest des Vorstands stehen hinter uns.«

Die Vorgespräche mit dem Betriebsrat waren »passabel verlaufen«, wie Leonie es zusammengefasst hatte, doch die Basisdaten im kleinen Kreis abzuarbeiten war etwas anderes, als vor die gesammelte Belegschaft zu treten. Schweigend gingen sie die Stufen hinunter.

»Gibt es schon einen Hinweis bezüglich der Ursache? Irgendwas?«, erkundigte sich Ella.

»Schön wär's.« Leonie seufzte. »Es wird weiter spekuliert, wo der Fehler liegt. Es ist zermürbend.«

Kurz nach dem Aufstehen hatte Ella noch einmal den gesamten Schriftwechsel durchgesehen. Laut Langer und Fichte wuchs die Liste der Kundinnen, die sich mit Beschwerden in den Filialen meldeten, stetig. Inzwischen stand auch schon eine Summe hinsichtlich der Schadensersatzforderung im Raum. Als Ella die Ziffer schwarz auf weiß vor sich gesehen hatte, hatte sie erst einmal tief durchatmen müssen. Angesichts des Ausmaßes, das das Ganze inzwischen annahm, war es nicht leicht, das Gesamtbild scharf zu stellen und ein kleines flackerndes Licht am Ende des Tunnels zu sehen.

Nur noch wenige Stufen, dann wären sie unten angekommen. Ella blickte in die Halle. Henry Stüve stand mit einer Kollegin zusammen. An den beiden vorbei strömten die Mitarbeiter in den Saal.

»Siehst du Gedeon irgendwo?«, fragte Leonie.

Ella überflog die Köpfe in der Halle. »Leider nicht.«

»Wo steckt er bloß?«, wunderte sich Leonie.

»Der eine oder andere hat sicher schon mitbekommen, dass es Probleme mit der getönten Tagescreme gibt«, spekulierte Ella, als sie die Halle durchschritten. Das Netz war unerbittlich. Dort blieb nichts verborgen. Es war höchste Zeit, dass sie zu den Leuten sprachen.

Als sie in der Nähe des Saals ankamen, blieb Ella stehen und lauschte dem leisen Brummen, das das Murmeln so vieler Menschen erzeugte. Tausendfünfhundert Mitarbeiter, die am Tegernsee für sie arbeiteten, achthundert in den Büros in Europa und weitere, wenn sie in Stoßzeiten Mitarbeiter leasten.

Sie wollten gerade durch die geöffnete Flügeltür in den mit hellen Granitplatten ausgelegten Saal treten, als eine Mitarbeiterin aus der Revision sich an Leonie wandte. Ella trat einen Schritt zur Seite und sah aus den Augenwinkeln Gedeon auf sie zueilen. Auf den letzten Metern verlangsamte er seine Schritte, abwartend, weil Leonie im Gespräch war. Als die Frau aus der Revision sich von Leonie verabschiedete und in den Saal ging, trat Gedeon zu ihnen. Angesichts seines späten Erscheinens kroch Ella die Anspannung zwischen die Schulterblätter.

»Entschuldigt, dass ich erst jetzt auftauche. Wir haben den Keim identifiziert, der für die Probleme mit der getönten Tagescreme verantwortlich ist.« Die Entspannung angesichts dieser Nachricht war Gedeon deutlich anzusehen.

Leonie stieß einen ungeduldigen Seufzer aus. »Und was ist es?« Sie öffnete den Knopf ihres Blazers, um sich ein wenig Luft zu verschaffen.

»Pseudomonas aeruginosa, ein vorwiegend in Wasser vorkommender Keim. Bei Menschen, die empfindliche Gesichtshaut oder kleine Verletzungen haben, kann der zu Irritationen oder Entzündungen führen.« Wie immer versuchte Gedeon, die Dinge so verständlich wie möglich zu erläutern, und fasste die entscheidenden Schritte für sie kurz und knapp zusammen. »Ich weiß, es passt gerade ganz schlecht, deshalb nur die nötigsten Informationen. Hinterher gern mehr.«

Leonie schenkte Gedeon einen dankbaren Blick. »Ich danke dir, dass du uns Bescheid gegeben hast.« Sie blickte durch die offene Tür in den Saal, wo man sie erwartete. »Jetzt sollten wir allerdings reingehen. Die Leute warten.«

»Tut mir leid, dass wir nicht schneller ein Ergebnis liefern konnten. Wir haben unser Möglichstes getan.« Gedeon nickte den Schwestern zu und ging in den Saal.

Ella sah Leonie an. »Bereit?« In ihrer Brust lockerte sich etwas.

»Bereit«, bestätigte Leonie. Sie presste die Hände aneinander und setzte ein professionelles Lächeln auf.

Der Saal, vor dem sie standen und der den Namen ihres Großvaters trug, war mit unvergesslichen Momenten verbunden. Hier wurden Ansprachen gehalten, langjährige Mitarbeiter geehrt und Firmenfeste gefeiert. Ella betrat den Raum stets mit Respekt und Vorfreude, heute allerdings mit gemischten Gefühlen.

Durch die Fensterfront strahlte die Sonne mit aller Kraft herein und hob das Porträt von Alfons Glanz hervor, das prominent an der Wand hing. Die winzigen Staubpartikel, die im schräg einfallenden Licht schwebten, schienen über seinem Gesicht zu tanzen.

Wenn sie als Kind mit ihrer Mutter an einem hellen Sommertag in diesen Saal gekommen war, war Ella stets vergnügt herumgesprungen, um die schwebenden Staubpünktchen, die so lebendig wie Glühwürmchen wirkten, einzufangen. Leonie hatte steif und fest behauptet, es sei nur flirrender Staub. Doch Ella hatte den Kopf geschüttelt und übers ganze Gesicht grinsend beharrt: »Es sind Traumpünktchen. Und jedes Pünktchen erzählt eine andere Geschichte. Wenn ich welche einfange, verrate ich dir am Abend, was die Traumpünktchen mir zugeflüstert haben.« Leonie hatte irgendwann Ellas Fantasie nachgegeben, hatte ebenfalls gelacht und war schließlich begeistert mitgesprungen.

Ella hielt ihren Arm im Zaum, um nicht gerade jetzt nach einem Traumpünktchen zu greifen. Die vielen Erlebnisse, aus denen längst Geschichten geworden waren, machten ihr immer wieder bewusst, was die Firma tatsächlich für sie war – ein Universum an Vergangenem und Zukünftigem, vor allem aber ein Teil ihrer Familie. Für ihren Großvater, ihre Großmutter, ihre Mutter und ihren Bruder hatte hier ein Großteil ihres Lebens stattgefunden, und für Leonie und Ella war es inzwischen ebenso. Mit einem Nicken nach links und rechts und leise gemurmelten Grüßen steuerte sie hinter Leonie das Podium am Ende des Saals an, wo bereits die Mitglieder des Vorstandes auf sie warteten. Ella tauschte mit allen einen Händedruck.

Leises Tuscheln begleitete sie, als Ella hinter ihrer Schwester und Stefan Kopf die Stufen zur Bühne erklomm. Alle Augen waren auf sie gerichtet. Ella ging im Kopf rasch noch einmal den Ablauf durch.

Normalerweise brauchte Leonie immer einen Moment, bis sie vor einem Mikrofon zu ihrer Sicherheit fand, doch diesmal zögerte sie nicht und sprach sogleich mit klarer, fester Stimme.

»Guten Tag. Vielen Dank, dass Sie alle so kurzfristig erschienen sind. Sie haben sicherlich schon mitbekommen, dass sich aktuell die negativen Nachrichten zu einer unserer Tagescremes häufen. Ich will nicht drum herumreden«, begann sie. »Es hat sich herausgestellt, dass diese getönte Tagescreme aufgrund von mikrobiellen Verunreinigungen bei einigen Konsumenten allergische Reaktionen auslöst. Dieser Umstand hat dazu geführt, dass die Glanz AG sich mit einer Klage auf Schadensersatz konfrontiert sieht, die unsere Firma empfindlich treffen könnte. Diese Realität zwingt uns zu handeln.« In den hinteren Reihen ebbte stilles Gemurmel ab, das zuvor eingesetzt hatte.

Ella ließ den Blick schweifen. Aus den Gesichtern der Menschen las sie ab, wie sehr die meisten die Nachricht überraschte. In einigen las sie Missfallen, in anderen Erschütterung oder zumindest Anspannung. Eine Mitarbeiterin räusperte sich, mehrere Stühle wurden unruhig zur Seite geschoben.

»Das sind nicht die besten Nachrichten, ich weiß«, fuhr Leonie fort.

Der Vertreter des Betriebsrats ließ Leonie nicht aus den Augen, als sie von der Rückholaktion und der Schadensersatzforderung sprach, um die sie nicht herumkämen. Nachdem sie das Wichtigste gesagt hatte, leitete sie zum nächsten Punkt über.

»Wir haben in den letzten Tagen unter Hochdruck gearbeitet, um in Anbetracht der gegenwärtigen Situation die bestmögliche Lösung zu finden, die die Firma davor bewahrt, in eine ernste Schieflage zu geraten.« Leonie bat Ella mit ausgestrecktem Arm ans Mikrofon. »Ella. Bitte!«

Ella wechselte an den Platz am Mikrofon und sah auf die gerahmten Werbeplakate an den Wänden des Saals. Zu Beginn war der Firmenschriftzug verschnörkelt gewesen, später war er klarer herausgearbeitet worden – aber von Anfang an war er ein Stück ihrer Identität gewesen. Ella spürte die erwartungsvollen Blicke, die auf sie gerichtet waren. *Wie geht es weiter? Sind unsere Arbeitsplätze gefährdet?* Sie durfte jetzt nichts Negatives ausstrahlen. Ella setzte ein kleines Lächeln auf. Sie wusste um die Wirkung ihrer Stimme. Ihre Freundinnen behaupteten immer: »Deine Stimme lässt in jedem Moment ein Lächeln erahnen, selbst wenn dieses Lächeln nicht in deinem Gesicht steht.«

Dieser melodiöse, einnehmende Klang war ihr gegeben, das Schicksal hatte ihn ihr mit auf den Lebensweg gegeben, damit erreichte sie Menschen.

»Danke, Leonie. Wie gesagt, die Lage, in der wir uns befinden, ist nicht einfach. Leider müssen wir Einsparungen vornehmen, aber unser oberstes Ziel bei allen Maßnahmen, für die wir uns entschieden haben, ist unter allen Umständen Arbeitsplätze zu sichern und zu erhalten. Dennoch sehen wir uns leider gezwungen, die Prämien für dieses Jahr auszusetzen. Dafür verzichten wir im Gegenzug auf betriebsbedingte Kündigungen und können allen eine Beschäftigungsgarantie für die nächsten drei Jahre geben. Wir als Vorstand wollen nicht allein die Mitarbeiter die finanzielle Last der Einschnitte tragen lassen. Deswegen werden für den Vorstand außerdem die Boni gestrichen und die Gehälter um ein Drittel gekürzt. Diese Regelung für die Vorstände werden wir auch im kommenden Jahr beibehalten, falls nötig. Wir sehen dies als wichtigen Beitrag in einer herausfordernden Situation.« Ella blickte zu den Vorständen und zu Leonie, die zwei Schritte entfernt stand und kaum merklich nickte. »Wir versichern Ihnen, diese Entscheidung ist uns nicht leichtgefallen, und wir wissen auch, was wir Ihnen damit abverlangen. Dennoch sind diese Einschnitte die einzige Möglichkeit, den Fortbestand der Glanz AG und damit eine weitere Beschäftigung in dieser Firma für Sie alle zu gewährleisten. Ich kann mir vorstellen, dass es dazu von Ihrer Seite aus einige Fragen gibt – bitte zögern Sie nicht, sie hier und jetzt zu stellen.«

Eine um die andere Hand schoss in die Höhe. Ella, Leonie und Stefan Kopf antworteten, beschwichtigten und erläuterten, und als niemand sich mehr zu Wort meldete, erschien ein zufriedener Ausdruck auf Ellas Gesicht.

»Der Betriebsrat steht allen bei weiteren Fragen, die vielleicht noch auftauchen, zur Verfügung, und auch wir sind jederzeit für Sie da. Wir schätzen jede Mitarbeiterin und jeden Mitarbeiter als Teil des großen Ganzen, das die Firma Glanz ergibt, und wir freuen uns auf die Chancen, die auf uns warten. Der Weg ist nie zu Ende. Und um weiterzugehen, brauchen wir *Sie*. Ich möchte mich im Vorfeld für Ihre Unterstützung bedanken, denn ohne

Sie, jeden Einzelnen von Ihnen, sind wir nur Menschen mit Visionen.« Ella legte die Hand an die Brust und trat vom Mikrofon zurück.

Stille trat ein – dann ging eine Welle aufgeregten Raunens durch den Raum. In der ersten Reihe schoben einige Mitarbeiter ihre Stühle zurück.

Ella nahm Leonies Hand und verschränkte ihre Finger mit ihren. *Diese Hürde haben wir genommen*, sagte diese Geste.

10.

Tegernsee, September

Umgeben von Gemurmel wurden Leonie und Ella mit dem Menschenstrom in die Halle gespült. Ella beantwortete die Frage einer Mitarbeiterin aus der Produktionsabteilung, die noch nicht lange bei ihnen arbeitete, und schob sich gleichzeitig durch eine Gruppe weiterer Angestellter. Als sie das Gespräch beendete und zu Leonie ging, brummte deren Handy.

»Das ist London.« Leonie machte eine Andeutung, dass sie den Anruf annehmen müsse. »Wir sehen uns gleich, ja?«

»Spätestens in einer Viertelstunde«, entgegnete Ella.

Sie sah, wie Leonie die Treppe ansteuerte und dabei leise in ihr Mobiltelefon sprach, öffnete die Tür und trat nach draußen, um kurz Luft zu schnappen. Dort ließ sie die letzte Stunde Revue passieren. Sie würden die Probleme bewältigen, jetzt, wo die Forschungsabteilung den Keim identifiziert hatte, erst recht. Eine Vibration ihres Handys erinnerte Ella an ihren Arzttermin am Nachmittag. Sie ging wieder hinein und absolvierte den nächsten Termin mit Leonie. Als sie fertig war, machte sie sich auf den Weg.

In Rottach-Egern parkte sie auf dem für Patienten reservierten Parkplatz und stieß die grau gestrichene Holztür zu der Frauenarztpraxis ihrer Freundin Ute auf. Sie kannten sich schon seit Jahren. Früher hatten sie regelmäßig Tennis miteinander gespielt, aber dazu kamen sie nur noch selten.

»Frau Glanz! Pünktlich wie immer«, schallte es hinter dem Empfang hervor.

»Kleine Aufmerksamkeiten für Sie und Ihre Kolleginnen. Die neue Glanz Rosenlinie macht die Haut wunderbar geschmeidig, habe ich mir sagen lassen.« Mit einem Augenzwinkern stellte Ella eine Tüte auf den Tresen.

»Das wäre doch nicht nötig gewesen!« Mechthild, Utes rechte Hand, bedachte Ella mit einem entzückten Blick. »Wir sind ja schon süchtig nach Ihren Produkten. Soll das etwa noch schlimmer werden?« Sie klopfte sich mit den Fingern auf die Wangen als Zeichen, dass ihre Haut sich längst an die Produkte der Firma Glanz gewöhnt hatte.

Ella freute sich über den Enthusiasmus von Mechthild und ihren Kolleginnen. Neugierig stürzten sie sich auf die Mitbringsel, betrachteten die Verpackung und lasen den Text auf der Rückseite. Eine nach der anderen gaben sie ihre Kommentare zu den Produkten ab. Schließlich griff Mechthild nach der Tüte.

»Jetzt aber genug. Wir sind nicht im Kosmetiksalon, sondern haben zu arbeiten. Alles wieder hier hinein. Später wird verteilt.« Die Frauen gaben die Produkte lachend zurück und beobachteten, wie Mechthild die Sachen mit gespielt ernster Miene im Schrank hinter sich einschloss. Als sie den Schlüssel in die Schürze ihres Kittels schob, winkte sie Ella, sie möge ihr folgen. Vor der Tür mit der Aufschrift *Untersuchung I* blieb sie stehen, klopfte und trat, als ein leises »Herein« erklang, in den Raum.

Eine Frau in weißer Kluft, die langen dunkelblonden Haare aufgesteckt, notierte etwas in ein Buch, das vor ihr auf dem Schreibtisch lag. Mechthild nickte Ella zu und ging hinaus.

Ute hob die Hand und bedeutete Ella, sich zu setzen. »Eine Sekunde. Ich bin sofort bei dir.«

Ella hörte das Geräusch des Kugelschreibers auf dem Papier. Obwohl Ute Neuem gegenüber aufgeschlossen war, blieb sie in manchen Dingen eine unverbesserliche Traditionalistin. Statt in den PC zu tippen, schrieb sie am liebsten mit der Hand.

»Lass dir Zeit. Wir müssen uns nicht hetzen«, meinte Ella. Sie stellte ihre Tasche ab, schälte sich aus dem Mantel und stellte eine Flasche Rosen-Bademilch neben der Gynäkologin auf den Schreibtisch.

Ute legte den Stift beiseite, kam zu Ella und umarmte sie. »Wie schön, dich zu sehen!«, sagte sie, schob Ella sanft auf Armeslänge von sich und musterte sie. »Gut schaust du aus.« Sie schielte zu der Bademilch hinüber. »Und wie immer verwöhnst du mich.«

Trotz ihres Dienstes in der Klinik und der Stunden in ihrer Praxis klang Ute beschwingt. Wie ein Tausendsassa brachte sie Krankenhausdienste, Privatpraxis und Familie unter einen Hut. Ella war ebenfalls gut organisiert, aber bei Utes Pensum fragte sie sich manchmal, wie ihre Freundin das alles hinbekam.

»Wie du siehst, muss ich mich ganz schön ranhalten, damit nichts zu kurz kommt«, sagte Ute und deutete in Richtung Schreibtisch.

Ella lachte. »Ich frage mich immer, wie du täglich all diese Termine wuppst.«

»Genauso wie du, schätze ich.«

»Du vergisst, dass du zusätzlich mit Leib und Seele Mutter bist.«

Seit sie Ute mit Mitte zwanzig kennengelernt hatte, fühlte Ella sich in ihrer Gesellschaft wohl. Sie hatte sich immer davor gescheut, zum Frauenarzt zu gehen, doch in Utes Gegenwart nahm die Anspannung ab. Man merkte, wie sehr diese in ihrem Beruf aufging und das Wohl der Patientinnen im Auge hatte. Sie nahm sich Zeit und ging auf alle Fragen, die Ella hatte, ein.

In den Zeiten zwischen ihren Terminen nahm Ella sich jedes Mal vor, die Freundschaft zu Ute zu intensivieren, aber seit ihren Reisen nach Kopenhagen kam sie noch weniger als vorher dazu.

»Wir sollten mal wieder etwas außerhalb der Praxis unternehmen«, schlug Ute vor.

»Hast du Lust, den Tennisplatz unsicher zu machen?«

»Da sehe ich leider schwarz. Seit unserem letzten Match ist meine Rückhand leider nicht besser geworden. Aber wie wäre es mit Minigolf? Da stehen die Kids im Moment total drauf. Ich bin also in Übung.«

»Warum nicht?« Ella ging zur Besprechungsecke und setzte sich.

Ute nahm ihre Brille ab und rieb sich über die Augen. »Und? Wie stehen die Dinge zwischen Tegernsee und Kopenhagen? Immer noch glücklich mit Timo?«, fragte sie, als sie den Stuhl näher an Ella heranschob.

Ella schüttelte den Kopf.

Ute sah sie verwundert an. »Aber das letzte Mal hast du doch noch so von ihm geschwärmt.«

Ella grinste und knuffte Ute in die Seite. »Deshalb bin ich auch *über*glücklich.«

Sie lachten, und Ella erklärte, dass sie es jeden Tag als Riesenglück ansah, Timo begegnet zu sein. »Am liebsten erzählt er, wie er mich mitten in dem Partygewimmel aus der Menge herausgefischt hat. Es hätte an meinem Blick gelegen. Damit hätte ich ihn bezirzt, behauptet er.«

Ute lächelte. »Du hast es drauf, mit deinem Blick zu spielen. Das konntest du schon immer.«

»Danke für das Kompliment. Und wie läuft's bei dir?«

Ute hob die Arme. »Die Arbeit wird nie weniger, obwohl ich das manchmal inständig hoffe. Inzwischen sehe ich mich als Strategin im Jonglieren von Terminen und Profi im Abarbeiten von liegen gebliebenem Schreibkram.«

Ella blickte auf den Schreibtisch, auf dem sich auch heute alles Mögliche stapelte – Befunde, Fachartikel, Fotos von Neugeborenen und Dankesschreiben, wie sie wusste. Bei Ute herrschte nie Leerlauf, sie mochte keinen Minimalismus. Das Leben war ihrer Ansicht nach das Gegenteil – Fülle. Und so waren die Wände ihres Sprechzimmers mit Fotos von Babys tapeziert, weil die Arbeit auf der Geburtsstation Ute am meisten befriedigte.

»Und wie steht es mit Rudi und den Kindern? Ist zumindest zu Hause etwas weniger zu tun?«

»Machst du Witze?«

Ella schüttelte den Kopf, als Ute ihr Wasser anbot, und wartete, bis ihre Freundin ihr Glas geleert hatte.

»Unser Leben weitet sich gerade noch ein bisschen mehr aus. Rudi hat sich in den Kopf gesetzt, in die Politik zu gehen.« Ute stellte das Glas auf den Tisch.

»Ach je. Wer hat ihm denn den Floh ins Ohr gesetzt? Als hättet ihr nicht schon genug zu tun.«

»Ich war's nicht, ich schwöre.« Ute hob die Finger. »Und Poldi wünscht sich, ihre Schwester möge wie der Geist in ihrem Kinderbuch verschwinden. Ständig mosert sie, sie hätte genug davon, dass Merle sich immer an ihren Spielsachen vergreift.« Ute erzählte ein paar lustige Beispiele, die den täglichen Ablauf mit ihren Töchtern beschrieben und die Ella prompt zum Lachen brachten.

»Richte Poldi aus, ich schicke Nachschub zum Spielen. Ich kann mein Patenkind unmöglich leiden sehen.«

»Untersteh dich! Du willst den Kampf im Kinderzimmer doch nicht weiter anheizen. Es sei denn, du schickst alles doppelt. Dann herrscht vermutlich Ruhe zwischen den kleinen Zicken. Zumindest kurzfristig.«

»Ich schicke für beide ein Päckchen mit Büchern und Spielen«, versprach Ella. »Wäre doch gelacht, wenn wir dieses kleine Scharmützel nicht auflösen könnten.«

»Du verwöhnst meine zwei Süßen, Ella.« Während sie sprach, ließ Ute den Anhänger in Form eines Fischs, was ihr Sternzeichen und ein Geschenk ihres Mannes war, das sie immer trug, durch die Finger gleiten.

»Ich liebe die beiden, da gehört verwöhnen dazu.«

Ute stand auf und strich die Falten ihrer weißen Hose glatt. »Hattest du in letzter Zeit irgendwelche Beschwerden, auf die wir bei der heutigen Untersuchung besonders achten sollten?«

Auch Ella stand auf, trat hinter den Paravent und zog ihren Schlüpfer aus. »Ich hatte in den letzten Monaten gelegentlich Schmerzen im Unterbauch und ein paarmal ziemlich unangenehme Rückenschmerzen. Ich müsste mal wieder zum Osteopathen, hatte aber noch keine Zeit dafür. Ansonsten fühle ich mich wunderbar«, beeilte sie sich zu versichern.

»Dann schauen wir uns das mal an«, meinte Ute. Konzentriert blickte sie auf den Monitor des Ultraschallgeräts.

»Du hast von Beschwerden gesprochen …« Ute musterte sie mit dem sachlichen Blick der Ärztin, die mit einer Patientin etwas Unangenehmes besprechen musste. »Es könnte sein, dass die Ursache dafür Endometriosezysten sind.«

Ella sah ihre Freundin fragend an, als diese ihr ein Tuch reichte, um sich die Reste des Gels vom Bauch abzuwischen.

»Eine Endometriose kann Verklebungen und Verwachsungen der Eileiter und Eierstöcke verursachen, die unter Umständen ein mechanisches Hindernis für eine Schwangerschaft sind. Bevor ich jetzt ins Detail gehe, würde ich vorschlagen, dass du einen Termin zur Bauchspiegelung machst, damit eine Diagnose gestellt und eventuelle Verwachsungen gleich an Ort und Stelle entfernt werden können.«

»Heißt das, ich kann nicht schwanger werden, falls ich das mal möchte?«, fragte Ella.

»Frauen mit Endometriose haben ein erhöhtes Risiko, unfruchtbar zu sein, oder sie haben es schwerer, schwanger zu werden. Die Fruchtbarkeit einer Frau ist bei Endometriose um etwa fünfzig Prozent reduziert, wobei das Risiko vom Schweregrad abhängt. Inwieweit die Fruchtbarkeit auch bei minimaler bis milder Endometriose eingeschränkt ist, ist unklar beziehungsweise unterschiedlich«, erklärte Ute. »Aber lass uns abwarten, was bei der Bauchspiegelung herauskommt.«

Als Ella die Arztpraxis eine halbe Stunde später verließ, hämmerten ihre Schläfen. Ute hatte sich so verständlich wie möglich ausgedrückt und auch unangenehme Fragen nicht gescheut, wofür Ella ihr dankbar war. Doch das änderte nichts daran, dass sie nicht damit gerechnet hatte, mit einer eventuellen Unfruchtbarkeit konfrontiert zu werden, von den Schmerzen, die sie in letzter Zeit gehabt hatte, einmal abgesehen. Die Befangenheit, die sie Ute anzusehen gemeint hatte, hatte Ellas eigene noch verstärkt. Es war sicher nicht leicht für Ute, ihr als Freundin und Ärztin zugleich zu begegnen und die richtigen Worte zu finden. Ella versuchte, das Gefühl der Hilflosigkeit, das sie überkommen hatte, zu ignorieren.

Nach dem Gespräch hatte sie sich wie ferngesteuert angezogen, während das Bild der Familie, die sie vielleicht mit Timo gründen wollte, wie ein Aquarell verschwommen war, auf das jemand ein Glas Wasser geschüttet hatte. Ella hatte sich ungewohnt einsilbig von Utes Team verabschiedet und die Praxis rasch verlassen, nun hielt sie im Gehen inne. Sie fühlte sich, als hätte sich über ihr ein Gewitter zusammengebraut, mit Hagel und Sturmböen.

Eine Frau lief um Ella herum, dabei streifte deren Einkaufstüte ihre Hüfte. Ella ignorierte die Entschuldigung, ging zu ihrem Wagen, stieg ein und blieb reglos sitzen.

Wie von fern hörte sie das Lachen von Utes Töchtern und sah deren süße Gesichtchen vor sich. Im Moment standen Kinder nicht zur Debatte, doch in einigen Jahren sähe das anders aus. Sie hatte nie ausgeschlossen, dass fröhliches Kinderlachen durch ihre Wohnung hallte.

Sie blickte durch die Frontscheibe auf die Läden, die sich in der Straße aneinanderreihten, unter anderem einer Boutique für Babyzubehör mit entzückenden Babywiegen, Stramplern und Mobiles. Das Bild der Zukunft, das sie sich, zwar nicht in aller Deutlichkeit, aber doch zumindest ansatzweise in manch stiller Stunde ausgemalt hatte, wich einer dunklen Ahnung, alles könne anders kommen, als sie es sich erhoffte. Es gab eben nicht nur Glück, sondern auch Verzicht und Trauer, und manchmal stand man an einem Abgrund, ohne zu wissen, dass man gleich fallen würde.

11.

Kopenhagen, Dänemark, September

Timo steuerte auf eine Gruppe Touristen zu, die neugierig den Brunnen vor dem *Rækkehus* umrundeten. Mit den Augen suchte er einen Weg an den Menschen vorbei.

»Ein Glücksbrunnen, mitten in Kopenhagen. Ist es zu fassen?«, staunte eine Frau. Sie hatte das Messingschild entdeckt, auf dem auf die Legende hingewiesen wurde, dass jeder, der sich vor dem Brunnen etwas Selbstloses wünschte, ein langes, glückliches Leben zu erwarten hätte.

»Dieser Brunnen kommt für mich wie gerufen«, juchzte eine andere. »Glück hatte ich im letzten Jahr viel zu wenig.«

Auf Timos Gesicht stahl sich ein verständnisvolles Lächeln. Er kannte Reaktionen wie die der Frauen nur zu gut. Dieses Brunnens wegen – den das *Rækkehus* sozusagen vor der Nase hatte und zu dem vor allem Touristen pilgerten – fiel das Gebäude in der Reihe alteingesessener Häuser auf. Der Brunnen war aus rotem verwitterten Marmor und wirkte schon aufgrund seiner Größe imposant, doch erst seine Geschichte als Glücks- oder Wunschbrunnen machte ihn zu einer Attraktion.

Timo bahnte sich einen Weg zwischen den Frauen hindurch und hörte das Glöckchen bimmeln, als er in den Eingangsbereich des Restaurants trat. Kai kam aus dem Lager, als die Tür gerade hinter Timo zufiel.

»Mit dir hab ich gar nicht mehr gerechnet. Du bist eine Stunde zu spät.« Er wischte sich die Hände an der schwarzen Schürze ab, die er über seiner normalen Kleidung trug.

Timo hob entschuldigend die Hände. »Ich bin am Telefon aufgehalten worden.«

Mit großen Schritten kam Kai quer durch den Gastraum auf ihn zu. Seine Haare standen in alle Himmelsrichtungen, und er roch nach Olivenöl und Kräutern. Offenbar hatte er bereits die Küche eingeweiht.

Timo nahm im Hintergrund eine flüchtige Bewegung wahr, und als er das entrückte Lächeln im Gesicht seines Bruders sah, begriff er. »Gibt es etwa ein weibliches Wesen, für das du den Kochlöffel geschwungen hast?«

Kai mied seinen Blick und tat, als habe er Timos geflüsterten Kommentar überhört. »Manchmal wäre es echt nicht schlecht …«

»Wenn ich meine Ohren auf Durchzug stellen und die Augen gleich mit zumachen würde, ich weiß.« Timo senkte die Stimme, sodass er kaum noch zu hören war. »Wer hat denn unlängst steif und fest behauptet, es in Zukunft ruhiger angehen zu wollen, weil er sich mehr um sich selbst kümmern wolle?«, fuhr er fort, als Kai keine Anstalten machte, auf seine Frage einzugehen.

Sein Bruder zuckte mit den Schultern. »Okay, schon gut, das war ich. Aber das Leben steckt nun mal voller Überraschungen.« Er begann die Stühle im gleichen Abstand an die blank geputzten Holztische zu schieben. Nur nicht tatenlos herumstehen, besser irgendetwas tun, das zumindest kurzfristig ablenkte, das war Kais Masche.

»Und wie heißt die *Überraschung* diesmal?«, bohrte Timo nach.

Kai hielt inne und hob endlich den Blick. »Ille.«

»Aha.« Timo zog sich sein Sweatshirt über den Kopf, warf es über einen Stuhl und schob Kai in Richtung Fenster, wo sie sprechen konnten, ohne von Ille gehört zu werden. »Na, komm schon. Wie sind die Basisdaten?«

»Ille und ich haben uns im Supermarkt verquatscht. Vor der Käsetheke«, erzählte Kai.

»Ist nicht wahr! Da stöbere ich immer nur nach Appenzeller und Gruyère.« Timo bemühte sich, seine Gesichtsmuskeln unter Kontrolle zu halten.

»Beim Einkaufen ergeben sich nun mal die besten Chancen, Menschen kennenzulernen«, verteidigte sich Kai.

Kai erlebte die schrägsten Geschichten mit Frauen. Vermutlich würde sich auch mit seinem vierzigsten Geburtstag in wenigen Monaten nichts daran ändern. Schade war nur, dass seine Beziehungen nie lange hielten. Timo konnte sich den Ausgang der Begegnung mit Ille bereits jetzt lebhaft vorstellen. Über kurz oder lang gäbe es irgendeinen Grund, der Ille von einem Tag auf den nächsten zu Kais Vergangenheit machte. Eine mehr in der Liste der Frauen, die mit mehr oder weniger gebrochenem Herzen zurückblieben.

»Was macht Ille denn so? Sag bitte nicht, dass sie Köchin, Kellnerin oder Sommelière ist und vorhat, hier einzusteigen.«

»Glaubst du, ich bin lebensmüde?« Kai klang geradezu beschwörend. »Ille hat als Kindergärtnerin gearbeitet, dann hat sie studiert, und jetzt arbeitet sie an der Uni. Sie hat keinerlei Ambitionen, in einer Küche zu glänzen«, zischte er.

»War ja nur eine Frage«, winkte Timo ab. Auf dem Fensterbrett lag ein Katalog, auf dessen aufgeschlagener Seite Tischlampen, Deko-Dosen und edle Stoffservietten abgebildet waren. Timo blickte darauf. »Und was ist das?«

»Ein Katalog von Ille. Ihre Eltern sind Innenarchitekten und haben so was en gros zu Hause rumliegen.«

Timo blätterte darin. »Tolle Sachen«, gab er zu, als er einen kleinen Teil des Sortiments gesehen hatte.

Kai schlug eine bestimmte Seite auf und tippte auf ein Foto, das Servietten aus Leinen zeigte. »Die könnten wir personalisieren lassen. Ein Gast bestellt vor oder nach einem Essen bei uns *seine* Servietten und kommt wieder, um sie abzuholen. Dabei steht einem weiteren unvergesslichen Abend bei uns nichts im Wege. Genial, oder?«

Timo schien überzeugt. »Schöne Dinge aufstöbern kannst du, das ist inzwischen hinlänglich bekannt.« Er legte die Hände zusammen und sah Kai beinahe flehend an. »Und ich gebe die Hoffnung nicht auf, dass bei dir das Aufstöbern beim Thema Frauen irgendwann aufhört. Ruhe und Frieden, das weißt du doch, sind auch bekannt als das Gegenteil von privatem Chaos. Oder muss ich dich an Rebekka erinnern, als sie von Sybille erfahren hat und im Vorgarten campen wollte, damit du ihr sagst, warum eure Beziehung *tatsächlich* gescheitert ist?«

In Kais Gesicht trat ein zerknirschter Ausdruck. »Ille ist anders. Sie ist locker drauf. Mach dir ihretwegen keine Sorgen.«

»Ich mache mir *deinetwegen* Gedanken. Ich wünsche mir nämlich, dass du irgendwann irgendwo ankommst.«

Timo und Kai hatten ihre Kindheit und Jugend bei ihren jeweiligen Müttern verbracht. Nur hin und wieder waren sie sich bei ihrem Vater begegnet, hatten sich aber jedes Mal gefreut, sich zu sehen. Und so wusste Timo meistens, worauf Kai mit seinen spitzen Kommentaren anspielte, allerdings nicht, woher dessen innere Rastlosigkeit, was Beziehungen anging, stammte. Inzwischen neigte er zu der Annahme, dass Kai es schlichtweg nicht zuließ, sich auf jemanden einzulassen. Vermutlich war sein Herumsuchen eine Auswirkung der Jahre an der Seite seiner Mutter, die privat bis heute ein unsteter Geist war. Kai hatte spätnachts einmal darüber gesprochen, wie es ihm mit den ständigen Umzügen, die seine Mutter angezettelt hatte, ergangen war. Timo hatte still zugehört und begriffen, wie nahe Kai das Fehlen jeder Stabilität gegangen war. Als er ihn darauf angesprochen hatte, hatte Kai, wie ihm vorkam, halbherzig gelächelt und erklärt, diese Zeit hätte ihn zwar genervt, doch er wäre damit klargekommen. Ob das stimmte, wagte Timo zu bezweifeln.

»Lassen wir das Thema. Stell mir Ille vor, damit sie nicht länger wie ein Schatten hinten rumlaufen muss. Das muss unangenehm für sie sein.«

Kai hob kurz drohend den Finger. »Aber sag nichts Falsches zu ihr, klar?«

»Als ob ich mich freiwillig in dein Beziehungschaos einmischen würde.« Timo schüttelte grinsend den Kopf. Kai verschwand Richtung Vorratsraum und kam gleich darauf mit einer ausgesprochen selbstbewusst wirkenden jungen Frau zurück.

»Timo, darf ich dir Ille vorstellen?« Kai deutete auf Timo. »Ille, das ist mein Bruder Timo. Wir haben denselben Vater, nur die Mütter sind andere.«

»Hej, Ille. Schön, dich kennenzulernen«, grüßte Timo auf Dänisch.

»Hej, Timo. Ganz meinerseits. Du kannst ruhig Deutsch mit mir sprechen. Das hatte ich in der Schule.« Ille streckte ihm eine zarte, mit Ringen geschmückte Hand entgegen, und er schüttelte sie.

»Da hab ich ja noch mal Glück gehabt. Mehr als eine anständige Begrüßung bekomme ich auf Dänisch nämlich nicht hin.«

Ille lachte. »Wer spricht schon Dänisch, wenn er nicht in Dänemark lebt?« Ihre Stimme war tief und kehlig und passte so gar nicht zu ihrer mädchenhaften Erscheinung.

Zwischen ihnen entspann sich sofort eine ungezwungene Unterhaltung, und einmal mehr wurde Timo Zeuge, wie routiniert Kai eine Frau umschwärmte. Er kümmerte sich aufmerksam um Ille, brachte ihr etwas zu trinken, fragte, ob er ihr ihre Jacke holen sollte, falls ihr kalt sei. Leider hielt diese Fürsorglichkeit, wie Timo wusste, meist nicht länger als ein paar Monate an.

Schließlich gab Ille vor, sich verabschieden zu müssen. »Entschuldigt, dass ich so drängele, aber ich habe noch einen Termin an der Uni, und da ist Pünktlichkeit angesagt.«

»Ille ist Dozentin, auch wenn sie viel zu jung dafür wirkt«, erklärte Kai mit einem gewissen Stolz.

»Klingt nach einem tollen Job«, meinte Timo.

»Ist es auch«, entgegnete sie. »Aber trotzdem passiert es mir regelmäßig, dass man mich falsch einschätzt. Die Frau in Jeans und Sneakers geht doch sicher noch zur Uni, wohlgemerkt als Studentin. Was kann die schon draufhaben?« Sie lachte vergnügt. »Ich sag dir was, Timo, unterm Radar ist es gar nicht so schlecht. Da kann man nach seinen Vorstellungen ganz leicht durchs Leben gehen. Und das mag ich.«

»Da hast du was mit Kai gemeinsam. *Leicht* ist geradezu ein Zauberwort für ihn.«

»Hab ich gleich gecheckt.« Ille warf Kai einen verschwörerischen Blick zu. »Ich hab was für Menschen übrig, die reden, wie ihnen der Schnabel gewachsen ist, und sich zeigen, wie sie sind. Das ist mir bedeutend lieber als höfliche Lügen.«

»Ille hat mich eben gleich als der erkannt, der ich bin«, bemerkte Kai.

»Wir haben uns gegenseitig erkannt, würde ich sagen.« Ille küsste Kai, legte ihre Arme vertraut um dessen Hüfte und sah ihn schelmisch an. »Ich bin heute Abend zu Hause. Falls du noch Lust auf ein bisschen Gesellschaft hast …«

»Wer könnte bei diesen Worten widerstehen? Du kannst mit mir rechnen.«

Von Kai kam noch nicht einmal ein matter Protest, wie es sonst oft der Fall war, wenn eine Frau die Initiative ergriff. Stattdessen streichelte er über Illes Schulter.

Sie drehte sich zu Timo um. »*Vi ses*, Timo. Mach's gut. Ich finde es wunderbar, dass ihr vorhabt, das Restaurant zu neuem

Leben zu erwecken. Wir Kopenhagener hängen an lieb gewordenen Lokalen. Und dieses gehört definitiv dazu.«

»*Vi ses*, Ille. War schön, dich kennenzulernen.«

Ille hängte ihre Tasche um und stapfte zum Eingang. Kai blickte ihr nach, als sähe er sie zum ersten Mal, bis die Tür mit einem satten, tiefen Ton hinter ihr zufiel.

»Und? Was sagst du?«, wollte er von Timo wissen.

»Sie hat eine tolle Ausstrahlung und nimmt kein Blatt vor den Mund, was mich hoffen lässt, dass sie gegen dich ankommt«, erwiderte Timo.

»Vielen Dank für die *netten* Worte«, brummte Kai. »Seit wann müssen Frauen gegen mich ankommen?« Er griff nach einem Lappen und wischte damit über den Tresen. »Vielleicht bedauere ich es doch nicht, dass du ausziehst«, sagte er, während er putzte. »Dienstag ist es so weit, hab ich das richtig abgespeichert?« Timo setzte zu einer Antwort an, doch Kai unterbrach ihn, indem er mit dem Lappen vor Timos Gesicht herumwedelte. »Ach, hör auf. Ich helfe dir beim Kistenschleppen. Sven packt auch mit an. Angeblich vermisst er dich jetzt schon. Freja bläst ins gleiche Horn. Keine Ahnung, was die beiden an dir finden.«

Timo mochte den Ton, der zwischen ihnen herrschte. Sie liebten beide die Späße, die wie Bälle hin- und herflogen, aber wenn es hart auf hart kam, schalteten sie um. Ohne großes Drumherum und lange Erklärungen kamen sie dann zum Thema und wussten, dass sie sich aufeinander verlassen konnten.

»Komm, lass uns die letzten Details der Renovierung besprechen.« Timo nahm Kai den Lappen weg. »In ein paar Wochen eröffnen wir. Und es ist noch eine Menge zu tun.«

Kai tat, als gäbe er grummelnd klein bei – Timos Ton machte klar, dass eine Verlängerung dieser Frist nicht zur Debatte stand –, legte den Arm um seinen Bruder und ging mit ihm durch die Räumlichkeiten des Restaurants. Timo begutachtete diese nun schon zum x-ten Mal. Er kam abends oft hierher, um alles auf sich wirken zu lassen – die extrem hohen Decken, die dunklen Holzstühle aus dem Altbestand, den Blick durchs Fenster auf die pulsierende Stadt, vor allem aber die Küche, in der es vor Edelstahl nur so blitzte und die sie seiner Ansicht nach nur mit wenigen zusätzlichen Geräten aufstocken mussten. Sein Highlight war allerdings die Vorratskammer. Früher war der Hauseingang offenbar einmal verlegt worden, dabei war die gar nicht so kleine Kammer übrig geblieben. Dort konnten sie alles Mögliche aufbewahren, hatten quasi einen begehbaren Kühlschrank, ohne Strom zu verbrauchen. Großartig für fermentiertes Gemüse oder voluminösere Dinge. Schließlich kamen sie zurück in den Gastraum.

»Was meinst du? Wir mischen günstiges Keramikgeschirr mit handbemaltem Porzellan von Royal Copenhagen – ganz Old School. Das kommt bei den Leuten an, weil es lebendig wirkt … irgendwie unspektakulär und doch edel«, sagte Timo.

»Von Royal Copenhagen hab ich noch eine Menge daheim. Du kennst ja meinen Sammelwahn.«

Lausige Alternativen gäbe es bei ihnen nicht, nicht im Gastraum, und schon gar nicht in der Küche. Sie hatten beide ein gutes Gespür für die Dinge, mit denen sie sich umgeben wollten. Alles wäre von bester Qualität, was in Timos Augen nicht zwangsläufig mit einem hohen Preis zusammenhing, jedes Teil hätte Stil und würde ihre Vision widerspiegeln.

»Morgen kommt übrigens jemand vorbei, um sich als Souschef vorzustellen. Ziemlich junger Typ, der in Stockholm im *Brindis* gearbeitet hat«, erzählte Kai. »Kannst du den Termin übernehmen? Ich bin leider verhindert.«

Timo fing Kais Blick auf. »Klar. Ich übernehme«, versprach er, ohne nachzufragen, was sein Bruder vorhatte. Sie respektierten beide die Privatsphäre des anderen.

»Wie geht es eigentlich Ella? Was machen die Probleme, mit denen sie sich gerade rumschlägt?«

»Wenn ich dir die Summe nenne, die als Schadensersatz im Raum steht, fällst du um. Ella und Leonie haben aber, soweit ich informiert bin, eine Lösung gefunden, die einen Lichtblick am Horizont erkennen lässt.« Timo hatte das letzte Wort gerade ausgesprochen, als sein Handy sich meldete. Er zog es aus der Tasche, blickte aufs Display und hielt Kai das Handy vor die Nase.

Haben uns über die Summe geeinigt. Nicht unbedingt niedrig, bin gleichzeitig aber auch erleichtert, dass wir endlich Gewissheit haben und jetzt zumindest den nächsten Schritt in Angriff nehmen können …

Kai sprach die Summe laut aus und pfiff durch die Zähne. »Meine Herren! Bin ich froh, dass wir keinen Kosmetikkonzern führen müssen.«

»Ella ist tough. Sie beißt sich durch.« Timo las die Nachricht zu Ende. Ella wollte ihn später anrufen, um ihm etwas Wichtiges zu sagen.

Ich rufe an, sobald ich hier fertig bin. Bin froh, dass bei euch beruflich Land in Sicht ist. Kuss, Timo

Kai hob die Arme und formte mit den Fingern ein Viereck und schaute hindurch.

»Was wird das, wenn ich fragen darf?« Timo stutzte, dann begriff er, dass er sich – aus Kais Perspektive – im Fokus befand.

»Ich stelle gerade das Bild deiner Zukunft scharf.« Kai grinste »Was kommt als Nächstes? Heirat, Kinder, irgendwann zehn Kilo zu viel auf den Rippen, genauer gesagt um den Bauch herum, dann Silberhochzeit mit allem Pipapo?«

Timo machte eine Handbewegung, die so viel sagen sollte wie: *Tu dir keinen Zwang an.* »Ella ist wichtig, dass unsere Beziehung Substanz hat. Das zählt für sie mehr als eine Unterschrift auf dem Standesamt.«

Ella war ein kreativer Geist, auch in der Liebe war sie erfindungsreich. Und ihre ausbalancierte romantische Ader, die hin und wieder hervorblitzte, passte für ihn gut ins Bild seiner Zukunft.

»Meine Erfahrung sagt mir, dass die meisten Frauen irgendwann heiraten wollen. Sie lieben Romantik, da kannst du nichts machen.« Kai tat so, als knipse er, dabei machte er ein Geräusch, als spucke eine Sofortbildkamera ein Foto aus.

»Wo ist das Problem, wenn die Frau, die ich liebe, irgendwann vor den Altar treten möchte?« Timo strahlte, als dieser Teil seiner Zukunft vor ihm lebendig wurde. »Ich muss nichts unterschreiben, um mit Ella glücklich zu sein, aber wenn sie das eines Tages möchte, bin ich dabei.«

»Schon klar, Ella ist ein Haupttreffer, sogar mit Kindern und Hund.«

»Das siehst du absolut richtig. Und klar wünsche ich mir irgendwann Kinder.«

»Was Vernünftiges zu essen kriegen die Kinder auf jeden Fall. Das ist immerhin etwas. Ich springe auch gern hin und wieder ein, wenn ich in Deutschland bin. Die Rolle des verständnisvollen Onkels, der den Kids jede Menge Unsinn beibringt, hab ich drauf. Du weißt ja, ich stecke quasi selbst noch im Lernprozess.«

Zum Schluss setzten sie sich zusammen und besprachen, wer in der nächsten Woche kochte, wer den Wagen brauchte, wer für Sven und Freja da war und wie Timos Umzug abliefe. Als sie mit allem durch waren, zog Timo sein Sweatshirt über und stieg auf sein Fahrrad.

Er spürte, wie der Wind ihm um die Ohren pfiff, als er mit gleichmäßiger Kraft in die Pedale trat. Im Freien zu sein war herrlich. Er sah die Umrisse einer älteren Dame vor sich, die in mehr als gemächlichem Tempo auf einem Hollandrad unterwegs war. Als er auf gleicher Höhe mit ihr war, passte er sein Tempo kurz dem ihren an und grüßte freundlich in ihre Richtung.

»Hallo. Schönen Nachmittag«, rief er und lüpfte einen imaginären Hut.

Die Frau sah ihn an, als hätte er ihr ein unmoralisches Angebot gemacht. Timo überholte sie lachend. Von Freundlichkeit überrascht zu werden wunderte manche immer wieder.

In Frederiksberg stellte er das Rad in die Garage und ging in die Küche, um sich einen Espresso zuzubereiten. Er nahm den Kaffee mit ins Wohnzimmer, ließ sich auf die Couch sinken und rief Ella an. Sie ging gleich nach dem zweiten Klingeln ans Handy.

»Timo! Schön, dass du anrufst.«

Er freute sich, Ellas Stimme zu hören, doch als sie weitersprach, fiel ihm ihr bedrückter Tonfall auf.

»Hast du etwas auf dem Herzen?« Er hörte Ella am anderen Ende leise atmen. »Von den beruflichen Turbulenzen abgesehen, meine ich.«

»Ich war beim Arzt. Eine Routineuntersuchung.« Ella machte eine kurze Pause. »Ich habe vermutlich Endometriose.« Sie klang unsicher, völlig anders als sonst.

Timo ließ die Nachricht auf sich wirken. Endometriose … davon hatte er bis jetzt nur vage etwas gehört. »Was genau ist das? Und was bedeutet das?«, erkundigte er sich.

Ella fasste kurz die wichtigsten Infos über diese Krankheit für ihn zusammen. Timo hörte aufmerksam zu, als sie über die Verunsicherung sprach, die sie erfasst hatte, als ihre Ärztin mit ihr gesprochen hatte.

»Die Diagnose ist eine Vermutung, sehe ich das richtig?«

»Ja. Deshalb soll ich mich auch einer Bauchspiegelung unterziehen, um die Diagnose endgültig stellen zu können.«

»Ich verstehe. Das heißt, wir müssen den Eingriff abwarten. Erst dann lässt sich einschätzen, ob du tatsächlich Endometriose hast und wie weit sie fortgeschritten ist.«

»Timo, es kann sein, dass ich später Probleme haben werde, Kinder zu bekommen.«

Er spürte, wie sehr sie das Thema berührte. Ihm ging es nicht anders. Er hörte zu, bis sie sich alle Sorgen von der Seele geredet hatte.

»Ich weiß, das ist gerade alles ganz schön viel«, sagte er dann. »Ich bin froh, dass wir so offen darüber sprechen können. Und ich bin immer für dich da, egal was passiert. Ich liebe dich, und das Einzige, was zählt, ist, dass wir einander haben. Der Rest ist Beiwerk. Lass uns abwarten … bis die Diagnose feststeht«, sagte er, als in Ellas Büro das Telefon klingelte.

Einen Moment war es still am anderen Ende. »Entschuldige, den Anruf muss ich annehmen, in wenigen Minuten habe ich außerdem den nächsten Termin.«

»Versuch, ruhig zu bleiben, Ella. Wir schaffen das schon.« Er wollte noch etwas sagen, doch sie hatte aufgelegt.

Timo schob das Handy in seine Hosentasche und stand auf. Die Auswirkungen, die Ellas Diagnose auf ihr gemeinsames Leben haben könnte, musste er erst einmal verdauen. Er war immer davon ausgegangen, eigene Kinder zu bekommen. Dieses Bild seiner Zukunft hatte er bis jetzt noch nie infrage gestellt. Doch wie ginge es ihm, wenn Ella tatsächlich keine Kinder bekommen könnte? Wäre er offen für andere Optionen?

Timo sah auf den Tisch, wo der Espresso unangerührt stand. Er nahm die Tasse, ging in die Küche und goss den Kaffee in den Ausguss. Obwohl er sich stets ermahnte, ruhig zu bleiben, wenn etwas schiefging oder eine Nachricht ihn überraschte, ließ ihn das Thema nicht los. Vor der Spüle stehend dachte er darüber nach, was er antworten würde, wenn Ella ihn eines Tages fragen würde, ob er zu einer Adoption bereit wäre …

Am darauffolgenden Dienstag belud Timo am späteren Nachmittag den Kombi, den er sich von Kais Freund Justus ausgeliehen hatte. Kai hatte versprochen, am Abend vorbeizukommen, um ihm beim Einräumen der neuen Wohnung zu helfen. Viel nahm Timo nicht mit: Sein Lieblingslesesessel, den er vor Jahren in einem Designladen erstanden hatte, würde einen Platz in seiner neuen Wohnung bekommen, ansonsten befand sich in den meisten Umzugskisten, die er nach unten trug, hauptsächlich seine Garderobe. Hosen, Shirts, Pullover, Lederjacken, Boots und ein paar Jacketts für besondere Anlässe und natürlich seine Sammlung an Kochbüchern und Romanen.

»Wann findest du eigentlich die Zeit, diesen Büchersalat durchzuackern?«, fragte Sven, als er die letzte Kiste, die bis oben mit Hardcover-Ausgaben gefüllt war, aus dem Haus heraustrug und mit einem Ächzen in den Kofferraum schob. Er wischte sich die staubigen Hände an seiner Cargohose ab und sah Timo erwartungsvoll an.

»Wenn ich nachts wach liege, lese ich ein paar Seiten, manchmal auch morgens, wenn ich aus Versehen schon die Augen aufschlage, bevor ich rausmuss.« Timo suchte eine Ausgabe eines seiner alten Erich-Kästner-Bücher, die er mit nach Kopenhagen genommen hatte, und zeigte Sven das Cover. Die Ecken des Buchs waren angeschlagen und verbogen, es war oft gelesen worden. »Hier! Das war lange mein Lieblingsbuch.«

Sven sah auf den vergilbten Umschlag. »*Pünktchen und Anton.* Kenn ich nicht.«

»Der Roman handelt von Luise, genannt Pünktchen, und

von Anton, dessen Lebensstandard weit unter dem von Pünktchen liegt. Anton lebt allein mit seiner kranken Mutter in einer kleinen Wohnung. Damit beide über die Runden kommen, muss er neben der Schule Geld verdienen und seiner Mutter bei der Hausarbeit helfen. Höhepunkt der Geschichte ist übrigens ein Einbruchsversuch in die Wohnung von Pünktchens Eltern. Nachdem ich das gelesen hatte, wollte ich unbedingt Einbrecher werden.«

Sven grinste schief. »Dass du mal solche Zukunftsvisionen hattest …«

Timo legte das Buch zurück. »Apropos Zukunftsvision. Wie steht es eigentlich um dieses hübsche Mädchen und dich? Liva heißt sie, nicht wahr?«

Sven kniff Lippen und Augen zusammen. Die Worte wollten nicht aus ihm heraus, schließlich zuckte er mit den Achseln. »Liva ist seit ein paar Tagen mit einem Typ aus der Parallelklasse zusammen. Sag nicht, ich soll ihr Zeit geben. Das hab ich schon. Sie sagt, sie mag mich … Aber anscheinend nicht genug.«

Timo öffnete die Beifahrertür und bedeutete Sven, er möge einsteigen. »Ich höre dir zu, wenn du magst. Mehr kann ich in diesem Fall leider nicht für dich tun.«

Auf der Fahrt nach Vesterbro hörte Timo Svens Geschichte aus allen möglichen Perspektiven. Sven knabberte ganz schön an der Abweisung. Und Timo versuchte zu helfen, so gut er konnte. Vor Smilla Mortensens Haus war Sven mit dem Wichtigsten durch und lotste ihn in den Parkplatz, den sie gefunden hatten.

»Der Parkgott ist uns wohlgesonnen. Besser geht's nicht«, freute sich Timo. Als er den Schlüssel aus der Zündung zog, legte er den Arm um Sven und sah ihn aufmunternd an. »Wenn wir in der Wohnung fertig sind, könnten wir eine Runde auf der Playstation spielen? Ich habe Ella versprochen, ein bisschen zu üben, bis sie das nächste Mal nach Kopenhagen kommt. Lust drauf?«

Sven sah Timo mit einem Gesichtsausdruck voller Bewunderung an. »Ella spielt Playstation? Wie cool ist das denn! Sag bloß, du hast dir eine eigene Playstation zugelegt?«

»Na klar«, antwortete Timo, zog einen Zettel aus seiner Hosentasche, faltete ihn auf und reichte ihn Sven. »Ich habe Ella hoch und heilig versprochen, die Anschaffung einer Playstation ganz oben auf meine To-do-Liste zu setzen. Und daran habe ich mich gehalten.«

»Also gut.« Sven gab die Liste Timo zurück. »Dann zocken wir nachher eine Runde. Aber ich muss dich vorwarnen, gegen mich hast du keine Chance. Ich und der Controller sind dicke Freunde.«

»Das letzte Wort ist noch nicht gesprochen«, konterte Timo. »Vielleicht bin ich ja ein Naturtalent und besiege dich gleich beim ersten Versuch.«

Sie stiegen aus, öffneten den Kofferraum, schnappten sich je eine Umzugskiste und trugen sie durchs Treppenhaus. Timo schob die Tür zu seiner Wohnung mit dem Fuß auf.

Sven schlurfte durch den Flur und sah sich neugierig um. »Ist ja alles da«, wunderte er sich. Er ging ins Wohnzimmer, stellte den Karton ab und ging nach unten, um den nächsten zu holen. Als sie alles nach oben getragen hatten, ruhten sie sich kurz aus, dann begann Sven, Bücher in ein leeres Regal zu räumen.

»Danke für deine Hilfe. Das ist echt nett von dir«, sagte Timo und hielt Sven eine Flasche Apfelsaftschorle hin, die er in der Küche geholt hatte.

»Keine Ursache. Ging doch schnell.« Sven drehte sich nach Timo um und schnappte sich die Flasche. »Darf ich mal bei dir übernachten?« Er ließ die Seiten eines Sachbuchs über seine Daumenkuppe gleiten, dann stellte er das Buch ins Regal.

»Jederzeit. Du kannst auch gern einen Freund mitbringen. Bei mir ist Sturmfreie-Bude-Zone.« Timo forschte in Svens

Gesicht, glaubte ihm anzusehen, dass er noch etwas loswerden wollte. »Na, komm schon, was liegt an?«, fragte er, während er einen Schwung Kochbücher aus dem Karton nahm.

Sven gab sich einen Ruck. »Manchmal geht Papa mir auf die Nerven … Also nicht er selbst, sondern seine Frauen«, beeilte er sich hinzuzufügen.

»Du bist immer bei mir willkommen, falls du mal für ein paar Tage wegwillst. Neue Perspektive und so. Du weißt schon … Und wenn du möchtest, spreche ich mit deinem Vater.«

»Nö, bloß nicht, das gibt nur Stress. Papa ist ja in Ordnung. Grundsätzlich, meine ich.« Sven spielte an seinen Fingern herum und trank. Als er aufsah, wurde er rot. »Es ist egoistisch, ich weiß, aber manchmal wünschte ich, du würdest für immer in Kopenhagen bleiben, dann könnte ich zu dir und Ella ziehen – immer mal zwischendurch, für ein paar Tage.«

»Ella kommt bald wieder her. Dann kommst du zu uns. Okay?«

Sven strahlte übers ganze Gesicht. »Abgemacht.«

Als er ihm um den Hals fiel, spürte Timo ein Ziehen tief in seinem Inneren. Wenn er Kai um eines beneidete, dann um Sven und Freja.

12.

Tegernsee, September

Liebe Wilma!

Heute wirst Du zweiundzwanzig. Ich kann kaum glauben, dass Du dieses herrliche Alter erreicht hast, in dem die Jahre so viel Leichtigkeit versprechen, Du aber schon erste Erfahrungen gesammelt hast, die Dir hoffentlich innere Sicherheit geben.

Für Dein nächstes Lebensjahr wünsche ich Dir alles, was eine Mutter ihrer Tochter nur wünschen kann. Alle Deine Träume und Wünsche mögen in Erfüllung gehen. Dir möge Liebe und Anerkennung zuteilwerden, und Du mögest oft Grund zum Lächeln haben, weil Dir die Dinge leicht von der Hand gehen und das Leben Dich manches Mal auf angenehme Weise überrascht. Du stehst nun an der Schwelle zu einem selbstbestimmten Leben, hast Dein Studium begonnen oder bereits eine Ausbildung abgeschlossen. Auch dazu gratuliere ich Dir herzlich und hoffe, es ist Dir leichtgefallen, diesbezüglich Deinen Weg zu finden.

Ich war gestern einkaufen und habe nach den Dingen gesucht, die ich für heute brauche – Backzutaten, Blumen und eine Flasche Sekt zum Anstoßen, außerdem Luftschlangen und Deko. Am Abend habe ich mir den Wecker gestellt, damit ich heute früh genug aufstehe, um den Tisch für Deinen Ehrentag zu decken und Dir einen Kuchen zu backen. Obwohl ich kein Teil Deines Lebens bin, denke ich immer an Dich. Heute ganz besonders. Diesmal habe ich mich für Orangenkuchen entschieden, von dem ich hoffe, dass er Dir schmecken würde.

Kerzen zum Ausblasen habe ich ebenfalls besorgt. Ich höre Dich lachen und mir eindringlich versichern, dass Du längst aus dem Alter heraus bist, in dem Du Kerzen auf dem Geburtstagskuchen ausblasen willst. Bitte sieh mir diese Sentimentalität nach. Es macht mir Freude, mir vorzustellen, wie Du Dich vorbeugst und Dir beim Auspusten etwas wünschst. All das gibt mir das Gefühl, bei Dir zu sein, viel näher, als ich Dir in Wirklichkeit bin.

Apropos Ausbildung und Arbeit. Weißt Du eigentlich schon, was Du beruflich gesehen mit Deinem Leben vorhast? Was würdest Du gern in Angriff nehmen? Was interessiert Dich so sehr, dass Du Deine ganze Energie hineinstecken möchtest?

Wenn ich mir vorstelle, dass Du vielleicht in die Firma einsteigen wollen würdest, ergreift mich Stolz. Ich sehe Dich über die Ringelblumenfelder schreiten, um Dich zu vergewissern, dass die Ernte dieses Jahr gut sein wird. Sicher gibt es Dinge, die Du verändern möchtest, neue Produkte, die Dir vorschweben.

Der Name Glanz ist inzwischen europaweit bekannt, leuchtet von Litfaßsäulen und begegnet einem, wenn man eine Zeitschrift aufschlägt.

Ich würde so gern hören, wie Du mir von Deinen Plänen für die Zukunft erzählst, würde Dich freudig unterstützen, für Dich da sein … Und natürlich würde ich Dir gern von Deiner Schwester Annie erzählen. Ich weiß, sie würde Dich lieben, wenn sie von Dir erführe. Annie sehnt sich nach Geschwistern, ohne zu wissen, dass sie bereits eine Schwester hat – eine große Schwester, auf die sie stolz wäre, würde sie sie kennen, ebenso wie Du auf Annie stolz wärst.

Ihr seid beide sehr unterschiedlich, das habe ich bereits bemerkt, als Annie ein Säugling war. Du, Wilma, warst vom ersten Tag an ruhig und ausgeglichen, Annie war quirliger. Dieser Unterschied freut mich, schließlich lassen Unterschiede das Leben bunt und vielfältig erscheinen. Ich kann manchmal kaum glauben, dass Menschen ein Problem mit Vielfalt haben.

Verzeih, Wilma, ich bin die Letzte, die sich über das Thema auslassen sollte. Ich höre auch schon auf, darüber zu schreiben …

Hedi legte den Brief zur Seite, ohne ihn zu Ende zu lesen. In ihrem Leben hatte es schon lange keine grundlegende Veränderung mehr gegeben, doch wenn sie an das Gespräch mit ihrer Familie dachte, wusste sie, dass sich das vermutlich bald ändern würde. Ihre Vergangenheit zöge die Menschen, die ihr am nächsten standen, in einen Dunstkreis von Schuld und Unehrlichkeit. Aber auch auf die Gefahr hin, dass ein Sturm der Entrüstung auf sie niederginge, war Hedi entschlossen, sich endlich als die zu zeigen, die sie war: eine Frau, die in jungen Jahren einen schwerwiegenden Fehler begangen, sich danach jedoch um ein rechtschaffenes Leben bemüht hatte.

In der Küche hantierte Frau Resch, nun drang der milde Duft frisch aufgebrühten Kaffees zu Hedi. Wann immer Margarethe Resch Zeit fand, kochte sie Kaffee oder Tee und trank gemeinsam mit Hedi eine Tasse. Sie genossen diese kleinen Pausen und freuten sich beide darauf, kurz mit dem aufzuhören, was gerade wichtig zu sein schien. Hedi schnupperte. War das erwärmter Zucker und der Geruch gekochter Äpfel? Sie hatten nicht besprochen, diese Woche zu backen, aber Frau Resch entschied manchmal spontan, und Hedi ließ ihr die Freiheit.

»Möchten Sie eine gute Tasse Kaffee, Frau Glanz?«, hörte sie ihre Zugehfrau den Flur hinunterrufen. Sie hatte die Angewohnheit, ihre Aussagen mit *gut*, *schön* oder Ähnlichem zu versehen.

»Gern, Frau Resch. Ich komme gleich«, antwortete Hedi.

Sie schob die Schachtel mit den Briefen vorübergehend in den Schrank und ging ins Esszimmer, wo Frau Resch bereits gedeckt hatte. Neben der Kaffeekanne, den Tellern und Tassen und den mit Wasser gefüllten Gläsern stand eine Platte mit frisch gebackenem Apfelkuchen.

»Dann habe ich richtig gerochen. Es gibt Kuchen. Was für eine wunderbare Idee!«

Margarethe Resch nickte. »Sie waren derart versunken in Ihr Tun, da wollte ich nicht stören und habe, ohne zu fragen, entschieden, dass es wieder mal Zeit für etwas Süßes ist. Ich hoffe, Sie nehmen es mir nicht übel.«

»Ich bitte Sie«, winkte Hedi ab. »Wir kennen uns gut genug, dass Sie das nicht annehmen müssen.«

Frau Resch ergriff den Tortenheber.

Hedi nahm einen Teller mit einem großen Stück Apfelkuchen entgegen. Beim ersten Bissen verschluckte sie sich und bekam einen Hustenanfall. Frau Resch klopfte ihr sanft auf den Rücken.

»Schhh«, summte sie, als wäre Hedi ein Kind. »Sie sehen blass aus. Ich glaube, in letzter Zeit muten Sie sich zu viel zu. Sie sind keine fünfundzwanzig mehr, vergessen Sie das nicht«, sagte sie und schob ein Kichern hinterher.

Hedi wartete, bis der Husten verebbte. Es dauerte, bis sie aufgegessen hatte, ins Wohnzimmer ging und sich in den Sessel fallen ließ. Die Luft, die durch die offene Balkontür ins Zimmer drang, strich ihr kühl übers Gesicht. Sie schloss kurz die Augen.

Nachdem Wilma auf der Welt war, hatte es nicht den kleinsten Winkel in ihr gegeben, der nicht mit Gefühlen für dieses entzückende Baby angefüllt gewesen war. Wenn man ein Kind gebar, war das Reservoir an Liebe allein für dieses kleine Wesen reserviert, Raum für anderes blieb kaum. Annalena nun die Briefe an Wilma zu geben hieße, sie damit zu konfrontieren, wie sehr sie – Hedi – auch nach Annalenas Geburt mit ihren Gedanken bei ihrem ersten Kind gewesen war.

Hedi spürte einen Stich in ihrem Inneren. Wie gern würde sie Annalena den Schmerz, den die Wahrheit barg, ersparen. Sie würde nicht nur von einer bisher unbekannten Schwester erfahren, sondern auch von einer Seite ihrer Mutter und ihres Vaters, die diese sorgsam vor ihr verborgen gehalten hatten. Irgendwo in der Wohnung stellte Frau Resch den Staubsauger an. Später räumte sie die Zimmer auf und verabschiedete sich, als sie fertig war.

Als es am Abend Zeit war, sich für die Nacht fertigzumachen, sah Hedi im Badezimmerspiegel den Schimmer an ihrem Haaransatz – sie schwitzte, obwohl ihr überhaupt nicht warm war. Seit Langem hatte sie wieder die Empfindung, sich nach Wilmas Fortgang nur geduckt zu haben. Sie hatte stillgehalten und funktioniert, mehr nicht.

Sie drückte einen Streifen Zahnpasta auf die elektrische Zahnbürste und begann, sich mit viel zu harschen Bewegungen die Zähne zu putzen. Als sie fertig war, hängte sie das Handtuch über den Handtuchwärmer und schob die Badezimmertür hinter sich zu.

Vor ihrem Bett blieb sie stehen. So deutlich, als wäre es gestern gewesen, sah sie Alan Fox vor sich. Von ihm hatte sie erfahren, wie es war, als afroamerikanischer Mann in den Staaten zu leben. Seine Erzählungen hatten in ihr Beklemmungsgefühle entstehen lassen. Erstmals war ihr bewusst geworden, welchen Einfluss die Hautfarbe auf das Leben eines Menschen hatte. Damals war ihr die Ungerechtigkeit und Unmenschlichkeit, wenn die Hautfarbe darüber entschied, wie man wahrgenommen wurde, zum ersten Mal nahgekommen.

Als Besatzungssoldat in Berlin hatten sich die Dinge für Alan verbessert. Hier bewegte er sich freier, ging in Clubs, hörte Musik, trank und konnte mit Frauen sprechen.

»In Berlin, bin ich ein kleines bisschen *normal*«, hatte er mit fiebrigem Glanz in den Augen beteuert und dazu mit den Fingern eine winzige Menge angezeigt.

Wie weh ihr dieser Satz tat, war ihr erst bewusst geworden, nachdem Alan sie das erste Mal geküsst hatte. Als er sie zaghaft umarmte, hatte das Denken aufgehört. Sie hatte die Augen geschlossen und nur noch gefühlt, wie angenehm sie seine Lippen auf ihren spürte. Das stechende Gefühl, etwas Falsches zu tun, das sie in große Schwierigkeiten bringen könnte, trat in den Hintergrund. Alan Fox hatte, genau wie sie, diesen Krieg nicht gewollt, er war zuerst ein Mensch und erst danach Besatzungssoldat.

Hedi hob die Decke an und schob sich darunter. Ihr Körper kam mit einem raschelnden Geräusch auf der Matratze zu liegen. Ihre Nachtlektüre, *Das Geisterhaus* von Isabel Allende, ein Roman, den sie aufgrund seiner Mystik und Vielschichtigkeit liebte und immer wieder las, lag auf dem Tischchen neben dem Bett bereit, doch Hedi griff nicht danach, ihre Gedanken waren mächtiger als jedes Buch.

Sie hatte damals oft ihr kleines Notizbuch gezückt, in das sie jeden englischen Satz samt Übersetzung aufschrieb. Alan musste ihr manches Mal mit der Aussprache helfen, aber das störte Hedi nicht. Das Buch hatte ihr gute Dienste geleistet und ihr dabei geholfen, sich mit ihm zu verständigen. Dorthinein hatte sie auch die Sätze geschrieben, in denen Magie lag – Sätze, die dafür sorgten, dass Hedi wieder an eine bessere Zukunft glauben konnte.

»So viel ist zerstört worden, was bleibt noch übrig? Es muss besser werden, weil wir keine Kraft mehr haben zu leiden«, entfuhr es Alan einmal. Diese Einsicht war schlicht und gleichzeitig naheliegend. Er hatte recht. Deutschland lag bereits in Schutt und Asche. Was sollte ihnen jetzt noch geschehen?

Hedis Mutter hatte ihr einmal von Frauen erzählt, die leicht zu haben waren und vor der Ehe mit einem Mann *unter die Decke stiegen*. Doch als Alans und ihre Arme sich trafen, war Hedi nichts daran ungehörig erschienen. Die Bomben und der drohende Tod hatten so manche Ansichten von früher in ein neues Licht gerückt. Satt werden und lieben dürfen, das wollten die Menschen nun.

Schon bald nach ihrer ersten Begegnung hatten sie einen geheimen Treffpunkt auserkoren, ein Haus, dessen hinterer Teil wie durch ein Wunder von den Bomben verschont geblieben war. Es gab dort einen Teppich, zwei Sessel und einen Schrank. Dinge, die seltsamerweise noch nicht geplündert worden waren. Alan war immer vor ihr dort, bis zu jenem Tag, als sie als Erste bei ihrem Treffpunkt erschien. Sie wartete lange, doch er kam nicht.

Hedi war in ihre Gedanken an damals vertieft und ordnete die Falten der Bettdecke. Sie mochte Ordnung, das gab ihr das Gefühl, Einfluss auf die Dinge zu haben.

Alan erschien weder am nächsten Tag noch am übernächsten. Von einem Tag auf den anderen war der Hoffnungsschimmer, den er in ihr Leben gebracht hatte und den Hedi sich nicht zu benennen getraut hatte, der Dunkelheit der Ruinen gewichen.

Hedi verbannte die Erinnerung an Alan Fox und zog ein Foto aus dem Roman von Isabel Allende. Es zeigte Alfons in jungen Jahren und gehörte zu ihren liebsten Bildern, weshalb sie es seit Jahrzehnten als Lesezeichen benutzte. Inzwischen war es ziemlich abgenutzt, doch schließlich war auch sie in die Jahre gekommen.

Die Erleichterung, als sie Alfons Glanz über den Weg gelaufen war, war groß gewesen. Alfons hatte scharfsinnig, entschlossen und visionär auf sie gewirkt und strebte dem Leben mit solcher Energie zu, dass es sie mitriss. Es war ihr leichtgefallen, Liebe für diesen Mann, der zu ihrem Lebensmittelpunkt werden würde, aufzubringen, weil sie sich in ihrer Sehnsucht nach Glück geradezu auf ideale Weise ergänzten. Ohne lange zu zögern, hatte Hedi nach dem Leben, das Alfons ihr in so glühenden Farben anpries, gegriffen. Dass er älter war als sie, hatte sie beiseitegeschoben. Er war erfahren, das war nicht unbedingt schlecht, eher das Gegenteil, und als sie mehr Zeit miteinander verbrachten, war sie sich sicher gewesen, in ihm einen Mann gefunden zu haben, mit dem sie sich ein Leben vorstellen konnte. Alan Fox war eine Nachwehe des Kriegs. Jemand, der ihr Güte und Menschlichkeit entgegengebracht hatte und der sie doch verlassen hatte, ohne Lebewohl zu sagen.

Hedi sah, dass Frau Resch ein paar Papiertaschentücher auf den Nachttisch gelegt hatte, falls sie sich in der Nacht schnäuzen musste. Sie löschte das Licht. Befreiende Dunkelheit senkte sich über sie und verdrängte die teils bedrückenden Gedanken, die in ihrem Kopf herumschwirrten. Sie beging keinen Fehler, wenn sie die Vergangenheit vor ihrer Familie ausbreitete. Die Zeiten, in denen Angst ihr Leben bestimmt hatte, waren vorbei. Furcht brachte weder mildes Verzeihen mit sich noch irgendeine Art von Lösung. Sie ließ Menschen klein werden, doch um ihrer selbst, ihrer Tochter und ihrer Enkelinnen willen wollte sie groß sein.

13.

Tegernsee, Oktober

Ella schob sich durch den Türspalt und lehnte sich mit dem Rücken gegen die Glastür, bis diese sich mit einem leisen Klacken schloss.

In der Voliere flatterte und tirilierte es, Farben sprangen ihr entgegen – hier war die Welt bunt und lebendig. Sie machte einen Schritt nach vorn und spürte über sich den leichten Windhauch der Flügelschläge. Zwei Sittiche kreisten über ihr, einer landete auf ihrem Oberarm. Die Kanarienvögel weiter hinten hielten etwas mehr Abstand, genauso wie die Japan Hoso, eine besondere Kanarienvogelart aus Japan.

Ella beobachtete, wie der Sittich an ihr hochkletterte. Als er ihre Schulter erreichte, begann er mit dem Schnabel in die weiche Haut ihres Ohrläppchens zu picken. »Na, mein Süßer. Wie ist es dir in den letzten Tagen ergangen?« Das Picken kitzelte, schließlich flog der Vogel davon.

Ella ging weiter in die in sich geschlossene Welt der Vögel. Seit sie zehn war, hatte sie sich regelmäßig hierher zurückgezogen, um mit den Vögeln zu sprechen. Dabei hatte es sie nicht gestört, dass sie keine Antworten auf ihre Fragen bekam. In jedem Fall sei es heilsam, sich Sorgen von der Seele zu reden, hatte sie ihre Großmutter am Telefon sagen hören, daraufhin hatte Ella sich mit kindlichem Eifer entschlossen auszuprobieren, ob Bedrückendes wirklich leichter wurde, wenn man es aussprach.

Jahre später wusste sie, wie befreiend es war, Schweres loszuwerden, ohne dass jemand seine Meinung dazu abgab, einen tadelte oder auslachte. Mit der Zeit hatte sie in der Voliere – leise vor sich hin brummend – Enttäuschungen über schlechte Noten verarbeitet, hatte den Streit mit ihrer Freundin Biggi überwunden und den ersten Liebeskummer hinter sich gelassen. Inmitten der Vögel fiel es ihr leichter, ihrem Kummer standzuhalten als draußen, in der realen Welt. Zwischendurch war ihr sogar der Gedanke gekommen, ihr Bruder, auf dessen inständige Bitte hin die Voliere gebaut worden war, habe sich die Vögel einzig zu dem Zweck gewünscht, einen Ort zu haben, wo niemand ihm zu- oder abriet, an dem er einfach er selbst sein konnte. Als Alex sechzehn geworden war, hatte er behauptet, unter all dem Zwitschern der Vögel höre er eine eigentümliche Stille heraus, und wenn Ella herkam, glaubte auch sie, diese Stille zu spüren. Hier fühlte sie sich Alex auch nach seinem Tod weiterhin nahe, sah, wenn sie die Augen schloss, wie er das Gewicht verlagerte und die Hände auf dem Rücken verschränkt hielt, um in Ruhe nachzudenken.

Ella öffnete raschelnd die Papiertüte, die sie dabeihatte. Als Zusatz zum Standardfutter verfütterten sie gekeimte Kanariensämereien, Eifutter, Löwenzahnblätter und -samen sowie andere Salate und Walnüsse, die immer sofort aufgenommen wurden. Heute hatte sie Apfelspalten mitgebracht, und kaum hatte sie einen Teil des Futters in den Schalen verteilt, überkam sie inmitten des friedlichen Pickens das Gefühl, der Zeit zu entrinnen. Für die Vögel war jeder Tag ein guter Tag. Dieser Gedanke beruhigte Ella und verschob so manche Sorge in den äußersten Winkel ihres Gehirns.

Sie ging an einem Vogelpaar vorbei, das sie Dave und Molly getauft hatte. Die beiden saßen einträchtig auf ihrer Stange, nahe einer Wasserampel. Das Trinkwasser wurde mit einer Heizschlange am Ampelboden während des Winters eisfrei gehalten, und da die Voliere vor Wind geschützt und im Winter beheizt war, waren die Vögel dort auch in der kalten Jahreszeit bestens aufgehoben.

Einmal war im Winter die Tür beschädigt worden, sodass es in den vorderen Bereich der Voliere hineingeschneit hatte. Als sie das Malheur bemerkt hatten und Ella in Sorge um die Vögel zu ihnen gelaufen war, hatte sie beobachtet, wie die Japan Hoso, die sehr zart waren – Ella nannte sie Krückstöckchen –, und auch einige Kanarienvögel ein Schneebad nahmen. Sie »tranken« den Schnee, tauchten wieder und wieder vergnügt mit den Schnäbeln in das Weiß. Die Reaktion der Vögel auf den Schnee war für Ella zu einem Sinnbild für das Unerwartete, Geheimnisvolle im Leben geworden. Etwas, das man als schlimm ansah, konnte sich entgegen jeder Erwartung als etwas bezaubernd Schönes entpuppen.

Ella steckte die leere Tüte in die Seitentasche ihrer Jogginghose, dabei beobachtete sie, wie Dave und Molly von einer Stange zur nächsten hüpften.

Gestern Vormittag hatte Leonie sie ins Krankenhaus gefahren, denn Ella hatte nach Utes Intervention rasch einen Termin zur Bauchspiegelung bekommen. Auf Hedis Rat hin, die Ungewissheit nicht länger mit sich herumzuschleppen, hatte Ella ihre beruflichen Termine verschoben und den Termin wahrgenommen. Der Arzt hatte ihr nach dem Eingriff mitgeteilt, dass Utes vorläufige Diagnose sich bestätigt hatte. Vielleicht wäre es gar nicht so schlimm. Wenn sie Glück hätte, würde sie auf natürlichem Wege schwanger werden, die Wahrscheinlichkeit, dass es klappte, war nur geringer. Ansonsten würde sie ihren gedanklichen Radius erweitern und sich mit dem Thema künstliche Befruchtung inklusive Hormonbehandlung auseinandersetzen, sofern diese Möglichkeit, wenn sie später Kinder wollte, für sie infrage käme. Als letzte Möglichkeit bliebe die Adoption.

Ella wusste, dass sie die neuen Umstände als Herausforderung sehen musste.

»Liebe fragt nicht danach, wie Menschen zueinanderfinden«, sagte sie und sah zu Dave und Molly hinüber. »Und sicher ist es wunderbar, einem Kind die Chance auf eine wunderbare Familie zu geben.«

Das Zwitschern von Dave und Molly klang wie Zustimmung. Trotzdem legte sich bei dem Gedanken, Timo mit diesem Problem zu behelligen, ein bitterer Geschmack auf Ellas Zunge. Schließlich standen sie noch am Anfang ihrer Beziehung. Sie hatten noch nicht einmal darüber gesprochen, wie ihre gemeinsame Zukunft im Detail aussähe.

Ella sah Timos freundliche Augen vor sich, diesen wissenden Blick, der ihr oft das Gefühl gab, gar nicht groß mit ihm reden zu müssen, weil er anscheinend manches spürte, bevor sie es ansprach. Sie konnte sich vorstellen, dass er, ohne auch nur für einen Moment zu zögern, Verständnis für ihre Situation aufbrachte. Timo war ein guter Zuhörer, doch auf lange Sicht wäre Kinderlosigkeit vermutlich ein Verzicht, dessen Tragweite er noch gar nicht ermessen konnte, den er später jedoch vielleicht als schmerzhaften Einschnitt in sein Leben empfinden würde. Ellas Gedanken wanderten wie Scheinwerfer, die auf eine leere Bühne gerichtet waren, brachten nichts in Ordnung, ließen sie ratlos zurück.

Als sie und Leonie in den Kindergarten gegangen waren, hatte ihre Mutter sie, wenn sie mittags heimkamen, ihre Juwelen und kleine Herzensdiebinnen genannt. Ella hatte vor Vergnügen gequietscht, weil die Umschreibungen ihrer Mutter ihr so gut gefielen. Juwelen waren kostbar, das hatte sie schon mitbekommen, und Herzensdiebin … Das klang nach großem Abenteuer, danach, dass sie etwas ganz Besonderes waren. Unersetzbar. Wie gern würde sie Sätze wie diese eines Tages an ihre Tochter oder ihren Sohn weitergeben. Doch womöglich würde sie das nie können.

Es tat gut, ihre Gedanken offen vor den Vögeln auszusprechen, sie sich von der Seele zu reden, und als Ella später in den Garten hinaustrat, fühlte sie sich richtiggehend erleichtert. Sie konnte die Unbeschwertheit von vor ein paar Tagen nicht zurückerlangen, doch sie konnte entscheiden, wie sie mit der neuen Herausforderung umging.

Der Wind, der vom See Richtung Haus wehte, kroch ihr unter die Ärmel ihres Pullovers, erfasste das Seidentuch, das sie sich um den Hals geschlungen hatte, und ließ es flattern. Und so strebte sie mit verschränkten Armen, um sich vor der Kälte zu schützen, mit großen Schritten auf das Haus zu.

In ihrer Wohnung zog sie sich in ihr gemütliches Wohnzimmer zurück und rief Timos Nummer auf. Gestern hatte sie ihm nach der Bauchspiegelung nur eine kurze SMS geschrieben und war, nachdem Leonie sie aus dem Krankenhaus abgeholt hatte, sofort erschöpft eingeschlafen.

Ella hörte das regelmäßige Tuten am anderen Ende der Leitung, und kaum hatte Timo abgehoben, sprudelte es schon aus ihr hervor. »Ich bin müde, aber ansonsten geht's mir gut«, schloss sie. »Am besten lege ich mich gleich schlafen, dann fühle ich mich morgen noch besser.«

»Ich wäre so gern bei dir, um dich in den Arm zu nehmen und zu küssen«, sagte Timo.

Das Handy am Ohr erinnerte Ella sich wieder an ihren ersten Kuss, der sie regelrecht umgehauen hatte.

Sie waren in München unterwegs gewesen und hatten durch die Einkaufswütigen hindurch den Marienplatz überquert, um in die Dienerstraße einzubiegen, wo sie bei Dallmayr Käse und Obst besorgen wollten, und als der Gehweg sich etwas lichtete, hatte Timo sie unvermittelt an sich gezogen.

Leise murmelnd hatte er sie gefragt, ob er sie küssen dürfe, dabei hatte er sie mit seinen warmen Augen, denen sie nicht widerstehen konnte, angesehen.

Ella war von der Frage einerseits überrumpelt worden, andererseits war sie auch beeindruckt. Welcher Mann erkundigte sich heutzutage noch, ob er eine Frau küssen dürfe? Ein pulsierendes, aufgeladenes Gefühl wie Elektrizität war zwischen ihnen hin- und hergeflossen. Mit weichen Knien hatte sie dagestanden, und kaum hatte sie sich in diesem surrealen Moment ein Nicken abgerungen, hatte Timo sich bereits vorgebeugt und mit seinen Lippen ihre gestreift. Mitten auf dem Gehsteig hatte sie seine Nähe auf so intime Weise gespürt, wie sie es noch nie zuvor erlebt hatte. Der Kuss war zart wie eine Feder gewesen, die auf sie herabschwebte. Wie ein Morgen, dem sie, am Ufer sitzend, beim Erwachen zusah. So war es also, wenn man in ein Gefühl hineintauchte und darin versank und ein Kuss wie eine Offenbarung war. Das Klingeln eines Fahrrads hatte diesen Moment enden lassen. Erst da hatten sich ihre Lippen voneinander gelöst und sie waren lachend Richtung Bordsteinkante ausgewichen.

Die Erinnerung an diesen Kuss sorgte auch jetzt wieder für ein wohlig-warmes Gefühl in Ella, als hätte ein guter Geist ihr gegen eine Windböe eine wärmende Decke um die Schultern gelegt. Sie erinnerte sich an andere Küsse mit anderen Männern, etwa im Rosengarten in München, umringt von Hunderten blühenden Rosen, im Hintergrund das leise Plätschern des Baches. Der Rosengarten galt als *der* Ort, wenn ein Mann einen Kuss unvergesslich werden lassen wollte, doch von dem Kuss, den ihr damaliger Freund ihr dort gegeben hatte, war nichts zurückgeblieben außer dem Gefühl, dass trotz des wunderbaren Ambientes etwas Wichtiges gefehlt hatte.

Mit Timo verband sie etwas, das keiner Worte bedurfte – neben der Liebe zu ihrer Familie war das, was sie füreinander empfanden, der schönste Teil ihres Lebens …

Ella hatte Timo, während die wundervollen Erinnerungen durch ihren Kopf gezogen waren, nur mit halbem Ohr zugehört, nun konzentrierte sich wieder auf das Telefonat, hörte, wie er von einigen Kleinmöbeln erzählte, die er für die neue Wohnung angeschafft hatte, und vom Restaurant, das kurz vor der Eröffnung stand.

»Soll ich nicht doch zu dir kommen?«, fragte er schließlich. »Ich könnte einen Flug für morgen buchen.«

»Ich finde, du solltest gerade jetzt, wo ihr bald aufmacht, in Kopenhagen sein. Hier kannst du nichts tun, außer meine Hand halten.«

Timo war anderer Meinung, doch Ella brachte weitere Argumente vor, und letztendlich überzeugte sie ihn zu kommen, wenn sein Terminplan weniger voll wäre.

»Sobald ich bei dir bin, bekoche ich dich und spiele mit dir jedes deiner Playstation-Lieblingsspiele hoch und runter, bis wir nicht mehr können«, fügte er hinzu.

Timo zählte noch andere Dinge auf, die sie gemeinsam tun könnten, und je weiter er ausholte, desto heller und fröhlicher erschien Ella der Tag. Während sie in das vertrauliche Gespräch vertieft waren, stieß Timo sein wunderbar volles, tiefes Lachen aus, das für Ella der Inbegriff von Leichtigkeit und Zuversicht war. Kein Problem hätte gegen dieses Lachen eine Chance.

Der Kloß, der sich nach dem Arztgespräch in ihrem Hals gebildet hatte, war verschwunden. Liebe war dann besonders schön, wenn man sich nicht um sie sorgen musste – wenn sie zu einer wunderschönen Selbstverständlichkeit wurde. Diese Selbstverständlichkeit schenkte Timo ihr. Ella musste nichts für seine Liebe tun. Sie war einfach da, wuchs und gedieh und ließ sie auch durch dunkle Täler gehen, in der Hoffnung, danach wieder die Sonne am Himmel zu sehen.

Im Auge des Sturms

Entscheide jeden Tag, was du vom Leben möchtest
und was du bereit bist, dem Leben zurückzugeben …

14.

Tegernsee, 1948

Der Stuhl fiel mit lautem Poltern um, als Hedi den Schlüssel im Zylinder hörte und aufsprang. Wie zu erwarten, kam aus der Wiege prompt ein protestierendes Krächzen wegen des Lärms.

Hedi eilte zu Wilma, beugte sich über die Wiege und strich beruhigend über das Köpfchen des Säuglings. »Entschuldige die Unruhe, Liebes. Papi ist gekommen. Er hat etwas Schönes dabei, deshalb bin ich so aufgeregt.« Hedi zog die Decke zurecht, die zur Seite gerutscht war. Der leise Singsang, den sie von sich gab, beruhigte Wilma, schließlich schloss sie mit einem nuckelnden Geräusch die Augen.

»Gut so. Schlaf weiter, Schätzchen.« Zärtlich küsste Hedi die Stirn des Säuglings und lehnte die Tür nur an, sodass sie Wilma jederzeit hören konnte. Alfons stieg gerade in seine Hausschuhe, als sie auf ihn zukam.

»Hallo, Liebling.« Hedi legte ihm die Arme um den Hals und streifte seine Wange mit ihren Lippen. Alfons' Nase und Augen waren gerötet, seine Wange war kalt. »Hast du das Armband mitgebracht?«

Hedis Blick suchte Alfons' Körper ab und blieb an seiner Hosentasche hängen, aus der der obere Rand des Päckchens lugte. Freudestrahlend griff sie danach, befreite den kleinen Karton mit einer fließenden Bewegung vom Papier, hob den Deckel und blickte auf die Schatulle. Geradezu andächtig sah sie auf das zarte Goldarmband, in dessen Mitte sich ein rundes Schmuckelement befand, das einen Schutzengel zeigte. »Oh! Wie schön!«

Hedis Augen strahlten. Staunend drehte sie das goldene Stück Metall. *Für immer verbunden, Mami* stand auf der Rückseite in fein ziselierter Schrift. Die Gravur wirkte wie ein zarter Hauch in Form von Buchstaben – wie die Gefühle, die sie für ihr Kind empfand. Hedis Oberlippe zitterte. Seit Wilma auf der Welt war, schwankten ihre Empfindungen stündlich. Sie konnte sich einfach nicht gegen den Wunsch wehren, sie zu schützen, zu halten, ihr liebe Worte zuzuraunen und sie in eine wärmende Decke zu wickeln. Noch einmal fiel sie Alfons um den Hals. »Danke, dass du das Armband geholt hast«, sagte sie und schloss ihn fest in die Arme. »Es ist genauso schön geworden, wie ich es mir vorgestellt habe.«

»Gern geschehen.« Alfons machte sich vorsichtig von ihr los und wollte sich schon abwenden, um seine Arbeitstasche in das winzige Büro zu bringen, das er sich in der Wohnung eingerichtet hatte, als Hedi ihn bei der Hand nahm und hinter sich her zur Wiege zog. Dort öffnete sie den zarten Verschluss des Armbands.

»Schau, Wilma … dein Schutzengel. Damit dir nichts geschieht.« Behutsam legte sie ihr das Armband an und sah zu Alfons, der sie besorgt beobachtete.

»Glaubst du nicht, dass sie noch zu klein für so was ist?«

»Ich hatte schon in ihrem Alter ein ähnliches. Irgendwann habe ich es verloren, aber meine Mutter hat mir versichert, das würde meinen Schutzengel nicht stören, er wäre trotzdem immer für mich da. Und sie hatte recht. Ich habe den Krieg überlebt, dann kamst du, und nun ist Wilma da.«

Hedi legte Wilmas Ärmchen vorsichtig auf die Matratze zurück. Mit einer zärtlichen Geste streichelte sie der Kleinen über den Kopf, griff nach den Händchen und fuhr sachte mit dem Zeigefinger darüber. Sie schaute auf und bemerkte, dass Alfons wie erstarrt dastand.

»Hedi.« Er legte die Hand auf ihre Schulter. »Ich würde gern etwas mit dir besprechen.«

Hedi ließ von Wilma ab und wandte sich ihrem Mann zu. Erst jetzt sah sie den müden Zug um seine Augen. Er wirkte auf eine Weise erschöpft, die sie nicht an ihm kannte.

»Entschuldige«, sagte sie lächelnd. »Ich habe noch gar nicht gefragt, wie dein Tag war. Das Leben mit Wilma ist noch so neu für mich. Es nimmt mich völlig in Beschlag.« Sie hakte Alfons unter und ging mit ihm in die Küche. »Hast du Hunger? Es gibt Linseneintopf. Ich decke rasch den Tisch.«

Hedi machte sich an dem Topf zu schaffen, aber als sie den Deckel abhob, hielt Alfons sie zurück. »Das hat doch Zeit. Ich habe keinen großen Appetit. Lass uns zuerst in Ruhe etwas trinken. Essen können wir später.«

Hedi legte den Deckel zurück und nahm den Topf von der Flamme, dann füllte sie Gläser mit Saft und stellte sie auf ein Tablett. Sie hatten die Wohnung erst vor Kurzem fertig eingerichtet und erfreuten sich auf eine Weise an ihrem Zuhause, die sie noch enger miteinander verband. Alfons nahm ihr das Tablett ab, betrat vor Hedi den kleinen Wohnraum und stellte es auf den Tisch.

Sie setzten sich einander gegenüber. »Hattest du einen anstrengenden Tag?« Hedi reichte Alfons sein Glas.

»Du musst mich nicht betüdeln, Hedi. Du hast heute sicher keine ruhige Minute gehabt.«

»Zeit zum Durchatmen hatte ich nicht, das stimmt. Aber was macht das schon, wir haben Wilma, unseren Sonnenschein. Und wir haben uns.«

»Wann stillst du sie das nächste Mal?«

»In zwei Stunden. Wilma trinkt brav. Mach dir keine Sorgen.«

Hedi sah ihren Mann über den Rand ihres Glases hinweg an. Irgendetwas schien ihn zu bedrücken. Das Lächeln, das sich sonst immer in seinen Augenwinkeln zeigte, fehlte heute. Seine Augen erschienen ihr dunkler, und es lag ein Ausdruck darin, den sie nicht deuten konnte. Sie ließ den Blick zu den feinen Linien seines Mundes wandern, betrachtete sein Haar und den perfekt gestutzten Schnurrbart. Alfons griff nach seinem Glas, nach wenigen Schlucken rieb er sich nervös mit der Hand übers Kinn und stellte es ab.

»Du hast doch etwas auf dem Herzen, das sehe ich dir an.«

»Du hast ein gutes Gespür, Hedi. Mir macht tatsächlich etwas zu schaffen. Darüber würde ich gern mit dir sprechen.«

Alfons verlagerte sein Gewicht. In seinen Augen stand eine Ernsthaftigkeit, die Hedi ängstigte. Er legte seine Hände übereinander, was für eine kaum wahrnehmbare Pause sorgte, doch ihm schien sie zu helfen, denn als er sprach, klang seine Stimme fester als zuvor.

»Ich denke seit einiger Zeit über Wilmas Zukunft nach, Hedi. Auch im Zusammenhang mit uns … und mit der Firma …«

Hedi erstarrte. Bei dem Versuch, ihr Glas auf den Tisch zu stellen, verweigerte ihre Hand ihr den Dienst. Sie wartete kurz und holte tief Luft. »Wilma ist gerade erst auf die Welt gekommen. Weshalb denkst du jetzt schon an ihre Zukunft? Und was hat das mit der Firma zu tun?«

Wie hatte sie auch nur einen Moment annehmen können, Wilma wäre kein Thema zwischen ihnen! Es war ihre Naivität gewesen, ihre Gutgläubigkeit, aber vor allem der alles überstrahlende Wunsch nach einer glücklichen Familie, egal, wie die Umstände aussahen, die sie in Sicherheit gewiegt hatten.

Alfons nickte zögernd. »Es stimmt, Wilma ist noch klein, trotzdem sollten wir vorausschauend sein.«

Hedi dachte an den Moment, als Alfons sie gefragt hatte, ob sie ihn heiraten wolle. Nach ihrem leise hicksenden Ja hatte er eine Schatulle hervorgeholt, die er in einer Hand hinter dem Rücken versteckt gehalten hatte. Darin lag ein Goldring, den er ihr an den Finger gesteckt hatte. Sie hatte den Ring lange betrachtet, und während sie ihr Glück zu fassen versuchte, hatte Alfons ihr die ganze Welt versprochen. »Mit dir an meiner Seite gibt es nichts, was ich nicht schaffen kann, Hedi. Du beflügelst mich mehr, als ich sagen kann.«

Als sie Alfons endlich gestanden hatte, dass sie von einem amerikanischen Besatzungssoldaten ein Kind erwartete, hatte sie zu Boden geschaut wie eine Sünderin, deren Fehltritt zu schwer wog, um ihn ihr zu vergeben.

Anfangs hatte Alfons geschwiegen, und als sie schließlich aufsah, hatte sie ihm angesehen, dass er mit allem gerechnet hatte, nur nicht mit so etwas. »Ich kann damit umgehen, Hedi«, hatte er ihr nach einem Moment der Irritation versichert. »Ich wünsche mir eine große Familie, und je eher wir beginnen, eine zu gründen, umso besser.«

Wie erleichtert war Hedi gewesen! Kein Wort des Vorwurfs oder der Anklage war über Alfons' Lippen gekommen. Er hatte nicht nach Details gefragt, und sie war froh, dass er ihr den Rest der Geschichte ersparte. Alles würde sich fügen, hatte sie geglaubt. Solange sie der Demütigung, unverheiratet schwanger geworden zu sein, entginge, wäre alles in Ordnung. An Alfons' Seite würde sie zu einer ehrbaren Frau. Und das war sie im Grunde doch auch. Sie hatte nur dem falschen Mann vertraut. Aber nun war alles gut. Nun gab es Alfons in ihrem Leben.

Seine Stimme klang leise und belegt und holte Hedi aus ihrer Erinnerung an jenen Tag zurück in die Gegenwart.

»Hedi, jeder tut, was er kann, und manchmal ist mutig zu sein nicht leicht … Aber noch schwieriger ist es, nicht das zu tun, was einem richtig erscheint, und es hinterher zu bereuen.« Nach einem Moment des Schweigens fuhr er fort: »Ich habe mir in den letzten Tagen unsere Situation immer wieder durch den

Kopf gehen lassen, vor allem die Möglichkeiten, die uns, aber auch Wilma zustehen. All die Entscheidungen, die wir jetzt treffen, geben auch ihr den Rahmen für ihr Leben vor.«

Hedis Magen zog sich zusammen. Es war, als ginge sie in Deckung vor einem Schlag, der bald folgen würde.

»Gerüchte sind wie ein unaufhaltsames Feuer, das alles mitreißt, was sich ihm in den Weg stellt. Sobald die Menschen hier mitbekommen, dass Wilma nicht meine Tochter ist, wird das ganze Dorf wissen, dass du dich vor unserer Ehe auf ein … auf einen GI eingelassen hast. Oder noch schlimmer, sie werden annehmen, dass du mir keine treue Ehefrau warst. Davon abgesehen muss ich auch an meine Reputation als Firmenchef denken, an meinen guten Namen. Wer beruflich viel vorhat, darf sich keine groben Fehler leisten und sich nicht den Unmut seiner Geschäftspartner zuziehen. Und als wäre das alles noch nicht genug, wissen wir um die Vorurteile der Menschen, wissen, wozu sie fähig sind, wenn ihnen etwas fremd ist. Fremdes macht den Menschen Angst. Und diese Angst geht zulasten der Menschlichkeit.«

Wenn er sich konzentrierte und keinen Fehler in der Argumentation machen wollte, setzte Alfons die Füße immer exakt nebeneinander. Hedi hatte das schon einige Male beobachtet. Und auch jetzt fanden seine Füße wie von selbst ihre Position. Sie hatte Alfons, als sie ihm ihre Schwangerschaft gestanden hatte, etwas Entscheidendes verschwiegen, und nun war der Moment gekommen, in dem sie für ihren Fehler geradestehen musste.

»Ich weiß, ich hätte dir von Anfang an die ganze Wahrheit sagen müssen. Ich habe es mir immer wieder vorgenommen, aber dann habe ich es wieder auf den nächsten Tag verschoben.« Der Mut, diesen Satz auszusprechen, nahm Hedi für den Bruchteil einer Sekunde die Befangenheit.

Alfons sah von seinen Schuhspitzen auf.

»Ich … ich dachte … wenn das Baby erst auf der Welt ist … und du es liebst … ist alles andere egal.« Hedi brach ab. Sie war schwach und unehrlich gewesen. Doch die Schuld, die sie empfand, weil sie dieses wichtige Gespräch nie geführt hatten, brach sich endlich Bahn. Als sie weitersprach und schließlich endete, füllte ein so tiefes Schweigen den Raum, dass jedes Geräusch überlaut an Hedis Ohr drang.

»*Brown Babies* …« Alfons schüttelte den Kopf. »So werden sie auf der anderen Seite des Atlantiks genannt. Wusstest du, dass der größte Teil dieser Kinder zur Adoption freigegeben wird?«

Mit klopfendem Herzen versuchte Hedi, seine Worte zu begreifen. Als es mit ihr und Alfons ernst geworden war, hatte sich das angefühlt, als breche die Sonne durch den morgendlichen Dunst. Alles in ihr war angenehm warm gewesen. Dieses Gefühl löste sich nun auf. Die Empfindung, ihr Leben an seiner Seite sei heller, begann zu bröckeln. Die Adoption an Eltern, die selbst schwarz waren, war längst eine gängige Vorgehensweise bei Babys mit afroamerikanischen Vätern. Davon hatte auch Gerda, mit der Hedi in Berlin zusammengewohnt hatte, in ihrem letzten Brief erzählt. Hedi hatte ihre Zeilen voller Bestürzung gelesen. Auch Gerda gegenüber fühlte sie sich schuldig, weil sie ihr noch immer nicht geschrieben hatte, dass sie Mutter geworden war. Was würde Gerda sagen, wenn sie Wilmas Hautfarbe sähe?

Hedi richtete sich gerade auf. Als sie sprach, klang sie trotzig. »Wilma hat uns. Ihr wird nichts geschehen, denn wir beschützen sie. Wir sind ihre Familie. Das Gerede der Leute kümmert mich nicht. Wir beide wissen, wie es wirklich ist. *Du* weißt, dass ich dich nicht betrogen habe, dass ich das nie könnte.« Nein, das hier war nicht so, wie es sein sollte. Ganz und gar nicht.

Alfons machte eine matte Handbewegung. »Ja, vielleicht würden wir es anfangs schaffen, das alles in den Hintergrund zu schieben. Aber hast du mal *ernsthaft* darüber nachgedacht, welche Handhabe wir wirklich haben? Was wir *tatsächlich* leisten können? Und was das alles für mich, den Mann an deiner Seite, bedeutet?« Er klang entschlossen und skeptisch zugleich. »Wilma braucht ein sicheres Zuhause, natürlich, aber sie braucht auch in besonderem Maße das Entgegenkommen ihrer Mitmenschen. Genauso wie wir. Wie bei jedem Kind werden Freundschaften wichtig für sie sein. Sie wird sich mit anderen Kindern zum Spielen verabreden und annehmen, dass sie überall willkommen ist. Die Klassenkameraden, die sie später haben wird, werden mit ihr vermutlich die einzige schwarze Mitschülerin haben. Wie soll Wilma sich wie eine von ihnen fühlen?« Alfons schüttelte traurig den Kopf. »Über das Gefühl von Fremdheit reden ist leicht, aber es zu leben ist schwer. Für manche ist es schlicht nicht machbar.«

Hedi erinnerte sich an eine Soldatenbraut, die in Berlin zuerst angepöbelt, dann geohrfeigt worden war. Sie war Zeugin dieser unwürdigen Szene gewesen und hatte sich in Grund und Boden geschämt. Die mildesten Reaktionen waren peinliches Schweigen gewesen. Kindern, die augenscheinlich von afroamerikanischen Soldaten abstammten, ging es, wie sie wusste, nicht besser. Hedi schloss kurz die Augen. Nachdem der Krieg vorbei war, hatte Gerda ihrem unbändigen Lebenshunger nachgegeben und sich prompt in einen amerikanischen GI verliebt. Inmitten von Chaos und Anarchie hatte sie an dessen Seite Schutz gefunden und missbilligende Blicke mit Verve pariert. Als die Beziehung schließlich scheiterte, war Hedi es gewesen, die Gerda in tränenreichen Nächten beistand. Sie hatte gewusst, wie es sich anfühlte, allein zurückzubleiben, und war nahe dran gewesen, Gerda von Alan zu erzählen. Aber dann hatte sie doch geschwiegen, weil sie mit diesem Kapitel ihres Lebens abschließen und Gerda nicht unnötig belasten wollte.

»Wir können nicht so tun, als wäre Wilma wie alle anderen Kinder.«

Hedi öffnete die Augen. Alfons war immer darum bemüht, sie nicht zu verletzen, doch seine Worte trafen sie wie Schläge. Es fiel ihr schwer, hier zu sitzen und ihm zuzuhören.

»Fakten zu verdrängen ist keine Lösung«, fuhr er fort. »Wir müssen handeln, Hedi, und zwar im Interesse unserer Familie ebenso wie in Wilmas.«

In den letzten Monaten ihrer Schwangerschaft hatte Hedis Vorstellungskraft eine Zukunft heraufbeschworen, in der es zwar hin und wieder einen Konflikt gab, jedoch keine schwerwiegenden Probleme. Für sie spielte Wilmas Hautfarbe keine Rolle. Nur die Liebe, die sie für ihr Kind empfand, zählte.

»Besonders auf dem Land gehen die Uhren anders, das weißt du.« Alfons schien darum bemüht, etwaigen Einwänden von Hedis Seite zuvorzukommen. »Es geht nicht nur darum, was du oder ich denken, sondern auch darum, was unser Umfeld als richtig erachtet«, fuhr er fort. »In Grasse habe ich am eigenen Leib erfahren, was Ausgrenzung bedeutet. Ich habe dir von meiner Arbeit erzählt, von der Freude, die Rezeptur für die Goldblütencreme hinbekommen zu haben. Wie feindselig mir die Menschen in der Provence anfangs begegnet sind, habe ich unter den Tisch fallen lassen.« Alfons deutete auf seine Arme und sein Gesicht. »An mir ist nichts auf den ersten Blick Sichtbares, das mich als Fremden kennzeichnen würde. Ich hatte *nur* eine andere Nationalität. Ich war der *boche*. Der Deutsche. Gérard hat sich den Mund fusselig geredet, um die Leute aus dem Viertel von mir zu überzeugen. Mein Geburtsland war mein einziger Fehler. So sind die Menschen nun mal, und der Krieg hat sie noch voreingenommener werden lassen.«

»Das ist doch etwas anderes, Alfons. Für die Franzosen sind wir noch immer der Feind. Sicher wird es Jahre dauern, aber irgendwann werden sie uns vergeben. Und hier erschaffen wir unser eigenes Leben.« Hedi machte eine Geste, die ihre Wohnung mit einschloss. »Das hier ist unsere Realität.« Sie schluckte und sah Alfons herausfordernd an. »Was hast du mit Wilma vor? Sag es mir … Wie soll es mit ihr weitergehen?«

Alfons presste die Lippen zusammen. Hedi sah, wie seine Augenbrauen nach oben wanderten. »Ich habe mich umgehört.« Er senkte den Blick. »Es gibt da eine junge Frau, die sich nichts sehnlicher wünscht als ein Kind.« Alfons rang sichtlich mit sich, dann sprach er es aus: »Sie wäre bereit, sich um Wilma zu kümmern.« Und fügte geradezu werbend hinzu: »Als wäre sie ihr eigenes.«

Hedi wusste, dass die Familie und sein berufliches Fortkommen Alfons über alles gingen, doch nun glaubte sie, sich verhört zu haben, und sah ihn an, als wäre er verrückt geworden. Dass er Wilma weggeben wollte, war ungeheuerlich.

Im Haus war es still. Keine Tür fiel ins Schloss, kein Lachen des Paares unter ihnen drang an ihr Ohr. Ihre kleine Wohnung, bis gerade eben noch ihr kuscheliges Nest, war nun von einer fremden, bedrohlichen Stille überschattet, die nichts Gutes verhieß. Eine Träne lief über Hedis Wange. Sie wischte sie fort und sah Alfons mit der ganzen Niedergeschlagenheit an, die von Sekunde zu Sekunde mehr von ihr Besitz ergriff.

Alfons sprach weiter. Jedes seiner Argumente untermauerte er mit Beispielen, doch je länger das Gespräch dauerte, umso mehr kam es Hedi wie eine Heimsuchung vor. Ihr Gesicht spiegelte ihre Gefühle in aller Deutlichkeit wider. War sie zu blauäugig und hielt gegen jede Vernunft an einer Welt fest, die nur in ihrer Vorstellung existierte? Eine Welt, in der Wilma akzeptiert und gemocht wurde, einfach weil sie liebenswert war?

»Die Firma …«, hörte sie Alfons sagen, »… denk auch an die Angestellten und unsere Geschäftspartner …« Die Sätze rauschten nur so an Hedi vorbei. Alfons beteuerte, dass er für sie alle nur das Beste wolle.

Seine Hände waren schweißnass, als er nach Hedis Hand griff und sie hielt. »Wir dürfen nicht so dumm sein und die Realität verdrängen, nur weil wir sie nicht sehen wollen.« Als er weitersprach, klang er so verständnisvoll, wie Hedi ihn kannte. »Wir *wissen,* dass Probleme auf uns, aber auch auf Wilma zukommen werden, deshalb müssen wir, was sie anbelangt, für eine gewisse Anonymität sorgen. In der Großstadt ist sie eine unter vielen, dort ist sie besser aufgehoben. Du willst ihr doch den besten Start ins Leben ermöglichen, nicht wahr?«

Beim Kartoffelschälen war Hedi mit dem Messer abgerutscht und hatte die Haut an der Daumenkuppe getroffen. Nun fühlte sie den Schnitt. Sie zog ihre Hand aus Alfons'. Ihr Finger pochte.

»Du schlägst mir ernsthaft vor zuzustimmen, dass eine Fremde sich meiner Tochter annimmt? Dass Wilma ihre Mutter verliert?« Ihre Stimme hatte eine unangenehme Höhe erreicht. Sie würde mit Zähnen und Klauen um ihr Kind kämpfen. »Gerade erst hast du mir den Bauplan für das Goldblütenhaus vorgelegt. Gemeinsam haben wir uns über die skizzierten Zimmer gebeugt, haben uns das Eingangsportal angesehen und die Balkone.« Hedi ließ ihre Hände hin und her fliegen. »Du hast mir von dem Mosaik der Ringelblume erzählt, das du an der Vorderfront anbringen lassen willst – unser Erkennungszeichen hast du es genannt. Hier werden unsere Kinder aufwachsen, hast du mir versprochen.«

Hedi konnte die körperliche Untätigkeit nicht länger aushalten. Hastig stand sie auf, ging zum Fenster, riss den Vorhang zur Seite und schaute auf die Sterne am Abendhimmel. Mit dem Rücken zu Alfons wurde sie ruhiger und sprach weiter. »*Schau, das wird Wilmas Zimmer … Hier stellen wir ihr Bett und den Schrank auf.*« Ihre Stimme wurde weich. »*Und hier kommen ihre Spielsachen hin …*« Als Hedi sich endlich wieder zu Alfons umdrehte, standen ihr Tränen in den Augen. »*Hauptsache, du bist glücklich, Hedi. Und Hauptsache, das Kind ist gesund, und es ist alles dran.*

Kannst du dich an diese Sätze erinnern?« Hedi ging zurück zum Tisch und setzte sich wieder. »Als du mir Wilmas Zimmer gezeigt hast, habe ich dich geliebt, wie eine Frau einen Mann nur lieben kann. Den nagenden Zweifel, ob du sie tatsächlich lieben könntest wie dein eigen Fleisch und Blut, habe ich endlich beiseiteschieben können. Natürlich würdest du das, hat mein Herz mir gesagt. Alfons will dich glücklich sehen, deshalb wird er auch Wilma lieben, denn Wilma ist ein Teil von dir.«

»Bitte, Hedi, beruhige dich.« Alfons sah seine Frau mit einem Blick an, der um Vertrauen warb. »Selbstverständlich stehe ich finanziell für Wilma ein, damit es ihr nie an etwas mangelt. Sie wird ein gutes Leben haben, so gut es eben unter den Umständen geht.« Er beugte sich vor und legte seine Hand besänftigend auf Hedis, doch sie zog sie empört weg.

Schlug Alfons ihr tatsächlich vor, ohne ihr Kind zu leben? Wie sollte das überhaupt gehen? Sie war Wilmas Mutter. Wilma brauchte sie. Hedi drehte sich, sodass sie ihm halb zu-, halb abgewandt gegenübersaß. Sie wollte nicht, dass er sah, wie sehr sie sich zwingen musste, nicht in Tränen auszubrechen.

»In der Stadt ist Wilma zumindest nicht das einzige *Brown Baby*. Hedi, bitte sei vernünftig.«

Alfons' Willensstärke, um die sie ihn stets beneidet hatte, wurde nun zu ihrem Feind. Was er von ihr verlangte, war unmenschlich, doch sie war selbst nicht besser gewesen, als sie ihm den wichtigsten Teil ihrer Vergangenheit vorenthalten hatte. Denn was sonst war ihr Schweigen über Wilmas Hautfarbe anderes gewesen als eine Lüge statt des Vertrauens, das man in einer Ehe zueinander haben sollte?

Als Hedi ansetzte, hatte sie sich zumindest so weit beruhigt, dass sie weitersprechen konnte, ohne zu schluchzen. Zwar verlangte es ihr alles ab, aus dem Loch hervorzukommen, in das sie gefallen war, aber sie musste sich der Situation stellen.

»Wie soll sich Wilmas Leben zum Besseren verändern, wenn sie nicht mehr bei uns ist? Was hat sie denn davon, nicht das einzige *Brown Baby* in ihrer Umgebung zu sein, wenn sie dafür bei einer Fremden wohnt?«

In Hedis Innerem wuchs die Angst ins Unermessliche. Wie konnte es das Beste sein, sein Kind fortzugeben, und wäre es auch nur für einige wenige Wochen?

»Und wie lange wird Wilma fort sein?«, war Hedis bange Frage.

Alfons schluckte.

Es gab eine Stille, gegen die kein Wort und kein Blick ankamen. Als Alfons aufsah, sprachen seine Augen lauter zu ihr, als seine Stimme es je gekonnt hätte. Mit einer Klarheit, die sie erschütterte, las Hedi darin: *für immer*.

15.

Tegernsee, Oktober

Ella saß unter dem weichen Schein des Lüsters in ihrem Wohnzimmer, das Handy, auf laut gestellt, vor sich auf dem Tisch und rührte in dem Longdrink-Glas, aus dem sie ihren Smoothie am liebsten trank.

»Danke, dass du mir in letzter Zeit immer mit Rat und Tat zur Seite gestanden hast, Ute.« Sie nahm einen großen Schluck des leicht rosa gefärbten Getränks.

»Immer gern, Ella, schließlich sind wir Freundinnen. Wie geht es dir denn heute? Hat das Gefühl der Erschöpfung, unter dem du nach dem Eingriff gelitten hast, nachgelassen? Und sind die Rückenbeschwerden besser geworden?«

»Der Rücken macht mir inzwischen weniger Probleme, und müde bin ich nur noch, wenn ich zu lange arbeite und deutlich zu wenig Schlaf bekomme.«

»Das ist ja prima«, freute sich Ute.

»Sag mal, was raschelt da eigentlich so verräterisch?« Es hörte sich an, als würde Ute eine Süßigkeit vom Papier befreien.

»Dass du mich auch immer ertappst.« Ute seufzte genüsslich. »Ich weiß, ich sollte ein Vorbild für die Mädchen sein, aber manchmal fällt mir das echt schwer. Und da die beiden Mäuse gerade nicht in Sichtweite sind«, Ute steckte sich offenbar eine Praline in den Mund, »nasche ich inkognito.«

»Schokolade ist Nervennahrung. Also kein Problem«, sagte Ella. »Apropos widerstehen. Will Rudi immer noch in die Politik gehen?«

»Sieht so aus. Er hängt sich richtig in die Sache rein.« Ute gönnte sich die nächste Praline.

»Und wie will er alles unter einen Hut bringen? Das Richteramt, die Familie und die Politik?« Ella nahm einen weiteren Schluck von ihrem Smoothie.

»Notfalls gibt er das Golfspielen und den Stammtisch mit den Kollegen auf, sagt er. Auf die ausfallenden Stammtischrunden bin ich gespannt.« Ella hörte Utes Lachen und Kauen durchs Telefon. »Rudi bringt die Dinge nun mal gern ans Laufen. Du weißt, ich mag, wie umtriebig er ist. Ein Mann, der nicht stillsteht. Genau wie ich.«

»Dann werde ich dich in Zukunft wohl häufiger in der Zeitung sehen. Stichwort politische Abendveranstaltungen und dergleichen.« Ella sprach lauter, weil im Hintergrund nun die Stimmen von Utes Kindern zu hören waren.

»Wenn, dann mit dunklen Augenringen«, erwiderte Ute lachend.

»Du und dein Concealer, ihr werdet das schon hinkriegen. Mir geht es oft nicht anders. Ich komme auch ständig erst zu Unzeiten ins Bett.«

Ella rutschte von der Sofakante und bemerkte, wie ihr Kopf ohne ihr Zutun nach hinten sank. Am Vorabend war sie erst gegen eins ins Bett gefallen, doch der Schlaf hatte sich trotz Erschöpfung nicht einstellen wollen. Im Geiste war sie zu dem bevorstehenden Gespräch mit ihrer Großmutter zurückgekehrt, das heute anstand. Die Anspannung über das, was auf sie zukäme, hatte sie nicht zur Ruhe kommen lassen, und nach einer halb durchwachten Nacht sehnte Ella sich nach nichts mehr als nach einem Nickerchen. Aber leider fehlte ihr dazu die Zeit.

»Gib mir mal Poldi oder Merle oder beide gemeinsam.« Poldi liebte es, mit Ella zu telefonieren. An diesem Ziel blieb sie jedes Mal, wenn Ella anrief, mit kindlicher Hartnäckigkeit dran.

Ute rief nach den Kindern, die ihr den Apparat aus der Hand rissen und ins Telefon schrien.

»Na, ihr zwei. Habt ihr schon in die Bücher geschaut, die ich euch geschickt habe?«, wollte Ella wissen.

»Ich ja!« Merle ahmte perfekt den Ton ihrer Mutter nach, wenn diese sich über etwas besonders freute.

Während Ella Merle zuhörte, sah sie den süßen, verschlafenen Blick vor sich, mit dem Utes Jüngste sie das letzte Mal bedacht hatte, als sie bei der Familie gewesen war. Ella genoss diese besondere Magie, die sich jedes Mal aufs Neue zwischen ihr und den Mädchen entfaltete. Sie liebte deren unbekümmerte Offenheit, das Staunen, das Kindern gegeben war und das sich später oft schleichend verlor.

»Mir gefällt das Spiel mit dem Huhn, das du uns geschickt hast«, mischte Poldi sich ein. Die Mädchen rangen darum, wer wann reden durfte und wie lange das Telefonat hoffentlich noch dauerte.

Irgendwann rief Ute im Hintergrund: »Jetzt aber Schluss, ihr beiden. Ella hat noch was vor.«

»Noch zwei Minuten«, quengelte Poldi. »So viel Zeit hast du doch noch, oder?«

»Nicht auflegen, Tante Ella. Wir wollen dir noch so viel erzählen«, flehte Merle mit ihrer zuckersüßen Stimme. »Danach kannst du auch wieder arbeiten, bis deine Augen ganz klein sind und du ins Bett musst.«

Ella lachte über Merles Logik. Es dauerte noch eine Viertelstunde, bis sie es unter großem Getue schaffte, sich von den beiden zu verabschieden. Zum Schluss versprach sie, bald wieder anzurufen.

Als sie in die Küche kam, wo ihr Laptop auf sie wartete, war sie mit ihren Gedanken noch bei den Mädchen.

»Noch zwei Minuten«, sagte sie, Poldis Stimme imitierend,

zum leuchtenden Display ihres aufgeklappten Computers. Sie nickte sich zu und gab sich die Erlaubnis, die zwei Minuten zu vertrödeln. Schließlich machte sie sich an der Kaffeemaschine zu schaffen, gab einen Schuss Kokossirup in den Milchkaffee und trank ein paar Schlucke im Stehen. Der Kaffee sorgte dafür, dass ihre Müdigkeit wie weggeblasen war. Mit neuem Schwung ging sie an die Arbeit, legte die Hände auf die Tastatur und begann zu tippen. Sie hörte erst auf, als ihr Handy sie an den Termin mit ihrer Großmutter erinnerte. Sie klappte ihr Notebook zu, warf sich im Vorraum ein Kaschmirtuch um und nahm die Stufen ins oberste Stockwerk. Längst überwogen in ihr Neugierde und Entschlossenheit. Was auch immer ans Tageslicht käme, sie würde ihrer Großmutter beistehen.

Die Tür zur Dachwohnung war nur angelehnt. »Alle schon da?«, rief sie. Sie wartete nicht auf eine Antwort, sondern folgte den Stimmen, die vom Wohnzimmer her erklangen.

In der Tür zum Salon blieb Ella stehen. Annalena und Leonie unterhielten sich angeregt, während Hedi gedankenverloren dastand.

»Ella. Da bist du ja.«

Ella ging zu ihrer Großmutter und küsste sie auf die Wange. Auf dem Beistelltisch standen Getränke und Petit Fours. Beim Anblick der Süßigkeiten lief Ella das Wasser im Mund zusammen. Bis auf Cornflakes zum Frühstück hatte sie noch nichts gegessen, jetzt spürte sie, wie hungrig sie war. Sie legte den Arm um Hedi und deutete auf deren Lieblingsplatz. »Möchtest du dich ans Fenster setzen, Großmama?«

Ella rückte den Sessel zurecht, Hedi ließ sich hineinsinken und nahm mit einem dankbaren Nicken das Kissen entgegen, das Ella ihr reichte, um es sich in den Rücken zu schieben.

Leonie nahm auf der Couch Platz, ihre Mutter setzte sich neben sie, die beiden lachten über etwas, das Ella nicht mitbekommen hatte. Ella hielt bereits die Karaffe in der Hand, um ihrer Großmutter einzuschenken, aber diese gab ihr mit einer Geste zu verstehen, dass sie nichts trinken wolle. Trotzdem goss Ella Wasser in Gläser und stellte sie reihum auf den Tisch, dann zog sie sich einen Stuhl heran und komplettierte die Runde.

Hedi räusperte sich, als Leonie und Annalena zu sprechen aufgehört hatten, und stemmte eine Hand gegen die Kante des Beistelltischs. »Zuerst möchte ich, dass ihr wisst, dass ich mir der Tragweite dessen, was ihr gleich erfahren werdet, voll und ganz bewusst bin.«

Annalena sah Hedi überrascht an. Ihr Blick war weich, doch nun veränderte er sich, wirkte abwartend.

»Ihr wisst, wie ich Alfons kennengelernt habe, wie schnell wir geheiratet haben, und wie lange wir warten mussten, bis unser heiß ersehnter Nachwuchs«, Hedi warf Annalena einen liebevollen Blick zu, »endlich zur Welt kam.«

Ella stellte ihr Glas ab, griff nach einem Petit Four und steckte es sich in den Mund. Während sie kaute, bemerkte sie, dass keine klassische Musik lief wie so oft, wenn sie ihre Großmutter besuchte. Selbst das Zwitschern der Spatzen, Meisen und Amseln blieb hinter geschlossenen Fenstern. Um sie herum herrschte eine ungewohnte Stille, die eine spannungsvolle Erwartung heraufbeschwor.

Seit ihre Großmutter gestern noch einmal angerufen und gewisse Briefe zur Sprache gebracht hatte, überlegte sie, ob es sich um Briefe eines anderen Mannes handeln könnte. Die bildhübsche junge Hedi hatte sich vielleicht während der gemeinsamen Jahre mit Alfons in jemand anderen verliebt und diese Liebe bis heute geheim gehalten. Oder ging es womöglich darum, dass Hedis Familie, Hedi selbst oder Alfons in etwas verstrickt gewesen waren, das sie später bitter bereut hatten? Was immer es war, ihre Großmutter wollte nun endlich reinen Tisch machen.

»Leider ist die Geschichte, die ihr kennt, nur ein Teil dessen, was tatsächlich geschehen ist. Einen wichtigen Aspekt unserer Vergangenheit haben Alfons und ich immer für uns behalten.«

Die Worte ihrer Großmutter ließen Ella aufmerken. Sie fasste sich an den Nacken und wartete ab.

»Ich habe euch nie erzählt, dass ich einige Jahre vor Annies Geburt schon einmal schwanger war.«

Ella glaubte, sich verhört zu haben. Als sie zu ihrer Mutter sah, las sie in ihren Augen Unglauben und Verwirrung.

»Du warst schon mal schwanger?«, fragte Annalena.

»Ja, ich habe kurz nach unserer Hochzeit eine Tochter zur Welt gebracht.« Hedi schlang die Arme um sich, als müsse sie sich schützen. »Sie hieß Wilma. Nach meiner Mutter Wilhelmine.«

Ella und Leonie wechselten einen Blick und waren so überrascht, dass sie nichts darauf erwidern konnten.

»Ist … ist dieses Kind nach der Geburt gestorben?«, brachte Annalena hervor, nachdem sie sich wieder gefasst hatte.

»Gott behüte, Wilma war kerngesund …« Hedi machte den Eindruck, als schäme sie sich schon jetzt für das, was sie gleich sagen würde. Mit jeder Sekunde, die sie schwieg, wurden Ellas Fragen drängender.

Hedi zog die Schultern ein. »Kurz bevor ich schwanger wurde, habe ich im amerikanischen Sektor in Berlin gelebt. Damals versuchten alle, irgendwie über die Runden zu kommen, auch ich. Während dieser Zeit habe ich Alan, einen US-Soldaten, kennengelernt. Ihm hatte ich schon bald Schokolade, Kaffee und Nylonstrümpfe zu verdanken, die ich gegen Lebensmittel eintauschen konnte, die mich über Wasser hielten. Doch Alan gab mir weit mehr als das. Er schenkte mir Freundlichkeit und Güte und versprach mir jedes Mal, wenn wir uns trafen, dass das Leben besser würde, wenn ich nur durchhielte.« Über Hedis Gesicht huschte ein verstohlenes Lächeln. »*A whole life is waiting for you, Hedi. Don't give up.* Das sagte er immer, wenn wir auseinandergingen. An diesem Satz habe ich mich aufgerichtet. *Ein ganzes Leben wartet auf dich. Gib nicht auf, Hedi*, das habe ich mir wieder und wieder vorgesagt, jeden Abend vor dem Einschlafen.«

Ella saß wie vom Donner gerührt da und hörte, wie ihre Großmutter vom Berlin der Nachkriegszeit erzählte, von der harten Arbeit in den Trümmern, den Hamsterfahrten und dem Hunger, der sie um jeden Bissen kämpfen ließ.

»Als ich eines Tages auf dem Heimweg war, folgte mir ein unbekannter Mann durch die Straßen. Ich lief, so schnell ich konnte, aber er ließ nicht von mir ab. Ich war der Situation hilflos ausgeliefert, doch dann erschien Alan auf der Bildfläche – Sergeant Alan Fox, um genau zu sein. Er vertrieb den Kerl und bot mir an, mich mit seinem Jeep nach Hause zu fahren. Vor lauter Erschöpfung habe ich das Angebot angenommen. Alan machte keine Anstalten, mir zu nahe zu kommen. Er war ein Gentleman in einer Zeit, in der viele Männer sich ohne Rücksicht einfach nahmen, was sie wollten. Als er fort war, bin ich zum Fenster gegangen, habe auf die regennasse Straße geblickt und war dankbar für diese kostbare Begegnung. Niemals hätte ich mir erträumt, Alan wiederzusehen, aber das Leben meinte es gut mit mir.«

Ella verfolgte jede Sprechpause ihrer Großmutter, nahm noch die kleinste Regung wahr, während ein Teil von Hedis Geschichte lebendig wurde. Sie sah sie als das kecke junge Fräulein vor sich, das nach Kriegsende erkennen musste, dass im täglichen Kampf ums Überleben der Traum, das Leben zu führen, nach dem man sich sehnte, in weite Ferne gerückt war.

»Wir trafen uns regelmäßig und lernten uns besser kennen. Einmal sind wir tanzen gegangen, ich konnte nicht fassen, dass ich mich wieder auf einer Tanzfläche befand, umringt von Menschen, die sich losgelöst und ausgelassen zur Musik bewegten.

Aber die meiste Zeit verbrachten Alan und ich zwischen den Trümmern Berlins und redeten über Gott und die Welt. Alan hat mir die Hoffnung, dass wir alle Menschen sind und uns auch so verhalten können, zurückgegeben. Den Glauben daran hatte ich während des Krieges verloren …« Hedis Mund verzog sich, als habe sie etwas hinuntergeschluckt, das ihr nicht schmeckte. »Doch von einem Tag auf den anderen hörte ich nichts mehr von ihm. Obwohl wir so viele wunderbare Momente miteinander geteilt hatten, hat er sich nicht von mir verabschiedet und ist ohne Erklärung einfach aus meinem Leben verschwunden.« Hedi drückte mit der rechten Hand die Knöchel ihrer Linken. »Als er fort war, bin ich in ein tiefes Loch gefallen. Nicht lange danach lernte ich Gerda kennen. Sie zog zu mir, und als wir eines Tages ins Café Wien gingen, bin ich Alfons begegnet. Ich habe sofort gemerkt, dass ich ihm gefiel, und schon kurze Zeit später fragte er mich, ob ich seine Frau werden wolle. Ich kam kaum dazu nachzudenken, ob ich seinen Antrag annehmen sollte, denn ich war schwanger … von einem Besatzungssoldaten … unverheiratet. Damit war ich eine Frau am Rande der Gesellschaft. Frauen wie ich wurden damals als Flittchen beschimpft.«

Hedi saß wie eine Statue im Sessel, schien mit dem Möbel verwachsen.

»Wie ging es weiter? Hast du je wieder von Alan Fox gehört?« Ella konnte kaum erwarten zu erfahren, was danach passiert war. Das Gespräch schlug bereits jetzt hohe Wellen, wie der Gesichtsausdruck ihrer Mutter und ihrer Schwester ihr klarmachten.

»Nein, nie. Irgendwann begriff ich, dass das, was ich mit Alan erlebt hatte, anderen Frauen ebenfalls widerfahren war. Wir alle hatten uns in einen Soldaten der Besatzungsmächte verliebt und in dieser Verbindung eine Zukunft gesehen, die nie existiert hatte. Ich habe mich schließlich dazu durchgerungen, Alfons alles zu gestehen. Das fiel mir nicht leicht – man sah mir damals noch nichts an, mein Bauch war noch flach –, aber ich musste reinen Tisch machen.« Hedis Hand wanderte zu einer Stelle zwischen ihren Rippen, dort blieb sie liegen.

Ella sah ihre Großmutter an. Sie hatte so viele Fragen. »Wie hat Großpapa reagiert, als er von deiner Schwangerschaft erfuhr?«

»Im ersten Moment wusste er nicht, wie ihm geschah, so deutete ich zumindest sein Schweigen, aber dann hat er gesagt, dass er sich nichts sehnlicher wünsche, als mit mir eine Familie zu gründen, und versicherte mir, dass mein Kind für ihn einen festen Platz in dieser Familie hätte.«

»Und was ist mit ihr geschehen … nachdem sie auf die Welt gekommen ist?«, erkundigte sich Leonie.

»Ich habe Alfons damals zwar die Wahrheit gesagt, allerdings habe ich ihm aus Angst etwas Wichtiges verschwiegen.« In Hedis Augen stand plötzlich eine Verletzlichkeit, die Ella noch nie bei ihr gesehen hatte. Wie ein verängstigtes, verletztes Reh, das sich in sein Schicksal ergibt, schoss ihr durch den Kopf.

»Und was war das?«, fragte Annalena heiser.

Hedi zögerte, schließlich sprach sie es aus: »Ich habe deinem Vater nichts von Alans Hautfarbe gesagt. Er war Afroamerikaner.«

»Also dann ist Wilma …« Annalena brach ab.

Hedi nickte. »Ein Mischling, so hieß das damals. Und ich war ein Ami-Liebchen, so nannte man Frauen wie mich. Das ganze Ausmaß meines Verschweigens wurde mir erst bewusst, als Wilma auf der Welt war. Ich konnte mich nicht an ihr sattsehen, an ihren süßen Augen, den kleinen Händchen. Sie war ein entzückendes Kind. Dass sie dunkler war als andere Kinder, spielte für mich keine Rolle und für Alfons, so dachte ich anfangs, auch nicht. Aber eines Tages kam er heim und sagte, er sei sich sicher, dass Wilma in einer konservativen ländlichen Region, umgeben von Engstirnigkeit, nie ihren Platz in der Gesellschaft finden werde. Wir lebten damals noch in einer Wohnung im Dorf. Er beschwor mich, daran zu denken, wie verunsichert alle nach dem Krieg wären, erst recht auf dem Land, wo jeder jeden kenne und alles Fremde den Menschen suspekt sei. Bei Wilmas Anblick würden alle wissen, dass sie nicht sein leibliches Kind war, und diesen Gedanken konnte er nicht ertragen. Hinzu kam seine Angst um die Firma, um seinen guten Ruf … seine Reputation …«

Mit emotionalen Worten hörte Ella ihre Großmutter von dem nicht wiedergutzumachenden Fehler erzählen, von einem afroamerikanischen Soldaten schwanger zu werden. »Der Irrglaube an eine deutsche Rasse war nach 1945 nicht automatisch verschwunden. In vielen Leuten lebte der Gedanke weiter, dass man die damals so genannten Rassen nicht mischen sollte.«

Auch Leonie hing an Hedis Lippen, nun biss sie sich nervös auf den Daumennagel. »Aber ihr seid nicht in die Stadt gezogen. Ihr seid am Tegernsee geblieben.«

Einen kurzen Moment fühlte Ella sich unfähig, den Schmerz, den ihre Großmutter mit ihrem ganzen Körper aussandte, auszuhalten. Auf ihrer Oberlippe glänzte ein Schweißfilm, und Hedis Hände fanden keine Ruhe, zogen unablässig aneinander.

»Alfons und ich sind geblieben, das stimmt …«

Ella bekam eine Gänsehaut. Es kostete sie größte Mühe, ihr Entsetzen zurückhalten. Betroffen legte sie ihre Hand an die Wange.

»Alfons sagte, er kenne eine Frau, die sich sehnlichst Kinder wünsche, aber keine Chance auf eine eigene Familie habe.«

»Willst du etwa sagen, dass du deine Tochter zu einer Fremden gegeben hast?«, stieß Annalena hervor. Sie saß wie erstarrt da und schien den Sinn der Worte erst begreifen zu müssen. »Mutter! Jetzt sag doch was«, verlangte sie, als Hedi schwieg.

Hedi nickte. »Ja, diese Frau hat Wilma aufgenommen.«

Ella versuchte, sich auf ein eindeutiges Gefühl einzulassen. Ihr Unverständnis angesichts dessen, was sie gerade gehört hatte, verwirrte sie, doch zugleich weckte Hedis Not ihren Beschützerinstinkt. Sie nahm den Wasserkrug, füllte die Gläser auf und reichte sie herum.

Annalena hielt ihr Glas, als wäre es ein Fremdkörper, schließlich stellte sie es ab, ohne getrunken zu haben. Meist lag ein zärtlicher Unterton in ihrer Stimme, wenn sie mit ihrer Mutter sprach, aber nun war ihre Stimme scharf wie ein Messer. »Wie konntest du das nur tun?«

»Ich weiß, wie viel ich euch mit dieser Geschichte abverlange und wie sehr dich diese Geschichte mitnimmt, Annie, aber es schien mir angeraten, mit euch zu sprechen … bevor … bevor es zu spät ist. Vielleicht wollt ihr ja die Briefe lesen, die ich jahrelang an Wilma geschrieben habe. Damit sich euch die ganze Geschichte erschließt.«

»Dann weißt du, wo sie hingekommen ist?«, hakte Ella nach. »Können wir sie sehen? Hast du sie getroffen?« Es war, als wäre ein Felsbrocken vom Himmel gefallen und zwischen ihnen aufgeschlagen. Und nun lagen die Stücke am Boden und nötigten sie drüberzusteigen, um zueinanderzukommen.

Hedi schüttelte kraftlos den Kopf. »Leider weiß ich nichts über Wilma. Ich habe die Briefe nie abgeschickt. Ich hätte gar nicht gewusst, wohin …«

Ella entdeckte Tintenflecke an der Innenseite von Leonies Mittelfinger. Ihre Mutter hatte beide Hände zwischen ihre übereinandergeschlagenen Beine gesteckt, schien das Gehörte nicht fassen zu können. Ellas Blick ging zu ihrer Großmutter, die wie erstarrt dasaß.

»Im Moment weiß ich nicht, was ich sagen soll, aber ich bin froh, dass du dir die Vergangenheit endlich von der Seele redest.« Leonie lehnte sich auf der Couch zurück.

Ella wollte ihr gerade beipflichten, als ihre Mutter die Stimme erhob. Sie musterte Hedi mit einem eindringlichen Blick. »Geht es in einer Familie nicht darum, sich vorbehaltlos vertrauen zu können? Weshalb hast du all die Jahre … was sage ich, Jahrzehnte mit der Wahrheit hinterm Berg gehalten? Nach allem, was ich gehört habe, habe ich das Gefühl, dich überhaupt nicht zu kennen …«

Hedi ließ die Kritik kommentarlos über sich ergehen. Vermutlich fühlte sie sich, als wäre sie in ein Gewitter geraten, vor dem sie sich nicht in Sicherheit bringen konnte, weil nirgendwo ein Unterstand in Sicht war.

»Hat Gerda davon gewusst?«, fragte Annalena. »Jahrelang ist sie bei uns ein- und ausgegangen und hat die Fahne der Freundschaft hochgehalten. Ehrlichkeit ist das Fundament, ohne das alles in sich zusammenfällt. Wie oft hat sie das gesagt.«

»Gerda wusste weder von meiner Schwangerschaft noch von Wilmas Geburt«, unterbrach Hedi ihre Tochter. »Als wir uns kennenlernten, lag die Zeit mit Alan bereits hinter mir.« Hedis Seufzen schien von den Wänden des Zimmers widerzuhallen. »Und als ich meinen Zustand begriff, habe ich aus Scham geschwiegen. Ich habe nur deinen Vater ins Vertrauen gezogen. Kurz danach bin ich ihm an den Tegernsee gefolgt, Gerda blieb in Berlin zurück. Wir haben uns lange Zeit nicht gesehen und uns nur regelmäßig Briefe geschrieben, aber darin habe ich ihr nichts von meiner Schwangerschaft erzählt.«

»Du hast ihr nichts gesagt?« Annalena schrie beinahe.

»Nein. Rückblickend weiß ich, dass ich sie ins Vertrauen hätte ziehen sollen, aber damals sah ich das anders. Gerda stand mir sehr nahe. Und sie hätte herausgefunden, dass das Kind von Alan war. Sie ließ nie etwas auf sich beruhen, sondern bohrte immer nach, was ich einerseits geschätzt, andererseits aber auch gefürchtet habe. Wenn sie gewusst hätte, was mit mir los war, hätte sie darauf beharrt, dass ich Alfons die ganze Wahrheit sagen müsse. Aber ich habe mir eingeredet, es wäre rücksichtsvoller, wenn er es nach und nach erfahren würde, was natürlich blanker Unsinn war. Mit einem Kind wie Wilma war man gebrandmarkt, das wusste ich, und ich hoffte so sehr, Alfons würde mir verzeihen, dass ich ihm nicht gleich alles gesagt hatte. Wenn das Baby erst auf der Welt wäre und er es lieb gewonnen hätte, würde alles gut, dachte ich …«

Ella sah die Falten, die sich von Hedis Nasenflügeln zum Kinn zogen. Seit Beginn ihres Treffens waren sie tiefer geworden. Sie sah, wie ihre Großmutter die Hand in Richtung ihrer Tochter ausstreckte, doch auf halbem Weg ließ sie sie sinken und fuhr mit den Fingern über den Rand des Tisches, als wolle sie dort einen Fleck wegwischen. Einen Augenblick lang saß Hedi, die Hand auf dem Tisch, reglos da. Tiefes Bedauern stand in ihrem Blick. Ihre geweiteten Pupillen verengten sich, ließen sie verletzlich und fremd aussehen.

»Ich finde, wir können uns nicht wirklich anmaßen, Großmama für ihre Handlungen zu verurteilen, wo wir selber doch nie in so einer Situation waren«, sagte Ella.

»Aber hier geht es um eine Lüge mit schweren Konsequenzen«, entgegnete Annalena und ließ vom Saum ihres Pullovers ab, an dem sie herumgenestelt hatte.

Ella schluckte die Erwiderung, die ihr auf der Zunge lag, hinunter, weil sie nicht nur mit ihrer Großmutter fühlte, sondern auch mit ihrer Mutter.

»Du hast recht, Annie«, sagte Hedi leise. »Was ich getan habe, war nicht richtig. Noch heute liege ich manchmal nachts wach und kann nicht fassen, dass wir Wilma damals weggeben haben. Ich musste damit klarkommen, sonst hätte ich nicht weiterleben können.«

Ein eisiger Stich durchfuhr Ella. Sie hatte die Stabilität innerhalb ihrer Familie immer als gegeben angesehen. Aber nun drang etwas Gefährliches an die Oberfläche. Sie sprang auf und strich ihrer Großmutter zärtlich eine Haarsträhne aus der Stirn. »Nicht doch, Großmama. Ich mag mir gar nicht vorstellen, wie es wäre, dich nicht zu haben!«

»Hast du nie nachgeforscht, was mit Wilma geschehen ist? Wolltest du nicht wissen, wo deine Tochter geblieben ist und wie es ihr geht?« Annalenas Stimme klang fest, doch ihr Körper sprach eine andere Sprache. Noch nie hatte Ella ihre Mutter so außer sich gesehen, völlig entsetzt.

»Alfons hat damals alles in die Wege geleitet. Die Einzelheiten hat er mir vorenthalten. Ich habe geflucht und gebettelt, manchmal habe ich aus lauter Verzweiflung tagelang nicht mit ihm geredet, weil er mir nichts sagen wollte.« Hedis Atem ging nur noch flach, das Sprechen strengte sie an. »Ich dachte, sein Schweigen gegen meins, und hoffte insgeheim, dass Alfons durch diese bedrückende Stimmung mürbe werden würde … Leider vergebens. Am Ende unserer Schweigephasen erklärte er immer, Wilma sei gut versorgt, ihr mangele es an nichts. Sie hätte einen Platz in dieser Welt, so gut das eben ginge, wenn man in Deutschland als Kind eines afroamerikanischen Vaters aufwuchs. Als ich nach Jahren wieder schwanger wurde, hoffte ich, dass es nun leichter würde, aber nach der Geburt schaute ich in die Wiege und sah … Ich sah …« Hedi brach ab. Aus ihrem Gesicht war alle Spannung gewichen. »Ich wollte dir ein schönes Leben bieten, Annie. Du hingst mit so großer Hingabe an deinem Vater und er an dir. Man musste euch nur ansehen, um zu begreifen, wie wichtig ihr füreinander wart. Das war mit ein Grund, warum ich es nie übers Herz gebracht habe, dir die Wahrheit zu sagen, ich wollte unsere Familie nicht zerstören. Was mich betraf, auch ich spürte diese Liebe für dich in mir, doch ein Teil meines Herzens war verschlossen, denn er war bei Wilma. Ich konnte hadern oder mich ausschimpfen, aber ich konnte nichts dagegen tun.«

Es fiel Ella schwer zu begreifen, dass ihre Großmutter, die das einzigartige Talent besaß, Bindungen innerhalb von Sekunden aufzubauen, ihrer eigenen Tochter nicht das volle Ausmaß an Mutterliebe hatte entgegenbringen können. Wie schwer musste es sein, diese Wahrheit zu verkraften?

Annalena seufzte resigniert. »Du hast dich immer vorbildlich um mich gekümmert, hast mir vorgelesen, wenn du mich ins Bett gebracht hast, und nach mir geschaut, wenn ich nach dir gerufen habe … Aber ich hatte immer das Gefühl, dass etwas an dir war, das ich nicht erreichen konnte. Etwas, das sich vor mir verschloss, ohne dass ich wusste, weshalb.« Als sie weitersprach, verdunkelte sich ihre Miene noch mehr. »Ich habe mich oft gefragt, ob es an mir liegt, aber die Antwort war irgendwie immer zu weit weg.« Sie hob die Hand und deutete zur Zimmerdecke. »Vielleicht war sie auch zu schmerzhaft, zu weit von mir entfernt, um sie wirklich erreichen zu wollen.«

Eine Träne lief ihr über die Wange, doch sie tat nichts, um sie wegzuwischen, ignorierte das Taschentuch, das Leonie, die kreidebleich geworden war, ihr hinhielt.

»Irgendwann war ich mir sicher, dass ich Papi dir unerlaubterweise vorzog und du deshalb böse auf mich wärst. Ich dachte, darum hättest du mich nicht richtig lieb. Und dann kam der Abend, an dem ich aufwachte und mich in den Flur schlich, weil ich eure Stimmen hörte. Papi warf dir vor, ständig zurückzublicken, anstatt dich auf mich zu besinnen und für mich da zu sein.«

Ella schwitzte vor Anspannung und musste die Tränen, die kommen wollten, zurückhalten.

»Er hat gesagt, du würdest einem Kind hinterhertrauern, für das gesorgt würde. Ich habe nicht begriffen, was er damit meinte, aber ich habe gespürt, dass an mir etwas falsch war. Ich war offenbar anders als dieses Kind, von dem Papi sprach.« Annalenas Stimme wurde brüchig. »An diesem Abend habe ich mir vorgenommen, es so aussehen zu lassen, als ob ich Papi weniger lieb hätte als dich. Ich habe geglaubt, ich müsste das tun, aber ich wusste nicht, wie ich es anstellen sollte …«

Einen Moment schien Ellas Atmung auszusetzen. Der Schmerz ihrer Mutter traf sie bis ins Herz. Offensichtlich hatte sich bei ihr eine Wunde geöffnet, von der Ella nichts geahnt hatte, die sie nun jedoch deutlich vor sich sah. Annalena erhob sich von der Couch. Ihre Unterlippe zitterte. Als sie davonlief, klangen ihre Schritte abgehackt, so als fänden sie keinen Rhythmus. Im Vorraum fiel die Wohnungstür mit einem Knall ins Schloss und füllte das Zimmer mit einem fremden Ton. Ella zuckte zusammen, spürte den Schock im ganzen Körper.

Sie hob die Hand, um sich eine Haarsträhne hinters Ohr zu schieben, dabei fasste sie sich an die Wange, und erst da bemerkte sie, dass sie feucht von Tränen war.

16.

Tegernsee, Oktober

Hedi hatte jedes Zeitgefühl verloren und wusste nicht, wie lange sie schon schweigend dasaß und die Scham spürte, die mit Annalenas Flucht rasend schnell in ihr hochgeschossen war.

Inzwischen verging sie beinahe vor Durst, doch aus unerfindlichen Gründen weigerte sich ihre Hand, nach dem erlösenden Wasser zu greifen, stattdessen sezierte ihr Kopf weiter Annalenas Vorstellung von Richtig und Falsch. Ausgrenzung war für ihre Tochter von jeher ein unhaltbarer Zustand. Und nun hatte Annalena erfahren, dass Ausgrenzung ein Teil ihrer Familiengeschichte war, dass ihr Vater nicht damit zurechtgekommen war, dass Wilma eindeutig nicht seine leibliche Tochter sein konnte, und nur die Hautfarbe über das Schicksal ihrer Halbschwester entschieden hatte. Die Vergangenheit warf nun nicht nur strahlendes Licht auf die Familie Glanz, sondern auch dunkle Schatten.

Ella und Leonie sahen auf, als Hedi die Ellbogen auf die Sessellehnen stützte und sich hochhievte.

»Gebt mir ein paar Minuten. Ich bin gleich wieder zurück«, bat sie und nahm mit Erleichterung ein zustimmendes Nicken ihrer Enkeltöchter entgegen. Mit wenigen Schritten durchmaß sie das Zimmer und hörte dabei das Klacken ihres Stocks wie ein mahnendes Fingerklopfen.

Im Schreibzimmer ließ Hedi sich auf die Récamiere sinken. Sie spürte jeden Knochen in ihrem Leib und in ihrer Brust eine unerträgliche Enge, doch am bedrückendsten war die unnatürliche Stille, die über der Wohnung lag. Sie raubte ihr das heimelige Gefühl, das ihre vier Wände ihr sonst schenkten, wenn ihre Familie bei ihr war.

Sie presste Daumen und Zeigefinger gegen die Nasenwurzel, bis sie den Knochen spürte. Ihre Augen huschten über die Zeichnung an der Wand, in deren rechter Ecke in krakeligen Buchstaben *Annie* stand. Sie erinnerte sich noch gut an jenen Vormittag, an dem sie ihre Tochter nach einer Runde auf dem Pony lachend in die Arme geschlossen hatte. Mit welchem Stolz ihre Kleine das Erlebnis später mit bunten Strichen festgehalten und es ihr mit einem laut schmatzenden Kuss übergeben hatte. Wie warm sie Annies speckig-süße Arme um ihren Hals gespürt hatte, und wie nahe sie sich in jenem Moment gewesen waren …

Das Foto neben der Zeichnung war zwei Jahre später entstanden. Annie hielt einen Kescher in der Hand, ein Geschenk ihres Vaters, das sie freudestrahlend ausgepackt hatte und mit dem sie sogleich an den Steg gelaufen war, um den Kescher erwartungsvoll in den See platschen zu lassen. Was für eine Aufregung war es gewesen, als Annie kurz darauf eine Renke fing. Beim Anblick des sich im Netz windenden Fischs waren dicke Tränen aus ihren Augen gekullert. Schluchzend hatte sie beklagt, der Fisch wolle nicht gefangen sein. Mit ihrem traurigen Blick hatte Annie ausgesehen, als hätte sie Hedis Schmerz über Wilma mit kindlicher Intuition aufgefangen und auf den zappelnden Fisch im Netz übertragen. Alfons hatte ihr liebevoll übers Haar gestrichen, hatte sie ein Mädchen genannt, das ein großes Herz habe und mit anderen Lebewesen mitfühle.

Alle gemeinsam waren sie an den Rand des Stegs getreten, wo Annie den Fisch freiließ. Als die Renke wieder putzmunter im See schwamm, hatte Hedi auf den Auslöser der Kamera gedrückt, dabei hatte sie Wilma neben Annie stehen sehen, als wäre es kein Bild in ihrem Kopf, sondern wunderbare Realität. *Mitfühlen* – das Wort hatte sie bis ins Mark getroffen. So sehr, dass sie Alfons, zum wievielten Mal wusste sie längst nicht mehr, gefragt hatte, ob er ihr nicht doch sagen könne, wo Wilma lebe. Als sie ihn auf Annies Mitgefühl, das ihn so rührte, ansprach, hatte sie zum ersten Mal ein kurzes Zögern in seiner Reaktion wahrgenommen. *Mitfühlen* … Das konnte sich doch nicht nur auf einen Fisch beziehen, den Annie nicht im Kescher gefangen sehen wollte.

Danach war Alfons den ganzen Tag über einsilbig gewesen. Die Hoffnung, die daraufhin in Hedi gewachsen war, hatte diesen Tag aus dem Einerlei der gleichförmig vergehenden Tage herausgehoben. Doch als sie das Thema am Abend noch einmal angesprochen hatte, entpuppte sich ihre Hoffnung als Illusion. Alfons war so verschlossen wie immer, und als sie im Schlafzimmer das Licht abdrehte, drehte er sich von ihr weg. Hedi hatte sich in ihrer grenzenlosen Enttäuschung an den Rand des Bettes geschoben, hatte gespürt, dass ihre Schuld sie nicht nur von Alfons, sondern auch von sich selbst abschnitt, und stumm vor sich hin geweint. Aber die Tränen hatten ihr keine Erleichterung geschenkt, sondern nur noch mehr Kummer gebracht.

Hedis Herz schlug bis unter die Schädeldecke, als ihre Augen zu einem Foto ihrer Tochter wanderten, das ihr Enkel Alexander zwei Jahre zuvor gemacht hatte. Annalena hatte jedes Recht, enttäuscht zu sein. Das Vertrauen zwischen Mutter und Tochter zu brechen war ein Kardinalfehler. Hedi ließ den Kopf gegen die Rückenlehne sinken und sah in der Reinheit dieses Augenblicks plötzlich alles scharf vor sich. In ihrer Vorstellung waren ihre Töchter stets zu einer Einheit verschmolzen. Sie hatte schlicht nicht gewusst, wie sie die beiden gedanklich voneinander trennen sollte, denn Annie für sich allein wahrzunehmen wäre ihr wie ein erneuter Verrat an Wilma vorgekommen. Mit dieser Haltung hatte sie ihrer jüngeren Tochter die ungeteilte Aufmerksamkeit ihrer Mutter verwehrt.

Hedi wischte sich über die Augen, in denen keine einzige Träne stand. Die Zeit, als die Tränen locker gesessen hatten und reinigend aus ihr hinausgeflossen waren, war lange vorbei. Damals hatte sie ihren Problemen noch für kurze Zeit entfliehen können, sodass sie fähig gewesen war, die Sorgen vorübergehend in den hintersten Winkel ihres Herzens zu verbannen, bevor sie wieder hervorkamen wie Kinder, die sich nur versteckt hatten.

Sie ging zum Schreibtisch, wo eine Karaffe mit Wasser stand, und während sie gierig trank, sah sie Wilmas zarte Schulterblätter, ihr krauses Haar und ihre winzig kleinen Zehen mit den perfekten Nägeln vor sich. Wie konnte ein Mensch nur die falsche Hautfarbe haben? Sie rollte das Glas in ihren Händen und versuchte sich daran zu erinnern, dass ihr Gehirn funktionierte, dass Blut durch ihre Venen floss und ihr Herz schlug, wenn auch durch die Aufregung vermutlich unregelmäßig. Sie musste den Blick auf ihre Fehlbarkeit aushalten, durfte sich keinesfalls in eine dunkle Wolke hüllen lassen, wie das früher der Fall gewesen war.

Eine flammende Liebe für Annie, Ella und Leonie schoss durch Hedis Körper. Keine Liebe konnte je falsch sein, denn jede Liebe war ein Geschenk. Hedi stellte das Glas ab, griff nach dem Stock und ging zurück ins Wohnzimmer. In der Tür sah sie den See vor dem Fenster und ihre wunderschönen Enkeltöchter davor.

»Verzeiht, dass ich euch allein gelassen habe«, sagte sie, als sie eintrat. Sie spürte, wie sie wankte, und hielt sich an der Wand fest. Alles erschien ihr seltsam fremd. Als wäre sie zum ersten Mal in dieser Wohnung.

Ella eilte auf sie zu, griff beherzt nach ihrem Ellbogen und führte sie an den Tisch. Dort lehnte sie Hedis Stock an das Sideboard und half ihr in den Sessel. »Atme tief durch. Ganz langsam. Ein und aus. Ein und aus …«

Hedi folgte Ellas Anweisung und hörte, dass Leonie Ella bat, sie möge den Knopf ihrer Bluse öffnen und das Fenster kippen, um frische Luft hereinzulassen. Der Schreck des Augenblicks ließ nach, bis er nur noch als dumpfes Gefühl in Hedis Brust wahrnehmbar war.

Sie schloss die Lider und hörte Ellas Stimme wie das leise Rauschen eines Bächleins. »Ich kann mich gut in dich hineinversetzen, Großmama, aber genauso nahe gehen mir Mamas Gefühle, ihre Traurigkeit und ja, auch ihre Wut. Gib ihr Zeit und hör ihr zu, wenn sie bereit ist zu reden. Was sie vorhin erfahren hat, ist nicht leicht zu verarbeiten. Zu erfahren, wie sehr du auf Wilma fixiert warst, hat sie bis ins Mark getroffen. Das hätte es mich auch, wenn es um mich gehen würde.«

Hedi hob die Lider. »Es tut mir unendlich leid, dass ich eurer Mutter nicht mehr Liebe und Aufmerksamkeit schenken konnte. Ich wünsche mir oft, ich könnte die Zeit zurückdrehen und es besser machen.«

»Es ist schwer für euch beide, für dich und für Mama. Und was Wilma anbelangt …« Leonie sah aus, als stelle sie sich schon jetzt auf eine unbekannte Herausforderung ein. »Wenn du möchtest, kümmern Ella und ich uns darum, ob es eine Möglichkeit gibt, sie ausfindig zu machen. Über Besatzungskinder gibt es doch bestimmt Aufzeichnungen.«

»Wilma galt nicht als Besatzungskind. Offiziell war sie Alfons' Tochter. Oder hätte es zumindest sein sollen …«

Hedis Oberkörper krümmte sich. Die Emotionen fluteten ein letztes Mal über sie hinweg, ließen die Jahre, in denen sie eine andere hatte sein wollen – eine Frau, die kein *Brown Baby* hatte, das fortgegeben werden musste, und die nicht mit aller Gewalt gegen ihr schlechtes Gewissen ankämpfte, weil niemand auf Dauer so leben konnte –, aus sich hinaussickern. Sie griff nach den Händen ihrer Enkelinnen, spürte Leonies zarte Haut und Ellas festen Händedruck. Viel zu lange waren ihre Schuldgefühle wie Mörtel zwischen Ziegeln gewesen, ohne den keine Mauer entstand. Diese Gefühle hatten sie, so seltsam es ihr auch vorkam, irgendwie zusammengehalten.

»Meine zwei Engel«, murmelte sie und fuhr mit dem Finger der Marmorierung der Adern auf Ellas Handfläche nach. Sie trug ihre Geschichte nicht mehr allein, nun verteilte sie sich auf mehrere Schultern. Immerhin das hatte ihr Gespräch bewirkt.

»Ich muss eurer Mutter noch so viel sagen. Aber leider fangen Worte nur unzureichend ein, was ich tief in mir fühle.« Hedi holte laut rasselnd Luft. »Natürlich hat Annie recht. Ich hätte das alles viel früher erzählen sollen, aber ich habe es nicht über mich gebracht. Ich dachte lange, wenn Alfons mir die Wahrheit über Wilma sagt, könnten wir es wiedergutmachen und sie zurückholen. Das war ein naiver Gedanke, ich weiß. Und als eure Mutter auf der Welt war, schreckte ich davor zurück, die Lücke, die Wilma hinterlassen hatte, durch sie zu füllen. Es kam mir unmenschlich vor, ihren Platz in meinem Herzen an Annie zu vergeben.« Hedi macht eine kurze Pause. »Ich habe nicht begriffen, wie unmenschlich es von mir war, Annie nicht meine ganze Aufmerksamkeit zu schenken. Ich dachte, es würde reichen, dass Alfons sie abgöttisch liebt, und habe verdrängt, wie sehr sie auch mich brauchte.«

»Das ist so traurig«, rang Ella sich ab und sah zu Boden, um nicht von ihren Gefühlen übermannt zu werden.

Sie saßen schweigend da, bis Leonie sagte: »Warum hat Großpapa keine Informationen über Wilma bei einem Notar hinterlegt? Er hat doch sonst immer vorgesorgt.«

»Ich weiß es nicht. Ich vermute, eine Weile war er fest davon überzeugt, seine Regelung sei das Beste für uns alle, sogar für Wilma. Einmal brachte er einen Zeitungsbericht über Eltern in einem Provinzstädtchen mit, die dafür kämpften, dass ein Kind wie Wilma nicht in dieselbe Klasse ginge wie ihre Kinder.« Hedi seufzte tief. »Wenn Alfons und ich uns im Kreuzfeuer unserer gegensätzlichen Ansichten verfingen, behauptete er immer, wenn sie zu uns zurückkäme, wäre ich eine Fremde für sie. Das könne ich doch nicht wollen.«

Ella hatte still zugehört, nun zählte sie die offenen Fragen auf, brannte auf Antworten. »Wie kann es sein, dass niemand in eurem Umfeld je etwas von Wilmas Existenz mitbekommen hat?«

Hedi schüttelte den Kopf. »Wir haben damals sehr zurückgezogen gelebt, ich war ja erst kurz am Tegernsee und konzentrierte mich auf mich selbst. Als die Wehen losgingen, kam eine Hebamme zu uns nach Hause. Leider ist sie kurz nach Wilmas Geburt an einer Blutvergiftung gestorben. Vermutlich hat dieses Unglück Alfons in die Hände gespielt, vielleicht ist er sogar erst dadurch auf die Idee gekommen, Wilma wegzugeben, denn mit dem Tod der Hebamme gab es niemanden mehr, der nach dem Kind hätte fragen können. In der Firma war mein Zustand unbekannt, ich hatte Alfons gebeten, es vorerst keinem zu sagen. Und irgendwie muss es dieser Frau, zu der Alfons Wilma gebracht hat, gelungen sein, Wilma als ihre Tochter auszugeben. Sicher hat er ihr geholfen. Mit Geld und Kontakten war so kurz nach dem Krieg einiges machbar.«

»Gab es denn keine Belege über außergewöhnliche Überweisungen? Hast du je danach gesucht?«, warf Leonie ein. »Großvater hat dieser Frau doch sicher Geld überwiesen, damit es Wilma an nichts fehlte, zumindest finanziell nicht.«

»Und ob.« Eine tiefe Schwermut, wie sie sie seit Jahren nicht mehr empfunden hatte, überkam Hedi. »Anfangs heimlich, später ganz offen. Leider habe ich nichts gefunden. Bis heute weiß ich nicht, wie euer Großvater vorgegangen ist.«

Hedi fing Ellas bekümmerten Blick auf, während diese ihre

Gedankengänge teilte. »Er hätte Geschäftsreisen nutzen können, um Kontakt mit dieser Frau zu halten. Vielleicht gab es auch einen Mittelsmann?«

Hedi kannte das Phänomen, je länger man über eine Geschichte nachdachte, desto mehr Möglichkeiten und Fragen tauchten auf. Sie stand auf, nahm die Schachtel mit den Briefen und reichte sie den Zwillingen.

»Kurz vor seinem Tod saßen Alfons und ich einmal am Steg, da sagte er, seine Hartnäckigkeit sei beruflich seine größte Stärke gewesen und privat sein größter Fehler. ›Heute weiß ich, dass jede Anfeindung und jeder böse Kommentar gegen Wilma leichter wegzustecken gewesen wäre als das, was danach mit uns passiert ist.‹ Als ich dieses Geständnis hörte, begriff ich, wie sehr auch er all die Jahre gelitten hat. Manchmal ist einem die Trauer des anderen fremd, sogar die des Partners … Als er starb, redete ich mir ein, dass er noch mit mir gesprochen hätte, wenn er nur nicht so überraschend aus dem Leben gerissen worden wäre. Das half mir, ihm zu verzeihen.«

Hedi sah, wie Ella Tränen die Wangen hinunterliefen. Sie beugte sich vor und strich ihr über die Wange.

»Was für eine furchtbar traurige Geschichte. Ich kann es nicht fassen«, flüsterte Ella.

»Euer Großvater war kein schlechter Mensch. Er hat aus Angst die falsche Entscheidung getroffen. Und ich habe es zugelassen …«

Einige Minuten saßen sie schweigend da und beobachteten, wie eine Schar Krähen aus der Linde vor dem Fenster aufstob.

»Selbst wenn ein Wunder geschähe und ich sie wiedersehen könnte, brächte ich vermutlich nicht die Kraft auf, Wilma gegenüberzutreten. Manchmal ist Schweigen ein Akt der Liebe, denn was bleibt schon übrig, wenn man einem Menschen das Leben, das er kennt, wegnimmt?«

»Die Wahrheit, Großmama.« Ella sah auf die Schachtel mit den Briefen. »Weshalb sonst hättest du uns alles erzählen sollen?«

17.

Kopenhagen, Dänemark, Oktober

Sven zeigte auf das Schaufenster des Geschäfts, wo auf tannengrünem Samt eine Vielzahl dekorativer Kleinigkeiten ausgestellt war: fein gearbeitete Anhänger aus Gold, versilberte Brieföffner, mit feinem Leder überzogene Schachteln und allerlei mehr.

»Das Herz finde ich cool.« Freja deutete auf ein Silberherz vorn in der Auslage und strich sich eine Strähne ihres blonden, kinnlangen Haars hinters Ohr.

»Vielleicht gibt es so was als Schlüsselanhänger, das wäre toll. Wir fragen mal nach«, schlug Timo vor.

Als er Freja kennengelernt hatte, hatte das Mädchen seine Schüchternheit unter Lagen dunkler Kleidung verborgen. Inzwischen griff sie – als eine Art Experiment, wie sie behauptete – öfter auf knallige Farben zurück und erhob gern lautstark ihre Stimme. Auch Sven war in einem schwierigen Alter. Umso wichtiger erschien es Timo, den beiden zu versichern, dass sie stets bei ihm in Vesterbro willkommen wären. Und mit ein bisschen Glück würden sie heute Anhänger für die Schlüssel zu seiner Wohnung finden, die er Freja und Sven ausgehändigt hatte.

»Jetzt aber rein mit uns, ehe der Laden für heute dichtmacht«, mahnte Timo, als von fern die Glocken erklangen. Er griff nach der Klinke und stieß die Tür zu dem Geschäft auf, an dem er vorbeigekommen war, als er herumspaziert war, um die Gegend zu erkunden. An diesem Morgen hatte er Zeit gehabt, um sich in seiner neuen Umgebung umzusehen. Frischer Tau hatte auf den Dächern und Kühlerhauben der Autos gelegen, und in den Bäumen entlang des Gehwegs hatten die Blätter im Wind raschelnd ihr Lied gesungen, als er in der Auslage dieses Ladens lauter wunderbare Sachen entdeckt hatte.

»Was wünscht Ella sich eigentlich für einen Anhänger?«, fragte Sven, als sie eintraten. »Sie kriegt doch auch einen Schlüssel.«

»Für Ella hab ich mir was ganz Spezielles ausgedacht.« Timo flüsterte in Svens Ohr, bis dieser zufrieden lächelte.

»Echt schräge Idee! Wie bist du denn darauf gekommen?«

»Ich hab mir überlegt, was ihr wichtig ist, dann stand ziemlich schnell fest, womit ich sie überraschen kann.« Timo fasste sich ans Knie, während er erzählte. Vor einigen Tagen war er eine gefühlte Ewigkeit halb hockend herumgelaufen, um nach einem vierblättrigen Kleeblatt zu suchen. Er war schon drauf und dran gewesen aufzugeben, als er ganz unerwartet am Rand der Wiese fand, wonach er suchte. Er hatte das Kleeblatt andächtig abgepflückt und es zu Hause zwischen die Seiten eines Buchs gelegt. Inzwischen hatte er es in Epoxidharz gießen lassen, und nun würde er es seiner vorgesehenen Aufgabe zuführen.

Wie Ella wohl reagieren würde, wenn der Postbote ihr demnächst das Päckchen brächte? Sie schätzten beide Aufmerksamkeiten, die davon zeugten, dass jemand sich Gedanken gemacht hatte – kleine Dinge, die nicht viel kosteten, aber viel aussagten –, deshalb war Timo sich sicher, dass der Anhänger Ella gefallen würde.

Sven war vor einem Tisch mit Holzarbeiten stehen geblieben. Eine aus Kirschholz geschnitzte Vespa – ein Dekostück für den Schreibtisch oder einen anderen Platz – hatte seine Aufmerksamkeit erregt.

Timo deutete darauf. »Gefällt sie dir?«

»Mhhm.«

»Vielleicht gibt es ja eine Vespa als Anhänger?«

Sven ließ ein schiefes Grinsen sehen. »Mir wäre eine echte lieber. Zum Draufsetzen und losdüsen …«

Timo legte den Finger an die Lippe. »Lass mich mal den Hellseher spielen … Ich sehe, dass du in nicht ferner Zukunft mit einer nigelnagelneuen Vespa davonbraust. Vielleicht zu einem Picknick im Grünen. Und du wirst nicht allein sein, Sven.«

Ein Mann in kariertem Anzug und Fliege kam in den Verkaufsraum. Er legte die Hände auf dem Tresen übereinander und begrüßte sie freundlich. »Guten Tag, die Herrschaften. Wie kann ich helfen?«

»Wir suchen Schlüsselanhänger, die Freude auslösen, wenn man sie aus der Tasche zieht«, fasste Timo ihre Wünsche zusammen.

Der Mann schien Timo sofort zu verstehen. »Damit sind Sie bei mir richtig. Bei mir ist alles speziell und sehr persönlich, wenn Sie so wollen.« Er deutete auf Freja und Sven. »Seht euch gern um. Es gibt eine Menge zu entdecken. Und fragt mich, wenn ihr etwas wissen wollt. Unmöglich …«, er zwinkerte den beiden zu, »dieses Wort gibt es nicht für mich.«

»Danke, wir schauen mal, was wir finden.« Freja zog Sven hinter sich her zu den Regalreihen, in denen sich allerhand Sehenswertes befand.

»Und welchen Wunsch kann ich Ihnen erfüllen?«, wandte der Mann sich an Timo.

Timo suchte die entsprechenden Fotos auf seinem Handy und legte es auf den Verkaufstresen.

Der Ladeninhaber zog das Mobiltelefon näher zu sich heran und studierte die Fotos. »Interessanter Koffer. Sie verbinden eine Geschichte damit?«, erkundigte er sich.

»Meine Freundin betrachtet diesen Koffer als ihren Glückskoffer. Und nun würde ich gern einen Schlüsselanhänger in Auftrag geben, der wie dieser Koffer aussieht … Damit sie das Glück tagtäglich bei sich trägt.« Timo holte das in Harz gegossene Kleeblatt hervor und erzählte die Geschichte dazu. »Und das hier müssten wir in der Mini-Koffer-Version unterbringen.«

Der Mann nahm einen Zettel zur Hand und skizzierte darauf einen raschen Entwurf.

»Ein Anhänger in Form eines roten Lederkoffers, aus feinstem Lammleder gearbeitet, darin ein Kleeblatt«, erklärte der Ladeninhaber, während der Stift übers Papier flog. »In den Schlüsselring könnte ich die Initialen der Dame eingravieren. Oder das Datum Ihres Kennenlernens. Ganz wie Sie wünschen.« Der Mann sah voller Vorfreude auf. »Na, was sagen Sie?« Er drehte die Zeichnung um, sodass Timo sie sehen konnte.

»Sieht großartig aus«, erwiderte Timo begeistert. »Und was Ihre Überraschung anbelangt, könnten Sie das Datum *und* die Initialen unterbringen?«

»Das kriege ich hin. Der Ring, an dem der Koffer hängt, muss nur groß genug sein. Das erleichtert zudem das Finden des Schlüssels. Sie kennen doch das Problem der Beuteltaschen, in denen Frauen ewig herumstöbern, bis sie finden, wonach sie suchen.«

Sie lachten und besprachen die Details, schließlich schrieb Timo das Datum ihres Kennenlernens und Ellas Initialen auf ein Blatt Papier.

»Passendes Leder habe ich vorrätig, in drei Tagen könnte ich fertig sein.« Der Mann kratzte sich am Kinn, dann nickte er. »Ja, das müsste ich hinbekommen.«

Timo nickte erleichtert. »Klingt fantastisch. Hier werden tatsächlich Wünsche erfüllt.«

Irgendwo zwischen den Regalen erklang Frejas Stimme. »Ich nehm den Stern. Hab ich doch schon gesagt.«

Sven brummelte etwas, das Timo nicht verstand. Mit einem Silberstern in der Hand kam Freja wenige Augenblicke später auf Timo zu. »Hier, schau mal. Der ist noch cooler als das Herz in der Auslage.« Sie legte einen handtellergroßen, an den Ecken abgerundeten Silberstern vor ihn hin.

»Der ist sehr schön. Du solltest ihn nehmen«, freute Timo sich über Frejas Wahl. »Wo ist denn Sven?«

»Der ist in den finsteren Gängen unterwegs. Er braucht noch Zeit«, meinte Freja.

Timo wartete, bis Svens Kopf aus einem Gang lugte. Mit großen Schritten kam er auf sie zu.

»Ich hoffe, du bist fündig geworden.«

»Ich nehme das hier.« Mit der für ihn neuerdings typischen Grummeligkeit brachte Sven die Worte hervor, öffnete die Hand und hielt Timo einige aus Edelstahl gefertigte Buchstaben entgegen. »Wenn Sie daraus Timo machen könnten?«, sagte er zu dem Besitzer und kaute auf seinem Kaugummi.

»Nichts leichter als das«, sagte der Mann.

Svens Kinn mahlte und mahlte. »Okay … Das hier hätte ich ebenfalls gern.« Er öffnete die andere Hand und schob ein Lederband auf den Tresen, auf dem *Tu nicht so, als stündest du auf der Leitung!* stand. An Timo gewandt sagte er: »Das Lederband zahle ich selbst.«

»Musst du nicht, Sven.«

Sven wollte widersprechen, doch Timo legte ihm besänftigend die Hand auf die Schulter. »Lass mir bitte die Freude.«

Wenige Minuten später zahlte Timo und nahm den Abholschein entgegen. Die Tüten reichte er Freja und Sven und öffnete ihnen die Tür. Als sie hinaustraten, wehten die Stimmen der Passanten von überallher zu ihnen – ein geschäftiger Abend in Kopenhagen nahm seinen Lauf.

Freja hatte den Stern aus der Tüte genommen und sah ihn sich an. Sie richtete die Taschenlampe ihres Handys darauf und ließ ihn funkeln. »Danke für den Anhänger«, sagte sie.

Sven, der neben ihnen herschlurfte, bedankte sich ebenfalls.

Timo ahnte, wie sehr er sich bemühte, seinen Liebeskummer unter Kontrolle zu halten.

»Und was machen wir als Nächstes? Irgendwelche Vorschläge?«, erkundigte Timo sich.

Freja spielte mit dem Zeigefinger an ihrer Unterlippe herum. »Ich hätte echt Lust auf Milchshakes mit richtig viel Eiscreme.« Ihre Augen strahlten vor Vorfreude. »Wir übernachten sowieso bei dir, da spricht nichts dagegen, dass wir ordentlich über die Stränge schlagen. Was sagst du dazu?«

»Wunderbare Idee«, sagte Timo und deutete auf die andere Straßenseite. »Schaut mal, ein Supermarkt. Da können wir alles einkaufen, was wir brauchen. Mein Kühlschrank ist noch Notstandsgebiet.«

Mit großer Gebärde deutete Timo im Supermarkt auf das ausgiebige Obstsortiment. »Greift zu und nehmt euch, worauf ihr Lust habt. Wir brauchen auf jeden Fall Erdbeeren, Bananen, Milch und Schlagsahne. Und natürlich bunte Streusel zum Dekorieren … und Eis.«

Freja nahm eine Schale Erdbeeren und ein paar Bananen. Timo griff nach Basilikum im Topf und schob den Wagen durch die Gänge. Bei den Tiefkühlgerichten hielt er an. »Wer ist für Schokoladeneis?«

Svens und Frejas Hände schossen in die Höhe.

Timo holte eine Packung Eis heraus, und Sven griff nach einer zweiten. »Man weiß ja nie, wie lange so ein Abend dauert«, sagte er und grinste schief.

Mit der Schulter voran schob Timo sich wenig später in den Flur seiner Wohnung. Svens Handy läutete, als sie die Einkäufe in der Küche abstellten. Aus den Augenwinkeln beobachtete Timo, wie Svens Gesicht sich nach einem Blick aufs Display zu einem undefinierbaren Ausdruck verzog. Er ignorierte das Klingeln.

Timo öffnete das Tiefkühlfach und verstaute das Eis. Das Läuten hörte auf, und kaum war es still, starrte Sven entsetzt auf das stumme Handy in seiner Hand.

»Liva will mich manipulieren, das spür ich«, sagte er, als er Timos fragenden Blick auffing.

»So nach dem Motto besser zwei Verehrer als keiner?«, fragte Timo.

Svens Mundwinkel sanken nach unten. »Genau das meine ich. Deshalb ruft sie an.« Er hatte das gleiche fein gemeißelte Kinn wie Kai. Und er konnte genauso skeptisch dreinschauen wie sein Vater.

»Zum Manipulieren gehören zwei, Sven. Vielleicht ist sich Liva auch einfach nicht sicher, mit dem Richtigen zusammen zu sein, und ruft deshalb an. Gib ihr doch eine Chance und lern sie besser kennen.«

Sven warf Timo einen Blick zu, als wüsste er nicht, was er von dessen Worten halten sollte, schließlich verdrehte er die Augen und trottete in Richtung Bad, wo er, wie Timo vermutete, entgegen seiner ursprünglichen Absicht in Ruhe mit Liva telefonieren würde.

Timo öffnete eine Flasche Mineralwasser. Seine Lippen verharrten über der Flaschenöffnung – Svens Stimme drang leise aus dem Badezimmer –, dann setzte er zu einem großen Schluck an. Nachdem sein Durst gelöscht war, öffnete er die Klappe des Küchenschranks und suchte nach passenden Gläsern für die Milchshakes. Mitten im Suchen meldete sich sein Handy.

Danke, dass Freja und Sven bei Dir schlafen dürfen. Ille und ich wissen es zu schätzen …

»Bloß keine Situation ungenutzt verstreichen lassen, was, Kai?«, murmelte Timo grinsend.

»Und? Was geht ab?« Freja kam in die Küche und deutete auf das Handy in Timos Hand.

»Kai bedankt sich für seine sturmfreie Bude«, antwortete Timo.

Freja gluckste zufrieden. »Wenigstens *er* genießt die Zweisamkeit.« Sie deutete mit dem Kopf Richtung Bad. »Sven ist davon weit entfernt. Er nimmt dieses Hin und Her mit Liva echt schwer.« Sie ließ sich auf einen Stuhl in der Küche plumpsen.

Herbstliches Abendlicht sickerte durch das Fenster. Timo zog die Vorhänge zu und knipste die Stehlampe an, die die Küche so wohnlich machte. Sofort legte sich ein sanftes Licht über den Raum.

»Ich würde sagen, wir fangen an.« Timo stellte die Gläser bereit.

Freja nahm sich eins und sah auf das grün gefärbte Glas. »Boah, sind die schön! Waren die schon in der Wohnung?«

»Nein, die habe ich mir gegönnt, damit meine Milchshakes und Smoothies besonders gut schmecken, schließlich isst das Auge mit.« Timo befreite die Erdbeeren vom Grün und zupfte Blätter von der Basilikumpflanze, die er im Supermarkt gekauft hatte. »Ich mache dir einen Erdbeershake mit Banane und Basilikum, einem Hauch Pfeffer und dezenter Honignote. Dieses Rezept überzeugt dich garantiert.«

Freja schien Timos Angebot abzuwägen. »Und das soll schmecken?« Skeptisch sah sie auf die Basilikumblätter, die Timo auf einen Teller gelegt hatte.

»Du wirst es nicht bereuen«, erwiderte er.

»Also gut. Ich probiere.« Freja öffnete die Milchpackung und reichte sie Timo. »Aber wenn es nicht meine Geschmacksrichtung ist, machst du mir einen anderen Shake, versprochen? Einen mit Schokoladeneis, Vanille und Streuseln. Dafür könnte ich sterben.«

»Gern. Du kannst dir auch dein eigenes Rezept zusammenstellen und selbst loslegen.«

»Vielleicht später«, sagte Freja. Sie steckte sich eine Erdbeere in den Mund. »Woher hast du eigentlich deine Rezepte? Und warum hast du überhaupt angefangen zu kochen?«

Timo hielt inne und sah sie an. »Das hatte mit meiner Großmutter Marie zu tun, der Mutter meines Vaters. Sie hat für Kai und mich die leckersten Gerichte gekocht und die verrücktesten Kombinationen ausprobiert. Sie war eine Frau, die nie um einen Versuch verlegen war, egal ob etwas aus einem neuen Gericht wurde oder nicht. Ihr haben Kai und ich unser Interesse am Kochen zu verdanken. Bei Oma Marie haben wir gelernt, was es bedeutet abzuschmecken und wie wichtig es ist, mit der Konsistenz einer Sauce und der Garzeit, die ein Gericht braucht, zu experimentieren. Und wir haben gelernt, Spaß am Kochen zu haben … und uns nicht zu ärgern, wenn mal was schiefgeht.«

»Oma Marie hätte ich auch gern kennengelernt«, sagte Freja.

Timo gab Erdbeeren, Banane und Milch in den Mixer. Als Sven in die Küche kam, verfeinerte er das Ganze mit Honig, Basilikum und den restlichen Gewürzen und deutete auf den Mixer. »Du kannst gern den Erdbeershake mixen, wenn du Lust hast. Du musst nur noch den Deckel draufgeben, und schon geht's los.«

Sven legte sein Handy beiseite.

Timo deutete auf die Streusel. »Möchtest du Streusel oder Schokoladenraspeln obendrauf?«, fragte er Freja.

Freja wollte gerade antworten, als ein seltsames Geräusch erklang, dem ein Schrei von Sven folgte.

Timos und Frejas Köpfe schossen herum. Sven stand reglos da, das Gesicht über und über mit rosa Milchpunkten übersät. Auch die Fliesen hatten etwas abbekommen.

»Ich hab den Deckel vergessen«, brachte er kleinlaut hervor.
Freja prustete. »Wie's aussieht, kriege ich doch meinen Schokoladenshake, Timo. Mit Streuseln bitte.«

18.

Tegernsee, Oktober

Liebe Wilma,

nach Jahren des Zögerns fasse ich endlich Mut und beginne einen Brief an Dich. Ich habe schon oft damit geliebäugelt, Dir zu schreiben, habe Büttenpapier zurechtgelegt und den Füller aufgeschraubt, doch immer habe ich mitten im Schreiben aufgehört und das Papier schließlich zusammengeknüllt.

Nun jedoch werde ich nicht eher zufrieden sein, bis dieser Brief fertig ist, denn als ich vorhin am Ufer des Sees gesessen und die zarten Bewegungen des Wassers beobachtet habe, habe ich den Entschluss gefasst, diesmal nicht nur zu hoffen, dass ich einen Brief an Dich beginne, sondern ihn auch zu beenden. Und nun sitze ich hier und suche nach Worten, um Dir zu erklären, dass ich Deine Mutter bin.

Der Moment, in dem Alfons, mein Mann, mit Dir die Wohnung verlassen hat, um Dich wohin auch immer zu bringen, war der schmerzhafteste meines Lebens. Alfons versprach mir, Dich in gute Hände zu geben. Du würdest alles bekommen, was Du bräuchtest. Später würde er Dir eine gute Ausbildung ermöglichen, Du könntest lernen, was Du wolltest. An Geld würde es nie mangeln und an Liebe auch nicht. Nur eins hättest Du nicht – Deine Mutter!

Ich habe Dich in meinen Armen gehalten und Dir versucht zu erklären, warum man mitunter Entscheidungen trifft, die einem das Herz zerreißen. Zu lieben heißt manchmal loszulassen, auch wenn es furchtbar wehtut. Als ich Dir das zugeraunt hatte, habe ich Dich in Deine Decke gewickelt, Dir einen letzten Kuss auf die Stirn gegeben und Dich in Alfons' Arme gelegt. Ich habe mich bemüht, stark zu sein, aber als die Tür hinter Alfons ins Schloss gefallen war, ist meine Welt in tausend Einzelteile zerbrochen.

Dabei hatte alles so wunderbar begonnen …

Als ich nach der Geburt Deinen kleinen Körper betrachtete, hast Du einen viel zu langen Moment keinen Ton von Dir gegeben. Es war mucksmäuschenstill, doch dann hast Du so laut geschrien, dass selbst die Hebamme vor Erleichterung lachen musste.

»Na, da will sich aber jemand bemerkbar machen«, rief sie, dabei strahlte sie, als wärst Du das erste Kind, dem sie auf die Welt geholfen hatte, was mitnichten der Fall war.

Obwohl ich von der Geburt erschöpft war – Du hattest Dir einige Stunden Zeit gelassen –, waren Müdigkeit und Schmerz sofort vergessen. In Dein süßes Gesicht mit der kleinen Stupsnase zu sehen hat alles andere in den Hintergrund treten lassen. Jede Sorge und jeden Schmerz.

»Neues Leben auf dieser Welt ist jedes Mal ein Wunder.« Ich werde nie vergessen, mit wie viel Wärme und Güte die Hebamme das sagte. Mir kamen sofort die Tränen vor Rührung, und sie hat sie mir abgewischt.

So viele Monate hatte ich auf diesen Augenblick gewartet, in dem Du endlich auf die Welt kamst, und ab da war alles in mir darauf ausgerichtet, diesem Sehnen nach Dir nachzugeben. Ich wollte Dich jede Minute bei mir haben. Alles andere um mich herum verblasste. Ich hatte nur noch Augen für Dich. Für meine wunderschöne, perfekte Tochter. Ich habe die Arme nach Dir ausgestreckt, um Dich zu wiegen und Dich spüren zu lassen, wie sehr ich mich über Deine Ankunft freute. Dein Herz schlug leise gegen meine Brust. Tok tok tok …

Ich nannte Dich mein kleines Wunder. Ich fand viele Namen für Dich. Einer schöner als der andere, und ich habe schnell ge-

lernt, Dich zu stillen und zu wickeln, Dich in den Schlaf zu singen und Dir Geschichten zu erzählen.

»Sie ist ein wunderbares Kind«, sagte ich zu Alfons, wenn er abends nach Hause kam. »Friedlich wie ein Engel.«

Ich hatte begonnen, mich an den Rhythmus meines neuen Lebens als Mutter zu gewöhnen. Tagsüber schliefst Du lange. Und in der Nacht hast Du mich nur zweimal geweckt. Ich lebte in einer Blase des Glücks.

Wilma ist übrigens die Kurzform von Wilhelmine und bedeutet die Entschlossene, Willensstarke. Deine Großmutter, die viel zu früh verstarb, trug diesen Namen. Ihr zu Ehren habe ich Dich Wilma genannt, und ich kann nur hoffen, dass Entschlossenheit und Willensstärke Dich in Deinem Leben nie verlassen.

Du kannst Dich unmöglich an mich erinnern, das weiß ich, denn wir hatten nur eine viel zu kurze Zeit miteinander, doch jede Sekunde mit Dir hat sich mir eingebrannt.

Morgens, wenn ich aufwache, kehre ich jedes Mal zu diesen Tagen zurück, lasse meine Gedanken schweifen und sehe vor mir, wie Du selig schlafend in meinen Armen liegst.

Unser erster gemeinsamer Moment hat in mir Gefühle von einer Intensität geweckt, die ich nicht kannte. Ich liebte Dich mit einer solchen Innigkeit, dass es mich erschreckte. Mutterliebe weckt unendlich viel Zärtlichkeit in einem, aber auch die Sorge, dem geliebten Kind könne etwas zustoßen.

Deine Augen waren geschlossen – kleine Knöpfe mit dunklen Wimpern –, und Deine Händchen streckten sich mir suchend entgegen. Ich stützte Deinen Kopf vorsichtig mit der Hand, dabei flüsterte ich Dir liebevolle Worte zu und drückte Dich an mich, um Dich meine Wärme spüren zu lassen.

Es heißt, es sei egal, wer einem Kind Liebe schenkt, Hauptsache, diese Liebe komme von Herzen. Dieser Gedanke hat mich immer beruhigt, doch in letzter Zeit frage ich mich, ob er wahr ist. Du wirst geliebt, aber spürst Du auch, dass da noch jemand ist, der an Dich denkt? Erinnert sich etwas in Dir an die ersten Tage Deines Lebens? Ich frage mich oft, wo Du bist und was Du tust. Ich stelle mir vor, wie Du ausgelassen mit Deinen Freunden spielst, sehe Dich zeichnen, mit Deiner Puppe spielen oder ein Buch aufschlagen, um darin zu lesen.

Ich träume jeden Tag davon, die Zeit zurückzudrehen und Dich wieder hierherzuholen. Wenn ich mich umsehe, sehe ich Dich durch die Räume laufen. Flink wie ein Wiesel rennst Du durch die Zimmer und in den Garten. Wie Du heute wohl aussiehst … was Dir gefällt und was Dir wichtig ist? Im Goldblütenhaus – so wird unser Haus hier am Tegernsee genannt – ist Dein Platz, hier ist Dein Zuhause. Bei dem Gedanken kommen mir die Tränen. Aber genug davon. Selbstmitleid ist das Letzte, was Du gebrauchen kannst …

Deinen Vater, Alan, habe ich nach den Wirren des Krieges kennengelernt – das war vor Alfons, den ich später geheiratet habe. Er war ein warmherziger Mann, doch leider hatte ich nie die Möglichkeit, ihm von dem kleinen Wunder in meinem Bauch zu erzählen.

Als ich Alfons kennenlernte, versprach er mir, Dich als sein Kind anzunehmen. Von da an warst Du für mich unser Kind: Alfons' und meins. Dass alles gut werden würde, war eine unendlich große Erleichterung für mich.

Bald darauf verließ ich Berlin, wo ich in einer kleinen Wohnung gemeinsam mit meiner Freundin Gerda gelebt hatte, und folgte Alfons nach Bayern. Wir zogen in eine Wohnung am Tegernsee – in unser kleines Reich.

Zuerst schien es, als würde es gut gehen. Egal, wie hinter vorgehaltener Hand über Frauen getuschelt wurde, die unverheiratet schwanger wurden, diese Zeit lag hinter mir, wir waren eine glückliche Familie. Du hattest einen Papa. Machte es da etwas aus, dass er nicht Dein leiblicher Vater war? Nein, entschied ich. Wichtig war einzig und allein, dass wir zusammen waren.

Doch dann kamst Du zur Welt, und Alfons begriff das ganze Ausmaß meiner Vergangenheit mit Alan. Ab dem Tag, an dem Alfons mit mir sprach, verschwamm alles zu einem einzigen dunklen Punkt.

Alfons hatte Angst, Du würdest Diskriminierungen ausgesetzt sein. Ein Kind mit afroamerikanischen Wurzeln fiele auf und wäre eine Zielscheibe. Alfons wollte Dich beschützen … aber noch mehr sich selbst. Er hat Dich geliebt … auf seine Weise , doch er hat dieser Liebe nicht vertraut.

In der Nacht, bevor wir beide getrennt wurden, weinte ich mich in den Schlaf.

Du lagst friedlich in Deiner Wiege, während meine Welt zerbrach und der Hass gegen mich selbst immer stärker wurde, weil ich mich schuldig fühlte, Alfons die Wahrheit über Deinen Vater verschwiegen zu haben, besser gesagt über dessen Hautfarbe.

Anfangs dachte ich, ich könnte Alfons mit der Zeit überzeugen, diesen schrecklichen Schritt rückgängig zu machen. Ich dachte, wenn er erst begriffe, wie schlecht es mir ging und wie sehr ich unter Deiner Abwesenheit litt, würde er einlenken. Ich sprach ihn immer wieder darauf an, bat ihn, mir zu sagen, wo Du hingebracht worden warst, damit ich Dich zumindest aus der Ferne sehen könnte, doch er blieb hart. In diesen Momenten waren Alfons und ich wie Fremde füreinander. Diese Kälte war schlimmer als alles, was ich mir je hätte vorstellen können.

Tag für Tag musste ich daran denken, dass ich ihm reinen Wein hätte einschenken und rückhaltlos ehrlich hätte sein müssen – notfalls mit allen Konsequenzen. Aber ich war froh, mit Alfons einen Weg aus der Düsternis zu finden, die die Jahre des Krieges in jedem von uns hinterlassen hatten.

Wenn Du diese Zeilen liest, Wilma, verstehst Du sicher, dass, wenn ich einen Wunsch frei hätte, es der wäre, die Frau sein zu dürfen, die Dich morgens weckt, Dich küsst und Dir sagt, wie lieb sie Dich hat.

Ich werde nie aufhören, mich als Deine Mutter zu fühlen, auch wenn ich nie erfahre, wer und wo Du heute bist. Ich würde so gern mit eigenen Augen sehen, dass es Dir gut geht, und Dir alles erzählen … Deine Geschichte. Was ich getan habe, ist nicht entschuldbar, das ist mir klar, und doch brennen die Worte in mir.

Du hast übrigens eine Schwester. Sie heißt Annalena. Wir nennen sie Annie. Wenn ich sie ansehe, sehe ich euch nebeneinander herlaufen, Hand in Hand. In meiner Vorstellung hilfst Du ihr, wenn sie etwas noch nicht so gut kann oder es gerade erst lernt. Du bist ihre ältere Schwester, bist für sie da. Und Annie hängt an Dir, wie eine kleine Schwester nur an der großen hängen kann.

Ich bin mir bewusst, dass Annie nicht das bekommt, was ihr zusteht, denn ein Teil von mir ist immer bei Dir, Wilma. Ich habe versucht, dagegen anzukämpfen, aber es gelingt mir nicht, Dich auch nur einen Schritt hinter Annie zu stellen.

Wir alle haben etwas verloren, aber Du am allermeisten.

Wenn Du mich dafür verachtest, kann ich es Dir nicht verdenken.

Dennoch wünsche ich mir, dass Alfons' Plan, Dir eine bessere Zukunft zu ermöglichen, aufgegangen ist. Wilma, bitte sei gewiss, dass Du immer in meinem Herzen bist und dass ich Dich unendlich liebe …

Möge etwas Höheres Dich beschützen!

In Gedanken umarmt Dich,

Deine Mami

Ella blinzelte gegen den Tränenschleier in ihren Augen an. Als Leonie ihr die Briefe überlassen hatte, weil sie nicht wussten, wann Ella wieder nach Kopenhagen fliegen würde, hatte sie diesem Vorschlag erleichtert zugestimmt. Sie hielt nichts davon, Unausweichliches vor sich herzuschieben. Ohnehin drängte es sie, die Briefe zu lesen.

Und so hatte sie nach dem Heimkommen nur rasch die wichtigsten Mails beantwortet und sich nach einer Katzenwäsche ins Bett gekuschelt. Dann hatte sie sich wie eine Verdurstende, der man ein Glas Wasser reichte, auf die Briefe gestürzt. Ganz vorsichtig hatte sie die Schachtel zu sich herangezogen, den Deckel angehoben und auf die Briefe gesehen. Wie eine Kostbarkeit lagen sie in der mit dickem chamoisfarbenen Papier ausgeschlagenen Schachtel. Sie hatte nach dem zuoberst liegenden Kuvert gegriffen und sich noch einmal ermahnt, nachsichtig zu sein. Doch so leicht, wie sie sich das vorgestellt hatte, war es nicht. Schon während der Lektüre des ersten Briefes überfiel sie ein Unverständnis, das sich nicht einfach so abschütteln ließ. Die Geschichte ihrer Familie stand wahrlich auf tönernen Füßen, und es bedurfte einiges an gutem Willen, um die emotionale Aufräumarbeit zu leisten, die es brauchen würde, um dieses dunkle Kapitel abzuschließen.

Ella ließ den Brief sinken. Mit wie viel Wärme in der Stimme ihre Mutter noch vor einigen Tagen von ihrem Vater geschwärmt hatte. Alfons abends durch die Tür treten zu sehen und von ihm in die Arme genommen zu werden war in jungen Jahren stets der schönste Moment für Annalena gewesen.

»Egal, wie unwichtig das war, was ich als Kind zu berichten hatte, mein Vater hat mich immer ermuntert weiterzuerzählen. Es machte ihm Freude, wenn ich ihm mein Herz ausschüttete. Einen besseren Vater als ihn hätte ich mir nicht wünschen können«, hatte Annalena gesagt.

Ella hörte gern zu, wenn ihre Mutter Momente ihrer Kindheit wieder aufleben ließ, aber nun kämpfte sie gegen eine tiefe Enttäuschung an. Was für einen unwürdigen Prozess es in Gang gesetzt hatte, als ihre Großeltern Wilma weggeben hatten, und zu was Annahmen und Gefühle Menschen treiben konnten. Wie schal, traurig und leer sich Hedis Leben ohne Wilma angefühlt haben musste und wie enttäuscht und verletzt ihre Mutter war, nachdem sie von der Vergangenheit erfahren hatte. Von Wilmas Schicksal ganz zu schweigen.

Draußen hörte Ella in der Ferne den Motor eines Wagens. Erschöpft von der Traurigkeit, die sie während des Lesens ergriffen hatte, legte sie den Brief zur Seite und spürte der ungeheuren Verlorenheit in sich nach, gleichzeitig versuchte sie, sich vorzustellen, welche Erfahrungen Wilma gemacht hatte. Inzwischen wäre sie Anfang siebzig. Eine Frau, die ihr Leben lebte, ohne zu wissen, dass das Goldblütenhaus mitsamt seinen Bewohnern – ihrer Familie – existierte.

Ella sah auf die Zeitanzeige ihres Handys, ließ die angespannten Schultern nach unten sacken und blinzelte. Am nächsten Tag standen eine Menge beruflicher Termine an, doch alles in ihr sträubte sich dagegen, das Licht abzudrehen. Stattdessen nahm sie sich den nächsten Brief vor. Die akkurate Schrift ihrer Großmutter vor Augen – kleine, eng aneinandergeschmiegte Buchstaben mit geschwungenen Enden, die etwas Energisches ausdrückten – begann Ella zu lesen.

Liebe Wilma,

es ist drei Monate her, seit ich Dir das letzte Mal geschrieben habe, und so viel ist geschehen.

Gestern habe ich die Spieluhr aufgezogen, die ich Dir gekauft hatte und die bei uns am Tegernsee geblieben ist. Wenn Du die sanfte Melodie gehört hast, hatte ich immer den Eindruck, als würdest Du lächeln …

Ella glaubte, Wilma in der Ecke ihres Schlafzimmers im Halbdunkel stehen zu sehen und der Melodie der Spieluhr zu lauschen. Sie konnte noch immer nicht fassen, dass damals das Ansehen ihres Großvaters und das Wohl der Firma im Fokus gestanden hatten. Ella zog sich die Bettdecke über die Schultern, dabei entglitt ihr der Brief. Plötzlich wurde es ihr mit unausweichlicher Klarheit bewusst: Sich zu vergewissern, dass Wilma ein glückliches Leben geführt hatte und noch führte, war der Schlüssel zur Aufarbeitung von Hedis Vergangenheit. Ohne Wilmas Schicksal aufzuklären, fänden sie alle keine Ruhe. Wenn sie doch nur die Zustimmung ihrer Großmutter hätten, diesen entscheidenden Schritt zu gehen …

19.

Tegernsee, Oktober

Am nächsten Morgen wachte Ella wie erschlagen auf. Auf der Bettkante sitzend verschränkte sie fröstelnd die Arme vor dem Bauch. Sie stand auf und wickelte sich in ihren Bademantel. Wie immer führte ihr erster Weg sie in die Küche, wo sie die benutzten Gläser und Teller, die sie tags zuvor stehen gelassen hatte, in den Geschirrspüler räumte. Während sie ihrem morgendlichen Ritual folgte und in der Küche für Ordnung sorgte und durchlüftete, dachte sie wieder an die Briefe, die sie in der Nacht geradezu verschlungen hatte. Während des Lesens hatte sie nachzuvollziehen versucht, wie es sich für ihre Großmutter angefühlt haben mochte, schon in jungen Jahren den Orientierungspunkt im Leben zu verlieren. Dass sie nach Wilmas Fortgang ihren inneren Kompass verloren hatte, war kein Wunder. Danach waren sie und Alfons auseinandergedriftet wie die Wellen zweier Boote, die sich in entgegengesetzter Richtung kreuzten.

Ella gab einen Tab in die Spülmaschine und schaltete sie an, dabei wanderten ihre Gedanken zu ihrer Mutter. Vermutlich saß sie in diesem Moment in der Küche, vor Kummer unfähig zu frühstücken. Und irgendwo saß vielleicht auch Wilma, ohne zu wissen, dass es die Frauen der Familie Glanz gab und sich eine Geschichte um ihre Existenz rankte. Vom leisen Brummen des Geschirrspülers begleitet schloss Ella das Fenster im Wohnzimmer, ging ins Bad und drehte das Wasser in der Dusche auf. Ihr Haar war vom Herumwälzen in der Nacht ein wildes Durcheinander. Ella brachte es mit ein paar kräftigen Bürstenstrichen unter Kontrolle, dann band sie sich die Haare hoch und trat unter die heiße Dusche. Als sie sich abgetrocknet und angezogen hatte, fuhr ihr Finger in die Cremedose. Sich die Creme noch in die Haut klopfend, öffnete sie den Kühlschrank, holte Vollmilch heraus, gab Cornflakes in eine Schale und goss die Milch darüber.

Während sie aß, wurde ihr bewusst, wie schwer es ihr fiel, mit den Geschehnissen der letzten vierundzwanzig Stunden Schritt zu halten. Inzwischen wünschte sie sich, es wäre nur um einen Liebhaber ihrer Großmutter gegangen. Was sie gestern erfahren hatte, war weitaus komplexer und verflochtener.

Bevor sie am Vorabend in ihre Wohnung gegangen war, hatte Ella an der Tür ihrer Mutter gelauscht, aber da sie kein Weinen gehört hatte, war sie wieder hinaufgegangen, hatte sich ins Bett gelegt und die Briefe gelesen. Kurzfristig hatte sie das Gefühl gehabt, ihr Gehirn habe seine Funktion eingeschränkt. Das Nachdenken hatte sich seltsam schwer und fremd angefühlt. Und doch war sie froh, endlich Bescheid zu wissen. Das Herumgrübeln, was Hedi wohl auf der Seele lag, hatte ein für alle Mal ein Ende. Sie standen nicht länger mit dem Rücken zur Wand, sondern blickten nach vorn – was immerhin eine Änderung der Position war.

Ella ging noch einmal zum Kühlschrank, goss sich ein Glas Karottensaft ein und griff nach dem Block, auf dem sie alles, was ihr morgens einfiel, festhielt. Sie musste aufhören, ununterbrochen an das gestrige Gespräch zu denken, und sich auf die Arbeit konzentrieren. Schließlich mussten wichtige Entscheidungen getroffen werden. Ella schlug den Block auf und las noch einmal die Notizen, die sie sich gestern Morgen gemacht hatte. Langsam, aber sicher konnte sie sich wieder auf die dekorative Kosmetik konzentrieren, griff nach einem Kugelschreiber und begann zu schreiben.

Sie hatte sich erst wenige Notizen gemacht, als ihr Handy piepste.

Hast Du Lust, mit mir Leos Brautkleid-Casting vorzunehmen? Ich weiß, die Verlobung ist noch relativ frisch, aber wie ich Leo kenne, regelt sie das im letzten Moment, wenn wir nicht vorher eingreifen. Außerdem kann man sich nie zu früh auf die Suche nach einem Brautkleid machen … xx Silvy

Leonies heimliche Verlobung war in dem Trubel etwas untergegangen, aber nun war Ella froh, dass Silvy dieses freudige Ereignis ansprach. Vielleicht bot die Verlobung und alles, was damit zusammenhing, den perfekten Rahmen, damit ihre Großmutter und ihre Mutter sich irgendwann wieder annäherten. Wer konnte bei einem so positiven Thema schon böse aufeinander sein?

Ella trank den letzten Schluck Karottensaft und wählte Silvys Nummer.

»Ella! Was für eine schöne Überraschung, dich schon so früh an der Strippe zu haben.«

»Geht mir genauso. Mit dir fängt der Morgen gleich viel besser an.«

Silvy erzählte, dass sie sich an diesem Tag mit einer wichtigen Kundin traf. »Eine Opernsängerin, die sich am Starnberger See den Traum vom Haus am See erfüllen will«, berichtete sie.

»Und deren Räume du planen wirst«, ergänzte Ella. »Die Frau kann sich glücklich schätzen, dich als Innenarchitektin gewonnen zu haben.«

»Danke!«, rief Silvy fröhlich. »Sag mal, was hältst du davon, wenn du und ich ein paar Boutiquen mit Brautkleidern, Hochzeitslocations und Blumenläden sichten und einen personalisierten Shopping-Guide für Leo zusammenstellen? Das macht sicher einen Heidenspaß und spart ihr eine Menge Zeit. Du weißt ja, wie ungern sie einkaufen geht. Und wenn wir großes Glück haben, kommt sie ausnahmsweise sogar mit. Das würde natürlich ultimativen Spaß bedeuten.«

Je länger Silvy redete, umso genialer fand Ella die Idee, in die Welt einer Hochzeitsplanerin einzutauchen. Sie tauschten sich über das Wichtigste aus, es war herrlich, ihrer Vorfreude Raum zu geben, dann beendeten sie das Gespräch. Es hatte gutgetan, für einige Minuten vom leichten Leben zu kosten. Ella stellte das Geschirr ins Becken und fuhr in die Firma, wo sie als Erstes die Forschungsabteilung ansteuerte.

Gedeon hatte einen Auswärtstermin, aber sein Assistent Herbert Franzens würde ihr Rede und Antwort stehen.

Ella stieß die Tür auf. »Guten Morgen allerseits«, grüßte sie in die Runde der Mitarbeiter.

»Guten Morgen, Frau Glanz«, schallte es zurück.

Ella ging zu Herbert Franzens hinüber. Jedes Jahr landeten eine Milliarde Lippenstifthülsen aus Plastik auf dem Müll, und das war Ellas Ansicht nach nicht nur unnötig, sondern unverantwortlich. Sie wollte Glanz-Lippenstifte in einer hochwertigen Metallhülse verkaufen, außerdem sollten sie nachfüllbar sein. Lippenstifte, die wie Schmuckstücke aussähen und auch so benutzt würden – wie etwas Besonderes.

Herbert Franzens hatte sich bei ihrem Eintreten von dem Laborthermometer abgewandt und war aufgestanden. Er hatte die dreißig bereits überschritten, doch er wirkte noch immer wie ein Student im ersten Semester. Die Forschung war sein Leben, deshalb war er die perfekte rechte Hand für Gedeon, der hohe Ansprüche an sein Team stellte. Bei Franzens war das Projekt dekorative Kosmetik in besten Händen. Stunde um Stunde saß er über Petrischalen, hitzebeständige Behältnisse und Mikroskope gebeugt, und nie verließ ihn die Lust an dem, was er tat. Zusammen gingen sie in einen kleinen Nebenraum voller Laborutensilien.

»Und? Wie stehen die Dinge? Nähern wir uns pflegenden Lippenstiften ohne Mikroplastik?«, erkundigte sich Ella, als sie die Tür hinter sich schlossen.

Sie sah die Schatten unter Franzens' Augen – vermutlich hatte er sich die halbe Nacht den Kopf über ein Problem zerbrochen –, doch er zog die Mundwinkel grinsend nach oben.

»Wie man's nimmt. Der Verzicht auf Polymethylmethacrylat und Parabene ist im Moment die größte Herausforderung. Vor Kurzem wurde noch behauptet, das ginge nicht, aber es ist bereits jemand dran, das zu widerlegen. Wir haben so unsere Quellen.«

»Das klingt ja großartig«, freute sich Ella.

»Allerdings gibt es Probleme mit dem Bienenwachs aus Marseille.«

»Probleme welcher Art?«

»Ich habe von Bienen aus China erfahren, die in Metallkästen gehalten und mit Zuckerwasser ernährt werden«, berichtete Franzens. »Marseille ist nicht sehr zuverlässig, was den Wahrheitsgehalt ihrer ursprünglich netten Aussagen angeht.«

Ellas Gesicht verzog sich. »Das klingt ja schrecklich. Wir bei Glanz beuten sicher keine Bienen aus.«

Herbert Franzens nickte zustimmend. »Deshalb bin ich gerade dabei, die Formel zu ändern. Haben Sie meine Mail gelesen?«

Ella schüttelte den Kopf. »Noch nicht. Nein.«

»Macht nichts. Jetzt sind Sie ja hier. Wir könnten voll abbaubares Wachs nehmen. Das ist noch nicht perfekt, aber wir arbeiten dran, es zu verbessern.«

»Halten Sie mich bitte auf dem Laufenden, Herr Franzens.

Übrigens würde ich gern zusätzlich einen besonderen Service anbieten … Für Kundinnen, die umsteigen wollen, wenn es um umweltbewusste Kosmetik geht. Die Idee ist mir gerade erst gekommen.«

»Welcher Service soll das sein?«

»Maßanfertigungen«, platzte Ella heraus.

»Bei Lippenstiften?« Herbert Franzsens musterte Ella mit einem prüfenden Blick.

»Jetzt schauen Sie mich nicht so skeptisch an«, sagte sie. Franzens wirkte nicht gerade begeistert. »Wenn wir Kundinnen die Möglichkeit bieten, ihre Lippenstifte einzuschicken, damit wir in der gleichen Farbe eine nachhaltige Version für sie anfertigen, wäre das ein Alleinstellungsmerkmal, das uns klar von unserer Konkurrenz abhebt.«

Franzens tat nichts je mit einem rasch hingeworfenen Argument ab, gewöhnlich wartete er, ob noch eine Erklärung folgte. Auch jetzt schwieg er.

»Ich weiß, das ist anfangs nicht kostenorientiert«, übersetzte Ella sein Zögern. »Aber wenn Frauen uns erst mal ihre Lippenstifte schicken, ist es nur noch ein kleiner Schritt, auch andere Produkte von uns zu entdecken. Bis hin zur Gesichts- und Körperpflege … Wir könnten damit wirklich etwas verändern und noch mehr Menschen von nachhaltiger Kosmetik überzeugen.«

»Apropos Dinge verändern …«

»Was gibt es denn? Sagen Sie es rundheraus.«

»Sie wissen, wie gern ich bei Ihnen arbeite, Frau Glanz. Aber es gibt seit ein paar Tagen ein sehr verlockendes Angebot.«

Ella schluckte.

»Man hat mir die Leitung eines kleinen Forscherteams angeboten. Dort könnte ich die Richtung vorgeben. Das ist es, was mir langfristig vorschwebt.«

Ella glaubte, sich verhört zu haben. Außer Gedeon erfasste vor allem Herbert Franzens schon nach wenigen Worten, wo sie hinwollte. Wenn sie ihn verlieren würde, wäre das ein herber Schlag.

»Das Problem ist, dass ich so schnell wie möglich anfangen soll. Was bedeuten würde, dass ich das Projekt dekorative Kosmetik nicht bis zum Ende begleiten kann.«

»Sie brennen für diese neue Herausforderung und wollen den Job gern annehmen, liege ich damit richtig?« Ella bemerkte die Zurückhaltung in Franzens' Ton, er wollte sie nicht vor den Kopf stoßen.

Er nickte, dann lächelte er zaghaft. »Ja.«

Ein Lächeln konnte voller Botschaften stecken. Doch das Lächeln, das Herbert Franzens Ella nun zuwarf, schien das Ende eines Kapitels zu sein.

20.

Tegernsee, Oktober

Ella lotste das rote Fabelwesen mit den bunten Tasten des Controllers durch das grün-bläuliche Dickicht, das sich über den Bildschirm ihres Fernsehers erstreckte, bevor sie es auf einer Lichtung zum Stehen brachte.

Wenn sie in die abenteuerliche Welt ihrer Spielfigur eintauchte, konnte sie am besten abschalten und den Kopf freibekommen und sich danach mit neuem Blick beruflichen Herausforderungen stellen. Mit der Absicht, eine Lösung für Herbert Franzens' Ankündigung zu finden, hatte sie heute Abend statt ihres Büros die Couch aufgesucht und sich der lebendigen Grafik eines neuen Playstation-Spiels, mit dem Leonie sie unlängst überrascht hatte, hingegeben.

Als der vertraute Klingelton ihres Handys ertönte, legte Ella den Controller zur Seite und löste sich aus dem Schneidersitz, den sie beim Spielen eingenommen hatte.

»Ella«, hörte sie Timos Stimme, als sie den Anruf annahm.

Ellas nachlässig zusammengefasstes Haar fiel ihr über die Schultern. »Timo …« Wie immer löste der weiche Schmelz in seiner Stimme ein wohliges Gefühl in Ella aus.

»Deine Sprachnachricht über Hedis Geständnis hat mich voll erwischt. Es ist eine echte Familientragödie. Wie geht es dir … und den anderen?«

Früh am Morgen hatte sie Timo die Infos der vergangenen Stunden per Sprachnachricht geschickt und ihn gebeten anzurufen, wenn er Zeit für ein ausführliches Gespräch hätte. Und nun sah sie auf dem Display Timos Augen, in denen so viel Verständnis lag, und erinnerte sich an die Tage in Kopenhagen, als sie, von den Farben des nordischen Lichts und dem Charme der bunten Häuser, den Geräuschen des Meeres und dem Tuten der Schiffe umgeben, mit ihm durch die Straßen geschlendert war.

»Ich versuche, irgendwie den Kopf hochzuhalten«, antwortete Ella, fasste ihr Haar zusammen und band es zu einem Pferdeschwanz.

»Hast du noch mal mit deiner Mutter gesprochen?«

»Ich hab sie heute Morgen auf der Fahrt in die Firma angerufen. Sie meinte, sie müsse eine Weile für sich sein. Für sie ist die Situation mit Abstand am schlimmsten, abgesehen von Großmama natürlich.«

»Sie ist viel näher dran als Leonie und du.«

Ella nickte traurig. »Da sagst du was Wahres. So aufgewühlt wie gestern habe ich sie nicht mal während der Scheidung von Papa erlebt. Die Sache mit Großpapa nimmt sie sehr mit. Er hat von Kindesbeinen an an sie geglaubt und war für sie der strahlende Held.«

Ella fügte ein Glied ans andere, sparte weder mit Emotionen noch mit Überlegungen, die ihr während des Lesens der Briefe in der vergangenen Nacht gekommen waren, damit sich Timo ein möglichst genaues Bild der Ereignisse machen konnte. Er hörte geduldig zu, stellte nur zum Verständnis hin und wieder eine Frage.

»Briefe an die verschwundene Tochter zu schreiben und sie nie abzuschicken ist schon speziell«, warf er schließlich ein.

»Dass Großmama keine Adresse hatte, an die sie die Briefe hätte schicken können, ist das eigentlich Seltsame, wenn du mich fragst. Sie hat jeden Brief für sich selbst geschrieben, als eine Art Tagebuch, um ihre Gefühle festzuhalten.«

»Das denke ich auch. Wie viele Briefe hast du denn inzwischen gelesen?«

»Nicht so viele, wie ich gern wollte.« Ella stieß einen entrüsteten Laut aus. »Um kurz vor vier sind mir die Augen zugefallen, da hatte ich gerade mal sieben geschafft.« Sie nahm es ihrem Körper übel, sie im Stich gelassen zu haben, wo ihre Neugier doch unersättlich gewesen war.

»Sieben Briefe ist eine Menge bei einem derart brisanten Inhalt. Sicher hast du während des Lesens das Gefühl gehabt, in der Zeit zurückzureisen und der jungen Hedi gegenüberzustehen und ihr über die Schulter zu schauen. Die Frau, von der du dir immer gewünscht hast, sie möge dir mehr von sich zeigen, hat dir endlich die Tür zu ihrem Herzen geöffnet.«

»Und zu ihren Abgründen«, sagte Ella mit einem traurigen Seufzer.

»Es war bestimmt nicht leicht für Hedi, sich euch gegenüber derart ungeschützt zu zeigen. Auch in einer Familie hat jeder ein Anrecht darauf, Dinge für sich zu behalten. Familie bedeutet nicht, alles vor allen darzulegen.«

»Es gibt eine Menge in Großmamas Vergangenheit, das mich ohnmächtig zurücklässt, und ich gebe zu, dass es mir mitunter schwerfällt, die Privatsphäre, von der du sprichst, zu respektieren. Am liebsten würde ich sie noch mal in Ruhe ausfragen. Ständig ertappe ich mich dabei, dass ich überlege, ob ich ähnlich gehandelt hätte wie sie … Weißt du, während des Lesens habe ich endlich verstanden, weshalb manche Ereignisse, Worte und Versäumnisse immer bestimmte Reaktionen bei ihr hervorgerufen haben, plötzlich ist das Tuch, das alles verschleiert hat, weggezogen worden, und alles liegt klar und deutlich vor mir.«

»Zeitzeugen erzählen immer wieder, dass die Nähe zueinander nach 1945 alles war, was die Menschen noch hatten. Zusammenhalt war wichtig, um weiterzumachen. Kein Wunder, dass deine Großmutter in Bezug auf Alan ihren Gefühlen gefolgt ist, trotz der Risiken, die diese Beziehung mit sich brachte. Aber dann war Alfons letztendlich ihre Rettung in dieser prekären Situation. Ich kann verstehen, dass sie ihm Wilmas Hautfarbe zuerst verschwiegen hat, weil sie ihn nicht verlieren wollte«, sagte Timo.

Ella stimmte ihm zu. Leonie und sie waren ohne Sorgen aufgewachsen. Ihnen hatte es nie an etwas gemangelt. Was wussten sie schon von jener Zeit? Sie konnten sich nicht vorstellen, wie es war, so hungrig zu sein, dass man kaum einschlafen konnte. Wenn dann plötzlich das Füllhorn in Form von Dingen, die man eintauschen konnte, über einem ausgeleert wurde, musste das eine unglaubliche Erfahrung sein.

»Manchmal wünschte ich, wir Menschen wären klüger. Noch immer hofft ein Großteil der Frauen auf Gleichberechtigung, und die Toleranz gegenüber jeder Hautfarbe ist weiterhin ein Thema, für das wir unsere Stimme erheben. Deine Großmutter hat in Alan Fox den hilfsbereiten, großzügigen Menschen gesehen, der er war. Und warum er Hedi von einem auf den anderen Tag verlassen hat, werden wir wohl nie erfahren. Aber gerade in der Nachkriegszeit gab es viele Gründe, warum Leute plötzlich wie vom Erdboden verschwunden waren.« Timo ging das Thema sichtlich nahe. »Und was deine Mutter anbelangt«, fuhr er fort, »für sie muss das alles doppelt schwer sein. Herauszufinden, dass ihrer Halbschwester, von der sie noch nicht mal wusste, das Recht, als Glanz-Tochter aufzuwachsen, verwehrt wurde, muss bitter sein. Es ist, als wache man aus einem Märchen auf, an das man lange geglaubt hat. Trotzdem hoffe ich, dass sie nicht auf Dauer an ihrem Groll festhält.«

Es war erleichternd, sich mit Timo auszutauschen, es nahm eine Menge Druck von Ella, und während er redete, standen ihr wieder die unbekümmerten Treffen ihrer Familie vor Augen, das Lachen, das von den Wänden widerhallte, wenn sie in der Halle Neuigkeiten austauschten, weil sie es kaum abwarten konnten, sich einander anzuvertrauen. Die Selbstverständlichkeit, mit der sie immer miteinander umgegangen waren, erschien Ella nun noch kostbarer. Familie war der Wunsch, mit anderen zu verschmelzen und gleichzeitig man selbst zu sein. Doch bei aller Verbundenheit blieben sie unterschiedlich, sie sammelten, jeder für sich, Erfahrungen.

»In Momenten wie diesen verfluche ich, dass ich so weit weg bin. Ich wäre so gern bei dir, um dich zu trösten, Ella.« Timos Worte holten sie in die Gegenwart zurück.

Ella sah ein Lächeln über Timos Gesicht huschen. »Ich vermisse dich auch«, sagte sie zärtlich.

Wenn ein Termin dem nächsten folgte, vergingen die Tage in ihrem Leben rasend schnell, aber heute vermisste sie Timo schmerzlich. Wie so oft in Momenten der Sehnsucht schloss sie kurz die Augen und sah eine Brücke vor sich, über die er und sie aufeinander zugehen konnten. Wenn es hart auf hart kam, dachte sie an dieses Bild.

Sie tauschten weitere liebevolle Worte und wärmten sich an ihren Gefühlen füreinander, dann erinnerte Timo sie noch einmal an den Zusammenhalt innerhalb ihrer Familie, für den sie eintreten müsse.

Timos Familienbande waren eher lose geknüpft. Seine Großmutter, an der er gehangen hatte, war bereits verstorben, mit seiner Mutter hatte er zwar kein schlechtes, aber auch kein besonders gutes Verhältnis, und seinen Vater sah er nur selten. Lediglich sein Halbbruder Kai und dessen Sohn Sven und Freja standen ihm nahe. Und so war Ellas Familie für Timo wie die Erfüllung eines heimlichen Traums – das Geschenk einer intakten Familie.

»Und wie läuft es bei euch in Kopenhagen mit der Suche nach Personal?«, fragte Ella.

»Bewerberinnen und Bewerber gibt es genügend.« Timo erwähnte eine Pâtissière, die er ins Auge fasste, dann erzählte er von Ille. »Kai hat mit keinem Wort erwähnt, dass er jemanden kennengelernt hat.«

»Sicher wollte er keinen Rüffel riskieren, er weiß ja, was du von seinem regen Frauenwechsel hältst. Was sagst du denn zu Ille?«

»Sie scheint eine Frau mit Rückgrat zu sein. Fragt sich nur, wie lange es diesmal hält.«

Entgegen besserem Wissen hoffte auch Ella, dass Kai in Ille eine Frau gefunden hätte, mit der er länger glücklich sein würde. Vielleicht verhielt es sich bei ihm wie bei anderen Männern, die erst mit fortschreitendem Alter eine feste Beziehung eingingen.

»Übrigens«, sagte sie. »Kannst du nächste Woche für zwei oder drei Tage herkommen? Michael wünscht sich seit ewigen Zeiten eine Fahrt mit dem Heißluftballon. *In der Abendsonne hoch über Land und See,* das hat er mit neunzehn auf seine Bucket-List geschrieben. Und als Leonie vor Kurzem davon sprach, ist mir die Idee gekommen, ihre Verlobung mit einer Ballonfahrt zu feiern. Nächste Woche passt das Wetter, und ein Termin für eine Fahrt wäre frei, also habe ich spontan zugesagt. Wir starten auf einer Wiese, nicht weit vom Goldblütenhaus entfernt, und sehen die Welt von oben. Außerdem gibt es ein Banner mit Leonies und Michaels Namen und dem Datum, an dem er ihr den Antrag gemacht hat.« Ella kicherte vergnügt.

»Ein Banner?« Timo lachte mit. »Wie in diesen romantischen Komödien?« Er schlug sich mit der Hand an den Kopf und grinste. »Ella, wie sie leibt und lebt. Nie um eine kreative Idee verlegen.«

»Du kennst mich. Nicht kleckern, sondern klotzen. Vor allem, wenn es um Leonie geht«, meinte Ella. »Sie macht nie viel Aufhebens um ihr Privatleben, aber eine Verlobung gehört gefeiert. Silvy greift mir tatkräftig unter die Arme. Sie hat Leonie gebeten, sich mit Michael den Termin nächste Woche freizuhalten, angeblich weil sie einen Riesenauftrag an Land gezogen hat und mit ihnen auf den Erfolg anstoßen möchte.«

Die Beiläufigkeit, mit der Leonie und Michael ihr Ja zu einer gemeinsamen Zukunft angingen, entsprach nicht der Großartigkeit, die das Wiederaufleben ihrer Liebe für Ella bedeutete. Nach der Trennung von Gedeon hatte Leonies privater Schwerpunkt sich verschoben, auch für Ella begann mit der neuen Liebe ihrer Schwester eine neue Zeitrechnung, denn sie war der Dreh- und Angelpunkt gewesen, weshalb Leonie vor vielen Jahren einen Schlussstrich unter die Beziehung mit Michael gezogen hatte.

»Und was ist mit deiner Flugangst? Du im Heißluftballon, fühlst du dich damit wohl?«, fragte Timo.

»Der Pilot sagt, egal ob Aufstieg, Fortbewegung oder Abstieg, im Ballon geschieht alles sehr gemächlich. Der Ballon nimmt die Windgeschwindigkeit auf, deshalb ist der Stand so fest wie am Boden. Es ist, als würde man in den Aufzug steigen, aufs Stockwerk drücken und nach oben fahren. Alles ganz easy und vor allem sicher. Hoffen wir, dass die Überraschung ankommt und Leonie mir nicht den Kopf abreißt.«

»Ich finde die Idee großartig. Eine Verlobung sollte nicht sang- und klanglos vorübergehen. Ich spreche gleich heute mit Kai. Um keinen Preis der Welt lasse ich mir diese Ballonfahrt entgehen.«

Sie kosteten die Vorfreude auf ihr Wiedersehen aus, bis die Türglocke schrillte und Ella aus dem angenehmen Moment herausriss.

21.

Tegernsee, Oktober

»Störe ich?« Claus deutete auf das Handy in Ellas Hand, auf dessen Bildschirm Timo zu sehen war. »Tut mir leid, dass ich euer Video-Date unterbreche, Timo.« Claus beugte sich über Ellas Display, blieb jedoch abwartend vor der Wohnungstür stehen.

»Kein Problem, Claus.« Timo warf Ella eine Kusshand zu. »Meld dich noch mal, wenn es für dich passt, Ella«, sagte er und legte auf.

»Ich würde gern etwas mit dir besprechen. Deshalb platze ich hier so rein«, erklärte Claus.

»Dann komm rein, oder willst du weiter vor der Tür stehen bleiben?« Ella bedeutete ihrem Vater einzutreten und steckte ihr Handy in das Seitenfach ihrer Handtasche, die neben der Kommode auf dem Boden stand.

Durch das Wohnzimmerfenster sahen sie auf den türkisblauen See. Ella wies auf die Karaffe mit Apfelsaft auf dem Tisch. »Möchtest du ein Glas?« Sie wandte sich bereits Richtung Küche, um ein frisches Glas zu holen.

Doch Claus hielt sie zurück. »Lass mal. Die Mühe musst du dir nicht machen. Ich hab keinen Durst.«

Ella spürte den Flor des Teppichs unter ihren nackten Füßen und ihren Puls, als sie sich an den Hals griff. In letzter Zeit waren die weißen Strähnen im Haar ihres Vaters deutlich zahlreicher geworden. Mit einer Geste deutete sie auf die Couch. »Setz dich doch.«

Claus ließ sich auf die Couch fallen und schlug die Beine mit einem leisen Seufzer übereinander. »Es gibt Neuigkeiten.«

Ella kräuselte nachdenklich die Stirn. Wenn ihr Vater ein Gespräch auf so direkte Weise begann, ging es meist um etwas Wichtiges.

»Lass mich raten. Hat dein Besuch mit Franziska zu tun?«

Claus zog die Augenbrauen hoch. »Franziska und ich haben eine Wohnung gefunden. Mit einem großen Gästezimmer. Falls du oder Leonie in München zu tun habt und bei uns übernachten wollt, seid ihr herzlich willkommen.«

»Ich dachte, du wolltest am See bleiben?« Ella hatte vermutet, dass ihr Vater, würde er je umziehen, weiterhin im Grünen wohnen wollen würde. Er liebte die Natur und sah die Stille als Ausgleich zu seinem aufreibenden Beruf als kaufmännischer Direktor einer Privatklinik. »Aber warum nicht? München ist toll«, fügte sie versöhnlich hinzu.

»Wenn es nur um mich ginge, würden wir hier in der Gegend bleiben, aber Franziska ist eine Großstadtpflanze. Die Vorstellung, dauerhaft am Tegernsee Fuß fassen zu müssen, erschreckt sie. Zu viel Ruhe ist nicht ihrs.«

Es war erst wenige Wochen her, dass Ella und Leonie Franziska kennengelernt hatten. In den ersten Minuten hatte die neue Partnerin ihres Vaters ausgesprochen zurückhaltend auf die Schwestern gewirkt. Aber als sie sich dann in dem gemütlichen Restaurant, das Claus für ihr Kennenlernen ausgesucht hatte, gegenübersaßen und Franziska ihnen mit glühend roten Ohren gestand, wie aufgeregt sie wäre – »schlimmer als am ersten Schultag« –, war sowohl in Ella als auch in Leonie Mitgefühl aufgestiegen. Franziska konnte nichts dafür, dass ihre Eltern als Paar gescheitert waren. Sie war erst seit einem guten halben Jahr die Freundin ihres Vaters. Mit ihr war es ihm ernst, das war der Unterschied zu den Frauen, mit denen er davor Zeit verbracht hatte. Ihr Vater war verschwiegen, was sein Privatleben anbelangte. Manchen Flirt hatte er seinen Töchtern vorenthalten, jedenfalls vermutete Ella das, einige hatten sie mitbekommen. Doch Franziska berührte eine andere Seite in ihm, das war Ella klar geworden.

Im Verlauf des Abends hatte Franziska sich als angenehme Gesprächspartnerin entpuppt, sie war witzig und schlagfertig und beantwortete jede Frage, die Ella oder Leonie ihr stellten, geradeheraus. Dennoch ließ das Treffen Ella, als sie das Restaurant verließen und ihr Vater den Arm um seine neue Partnerin legte, nachdenklich zurück. Früher hatte er diese liebevolle Geste für ihre Mutter aufgespart, deshalb versetzte es Ella einen unerwarteten Stich. Das Zusammentreffen war nett gewesen, aber Claus' Glück mit Franziska ließ Ella an jenem Abend plötzlich Partei für ihre Mutter ergreifen, obwohl sie neutral hatte sein wollen. Sie wusste, dass ihr Vater sich damals nicht leichtfertig getrennt hatte. Und doch fiel es ihr schwer, Zeuge dieser neuen Innigkeit zu sein. Mit einem Mal sah sie wieder vor sich, wie ihre Eltern ihnen die Trennung gebeichtet hatten. Beide hatten Tränen in den Augen gehabt, woraufhin Ella ebenfalls zu weinen begonnen hatte.

Claus legte seine Hand auf Ellas Unterarm. Offenbar spürte er, wie nahe seiner Tochter sein Umzug nach München ging. Der Faden der Erinnerung riss und katapultierte Ella zurück ins Hier und Jetzt.

»Weiß Mama schon davon? Und Großmama? Und warst du schon bei Leonie?« Die Fragen kamen in einem Schwung über Ellas Lippen und mit ihnen ein ganzer Rattenschwanz an Überlegungen, was der Umzug für den Kontakt, den sie bisher gehabt hatten, bedeuten würde. Vermutlich sähen sie sich nicht mehr so oft, und wenn, wäre meistens Franziska dabei. Vielleicht schloss ihr Vater auch eine Heirat nicht aus.

»Leonie ist nicht zu Hause. Ich habe ihr eine Nachricht aufs

Handy gesprochen«, fuhr Claus achselzuckend fort. »Bestimmt meldet sie sich, sobald sie die abgehört hat. Ich hätte mich ankündigen sollen, aber es brannte mir unter den Nägeln, die Neuigkeit mit euch zu teilen, schließlich geht mein Umzug auch euch etwas an. Und so bin ich auf gut Glück losgefahren.«

Ellas Blick ruhte auf dem Gesicht ihres Vaters. »In Zukunft wirst du ein paar Kilometer mehr fahren müssen, wenn wir uns sehen wollen.«

»Das ist doch kein Problem. Du weißt ja, wie gern ich hinterm Steuer sitze.« Claus blickte Ella an. »Sag mal, wärst du eventuell so lieb, mich zu Mama zu begleiten? Irgendwie fühlt es sich nicht gut an, ihr sagen zu müssen, dass Franziska und ich zusammenziehen, und in deinem Beisein fällt es mir bestimmt leichter, mit ihr zu sprechen.«

Ella zögerte. Es wäre das erste Aufeinandertreffen ihrer Eltern nach dem Gespräch bei ihrer Großmutter, und ausgerechnet jetzt platzte ihr Vater mit dieser heiklen Neuigkeit heraus. Hoffentlich verschlechterte das den Zustand ihrer Mutter nicht unnötig.

Seit Ella am Morgen kurz mit ihr telefoniert hatte, überlegte sie, Annalena zu besuchen. Doch dann hatte sie das Gefühl beschlichen, vermutlich nicht den richtigen Zeitpunkt zu erwischen. Schließlich hatte ihre Mutter am Telefon darum gebeten, ihr Zeit zu lassen. Zeit allein reichte sicher nicht aus, damit es ihr besser ging. Man durfte nicht zu lange warten, weil ein Streit oder ein Missverständnis sich sonst festigte, dennoch wollte Ella die Bitte ihrer Mutter respektieren.

Und nun nahm der Wunsch ihres Vaters ihr die Entscheidung über den richtigen Zeitpunkt ab. Ella überlegte fieberhaft, ob es eine gute Idee wäre, Annalena gerade heute mit den neuen Umständen aus dem Privatleben ihres Ex-Mannes zu konfrontieren. Doch wenn sie der gestrige Abend eines gelehrt hatte, dann, wie wichtig es war, Dinge anzusprechen, auch wenn der Zeitpunkt nicht perfekt war.

»Ich komme mit«, sagte Ella entschlossen. »Ich ziehe mir nur rasch was anderes an.« Sie verschwand Richtung Ankleidezimmer, blieb an der Tür jedoch noch einmal stehen und drehte sich zu ihrem Vater um. »Mama rechnet damit, dass Franziska und du früher oder später den nächsten Schritt geht. Allerdings hat es ein Gespräch in der Familie gegeben, das sie ziemlich mitgenommen hat. Das solltest du wissen, bevor du mit ihr sprichst.«

Claus hob fragend die Augenbrauen. »Klär mich bitte auf. Mir sagt ja niemand was.«

Ella kam noch einmal zurück. Zögernd blieb sie vor ihrem Vater stehen. »Es geht um Großmamas Vergangenheit.« Sie fasste die wichtigsten Punkte zusammen, und noch während sie sprach, sah sie ihrem Vater die Erschütterung an. »Seitdem herrscht zwischen Mama und Großmama Funkstille«, schloss sie.

»Und ausgerechnet jetzt komme ich mit meiner neuen Wohnung daher.« Claus' Stirn legte sich in Falten. »Dass je etwas zwischen deiner Mutter und deiner Großmutter steht, hätte ich mir nie vorstellen können. Die beiden sind sich doch so nah. Allerdings ist das, was deine Mutter erfahren hat, keine Kleinigkeit. Kein Wunder, dass sie durcheinander ist. Hoffentlich gibt es bald eine Gelegenheit für die beiden, sich wieder näherzukommen … Glaubst du, ich soll warten und Mama das mit der neuen Wohnung später erzählen?«

Ella sah ihrem Vater an, dass er sich Sorgen machte. Und wie immer tröstete sie das Wissen, dass er für ihre Mutter da wäre, wenn sie Hilfe bräuchte. »Ehrlich gesagt, weiß ich nicht, was richtig oder falsch ist.« Sie winkte ab. »Aber ich glaube, es ist wichtig, dass Mama die Nachricht von dir hört, und zwar nicht als Letzte.«

Er nickte und griff nach Ellas Hand. »Ich möchte, dass du weißt, dass ich es nicht als Kleinigkeit empfinde, einen Neubeginn mit Franziska zu wagen. Ein Teil von mir lebt manchmal noch immer in der Erinnerung an das Leben, das wir als Familie hatten. Als der Punkt erreicht war, an dem deiner Mutter und mir klar wurde, dass wir nicht länger miteinander leben konnten, kam mir das so unwirklich vor, als ginge es uns gar nichts an. Wir waren so lange miteinander glücklich gewesen, und dann veränderte sich unsere Liebe und wurde zu Freundschaft. Es war der schmerzhafteste Moment in meinem Leben, als ich einsehen musste, dass deine Mutter mir noch immer nah ist, aber die Liebe, die wir als Mann und Frau geteilt hatten, verloren gegangen war. An diesem Scheitern ändert auch die Liebe zu Franziska nichts.«

Ella hatte ihrem Vater stumm zugehört, nun schlang sie die Arme um ihn und legte den Kopf an seine Schulter. »Du willst Mama nicht wehtun, denn irgendwo da drin«, sie deutete mit dem Zeigefinger auf den Brustkorb ihres Vaters, »ist immer noch ein Eckchen für sie reserviert.«

»Annalena bleibt ein wichtiger Mensch für mich. Deshalb will ich ihr auch nicht unnötig Kummer bereiten.«

»Du kennst Großmamas goldene Regel: Das Schicksal weiß am besten, wo es langgeht. Sogar wenn du glaubst, dich verlaufen zu haben, erwartet dich hinter jedem Umweg und hinter jeder Abkürzung etwas, das dir das Rüstzeug gibt, zu dem besten Menschen zu werden, der du sein kannst. Ich finde die Idee, dass es so sein könnte, tröstlich … Aber niemand sagt, dass es leicht ist, sich zu verlaufen und Umwege zu gehen.«

»Meine kluge Tochter«, sagte Claus lächelnd. »Den Sinn vieler Situationen erkennt man leider auch mit etwas Abstand nicht. An schlechten Tagen bin ich mir sogar heute noch nicht sicher, ob wir uns die Trennung nicht hätten ersparen können, wenn wir uns nur noch ein wenig Zeit als Paar gegeben hätten. Ich wollte nie, dass unsere Familie zerbricht.«

Die Worte ihres Vaters trafen Ella. Manchmal war das Leben

voller Hochs, manchmal voller Tiefs, doch es konnte auch bittersüß sein und einen in verschiedene Richtungen blicken lassen, ohne dass man wusste, welche die richtige war.

Ella strich ihrem Vater über die Wange. »Sei nicht traurig, Papa«, meinte sie. »Ich wünsche dir, dass du mit Franziska glücklich wirst und dass sie immer versteht, dass Mama, Leonie und ich und natürlich Großmama ein Teil deines Lebens sind.« Ella stand auf und schlüpfte im Ankleidezimmer in Jeans und Pullover. Im Vorraum steckte sie den Wohnungsschlüssel ein und ging mit ihrem Vater ins Erdgeschoss.

Als Annalena öffnete, sah Ella den müden Ausdruck in ihrem Gesicht. »Nanu, Vater und Tochter einträchtig nebeneinander? Habt ihr etwas ausgeheckt?«

»Wir bringen Neuigkeiten, besser gesagt, ich«, kündigte Claus an.

Annalena ließ sie eintreten und führte sie ins Wohnzimmer.

»Was kann ich euch anbieten?«, fragte sie, als sie vor der Couch standen. Sie tat so, als sei alles wie immer, doch dieser Eindruck war nur ihrer Kraft, schwierige Momente zu überstehen, geschuldet, das wusste Ella.

»Für mich nichts, danke«, sagte Claus.

Auch Ella lehnte ab. »Danke, Mama.«

Als Claus neben Annalena Platz genommen hatte, erzählte er von dem bevorstehenden Umzug. Ella bemerkte das nervöse Zucken ihrer Lider und begriff, wie sehr ihre Mutter sich zusammenriss, während sie ihrem Ex-Mann ruhig zuhörte.

»Was Hedi angeht, dachte ich, die Neuigkeit kommt stimmiger rüber, wenn wir es ihr gemeinsam sagen …«, schloss Claus.

Annalena sah ihn erst erstaunt, dann durchdringend an. »Schlägst du mir allen Ernstes vor, du und ich sollen meiner Mutter beibringen, dass du mit Franziska zusammenziehst? Damit Hedi sieht, dass ich es gut verkrafte?«

Ella schaute von ihrem Vater zu ihrer Mutter. Sie brauchte einen Moment, um den Sinn der Worte zu erfassen, und wusste nicht, was sie sagen sollte, um den peinlichen Augenblick zu überspielen. Vorsichtig legte Claus seine Hand auf Annalenas zusammengefaltete Hände.

»Mit *wir* meine ich nicht dich und mich, Annalena. Glaubst du wirklich, ich wäre so unsensibel, dich um so etwas zu bitten?«

Annalenas Augen weiteten sich. Sie schlug sich entsetzt die Hand vor den Mund. »Oh!« Mit einem Mal war ihr klar, was ihr Ex-Mann meinte. »Franziska soll bei dem Gespräch mit meiner Mutter dabei sein? Wie komme ich nur darauf, dass mit *wir* … dass du mich und dich meinst«, stammelte sie.

Claus sah sie verständnisvoll an. »Wir haben beide so lange dieses *Wir* gelebt, außerdem geht es um deine Mutter, da ist es verständlich, dass du als Erstes daran denkst«, beeilte er sich, Annalena zu beruhigen.

Sie hob die Augenbrauen und bemühte sich, einen Rest ihrer Souveränität zu retten. »Ja, ich finde, ihr solltet es ihr gemeinsam sagen. Schließlich rückt Franziska mit diesem Schritt näher an die Familie heran.«

Claus überbrückte den Moment, in dem er Pläne seiner neuen Wohnung aus der Tasche zog und sie umständlich auf dem Tisch ausbreitete. Pflichtschuldig lobte Annalena den Grundriss, die große Terrasse und die Ausrichtung nach Süden. »Es war sicher nicht leicht, so ein Juwel zu finden. Gratuliere.«

Ella beobachtete nachdenklich ihre Eltern. Es war schön, ihren Vater glücklich zu sehen, doch die neue Wohnung machte noch deutlicher, dass ihre Mutter nach der Scheidung niemanden mehr gefunden hatte, mit dem sie sich eine Beziehung zutraute. Und online auf die Suche zu gehen, wie manche ihrer Freundinnen es nach der Scheidung getan hatten, traute Annalena sich nicht zu.

»Manchmal ist es ein Nachteil, Annalena Glanz zu sein«, hatte sie ihr einmal gestanden.

Ihre Mutter wollte unbefangen an eine neue Bekanntschaft herangehen. Aber in ihrem Fall war das leichter gesagt als getan.

Ella versuchte die Situation aufzulockern und schwärmte von Astrid Mortensen und ihrem entzückenden Kosmetikladen, in dem sie auch Glanz-Produkte verkaufte. Wie es aussah, fiel ihr die Aufgabe zu, ein wenig Normalität in dieses Treffen zu bringen. Claus und Annalena hörten ihr aufmerksam zu oder taten zumindest so. Sie gingen höflich miteinander um, doch das Gespräch ging an keinem von ihnen spurlos vorüber, auch an Ella nicht.

Nachdem ihr Vater gegangen war, setzte Ella sich zu ihrer Mutter aufs Sofa und nahm sie in den Arm. »Das war sicher nicht leicht für dich.«

»Das stimmt. Franziska ist nett, und ich gönne den beiden ihr Glück. Trotzdem ist so ein Moment schwierig zu verkraften.« Annalena strich ihren Rock glatt.

»Wie geht es dir heute mit Großmamas Geschichte?«, fragte Ella vorsichtig.

»Ich dachte immer, deine Großmutter und ich stünden uns nahe, deshalb kann ich einfach nicht fassen, was passiert ist«, antwortete Annalena. »Ja, ich war ein Papakind. Aber nach dem, was ich nun weiß, frage ich mich, wer mein Vater wirklich war. Es ist, als sähe ich meine Eltern aus weiter Ferne, unfähig, nach ihren Händen zu greifen …«

Ella hörte ihrer Mutter schweigend zu. Sie wollte ihr den Raum geben, in dem ihre Gefühle einfach da sein durften, ohne gleich eine Lösung zu präsentieren.

»Weißt du, inzwischen habe ich mir die Erlaubnis erteilt, nicht zu wissen, wie es weitergeht«, fuhr ihre Mutter fort. »Ich lasse die Dinge auf mich zukommen. Und was deinen Vater anbelangt … Vermutlich musste ich aus seinem Mund hören, dass es endgültig vorbei ist und er mit jemand anderem einen neuen Lebensabschnitt beginnt.«

Ella sah ihre Mutter mitfühlend an. Schulter an Schulter saßen sie nebeneinander.

»Nach Alex' Unfall sind Papa und ich uns so nahgekommen wie schon lange nicht mehr«, bemerkte Annalena nach einer Pause. »Leonie hat mich sogar darauf angesprochen.«

»Ehrlich gesagt, habe ich dasselbe gedacht wie Leonie. Wir wussten nicht, was wir davon halten sollten. Wir waren so froh, dass ihr in dieser Zeit füreinander da wart. Und irgendwo in mir drin war dieser Funke Hoffnung …« Ella sprach nicht aus, dass sie im Stillen gehofft hatte, ihre Eltern könnten wieder ein Paar werden. Es wäre zu schön gewesen, um wahr zu sein. »Blick nach vorn, Mama«, sagte sie, als ihre Mutter stumm auf die Wand sah. »Wenn dir jemand über den Weg läuft, den du magst, lass dich darauf ein. Du kannst nichts erzwingen, niemand kann das, aber du warst die ganzen Jahre nie offen für etwas Neues … Vielleicht bist du es jetzt.«

Annalena rieb sich die Schläfen. »Ich weiß nicht, was ich mir die letzten Jahre erhofft habe.«

Ella sah, dass ihre Mutter nach Luft rang, bevor sie weitersprach. »Dein Vater hat nach der Scheidung andere Frauen kennengelernt, aber es war ihm nie ernst.« Ihr Seufzen klang tief wie ein Klagelaut. »Ein Teil von mir dachte, wir hätten mit einigen Jahren Abstand noch mal eine Chance als Paar.« Scham legte sich auf das Gesicht ihrer Mutter.

»Jetzt siehst du klarer.« Ella legte ihre ganze Wärme in diese wenigen Worte. »Das ist der entscheidende Schritt, Mama. Anstatt irgendwelchen unrealistischen Chancen hinterherzurennen, hast du nun alle Möglichkeiten. Du bist frei.«

DEM HIMMEL SO NAH

Nichts lässt sich mit dem Leben absprechen,
denn das Leben ist ein Abenteuer.

22.

Berlin, 1949

»Herr Glanz, was für ein Glück, dass Sie es zu mir geschafft haben. Ich kann noch gar nicht glauben, dass Sie vor mir stehen.«

Brigitte Hellar schüttelte Alfons Glanz' Hand, wollte sie gar nicht mehr loslassen. Erst als sie seinen angespannten Blick sah, entließ sie seine Hand aus ihrer und trat zurück, um ihn einzulassen. »Verzeihen Sie. Ich lasse Sie hier draußen stehen. Wie unhöflich von mir.«

Endlich trat Alfons über die Schwelle von Brigitte Hellars Wohnung, wo ihn ein freundlich helles Rosé an den Wänden und eine Kommode, die mit Kinderspielzeug bestückt war und deren untere Lade offen stand, empfingen. Am Boden davor lag eine Stoffpuppe in einem roten Kleid, mit Haaren aus Wolle.

Alfons spürte, wie sich angesichts der Puppe etwas in ihm regte. Er war gerade erst hier angekommen, und schon war es mit seiner inneren Ruhe vorbei. Wie konnte dieses kleine Stück Stoff seinem Vorsatz, souverän zu reagieren, egal, was käme, umgehend zunichtemachen? Er räusperte sich, schloss mit einem leisen Geräusch die Tür hinter sich und stieg über die Puppe hinweg.

»Ich bin ebenfalls froh, Sie zu sehen, Frau Hellar. Haben Sie meine Nachrichten bekommen?«, erkundigte Alfons sich. Das Sprechen half ihm, das Gefühl des Aufgewühltseins zu überwinden.

»Das habe ich, Gott sei Dank. Wir hatten es nicht leicht in den letzten Monaten hier in Berlin, aber wir sind zurechtgekommen. Und jetzt ist die Blockade ja überstanden. Die Stadt kommt wieder zu Atem. Sie glauben nicht, wie sehr das alle hier erleichtert.«

Bei diesen Worten hatten sich Brigitte Hellars Züge verhärtet, doch nun hellte sich ihr schmales, wenig ausdrucksstarkes Gesicht auf, und Alfons entspannte sich ein wenig. Auch für ihn war die Zeit der Blockade nicht leicht gewesen, weil er sehr viel an Wilma gedacht hatte. Jeden Abend hatte er sich vorgestellt, wie es der Kleinen wohl ginge. Ob sie alles hätte, was sie brauchte. Und wie schlimm es war, dass er nichts für sie tun konnte, außer abzuwarten.

Die Blockade Westberlins hatte sein Vorhaben, Brigitte Hellar einen Besuch abzustatten und dabei nach Wilma zu sehen, immer wieder vereitelt. Als in den Besatzungszonen der USA, Großbritanniens und Frankreichs am 20. Juni des vergangenen Jahres eine Währungsreform durchgeführt und auch auf Westberlin ausgedehnt werden sollte, hatten sowjetische Truppen am 24. Juni alle Zufahrtswege nach diesem Teil der Stadt gesperrt. Die Bewohner spürten die Auswirkungen der Blockade schnell, denn sie waren vom Nachschub an Lebensmitteln und vielen wichtigen Gütern abgeschnitten. Dass es je so weit käme, hätte Alfons nie gedacht. Doch was wussten sie nach den Jahren, die hinter ihnen lagen, nach Krieg, Fronteinsatz, Hunger, Kapitulation und Besatzung, schon über die Zukunft.

Woche um Woche verging. Tage von unerträglicher Alltäglichkeit. Alfons hatte seine Reisepläne immer wieder verschoben. Nachts lag er wach und konnte nicht schlafen, weil er sich schwere Vorwürfe machte. War es nicht seine Pflicht, sich zu vergewissern, dass es Wilma gut ging? Natürlich war es das. Erst wenn er sicher sein konnte, dass für alles gesorgt war, konnte er Hedi gegenübertreten, ohne von den dunklen Bildern, die ihn tagsüber einholten, aufgefressen zu werden.

Die Blockade war am 12. Mai beendet worden, seitdem ging

es ihm sichtlich besser. Und nun stand er Brigitte Hellar von Angesicht zu Angesicht gegenüber.

Seit er sie das letzte Mal gesehen hatte, hatte sie sich verändert. Sie hatte zugenommen, nicht viel, vielleicht zwei, drei Kilo, die bei ihrer schlanken Statur jedoch auffielen. Außerdem hatte sie sich das Haar wachsen lassen, was von ihrer Nase ablenkte, die etwas zu lang und zu spitz war. Alfons sah ihr in die Augen, von denen nun ein Strahlen ausging. *Ich bin nicht mehr am falschen Platz. Ich habe endlich ein erfülltes Leben*, sagte ihm ihr Lächeln. Das Leben mit Wilma tat ihr offenbar gut. Alles, was für sie zählte, war die Aufgabe, die sie nun hatte – sich jeden Tag um die Kleine zu kümmern. Dem gab sie sich voll und ganz hin, denn sie war ihr Lebensinhalt.

Alfons nahm den Hut ab und legte ihn auf die Ablage. Durch seine Kontakte war es ihm möglich gewesen, für Brigitte Hellar eine Wohnung im amerikanischen Sektor zu mieten. Wie sie mit den Papieren vorgehen würden, hatte Alfons nächtelang Kopfzerbrechen bereitet, doch schließlich war es ihnen gelungen, Wilma als Brigitte Hellars Tochter auszugeben.

»Haben Sie sich eingelebt?«, fragte er, als er aus der Jacke schlüpfte und ihr das Spielzeug überreichte, das er für Wilma besorgt hatte: einen Teddybären mit rosa Schleife um den Hals und ein zweites, größeres Geschenk.

»Das haben wir. Wilma fühlt sich hier sehr wohl, ich natürlich auch. Sie ist ein ruhiges, liebes Kind und weint selten, lieber lacht sie. Wir spielen jeden Tag miteinander und gehen spazieren, damit sie an die frische Luft kommt.« Brigitte Hellar nahm die Geschenke entgegen und genoss es sichtlich, von *wir* zu sprechen.

Alfons registrierte ihre Zufriedenheit, doch er bemerkte auch ein kurzes Zögern, das er nicht einzuordnen wusste.

»Und wie steht es mit Bekanntschaften? Haben Sie Kontakt zu den Nachbarn?«, erkundigte er sich.

»Natürlich. Es sind nette Leute … Na ja, zumindest die meisten. Sie wissen ja, wie manche Menschen so sind.« Sie suchte nach den passenden Worten. »Nicht alle sind tolerant und bringen Verständnis für eine Frau mit einem Kind wie Wilma auf. Zwischendurch erleben wir leider auch Zurückweisung und Ausgrenzung. Die Kleine bekommt davon, Gott sei's gedankt, noch nichts mit. Oft sind es nur unangenehme Blicke … aber unlängst …«

Alfons überdeckte seine Betroffenheit mit einem gezwungenen Lächeln, doch Brigitte Hellar hatte bemerkt, wie sehr ihn ihre Worte trafen, und brach den Satz, der wie eine dunkle Wolke über ihnen schwebte, ab. Anstatt weiterzusprechen, sah sie auf das Kuscheltier in ihrer Hand. »Was für ein entzückender Teddybär«, sagte sie.

Alfons nahm die Gelegenheit wahr, das schwierige Thema zu umschiffen. »Ich dachte, dieser kleine Kerl gefällt Wilma«, entgegnete er.

»Da bin ich mir sicher. Sie wird entzückt sein, wenn sie ihn sieht.«

Wieder über etwas Unverfängliches zu reden erleichterte Alfons. Er folgte der Frau in den kleinen Wohnraum. Sie hatte die Wohnung zu einem netten Heim hergerichtet, mit gemusterten Vorhängen an den Fenstern, einem kleinen Sofa und einem Tisch, auf dem ein aufgeschlagenes Bilderbuch lag. Plötzlich zögerte Alfons. Über sein Gesicht huschte ein Ausdruck des Schmerzes. In einer Ecke saß Wilma und spielte. Während ihre Hände über etwas fuhren, das Alfons nicht sehen konnte, weil sie ihm den Rücken zukehrte, summte sie versonnen vor sich hin. Ihre Stimme war so zart und anrührend, dass er eine Gänsehaut bekam.

»Wie geht es ihr?«, fragte er und ließ Wilma dabei nicht aus den Augen.

»Keine Sorge, Herr Glanz. Ich halte mich an das, was wir ausgemacht haben. Es fehlt ihr an nichts. Vor allem nicht an Aufmerksamkeit und Liebe. Ich vergöttere sie. Sie ist das Beste, was ich habe.«

Während Brigitte Hellar sprach, flammten rote Flecken an ihrem Hals auf. Alfons sah ihr die Angst an, er könnte es sich anders überlegt haben und ihr das Kind wieder wegnehmen, auch wenn das jetzt nicht mehr so einfach wäre.

»Sie sind sehr großzügig. Finanzielle Sorgen gibt es nicht für uns. Und was meine Worte vorhin anbelangt … Menschen, die eng im Geiste sind, gibt es nun mal, aber wir kommen zurecht. Sie wissen ja, dass ich mir immer eine Familie und Kinder gewünscht habe. Und jetzt habe ich eine entzückende Tochter. Ich werde alles dafür tun, dass es ihr gut geht.«

Alfons atmete auf. Wie dankbar die Frau dem Schicksal für die Chance war, die es ihr gegeben hatte. Wilma drehte sich zu ihnen um und strahlte ihre Ziehmutter an.

Alfons' schlechtes Gewissen war für einen kurzen Augenblick besänftigt, als er in die fröhlichen Augen der Kleinen sah. Ihre Händchen patschten auf den Boden, sie ergriff ihr Stofftier – eine Katze – und drückte es fest an ihren winzigen Oberkörper.

»Sie krabbelt schon. Mit dem Laufen wird es allerdings noch ein bisschen dauern.« Die Luft um Brigitte Hellar schien vor Glück zu knistern, wenn sie über Wilma sprach. Sie ging auf das Kind zu und nahm es behutsam auf den Arm.

Während sie auf es einsprach, schlangen Wilmas Ärmchen sich um ihren Hals. Alfons' Gesichtszüge sanken in sich zusammen. Jetzt nur nicht rührselig werden, ermahnte er sich im Stillen. Er sah weg, weil die Geste ihn so anrührte. Was würde Hedi für einen Moment wie diesen geben, und was, in Herrgotts Namen, hatte er sich nur dabei gedacht, seiner eigenen Frau ihr Kind wegzunehmen und ihr dieses Glück zu verwehren? Wäre es wirklich so schlimm gewesen, wenn die Leute gewusst hätten, dass er nicht Wilmas leiblicher Vater war? Und hätte die Tatsache eines Kindes mit afroamerikanischem Vater sich tatsächlich negativ auf ihn als Firmenchef ausgewirkt? Hätte die Firma deswegen Schaden genommen? Seine Argumente kamen ihm plötzlich kindisch und unreif vor. Was war er nur für ein Mensch, und welcher Vater wäre er seinen Kindern?

Alfons hatte inständig gehofft, dass Hedi es nach all den Monaten geschafft hätte, nach vorn zu blicken, aber Wilma blieb ihr Ein und Alles, und egal, wie weit sie von ihr entfernt wäre, Hedi würde sie nie vergessen, das machte ihr trauriger Blick ihm jeden Tag aufs Neue klar.

Alfons beschlich das Gefühl, dass er nicht nur Hedi, sondern vor allem sich selbst etwas vorgemacht hatte. Auch in Berlin hatten die Menschen Vorurteile. Das hatte Brigitte Hellar ihm vorhin bestätigt. Er hatte sich alles nur schöngeredet, um einzig und allein sich selbst vor der Reaktion und den Gerüchten anderer zu schützen. Er konnte den Druck, der sich angesichts dieser Erkenntnis immer stärker in ihm aufbaute, kaum ertragen.

Um sich abzulenken, betrachtete er Brigitte Hellar. Ohne Zweifel war sie Wilma eine wunderbare Mutter. Daran musste er sich jetzt festhalten. Durch seine Unterstützung war sie in der Lage, ihre ganze Zeit Wilma zu schenken. Die Kleine hatte eine Bezugsperson, die immer für sie da war.

Brigitte Hellar hatte in der Verwaltung seiner Firma gearbeitet, und jedes Mal, wenn er an ihr vorbeigegangen war, hatte er das vorgezeichnete Leben vor sich gesehen, mit dem diese unscheinbar wirkende, aber bienenfleißige Frau sich abgefunden zu haben schien. Er hatte sie nie klagen gehört, doch ihren Augen hatte es an Lebendigkeit gefehlt, und als er sich eines Tages nach ihrem Befinden erkundigte, gestand sie ihm mit roten Wangen, dass ihr Lebenstraum – ein Kind zu bekommen – nie in Erfüllung gehen würde.

Alfons hatte sich über ihre Offenheit gewundert, als sie ihm von den Umständen ihres Lebens erzählte, und als er sich die Zeit nahm, ihr weiter zuzuhören, war ihm ihr tiefer Schmerz nicht verborgen geblieben. Plötzlich war ihm Brigitte Hellars unerfüllter Kinderwunsch wie ein Wink des Schicksals erschienen …

Und nun hatte sie das Kind, das sie sich so sehr gewünscht hatte. Hatte *ihr* Kind, dem sie all ihre Liebe schenken konnte. Das ließ sie aufblühen und gab ihrem Leben einen tieferen Sinn.

Alfons hatte ihr geschenkt, wonach sie sich immer gesehnt hatte. Sie strahlte Glück aus, und er war sich sicher, dass dies auch Wilma zugutekam. Nur änderte das nichts an seinem schlechten Gewissen, als Mensch und auch als Ehemann und Vater für Hedis Tochter versagt zu haben.

Er trat auf die beiden zu, beugte sich zaghaft vor und strich Wilma mit einer zarten Bewegung über das Köpfchen. Als seine Hand die Schläfe des Kindes berührte, begriff er, dass es über seine Kräfte ginge, noch einmal herzukommen. Ihm war von Anfang an klar gewesen, dass er Wilma nur bis zu einem gewissen Alter wiedersehen durfte, allein deshalb, weil er es nicht so weit kommen lassen durfte, dass sie sich an ihn erinnerte und ihre Ziehmutter später fragen würde, wer er sei. Er hatte allerdings nicht geahnt, wie sehr ihr Wesen ihn für sie einnahm. Wilma hatte eine sanfte Ausstrahlung. Die ruhigen Bewegungen ihrer kleinen Hände und der Blick ihrer Augen, als wolle sie ihm sagen: *Mach dir keine Sorgen, ich verzeihe dir*, schnitten ihm ins Herz. Wie sehr Alfons sich auch bemühte, Distanz zu wahren, er empfand ein Gefühl von Liebe für Hedis Tochter, entgegen all dem, was sein Verhalten in Hedis Augen bedeutete.

In Zukunft würde er den Kontakt auf Telefonate beschränken und so erfahren, wie Wilma sich entwickelte, wann sie zu sprechen beginnen, ob sie Freunde finden würde und wie Brigitte

Hellar mit ihr zurechtkam. Alfons trat einen Schritt zurück, als böte ihm das Schutz vor seinen Gefühlen.

»Schau mal, was du bekommen hast.« Brigitte Hellar reichte Wilma den Teddy. Als die Kleine das Stofftier an sich drückte, setzte sie sie auf den Boden und packte den Puppenherd aus, den Alfons ebenfalls mitgebracht hatte.

Sie stellte den Herd vor Wilma ab und sah zu Alfons auf. »Sie ist noch zu klein für eine Puppenküche, aber bald wird sie sicher große Freude daran haben.«

Die Kleine schlug mit den Händen auf den Spielzeugherd und gab plappernde Geräusche von sich. Alfons sah ihr zu und fühlte, wie ein dünner Schweißfilm seine Augenbrauen säumte. Er fuhr sich mit der Hand übers Gesicht, wischte ihn weg und folgte Brigitte Hellar in die kleine Küche.

Sie tranken ein Glas Wasser und besprachen das Nötigste, dann verabschiedete sich Alfons. Er hatte genug gesehen, mehr ginge über seine Kräfte. Er konnte nicht schnell genug die Wohnung verlassen und die Treppe hinunterlaufen.

Draußen schickte die Abendsonne die letzten Lichtstrahlen über die geschundene Stadt. Er rannte die Straße hinunter. Trotz der Wärme zog er fröstelnd die Schultern hoch.

Beim Abschied hatte Wilma ihre kleinen Finger für einen kurzen Moment an seine Wange gelegt, dabei hatte sie gestrahlt, als erkenne sie ihn als jemanden, der am Anfang ihres noch so jungen Lebens bei ihr gewesen war.

Alfons fühlte, wie ihm der kalte Schweiß ausbrach. Er verscheuchte das Bild mitsamt der Traurigkeit, die sich in seiner Brust regte. Plötzlich blieb er stehen und strich mit den Fingerspitzen über die Stelle, an der er Wilmas Hand gespürt hatte. *Du hast einen Fehler gemacht, Alfons. Einen riesengroßen Fehler. Und nun ist dein Leben brüchig wie Glas. Und wird es auch bleiben …*
Hedi hatte sich verändert, und zwar nicht zum Guten. Abends

zog sie sich viel zu oft in die Küche zurück, um dort herumzuhantieren, und schon morgens wirkte sie müde und antriebslos. Er hoffte jeden Tag, dass sich ihre Stimmung bessern würde.

Alfons' Gedanken drehten sich im Kreis, und er versuchte, die Vernunft in den Mittelpunkt zu rücken. Was er in die Wege geleitet hatte, war das Beste für sie alle, daran änderte auch die Erinnerung an die ersten Tage nichts, als er dieses kleine Wesen im Arm herumgetragen hatte, wenn es geweint hatte. Eine zweite Stimme meldete sich zu Wort, flüsterte ihm zu, es sei noch nicht zu spät, um das Arrangement, das er ersonnen hatte, wieder rückgängig zu machen. Wilma war klein genug, um zurück an den Tegernsee zu kommen – zu Hedi und ihm. Brigitte Hellar würde er damit das Herz brechen, doch er konnte nicht leugnen, dass die Situation immer eine der beiden Frauen mit gebrochenem Herzen zurückließ. Wenn er Brigitte Hellar weiter eine gewisse Summe zahlte, um in Berlin ein neues Leben zu führen, wäre es für sie machbar. Und vielleicht würde sich für sie in der Stadt früher oder später doch noch ihr Lebenstraum einer Familie erfüllen.

Alfons biss sich auf die Lippen und schritt rasch voran, dabei hielt er den Blick starr auf den holprigen Gehweg gerichtet und bekam das Bild nicht aus dem Kopf, wie Hedi, nachdem er sie und ihre Freundin Gerda im Café Wien in Berlin zu Kaffee und Torte eingeladen hatte, beim Abschied ihre blasse Hand in seine gelegt hatte. Er hatte diese Hand umfangen und bereits bei diesem ersten Treffen gewusst, wen er vor sich hatte – seine Frau.

Wenn Hedi erst wieder schwanger wäre, würde ihr Lachen zurückkehren, darauf hoffte er wie ein Ertrinkender auf das rettende Ufer. Bisher hatten sie noch kein Glück gehabt. Die Monate vergingen ohne gute Nachrichten, und wer wusste schon, wie lange es dauern würde, bis sie ihm die frohe Kunde überbrachte. Doch er weigerte sich, auch nur einen Gedanken daran zu verschwenden, dass sein Hoffen umsonst sein könnte.

Die peinigende Stimme in ihm, die ihn daran erinnerte, dass sie vielleicht nie ein gemeinsames Kind aufwachsen sähen, wurde leiser, bis sie nur noch als Wispern zu vernehmen war. Hedi und er würden mit einem Kind gesegnet sein, andere waren es ja auch. Aber würde sie ihm jemals verzeihen, dass Wilma nicht mehr bei ihnen war? Dass sie noch nicht einmal wusste, wo und bei wem sie aufwuchs?

Alfons rief sich ins Gedächtnis, wie herrlich es anfangs gewesen war, als Hedi mit einem fröhlichen Gesicht das Frühstück zubereitet hatte. Damals hatte sie ihm mit einer zärtlichen Geste die Hand auf die Schulter gelegt und sich vorgebeugt, um ihre vom Schlaf noch warmen Lippen auf seine zu legen. Und immer hatte er sich von ihrer Liebe getragen gefühlt, hatte sich sogar auf das Kind gefreut, das unter ihrem Herzen wuchs.

Alfons wich einem Paar aus, das ihm entgegenkam, und kämpfte gegen die Gedanken an, doch sie wollten nicht weichen. Er durfte nicht zulassen, dass Hedis und sein Leben zerbrach. Er sah auf die Uhr und ging langsamer. Er würde jetzt nach Hause fahren und sich jeden Tag darum bemühen, Hedis Schmerz zu lindern. Er war gerade im Begriff, die Straße zu überqueren, als ein Jeep hupend an ihm vorbeischoss. Geistesgegenwärtig sprang er zur Seite und knickte dabei mit dem Fuß um. Ein Schmerzenslaut entfuhr ihm. Die Hand auf der Brust versuchte er sich zu fassen.

Der Riss, der zwischen ihm und Hedi klaffte, wurde immer größer, und so sehr er sich auch bemühte, die Dämonen, die ihn wie ein Schwarm Heuschrecken angriffen, in Schach zu halten, er schaffte es nicht, der Verantwortung zu entgehen, die er übernommen hatte, als er Wilma fortbrachte. Wenn sich der Tag vor ihm ausdehnte, sah er ihr Gesicht vor sich, und es gab nichts – keine neue Formel und kein weiteres Produkt, das er in die Welt hinausschicken wollte –, das ihm von diesem quälenden Bild Erleichterung verschaffte.

23.

Tegernsee, Oktober

»Überraschung«, riefen sie im Chor, als Michael den Audi neben den anderen Fahrzeugen parkte und mit Leonie aus dem Wagen stieg.

Michaels Augen waren auf den Korb auf der Wiese gerichtet. »Kann mich bitte jemand kneifen, damit ich weiß, dass ich nicht träume?«, rief er in die Runde und steuerte auf Silvy zu. »Hast du mich etwa angelogen, was deinen Superauftrag betrifft?«

»Lügen würde ich es nicht nennen, eher Beteiligung an einer besonderen Mission. Eine Verlobung muss schließlich gefeiert werden. Und genau deshalb sind wir heute hier.«

Leonie löste ihre Hand von Michaels, ging auf Ella zu und drückte sie an sich. »Wie ich dich kenne, bist du die Hauptverantwortliche für das hier.«

Ella nickte grinsend.

»Das ist wirklich eine tolle Überraschung. Damit hätte ich nie gerechnet. Und Micha auch nicht.«

Michael begrüßte Timo und Sascha mit einem Handschlag, dann wandte er sich Fred zu, dessen paar Kilos zu viel, gegen die sein Freund ständig ankämpfte, und der Stoppelschnitt, mit dem er seine Geheimratsecken zu kaschieren versuchte, aber vor allem der vergnügte Ausdruck in seinem Gesicht ihn immer an einen gutmütigen Teddybären denken ließen. Die beiden umarmten sich und klopften sich dabei gegenseitig auf den Rücken. »Wenn mein bester Freund mit am Start ist, kann der Tag nur phänomenal werden. Danke, dass du dich heute freigeschaufelt hast.«

»Dieses besondere Ereignis würde ich mir um nichts in der Welt entgehen lassen«, antwortete Fred. »Ich kann's noch immer nicht glauben, dass ihr zwei endlich verlobt seid.«

»Hi, alle schon da? Ich bin Richard«, begrüßte der Pilot die Neuankömmlinge. Er war der Inhaber der Firma, die Ballonfahrten im Tegernseer Gebiet anbot. Er war Mitte vierzig und strahlte eine Begeisterung aus, die alle sofort mitriss. »Heiko, mein Freund und Helfer.« Er deutete auf einen jungen Mann, der gerade die Ladeklappe des Transporters schloss. »Er wird uns beim Aufbau des Ballons zur Seite stehen. Und er ist unser Verfolger. Damit hat er im Grunde heute die schwierigste Aufgabe, denn er wird uns per Auto am Boden zum Landeplatz folgen und muss Wälder und Flüsse umfahren, über die wir einfach hinwegfliegen.« Nach einer kurzen Pause fuhr er fort: »Wir fangen jetzt mit dem Aufrüsten des Ballons an. Beim Ballonfahren steht Teamwork und somit das Gruppenerlebnis im Vordergrund. Deshalb seid ihr recht herzlich eingeladen, Heiko und mich tatkräftig beim Aufbau zu unterstützen.«

»Diese Chance lassen wir uns nicht entgehen«, waren Michael, Timo und Fred sich einig. »Du kannst auf uns zählen, Richard.«

»Ich bin eher der Geistesmensch, weniger der Handwerker«, erklärte Sascha und zog den Reißverschluss seiner Jacke hoch.

»Kein Problem.« Richard legte ihm die Hand auf die Schulter. »In einem Team zählt schließlich die Vielfalt.«

»Ich lasse Männern ja gern bei manchen Dingen den Vortritt, aber Teamwork ist Teamwork, ich bin also ebenfalls dabei«, meldete sich Silvy zu Wort.

»Wir auch«, schlossen sich Ella und Leonie an.

Wenige Minuten später sahen sie zu, wie mithilfe eines Ventilators Luft in den Ballon geblasen wurde.

Ella kniff die Augen zusammen. »Aus nächster Nähe sieht so ein Ballon wirklich beeindruckend aus.« Ihr Blick wanderte zu Silvy. »Der Hut steht dir übrigens hervorragend. Damit bist du ein echter Hingucker.«

Silvy wäre nicht sie selbst, trüge sie nicht sogar zu ihrem legeren Outfit etwas Auffälliges. Diesmal war es ein mintgrüner Hut mit Seidenripsband, der zeigte, dass sie eine Frau war, die Spaß an Mode hatte. Ganz im Gegensatz zu Sascha, dessen Freizeit-Look immer aus Jeans und irgendeinem T-Shirt bestand. Silvy verdrehte gern die Augen, wenn er jede ihrer modischen Interventionen ablehnte.

»Frei-zeit … Das Wort sagt schon, worauf es ankommt. Man ist frei, kann tun und anziehen, was man will.« Mit diesem Satz hatte er eines Tages sogar Silvy überzeugt. Seitdem erwähnte sie seine wenig einfallsreiche Freizeitkleidung nur noch zum Spaß.

»Wenn es von oben heiß vom Brenner strahlt, bin ich haartechnisch gerüstet«, sagte sie kokett und zog den Hut tiefer in die Stirn. Ihre Stimme drückte Vorfreude auf das aus, was käme. »Außerdem werden Fotos gemacht. Da muss alles passen.«

»Apropos Fotos«, hörten sie Sascha, der sich mit Timo zu ihnen gesellte, selbstzufrieden einwerfen. »Heute passen wir beide sogar optisch zusammen. Da können die Fotos nur gelingen.« Obwohl er mitunter über Silvys auffällige Garderobe scherzte, wusste Ella, dass Sascha die Mode-Statements seiner Frau bewunderte.

»Hätte ich mich früher unauffällig gekleidet, hättest du mich auf der Uni glatt übersehen, und wir wären nie ein Paar geworden«, konterte Silvy. »Also war es doch gut, dass ich gern zu Farben und auffälligen Schnitten greife.«

»Absolut. Es wäre schade um uns gewesen, wo wir doch ein Dream-Team sind«, erwiderte Sascha und warf ihr einen liebevollen Blick zu.

»Wo habt ihr eigentlich Michael und Fred gelassen?«, fragte Ella.

»Die fragen Richard gerade Löcher in den Bauch. Warum man von einer Ballonfahrt und nicht von einem Flug spricht, wie man Pilot eines Heißluftballons wird, wie schnell ein Heißluftballon fliegt … oder heißt es fährt? Na egal. Die beiden haben einen ziemlichen Narren an dem Thema gefressen, so viel ist sicher«, antwortete Timo, während er sich die Schnürsenkel seiner Schuhe festzog.

Als der Ballon sich aufgerichtet hatte, rief Richard den Countdown aus, und alle stiegen ein.

»Ich finde, der Rand könnte ruhig etwas höher sein«, brachte Ella hervor, als ihre Füße im Korb aufkamen.

Michael verfolgte, wie Richard den Brenner entzündete und das Feuer mit einem Fauchen aufflammte. Dann sah er hinunter auf die Wiese, auf der sie gerade noch gestanden hatten.

»Und in wie viel Metern Höhe fahren wir heute?«, wollte er wissen.

»Die durchschnittliche Fahrthöhe liegt, abhängig von dem Luftraum, in dem man sich befindet, zwischen hundertfünfzig und fünfhundert Metern. Bei Alpenüberquerungen können auch Höhen bis zu sechs Kilometern erreicht werden, dann braucht man allerdings Sauerstoffmasken … Und die hab ich heute nicht dabei.« Michael und Fred erwiderten Richards Grinsen.

Ella hielt sich an den Halteschlaufen fest, als der Ballon gemächlich aufstieg und die Welt unter ihr immer kleiner wurde. Erleichterung durchflutete sie. Im Korb war es absolut windstill. Nichts wackelte. Ihr Stand war fest, dabei waren sie in der Luft und schwebten über der Erde.

»Micha«, rief Leonie plötzlich. »Schau mal. Da hinten, am Rand des Feldes.« Leonie zog ihn zu sich heran.

Ella folgte dem Blick der beiden. Das Banner, das Timo, Fred und Sascha mitten auf der Wiese platziert hatten, war gut zu sehen. In roter Schrift waren Leonies und Michaels Namen und das Verlobungsdatum zu erkennen.

»Herzlichen Glückwunsch«, riefen alle im Chor.

»Wer trägt die Verantwortung dafür? Ihr seid wahnsinnig, alle miteinander«, rief Michael und strahlte.

»Die Männer haben Muskelpower beigesteuert, Silvy und ich das kreative Köpfchen«, erwiderte Ella. Sie richtete den Blick auf ihre Schwester und ihren zukünftigen Schwager. »Wenn die Liebe uns trifft, verwandelt sie uns und verleiht uns die Fähigkeit, auch die Herzen anderer Menschen zu erreichen. So wird das eigene Glück zu einem Geschenk für all die, denen man auf dem gemeinsamen Weg begegnet.« Ella trug den Text, den sie sich für Leonie und Michael ausgedacht hatte, mit warmer Stimme vor, und während sie sprach, fühlte sie sich, als hätte sie alles Irdische hinter sich gelassen. Leonie tauschte verliebte Blicke mit Michael, dann griff sie nach Ellas Hand und drückte sie. Freudentränen schimmerten in ihren Augen.

»Von wem stammen denn diese wunderbaren Worte?«, fragte sie gerührt.

»Von mir. Eure Liebe ist etwas ganz Besonderes. Das wollte ich zum Ausdruck bringen.«

Silvy schummelte sich neben Leonie. »Auf Leo und Micha«, rief sie in die Runde.

»Auf eure Verlobung«, schlossen sich alle an.

»Die ihr einfach so unter den Tisch fallen lassen wolltet, aber nicht mit uns«, lachte Fred.

»Alles Gute für die gemeinsame Zukunft«, sagte auch Richard und ließ den Ballon prompt noch ein wenig höher steigen. Sie lachten und schwebten über Wälder und Wiesen, über Häuser und Menschen, als wären sie in eine andere Welt eingetreten, in der alles unterhalb von ihnen nicht mehr so wichtig war.

»Für die, die es interessiert, wir machen gerade zwölf Knoten, also circa zweiundzwanzig Stundenkilometer«, klärte Richard sie auf.

»Knöllchen ausgeschlossen«, warf Fred lachend ein.

»So habe ich mir eine Ballonfahrt immer vorgestellt. Weg von allem, schwerelos«, schwärmte Michael. Er hatte die Arme hinter Leonie ausgebreitet, als wolle er die berühmte Szene aus *Titanic* nachstellen.

»Wie weit alles wirkt, als gäbe es keinen Anfang und kein Ende – unendlich«, stimmte Timo ihm zu.

»Es ist wirklich magisch«, befand auch Ella. Gemeinsam mit Timo blickte sie auf die sich abwechselnden Muster aus Bäumen, Feldern, Flüssen und Hügeln. Während sie den Blick schweifen ließ, dachte Ella an Wilma, daran, wie schön es wäre, wenn ihre Familie eines Tages vereint wäre und die Gegenwart die Vergangenheit ersetzte, damit alle Wunden heilen könnten. Ella blinzelte und versuchte, in den Moment zurückzufinden.

»Schaut mal, Matchboxautos«, rief Sascha, als sie eine Straße überquerten, auf der die Autos unter ihnen klein wie Spielzeuge aussahen.

Leonie gab Ella einen Kuss. »Danke, Schwesterherz. Die Überraschung ist dir gelungen.«

»Danke«, hörte Ella auch Michael hinter sich sagen. »Ich finde keine passenden Worte für dieses besondere Erlebnis. Danke von ganzem Herzen, Ella.«

Timo umschlang Ella mit seinen Armen und deutete zum Himmel, der sich langsam einzufärben begann. Die Dämmerung ließ die Sonne tiefer sinken, bis sie nur noch ein schmaler rot leuchtender Streifen vor dem pastellfarbenen blauen Hintergrund war.

Richard ging reihum und überreichte allen ihre Urkunden. »Wer hätte gedacht, dass ich jemals eine Luftbaronin heiraten würde«, hörte Ella Michael zu Leonie sagen, als er diese an sich zog. Die Liebe, die die beiden verband, imponierte und rührte Ella gleichermaßen – selbst die Jahre der Trennung hatten nichts an ihren Gefühlen füreinander geändert.

»Auf die frischgebackenen Luftbaroninnen und Luftbarone«, rief Richard. »So, jetzt fehlt nur noch das Gruppenfoto. Heiko, wärst du so lieb und würdest diesen besonderen Moment für die Ewigkeit festhalten?«

Heiko nahm Ellas Handy entgegen, das sie ihm hinhielt. »Bitte noch ein bisschen näher zusammenrücken«, dirigierte er die Gruppe.

Michael legte den linken Arm um Leonie und gab ihr einen Kuss auf die Stirn. Sein rechter Arm ruhte auf Freds Schulter. Sascha griff nach Silvys Hut und setzte ihn sich mit einem frechen Grinsen auf. Timo stand hinter Ella und verschränkte seine Hände vor ihrer Taille. Ein Blitz nach dem nächsten erhellte die Dämmerung, die sich über die Wiese gelegt hatte. Nachdem er genügend Schnappschüsse gemacht hatte, reichte Heiko Ella ihr Handy. Dann stiegen sie in Heikos Transporter, der sie zurück zu ihrem Startplatz brachte.

»Alle mal herhören. Der Abend ist noch nicht vorbei. Bitte folgt mir mit euren Wagen zum nächsten Treffpunkt«, rief Ella in die Runde, als sie bei der Wiese angekommen waren.

Timo wollte etwas sagen, als er in Ellas Mini stieg und nach dem Gurt langte, um sich anzuschnallen, doch Ella kam ihm zuvor und hob abwehrend die Hand.

»Nein. Tut mir leid, über meine Lippen kommt kein Wort. Sonst bringe ich mich noch um dein überraschtes Gesicht.«

»Man wird ja wohl noch interessiert schauen dürfen«, gab Timo grinsend nach.

Ella startete den Wagen und folgte der Landstraße in Richtung Süden. Wenige Minuten später bog sie in einen Waldweg ein.

»Du meine Güte, jetzt geht die Fantasie mit mir durch«, sagte Timo. »Wartet eine Schnitzeljagd im Dunkeln auf uns?«

»Wirst ja sehen«, entgegnete Ella.

Ehe Timo weitere Fragen stellen konnte, bremste sie und parkte neben einem Holzstapel, dessen oberste Lage mit einer Folie abgedeckt war. Timo lehnte sich zurück, als Ella sich an ihm vorbeihangelte und eine Taschenlampe aus dem Handschuhfach zog. »Also dann, raus mit uns.«

Leonie, Fred und Sascha hatten ihre Autos bereits neben ihrem zum Stehen gebracht. Nun öffneten sie mit fragenden Gesichtern die Türen und stiegen ebenfalls aus. Ihre Neugierde wurde noch verstärkt, als sie die Taschenlampen entgegennahmen, die Silvy an sie verteilte.

»Alle Ella nach. Sie führt die Karawane an.« Silvy knipste das Licht ihrer Taschenlampe an und stapfte hinter Ella her. Das Unterholz knackte unter ihren Schuhen, als die kleine Gruppe sich in Bewegung setzte.

»Ich komme mir vor wie bei den Pfadfindern«, sagte Michael zu Leonie, die sich bei ihm eingehakt hatte.

»Geht mir nicht anders«, sagte Fred. »Ella liebt Überraschungen, das muss ich ihr lassen. Ich hab keinen Schimmer, was sie vorhat.«

Der Weg beschrieb einen Bogen. Bald wurde aus dem Forstweg ein Trampelpfad.

»Tja, hier sagen sich Fuchs und Hase gute Nacht. So viel steht fest.« Silvy war, wie die anderen auch, nicht eingeweiht in das, was sie erwartete. Plötzlich sah sie in einiger Entfernung einen Lichtschein. »Ist das Feuer?«, rief sie. Timo war stehen geblieben und griff nach Ellas Hand.

»Es riecht nach Fisch.« Sascha schnupperte. »Apropos Fisch. Ich hab einen Bärenhunger. Egal, was es gibt, ich ess es auf«, versprach er.

Ella ging weiter, Schritt für Schritt näherten sie sich dem Ziel. Nur noch wenige Meter, dann wären sie da. Als sie die Lichtung erreichten, blieben alle verdattert stehen. Ella versuchte, die Szenerie durch die Augen der anderen zu sehen: das knisternde Lagerfeuer und die Zelte, die im Halbkreis darum aufgebaut waren, das Stockbrot und die Vorräte, die auf sie warteten – es wäre ein Abend wie zu der Zeit, als Leonie und Michael sich ineinander verliebt hatten.

Als sie näher kamen, erkannte Michael den Mann im Halbdunkel. »Claus?« Er lief auf Ellas und Leonies Vater zu, um ihn zu begrüßen. »Mensch, Claus! Was machst du denn hier? Hast du die Zelte aufgebaut?«

Claus nickte. »Und keine Angst, ich habe nicht mit Heringen gespart. Die Zelte halten«, erklärte er, als Michael ihn losließ.

»Und der Bach für die Morgentoilette ist nicht weit weg, hoffe ich«, warf Sascha ein.

Claus hob den Siegerdaumen. »Keine Sorge. Ella hat an alles gedacht.«

Ella begrüßte ihren Vater überschwänglich. »Papa, du hast ganze Arbeit geleistet. Ich danke dir!«

»Falls du die Graham Cracker, die Schokolade und die Marshmallows meinst, die ich im letzten Moment besorgt habe, für den Fall, dass ihr zu später Stunde Lust auf S'mores bekommt, stimme ich dir zu. Gummibärchen sind natürlich auch im Angebot. Es soll euch schließlich an nichts fehlen.«

Ella sah zu Michael und lächelte in sich hinein. Sie liebte es zu beobachten, was in Menschen vorging. Michael schritt konzentriert wie ein Inspektor um das Feuer herum und inspizierte den Tisch, auf dem Claus das Essen und die Getränke aufgebaut hatte. Leonie stand am Rand der Lichtung und schien die Überraschung noch zu verarbeiten. Ihre Hand lag an der Stelle, wo Hals und Schlüsselbein einander trafen. Dieser Tag wäre eine Erinnerung für lange Zeit, eine Einzahlung auf ihr Glückskonto. Und war das Glück nicht wie ein Muskel, der wuchs, wenn man ihn trainierte?

Offensichtlich hatte Leonie Mühe, die Tränen zurückzuhalten, als sie zu Ella kam und den Arm um sie legte.

»Du bist die verrückteste, liebevollste, großartigste Zwillingsschwester der Welt!« Dann wandte sie sich an die Gruppe. »Darf ich kurz um eure Aufmerksamkeit bitten?« Alle Augen waren auf sie gerichtet. Leonies Blick wanderte zu Michael, der ihr zunickte. »Ella, Silvy … ihr zwei macht mein Leben bunt. Ich kann mir keinen Tag ohne euch vorstellen. Schon gar nicht besondere Tage wie diesen. Und weil Ella sowieso an meiner Hochzeit teilnimmt, frage ich dich heute ganz offiziell. Silvy, würdest du mir die Freude machen und meine Trauzeugin sein?«

»Ich dachte schon, du fragst nie«, erwiderte Silvy lachend und fiel ihr um den Hals. »Sehr gern, ja.«

Auch Ella drückte Leonie einen Kuss auf die Wange und schloss Silvy in die Umarmung mit ein.

»Wenn das so ist«, meldete sich Michael zu Wort, »Fred, bevor ich hier jetzt eine lange Rede schwinge, fasse ich mich kurz. Nimmst du den Job als mein Trauzeuge an?«

Fred versuchte, ernst zu schauen, doch dann überzog ein Grinsen sein Gesicht. »Wer könnte diesen tiefgrünen Augen widerstehen?«, sagte er, als er Michael auf die Schulter klopfte. »Natürlich nehme ich dieses ehrenvolle Amt mit Freuden an!«

Ella ignorierte den Schluchzer, der aus ihr herausdrängte, aber als sie Leonie neben Michael sah, der sie fest umschlungen hielt, kamen ihr doch die Tränen. Noch vor ein paar Monaten hätte sie einen Moment wie diesen nicht für möglich gehalten. Gerade deshalb bedeutete ihr dieser Abend mehr, als sie in Worte fassen konnte.

Timo küsste ihre Schläfe. »Freudentränen sind mir die liebsten«, sagte er und küsste sie noch einmal.

Ellas Mundwinkel kräuselten sich zu einem Lächeln, dem ein Hicksen folgte. »Mir auch. Aber jetzt vermasselt mir der Schluckauf alles. Außerdem will ich was essen. Damit ich mich hinterher auf die Gummibärchen stürzen kann.«

»Es gibt auch noch Chips und Erdnussflips. Dein Vater hat nichts ausgelassen.«

Nach dem Fisch und den gegrillten Würstchen, dem Erzählen über Gott und die Welt und mehreren Partien Uno, die sie im Licht ihrer Taschenlampen bestritten, und einem letzten Absacker, den Sascha vorgeschlagen hatte, schlüpften sie in ihre Zelte.

Die Zerrissenheit, die Ella so lange wegen ihrer Schwester und Michael verspürt hatte, war verschwunden.

»Alles wie weggeblasen«, murmelte sie.

»Was ist wie weggeblasen?« Timo sah Ella fragend an.

»Alles, was sich wegen Leonie und Micha nicht gut angefühlt hatte, wegen damals … Du weißt schon.«

»Der Spruch *Die Zeit heilt alle Wunden* scheint sich mal wieder zu bewahrheiten. Ich habe nie daran gezweifelt, dass es so ausgehen wird. Schließlich weiß ich, dass ihr beide das Herz am rechten Fleck habt.«

»Wer hat dir das verraten?«

»Niemand. Ich kenne dich einfach in- und auswendig.« Timo hob die Hand. »Und sag jetzt nicht, wir kennen uns noch nicht lange genug, um das zu können. Ich hab dich gleich beim ersten Treffen durchschaut. Wie du bist und tickst. Absolut richtig für mich.«

Ella hielt Timos Blick und lauschte seiner einnehmenden Stimme. Diesem Ton, der alles in ihr zum Klingen brachte und ihr die Knie weich werden ließ, als wäre sie noch ein Teenager. Kai behauptete, Timo begegne Aufgaben mit großer Ernsthaftigkeit, aber auf Ella wirkte alles, was Timo anging, leicht und locker, als nähme er dem Leben das Schwere nicht ab, weil es immer einen Weg hindurch gab. Sie lächelte. Sich entspannt und überschwänglich zugleich zu fühlen – zwei Empfindungen, die sich zu widersprechen schienen und doch gleichzeitig in ihr existierten – war herrlich.

»Verdammt eng hier drin. Aber nichts gegen diesen tollen Doppelschlafsack. Echt nicht übel«, hörte sie Sascha aus dem Zelt nebenan.

»Haben alle einen Herzluftballon in ihrem Nachtlager? Oder ist dieses Privileg uns vorbehalten?«, rief Michael.

Ella lachte auf. »Herzballons sind für frisch Verlobte reserviert. Dürfte ja wohl klar sein!«

»Wenn der Ballon euch stört, lasst ihn doch mit einem Wunsch frei«, mischte Silvy sich ein.

»Gute Idee. Allerdings bräuchten wir jemanden, der uns anfeuert«, antwortete Michael.

»Also echt, Micha. Jetzt muss ich mich wieder in meine Hose quetschen. Die hatte ich gerade erst ausgezogen, weil ich schlafen gehen wollte.« Das war Sascha.

»Also noch mal raus mit uns.« Timos Kopf lugte als Erster aus dem Zelt. Er hatte sich noch schnell seine Jacke geschnappt und zog sie nun über.

Einer nach dem anderen krabbelten sie noch einmal ins Freie und positionierten sich mit ihren Taschenlampen neben Michael und Leonie. Silvy rieb ihre kalten Hände aneinander. Sascha nahm sie und hauchte seinen Atem hinein, was ihm einen dankbaren Blick seiner Frau eintrug.

»Also dann …« Leonie sah Michael vielsagend an. Dieser nickte.

Silvy fing Leonies Blick ein und hob zu einem letzten Wunsch an. »Auf dass eure Wünsche als Paar alle in Erfüllung gehen … und auf die nächste Ballonfahrt«, sagte sie in die Dunkelheit.

Ella ließ nicht lange auf sich warten. »Glück lässt sich dem Schicksal nicht entreißen … Man geht mit weit offenen Armen und Augen darauf zu, so, wie ihr es tut.«

Sascha applaudierte. »Wunderbar ausgedrückt, Ella.« Noch einmal wetteiferten sie um die persönlichsten Wünsche für das glückliche Paar.

Schließlich hörte Ella Leonies Kichern. »Genug. Hört auf. Bei so vielen Wünschen verliere ich den Überblick. So viel Glück kann niemand stemmen.« Sie lachte ausgelassen.

»Alle mal hersehen. Ich schreite jetzt zur Tat«, kündigte Michael an. Er kniff die Augen zusammen, dann öffnete er die Hand und ließ die Schnur mit dem Ballon los. Eine kleine Geste, und schon schwebte das Herz gen Himmel.

Ella griff nach Leonies Hand und spürte dem Glücksgefühl nach, das sich in ihrem ganzen Körper ausbreitete. Es war dunkel, doch das Rot des Ballons war trotzdem zu erkennen. Momente wie diese machten das Leben aus, wurden zu Erinnerungen, die man nie vergaß.

24.

Tegernsee, Oktober

Ella wälzte sich im Bett hin und her. Im Halbschlaf tastete sie nach dem Kissen neben sich, und als sie ein Geräusch wahrnahm, schlug sie die Augen auf, versuchte sich in der Dunkelheit zu orientieren, und begriff, dass Timo nicht da war. Sie hatten sich am Vortag nach drei gemeinsamen Tagen schweren Herzens voneinander verabschiedet. Wie immer war die Zeit viel zu kurz gewesen, doch vielleicht genossen sie deshalb auch die unscheinbareren Momente, die sie miteinander teilten, so sehr.

Ella drückte ihre Nase in das Kissen, an dem noch Timos Duft hing, dann schlug sie die Bettdecke zur Seite, rieb sich die Augen und ging in die Küche. Als sie die Kaffeemaschine einschaltete, verteilte sich der Duft von frisch gebrühtem Kaffee im Raum. Ella beobachtete, wie die braune Flüssigkeit in die Tasse floss, während sie die Milch im Milchschäumer warm werden ließ. Mit der Tasse, ihrem Block und dem Füllfederhalter bewaffnet ging sie ins Wohnzimmer und setzte sich mit überkreuzten Beinen aufs Sofa. Ihre Augen suchten das Familienfoto, das an der Wand hing. Einen Moment lang betrachtete sie lächelnd das Gesicht ihrer Mutter. Dann begann sie zu schreiben.

Allerliebste Mamili,

erinnerst Du Dich an diesen Kosenamen, den wir Dir gegeben haben, als wir Windpocken hatten? Es war ein paar Wochen vor unserem neunten Geburtstag, als Leonie morgens mit hohem Fieber aufwachte. Kurz darauf kletterte auch bei mir das Thermome-

ter auf über vierzig Grad. Als Du die Diagnose hörtest, hast Du sofort in der Firma angerufen und alle Termine verschoben, damit Du Dich um uns kümmern konntest.

Der Ausschlag und das Jucken haben uns ganz zappelig gemacht, hinzu kam diese gähnende Langeweile, deshalb haben wir Deine Geduld aufs Äußerste strapaziert. Aber Du warst unendlich geduldig und hast uns, um uns abzulenken, Anekdoten aus Deiner Kindheit erzählt. Du wolltest uns glauben machen, die haarsträubendsten Abenteuer erlebt zu haben, aber wir wussten natürlich, dass Du Dir das nur für uns ausgedacht hattest. Und weil uns Deine erfundenen Geschichten und Dein liebevolles Verständnis so gutgetan haben, haben wir Dich kurzerhand »allerliebste Mamili« getauft.

Als wir Dich kichernd so nannten, hast Du mit diesem warmen Lächeln, das ich so an Dir mag, behauptet, diesen Kosenamen wärst Du rasch wieder los. Wenn es uns erst besser ginge und wir den nächsten Unfug ausheckten und Du uns die Leviten lesen müsstest, wäre der Kosename futsch, dann wärst Du wieder – ganz gewöhnlich – unsere Mama.

Eines Mittags, Du warst in der Küche, um uns Hühnersuppe zu kochen, habe ich das Buch, das Du damals vorm Schlafengehen gelesen hast, auf Deinem Nachttisch gefunden. Es war Anna Karenina, *und ich weiß noch, wie schön ich den Namen fand … Anna Karenina … Es klang so elegant, wie nicht von dieser Welt. Ich habe das Buch aufgeschlagen, bin mit der Hand über die Seite gefahren und habe mir, stolz wie Bolle, den ersten Satz vorgelesen. Du musst meine Stimme gehört haben, denn plötzlich standest Du in der Tür zum Schlafzimmer, wo ich vor dem Tischchen hockte, und als ich Dich entdeckte, fragte ich Dich aufgeregt: »Stimmt es, Mamili? Sind alle glücklichen Familien gleich, aber jede unglückliche Familie auf ihre eigene Weise unglücklich?«*

Ich begriff nicht einmal ansatzweise, was es mit diesem Satz auf sich hatte, wie tief er ging. Ich wollte nur die Traurigkeit loswerden, die mich beim Lesen ergriffen hatte. Familie ist das Fundament, auf dem alles andere aufbaut, das sagst Du uns noch heute. Ohne Familie, wer sind wir da?

Du hast mich zurück in mein Zimmer geführt, mich auf den Schoß genommen und gesagt: »Wenn bei einer Sandburg das Tor fehlt, ist die Burg nicht fertig, dann wird es schwierig, darin zu leben.« Du hast noch ein paar Beispiele mehr gebracht, und schließlich verstand ich es: Erfolg hat viele Faktoren, Misserfolg oft nur einen. Ich habe genickt, aufgeregt, weil Du mit mir über so komplizierte Dinge geredet hast. Unsere Familie war glücklich, und niemals könne es anders sein, dachte das kleine Mädchen, das ich damals war. Dass wir glücklich waren, war alles, was ich kannte, und alles, was für mich zählte.

Doch nun, allerliebste Mamili, stehen wir an jenem Punkt, den Leo Tolstoi in Anna Karenina *zur Sprache bringt. Plötzlich betrifft der erste Satz uns als Familie. Reicht tatsächlich ein Punkt, um eine Familie zu einer unglücklichen zu machen und Nähe in Distanz umzuwandeln?*

Leonie und ich haben uns überlegt, wie die jetzige Situation unsere Rolle in der Familie neu definiert.

Wir können nicht mehr tun, als nachzuempfinden, wie es Dir nach dem Gespräch geht, meint Leonie. Wir stehen in zweiter Reihe, Du stehst an vorderster Front. Unter Umständen können wir gar nicht ermessen, was das alles für Dich bedeutet … Du liebst Großmama, aber der Mangel, den Du schon als Kind verspürt hast, erzeugt vermutlich Bilder in Dir, die schmerzen.

Großpapa ist Dir nach Großmamas Schilderungen vermutlich ein Stück weit fremd geworden.

Doch was, wenn er geschwiegen hat, um Dich zu schützen? Vielleicht wollte er gar nicht in besserem Licht dastehen, sondern nur alles Schwere und Traurige von Dir fernhalten? Vermutlich hat er unter enormen Schuldgefühlen gelitten und sich nicht getraut, seinen schweren Fehler Dir gegenüber anzusprechen …

Und dann ist da Wilma. Du glaubtest, Du seiest ohne Geschwister aufgewachsen. Und nun erfährst Du, dass es jemanden gibt, mit dem Du Dein Leben hättest teilen können. Du hättest mit Wilma lachen, ihr Deine Träume anvertrauen oder eins ihrer Geheimnisse bewahren können. Ihr hättet wichtig füreinander sein können. So wie Leonie und ich es füreinander sind.

Großmama hat ihr Schweigen gebrochen und ist damit das Risiko eingegangen, bei Dir und auch bei uns Unsicherheit, drängende Fragen und sogar Ablehnung loszutreten.

Es heißt, jeder erinnert sich auf seine Weise, und jede Erinnerung erhält ihre Färbung durch das Wesen und den Charakter des Menschen, der sich erinnert.

Welche Gefühle und Sorgen auch immer in Dir vorherrschen mögen, Du hast ein Recht darauf, sie zu empfinden. So schwierig es gerade auch ist, wir stehen hinter Dir, allerliebste Mamili.

Aber natürlich hoffen wir, dass wir einen Weg finden, mit der schmerzhaften Vergangenheit umzugehen, sodass wir bald wieder zu den glücklichen Familien gehören …

Ella hielt im Schreiben inne. Eine Idee ließ sie aufspringen, Bleistift und Zeichenpapier holen und mit wenigen Strichen die Umrisse ihrer Mutter und ihrer Großmutter skizzieren.

Auf der Zeichnung saßen die beiden sich in angemessenem Abstand gegenüber, doch es fehlte eine Verbindung, etwas, das verdeutlichte, dass die Frauen einander zugewandt waren. Nervös kaute Ella auf dem Ende des Bleistifts herum, schließlich setzte sie bei Annalena an und führte den Stift in einem weiten Bogen rund ums Papier, bis sie wieder bei Hedi ankam. Ella sah auf die Kugel, die durch den Strich entstanden war und an deren oberem Ende die beiden Frauen saßen. Sie glaubten, voneinander getrennt zu sein, doch in Wahrheit befanden sie sich auf derselben Kugel … näher beieinander, als sie wussten.

Siehst du, Mamili, Großmama und Du – Ihr seid gar nicht so weit voneinander entfernt, wie Ihr im Moment vielleicht denkt. Ich hoffe, diese kleine Zeichnung gibt Dir Hoffnung, trotzdem sollst Du wissen, dass wir Dich verstehen und für Dich da sind, welchen Weg auch immer Du einschlagen wirst …

Das sind meine Gedanken, die ich unbedingt mit Dir teilen musste.

Und jetzt drück ich Dich … und lege den Brief gleich vor Deine Tür. Wenn Du mit mir darüber reden möchtest, klopf an.

Ist es nicht schön, dass mir Dein Kosename, den Du nur so kurz getragen hast, wieder eingefallen ist? Du hattest recht. Es hat nicht lange gedauert, bis Leonie, Alex und ich wieder etwas ausheckten. Viel zu schnell schallte wieder unser lautes »Mama« durchs Haus. Und doch habe ich in meinem Herzen das Gefühl bewahrt, das beim Aussprechen von allerliebste Mamili in mir hochkommt. Es ist ein Gefühl der Nähe, die so tief geht, dass sie keiner Worte bedarf …

Deine Ella

Ella ließ die Tür angelehnt. Auf halbem Weg ins Erdgeschoss hörte sie Musik aus der Wohnung ihrer Mutter. Es waren die Anfangsklänge der 9. Sinfonie von Antonín Dvořák *Aus der Neuen Welt*. Sie war kein Fan klassischer Musik, aber dieses Stück liebte sie, seit sie es als Kind immer wieder gehört und dazu das Haar ihrer Puppen gebürstet hatte. Kurz verlor sie sich in der Musik, die, wie sie wusste, vom mehrjährigen Aufenthalt des Komponisten in Amerika inspiriert war. Dann nahm sie die letzten Stufen und durchquerte die Eingangshalle. Aus der Wohnung ihrer Mutter erklang eine männliche Stimme.

Rasch schob Ella das Kuvert unter der Tür hindurch. Indiskretion kommt nicht infrage, ermahnte sie sich. Sie würde nicht stehen bleiben, um zu lauschen. Sie hatte getan, was sie tun konnte. Der Brief lag nun in Annalenas Flur. Wenn sie jetzt noch gewusst hätte, wer der Mann bei ihrer Mutter war, wäre sie vollends zufrieden gewesen …

25.

Kopenhagen, Dänemark, Oktober

Timo schlängelte sich durch die Menschentraube, die sich vor einem der Holzregale gebildet hatte. Sein Blick fiel auf Kais markanten Schopf, und wenige Sekunden später hörte er dessen volltönende Stimme.

»Die Auswahl hier ist genial. Allerdings ist es nicht leicht, sich zwischen diesen köstlichen Tropfen zu entscheiden.« Sichtlich zufrieden streckte Kai die Hand nach einer weiteren Flasche Weißwein aus, drehte sie, las das Etikett und nickte.

»Und? Hast du schon ein paar Favoriten im Auge, die wir unseren Gästen servieren können?«, fragte Timo, als Kai die Flasche zurückstellte und von ihm abrückte, um den Weg nicht zu versperren.

»Mir gefallen fünf Weine. Wie sieht es bei dir aus? Brauchst du noch Zeit?«

»Nein. Ich bin fertig«, antwortete Timo und zeigte zur Kasse. »Wir können zahlen.«

Nachdem sie den Weingroßhandel verlassen hatten, suchten sie sich ihren Weg zur Parkgarage, vorbei an Menschen mit Einkaufstüten, Paaren, die Händchen hielten, und Frauen mit quengelnden Kindern an der Hand oder mit Telefonstöpseln im Ohr.

»Wie war es eigentlich am Tegernsee? Und vor allem, wie war die Ballonfahrt?«

»Leonie und Michael waren geplättet, der Rest von uns ebenfalls, ich inklusive. Es war ein einmaliges Erlebnis.«

»Kann ich mir vorstellen. Die Welt aus einem Heißluftballon

von oben zu betrachten muss unglaublich sein. Sven und Freja sind übrigens für ein paar Tage bei ihren Müttern angedockt.« Kai wich einer jungen Frau aus und lächelte sie dabei an. »Sven kuriert dort hoffentlich seinen Liebeskummer aus. In den letzten Tagen ging sein Telefon gefühlt ununterbrochen. Rangegangen ist er allerdings nie. Am liebsten hätte ich sein Handy im Garten vergraben, damit endlich Ruhe herrscht.«

»Von wem er diese Sturheit wohl hat?« Timo warf Kai einen vielsagenden Blick zu.

Kai hob die Hand, die er frei hatte, in der anderen trug er einen Weinkarton. »Schuldig! Allerdings muss ich hinzufügen, dass ich in den letzten Jahren hart an meiner Sturheit gearbeitet habe. Es gibt also noch Hoffnung«, erwiderte er mit einem Augenzwinkern.

»Meinst du, ich soll noch mal mit ihm sprechen? Vielleicht kann ich ihm ja den einen oder anderen Rat geben.«

»Ratschläge von Erwachsenen sind in Svens Alter höchstens in homöopathischen Dosen erwünscht. Das hat er mir gestern beim Frühstück erklärt. Es wäre also ein schmaler Grat, auf dem du wandelst. Wobei ich das Gefühl habe, dass Sven bei dir eine Ausnahme macht. Du bist in den letzten Monaten wie ein bester Freund für ihn geworden.« Kai klopfte Timo auf die Schulter. »Falls ich es in den letzten Wochen nicht genug zum Ausdruck gebracht habe: Wir sind verdammt froh, dass du ein so großer Teil unseres chaotischen Lebens geworden bist.«

Diese Worte bedeuteten Timo mehr, als er sich anmerken ließ. Weil er sich in seiner Jugend viel zu oft nach seinem Bruder gesehnt hatte, war es umso schöner, nun einen Teil der verpassten Zeit nachzuholen.

»Um noch mal auf das Thema zurückzukommen«, fuhr Kai fort. »Liebeskummer ist übel. Das hört nie auf. Egal wie alt man ist.«

»Das aus deinem Munde?«, wunderte sich Timo. »Das sind ja ganz neue Einsichten.«

Im Parkhaus öffnete Kai den Kofferraum und verstaute den Weinkarton, den sie mitgenommen hatten – der Rest würde geliefert. Sie stiegen ein, und Kai startete den Motor. Im Radio lief eine Diskussion, bei der die Leute durcheinanderredeten. Kai drückte den Aus-Knopf und lenkte den Wagen ins Freie.

Timo sah aus dem Fenster, auf die Straße und die Menschen ringsum, dann schaute er zu Kai. Sein Bruder saß mit hochgezogenen Schultern hinterm Lenkrad.

»Sag mal, ist alles in Ordnung? Du wirkst irgendwie unausgeglichener als sonst.«

Kai entfuhr ein Geräusch, das sich nicht zwischen Seufzer und Fluch entscheiden konnte.

»Eher nicht«, sagte er endlich. Er zögerte, dann sprach er weiter. »Mit Ille und mir ist es aus.«

Timo war von dieser Nachricht überrumpelt. »Nach so kurzer Zeit? Machst du Witze?« Vor Kurzem noch hatte er Kai und Ille einträchtig im *Rækkehus* miteinander erlebt. »Es hat doch alles auf eine Fortsetzung eurer noch frischen Beziehung hingedeutet.«

»Das dachte ich auch. Ille sagte, sie hätte jeden Moment mit mir genossen, aber kein Interesse an was Festem.«

Der Hinweis auf etwas Festes kam Timo in Zusammenhang mit Kai geradezu absurd vor. »Das wolltest du doch gar nicht. Oder irre ich mich ausnahmsweise?«

Kai schüttelte den Kopf. Als ein Wagen ihn überholte, drückte er auf die Hupe. »Hey, Blödmann! Was soll das?« Er schlug mit der Hand aufs Lenkrad. »Der Typ kennt wohl die Verkehrsregeln nicht«, schimpfte er.

Der andere Fahrer zeigte ihm den erhobenen Mittelfinger, woraufhin Kai drohend die Faust hob.

Den Kai, den Timo gerade vor sich sah, kannte er nicht. Er nahm seinen Bruder genauer in Augenschein. Er sah abgezehrt und müde aus. Das war ihm vorhin gar nicht aufgefallen.

Kai beruhigte sich wieder. Minutenlang fuhren sie oder standen vor Ampeln. Als Kai Timo schließlich von der Seite ansah, kam sein Blick wie aus weiter Ferne. »Keine Ahnung, warum mich das mit Ille so mitnimmt.« Er stieß laut die Luft aus. »Es macht mich unruhig. Das ist verrückt, ich weiß, schließlich kannten wir uns kaum.«

Timo legte die Hand auf Kais Oberarm. »Du bist nicht geübt im Verlassenwerden. Gespräche über Liebeskummer beziehen sich gewöhnlich auf die Frauen, denen du das Herz brichst, nie auf dich. Vielleicht ist es das. Neuland für meinen Bruder.«

»Mach dich nur lustig über diese unerwartete Premiere.« Kai presste die Worte zwischen zusammengebissenen Zähnen hervor.

Er klang ungewohnt bitter, und Timo runzelte die Stirn. »Ich mache mich nicht lustig über dich. Aber dass Ille Schluss gemacht hat, will mir nur schwer in den Kopf. Auf mich hat es gewirkt, als wäre sie total in dich verliebt.«

»Tja, so kann man sich täuschen.«

»Warst du in sie verliebt? Fällt dir das Ende deshalb so schwer?«

Kai krampfte die Hände um das Lenkrad. »Verliebt?« Er senkte die Stimme. »Ich mag Ille. Sie hat etwas an sich, keine Ahnung, was es ist. Aber Liebe …? Nein. Dazu kannten wir uns zu kurz.«

Timo erwiderte nichts darauf. Bei diesem Thema trennten Kai und ihn Welten. Für Timo machte Liebe das Unmögliche möglich. Man konnte sich auf den berühmten ersten Blick in jemanden verlieben. Manche verliebten sich in das, was sie von einem Menschen gehört hatten, oder sie waren von der Ausstrahlung eines Menschen fasziniert, die sie wie ein Messgerät aufgefangen hatten. Manchmal bedurfte Liebe keiner Worte. Und vor allem: Sie kannte weder Maß noch Zeit.

Für Kai dagegen schien Liebe etwas zu sein, das er sich nicht zutraute, von dem er jedoch insgeheim träumte. Timo knöpfte sich die Jacke auf, plötzlich war ihm warm. Kais Traurigkeit traf ihn. Immer wenn er seinen Bruder an einem emotionalen Scheideweg wähnte, wollte er ihm helfen, aber vermutlich war das unerwünscht.

»Ich kenne mich momentan selbst nicht und weiß nicht, warum«, meinte Kai und sah zu der Ampel hinauf, als läge zwischen den kreisrunden Lichtern die Lösung. »Vielleicht bin ich überarbeitet. Oder an einem Punkt in meinem Leben angelangt, an dem ich keine Antwort auf die Frage finde, wie alles weitergehen soll.«

Kais sonst so gelassene Stimme, die oft ins Unverbindliche abdriftete, klang bedrückt. Timo sah wieder den roten Ballon vor sich, der, als Michael ihn losgelassen hatte, haltlos in der schwarzblauen Nacht davongeschwebt war. Ebenso haltlos kam Kai ihm nun vor. Aber niemand kannte ein allgemeingültiges Rezept für das Glück, auch Timo nicht. Von außen betrachtet spielte Kai schon sein Leben lang virtuos auf der Klaviatur der Gefühle, doch ganz so einfach schien auch er die Abweisung einer Frau und das Gefühl innerer Leere nicht wegstecken zu können.

Als sie endlich über die Kreuzung fuhren, lächelte Kai wieder. »Mach dir um mich keine Gedanken. Ich falle immer wieder auf die Füße. Das weißt du doch … Anderes Thema. Ich habe eine Bäckerin ausfindig gemacht, die Kunstwerke mit Blüten auf jegliche Art von Teigware zaubert, zum Beispiel eine Focaccia, die durch die Blumendeko wie ein Blumenfeld aussieht. Sie könnte Cookies zum Mitnehmen für uns backen, die Blüten dazu kämen aus unserem eigenen kleinen Garten.« Kai schaffte den Schwenk zum Beruflichen spielend.

»Das klingt nach etwas Neuem. Super.«

»Außerdem wäre es toll, wenn du die Speisekarte um zwei, drei Vorspeisen, die einfach in der Zubereitung sind und trotzdem raffiniert wirken, erweiterst.« Es sprudelte nur so aus Kai heraus. Wenn er arbeitete oder über die Arbeit sprach, war er in seinem Element.

Die nächsten Minuten tauchten sie in das Universum ihres Projekts ab. Timo sprach von Eiswürfeln mit Kräutern, Beeren und kleinen Fruchtstücken, die er bereits ausprobiert hatte.

»Das sieht in den Gläsern toll aus und gibt einen wunderbaren Geschmack.« Zusätzlich zu den klassischen Getränken würden sie selbst gemachte Limonaden anbieten und in den kalten Zeiten heiße Schokoladen in verschiedenen Variationen. Sie besprachen diverse Gerichte. Timo hatte sich am Tegernsee ein Menü voller Überraschungen einfallen lassen. Ella würde Augen machen, wenn sie auf der Karte *Menü der Herzen … Ella gewidmet* läse. Zum Schluss legten sie den Tag der Eröffnung fest.

Kai sah Timo von der Seite an, dann blickte er wieder konzentriert auf die Straße. »Du siehst übrigens gut aus. Erholt«, sagte er.

Augenblicklich wurde Timos Tonfall weicher. »Die Tage am Tegernsee waren einzigartig. Ich entdecke immer wieder neue Seiten an Ella, die mich faszinieren und inspirieren. Sie ist eine wundervolle Frau. Ich kann mir mein Leben mittlerweile gar nicht mehr ohne sie vorstellen.«

Die Tage nach der Verlobungsfeier hatten Ella und er in wundervoller Selbstzufriedenheit verbracht. Der Welt entrückt hatten sie im schwindenden Licht am See gesessen, hatten die letzten

Boote Richtung Marina vorbeischippern und Blesshühner auf dem tiefgrünen Wasser schaukeln sehen. Es waren beschauliche Momente voller Zärtlichkeit gewesen, als er Ellas Kopf an seiner Brust gespürt und sie später in den Armen gehalten hatte.

Wenn er über die letzten Monate nachdachte, staunte Timo noch immer darüber, dass Ella ihm so bereitwillig die Tür zu ihrem Leben geöffnet hatte. Manchmal stellte er sich vor, wie es wäre, mit ihr in ihrer großzügigen Wohnung zu leben. Die Räume strahlten Bequemlichkeit, Sinnlichkeit und Kreativität aus. Es wäre leicht, sich dort auf Dauer wohlzufühlen.

In einem Raum lag nur eine Yogamatte. »Wenn ich mal dazu käme, morgens Yoga zu machen, anstatt meine Ideen auf Papier festzuhalten, hätte dieses Zimmer vielleicht einen Sinn. Da das in näherer Zukunft vermutlich nicht passiert, trete ich es gern an dich ab. Du hättest einen Raum nur für dich.«

Er hatte nicht gewusst, wie er auf dieses spontane Angebot von Ella reagieren sollte, deshalb hatte er schlicht und ergreifend Danke gesagt.

Jetzt war er sich nicht mehr sicher, ob Ella mitbekommen hatte, wie viel ihm dieses Angebot bedeutete.

»Sehen wir uns später im Restaurant?«, fragte Kai.

Durch seine Gedanken abgelenkt, hatte Timo nicht bemerkt, dass sie schon angekommen waren.

»Yep. Ich erledige nur noch ein paar Anrufe, dann komme ich nach.«

Der permanente Schlafmangel, unter dem Timo litt, seit er wieder in Kopenhagen war, gab ihm auch am nächsten Morgen das Gefühl, viel zu wenig geschlafen zu haben. Die Vorhänge ließen kaum Licht durch. Alles wirkte, als sei es noch mitten in der Nacht. Timos Augen suchten nach seiner Uhr auf dem Nachttisch. Kurz nach acht.

»Verdammt!« Er sprang aus dem Bett, ignorierte die Bettdecke, die zu Boden gefallen war, und eilte ins Bad. Vor dem Spiegel straffte er unwillkürlich die Schultern. In den letzten Tagen war er kaum aus dem Restaurant herausgekommen und hatte nur kurz mit Ella telefoniert. Heute würde er hoffentlich Zeit finden, länger mit ihr zu sprechen. Er vermisste sie.

Mit nassen Haaren stützte er sich wenige Minuten später an der Wand ab und schob einen Fuß in die Jeans. Um elf hatte er ein Gespräch mit ihrem Souschef. In der Küche trank er ein Glas Wasser, für einen Kaffee reichte die Zeit nicht mehr.

Im Treppenhaus traf er Smilla Mortensen. Ausnahmsweise trug sie helles Rot, eine Farbe, die Timo geradezu entgegensprang.

»Kompliment für diesen farbenfrohen Auftritt, Frau Mortensen. Steht Ihnen hervorragend!«

»Wenn ich Sie so schwärmen höre, sollte ich regelmäßig Rot tragen«, erwiderte Smilla lachend. »Aber lassen Sie sich nicht aufhalten. Sie scheinen es eilig zu haben.«

»Die Eröffnung unseres Restaurants naht mit großen Schritten. Ich hoffe, Sie kommen und bringen Astrid mit. Ich werfe Ihnen die Einladung in den Briefkasten.«

Er nahm die letzten Stufen nach unten und lief in den Innenhof, wo sein Fahrrad stand. Dort tigerte Astrid, ihr Handy am Ohr, schimpfend auf und ab.

»Und was erwartet meine Kundinnen? Das Chaos. Regale liefern und sie nicht aufbauen. Was denken Sie sich eigentlich dabei?«

»Probleme?«, fragte Timo, nachdem Astrid aufgelegt hatte. Er hatte das Schloss seines Fahrrads aufgesperrt und wollte das Rad gerade Richtung Straße schieben.

»Das kannst du laut sagen. Ich habe zwei neue Regale gekauft, die jetzt in Kartons mitten im Verkaufsraum stehen. Geliefert wurden sie, vermutlich muss ich dafür dankbar sein. Allerdings nicht aufgebaut.«

Timo sah in Astrids frustriertes Gesicht. Er war spät dran, doch die Einkaufsliste konnte er notfalls nach dem Einstellungsgespräch vervollständigen, auch die Anrufe liefen ihm nicht davon.

»Weißt du was? Ich baue dir die Regale auf. Kann ja wohl nicht so lange dauern.«

Astrid sah ihn überrascht an. »Das würdest du tun? Jetzt gleich?«

»Jetzt oder nie. Nenn es Nachbarschaftshilfe.«

Eineinhalb Stunden später schwang Timo sich endlich auf sein Rad. Er hatte kurz überlegt, sich ein Taxi zu nehmen, um schneller im Restaurant zu sein, aber er sehnte sich nach frischer Luft und der Inspiration der Straße: nach Schultern, die sich auf dem Gehweg aneinanderdrängten, zusammengesteckten Köpfen und überraschenden Bildern. Wenn er mit dem Rad unterwegs war, drangen Geräusche und Gerüche an sein Ohr und seine Nase. Es war wie eine Tür zur Welt, durch deren Spalt die Kreativität drang, die ihn inspirierte und Neues hervorbrachte.

Er fuhr durch das Viertel, lenkte sein Rad um Fußgänger und Autos herum und plante dabei den Tag. Es tat gut, Astrid geholfen zu haben, außerdem war er heilfroh, dass sie bald das Restaurant eröffneten. Auch danach wartete viel Arbeit auf ihn, aber die erste Hürde hätten sie genommen, sicher würde er sich die Termine in Zukunft besser einteilen können, sodass er mehr Zeit für Ella hätte.

Timo schlug eine Fontäne Spritzwasser entgegen, als ein Renault vor ihm durch eine Pfütze fuhr. Er ließ die Lenkstange los und schlug den Kragen seiner Jacke hoch. Am Himmel verdichteten sich schon wieder die Wolken. In der Eile hatte er vergessen, den Wetterbericht zu überprüfen. Bloß nicht wieder Regen, der ihm in den Kragen lief. Kurz darauf erblickte er den Laden, in dem man Fahrradzubehör kaufen konnte – unter anderem einen Regenschutz. Auf ein paar Minuten rauf oder runter kam es jetzt auch nicht mehr an. Er streckte die Hand zum Abbiegen aus und tastete mit dem Ellbogen gleichzeitig seine Jackentasche nach seiner Geldbörse ab.

Das schrille Hupen eines Taxis, gefolgt von einem Kreischen, das er nicht einordnen konnte, fuhr ihm in die Ohren. Seine Hand fand die Bremse, zeitgleich suchte sein Gehirn nach passenden Bildern zu den Geräuschen, sodass er aus dem Tritt geriet. Das Bunt der Stadt kippte zur Seite, wie ein Bild, das umfiel. Gleichzeitig verloren seine Füße den Kontakt zu den Pedalen, hingen im Nirgendwo, dann prallte er gegen etwas Hartes.

Ein Aufschrei, tief aus seiner Kehle, blieb in ihm stecken.

26.

Tegernsee, Oktober

Ella sah andächtig zu, wie Leonie die goldene Schleife von dem Päckchen löste. Die salbeigrün gestrichenen Wände, mit denen sie ihr Wohnzimmer vor einiger Zeit neu gestaltet hatte, strahlten Geborgenheit aus. Vorher waren die Zimmer allesamt in Creme gestrichen gewesen, doch seit Silvy mit Farbe und auffälligen Tapeten eingegriffen und Leonie zusätzlich einige Zimmerpflanzen aufgestellt hatte, vermittelte ihr Zuhause ein ganz neues Gefühl.

Leonie strich mit dem Daumen über das weißgelackte Papier und steckte den Finger in die Stelle, wo das Geschenkpapier sich überlappte. Das Papier fiel auseinander, und darunter kam der bekannte Schriftzug auf dem Deckel einer in roten Samt eingefassten Geschenkbox zum Vorschein. Leonie stieß einen entzückten Schrei aus.

»Nein! Ich glaub's nicht. Mein Lieblingsparfüm.« Sekundenlang starrte sie auf die aufgeklappte Box, wo in einem Polster aus Samt ein exklusiver Parfümflakon gebettet lag. Vor Aufregung leckte sie sich mit der Zunge über die Lippe und betrachtete den Flakon mit dem aus Milchglas gearbeiteten Stöpsel in Form eines Vogelflügels.

»Das darf doch nicht wahr sein …« Leonies Gesicht verzog sich zu einem strahlenden Lächeln, als sie Ella um den Hals flog. Sie wollte sie gar nicht mehr loslassen, schließlich küsste sie Ella auf beide Wangen und löste ihre Arme von ihr, zog den Stöpsel von der Flasche und rollte entzückt mit den Augen.

»Oh, mein Gott … Wie sehr habe ich diesen Duft vermisst! Die besonderen Momente mit Micha sind wieder da, wenn ich diesen Geruch in mich aufnehme.« Erneut hielt sie ihre Nase über die Öffnung des Flakons und atmete tief ein. »Wo hast du das her? Das gibt's doch schon ewig nicht mehr zu kaufen!«

»Nicht in Parfümerien«, antwortete Ella und spürte dem Gefühl innerer Zufriedenheit nach, das sich angesichts der überraschten Freude ihrer Schwester in ihr ausbreitete. »Deshalb habe ich mich direkt an den Hersteller gewandt und erzählt, dass dieser Duft damals deine Liebe zu einem ganz besonderen jungen Mann begleitet hat. Der Frau, mit der ich gesprochen habe, sind am Telefon die Tränen gekommen, weil es nach Jahren der Funkstille zwischen Micha und dir zu einem glücklichen Ausgang eurer Geschichte gekommen ist. Sie wusste sofort, was es für dich bedeuten würde, dieses Parfüm am Tag deiner Hochzeit zu tragen. Das Ende kannst du dir vermutlich denken. Die Rezeptur existiert, und man war so freundlich, mir einen Flakon zu schicken. Ich war so glücklich, dass es geklappt hat, denn schon die ganze Zeit stelle ich mir vor, wie du es an dem Tag, an dem du Ja zu Micha sagst, aufträgst und sich damit der Kreis zwischen damals und heute schließt.« Ella sah bereits vor sich, wie Leonie sich am Morgen ihrer Hochzeit einige kostbare Tropfen des Parfüms hinter die Ohren und auf die Handgelenke gab. »Möchtest du es vielleicht gleich heute auftragen?«, schlug sie nach einer kleinen Pause vor. »Als Einstimmung für die Brautkleidsuche?«

Leonie überlegte, aber dann schüttelte sie lächelnd den Kopf. »Nein. Ich warte bis zur Hochzeit. Bis dahin schnuppere ich ab und zu an dem Flakon.« Sie hielt sich ihn erneut unter die Nase, dann verschloss sie ihn mit dem Stöpsel und legte den Flakon wieder in die Schachtel.

Leonie umarmte Ella noch einmal, dann gingen sie in den

Flur und griffen nach ihren Handtaschen. Mit ihren Mänteln überm Arm nahmen sie die Treppe nach unten und traten vors Haus.

Draußen warteten bereits Annalena und Hedi auf sie. Ella und Leonie begrüßten sie und gingen zu Ellas Wagen, der auf einem der Besucherparkplätze stand. Schwungvoll öffnete Ella die eine, dann die andere Autotür.

»Bitte einsteigen. Wir haben keine Zeit zu verlieren, schließlich haben wir heute viel vor!« Ella nickte ihrer Mutter zu. »Mama, du sitzt mit Leonie hinten. Großmama sitzt vorn neben mir.« Ella half ihrer Großmutter ins Auto.

Als Ella nach dem Frühstück ans Fenster getreten war, hatte ein pfirsichfarbenes Licht über der Landschaft gelegen. Das Pastell am Himmel war ihr wie ein gutes Zeichen für den Tag vorgekommen – hell und freundlich. Während sie unter der Dusche ihre Haare eingeschäumt hatte, hatte sie noch einmal an das Gespräch mit ihrer Mutter zurückgedacht, das sie miteinander geführt hatten, nachdem Annalena den Brief, den Ella unter ihrer Tür durchgeschoben hatte, gelesen hatte.

Sie war gerade damit beschäftigt gewesen, sich ein Brot zu schmieren, als es klingelte. Annalena hatte mit dem Brief in der Hand vor ihrer Tür gestanden. Ihr war anzusehen gewesen, wie sehr Ellas Zeilen sie aufgewühlt hatten.

»Allerliebste Mamili«, hatte sie gemurmelt, als sie in den Flur getreten war. »Wie lange das her ist … Und wie sehr mich dieser Kosename damals gerührt hat … Das tut er noch immer.«

Ella hatte ihre Mutter ins Wohnzimmer geführt. Dort hatten sie sich nebeneinander aufs Sofa gesetzt.

»Ich weiß, mir steht weiß Gott kein Urteil zu. Allein du entscheidest, ob, wann und unter welchen Umständen du Großmama verzeihst. Ich kann deinen Schmerz nur zu ermessen versuchen und dir sagen, dass ich für dich da bin … dass ich dich verstehe und akzeptiere, was du für dich entscheidest«, hatte Ella schließlich mit ruhiger Stimme gesagt.

Annalena hatte genickt, jedoch nichts darauf erwidert. Danach hatten sie lange gemeinsam geschwiegen und waren einfach nur dagesessen. Es war ein heilsames Schweigen gewesen. Weitere Worte waren nicht nötig, das hatten sie beide deutlich gespürt.

»Ich weiß, du wirst mich nicht bitten, den Disput mit deiner Großmutter Leonies wegen vorläufig auf Eis zu legen«, hatte Annalena irgendwann gesagt. »Dafür bist du zu rücksichtsvoll, aber um deiner Schwester willen und vielleicht auch ein bisschen meinetwegen werde ich es tun.«

Ella hatte es zuerst gar nicht glauben können, doch dann war sie so erleichtert gewesen, dass sie ihrer Mutter um den Hals gefallen war. Auch Annalena schien es danach deutlich besser zu gehen. Hinterher hatten sie gemeinsam gegessen, nichts Großes, belegte Brote und Karottenschnitze mit Joghurtdip, die mochte Annalena besonders gern. Es war ein einfaches Essen gewesen, aber dass sie es miteinander einnahmen und, während sie ihre Brote aßen, etwas von der Leichtigkeit von früher spürten, hatte dieses Beisammensein so besonders gemacht.

Ella setzte sich hinters Steuer. Ihre Vorfreude war kaum zu übersehen. Sie folgte mit dem Wagen dem gepflasterten Wendekreis und lenkte den Mini Richtung Seeuferstraße.

»Dass wir gemeinsam nach München fahren, finde ich wunderbar.« Annalena streckte eine Hand nach ihrer Tochter neben sich aus und legte die andere auf Ellas Schulter.

»Geht mir genauso. Ihr werdet sehen, dieser Tag ist speziell – ein Ausnahmetag«, versprach Ella. Auf der Autobahn Richtung München klappte sie die Sonnenblende nach unten. »Ich übertreibe nicht, wenn ich sage, dass ihr staunen werdet, wenn ihr Teresas Boutique seht. Sie ist jedes Jahr mehrere Wochen in

Mailand, Paris und New York unterwegs und wirft einen Blick in die Ateliers junger, talentierter Designer. Und da spürt sie die schönsten Brautkleider auf, die man sich nur vorstellen kann.«

Ella hatte Teresa während ihres Studiums an der University of Arts in London kennengelernt. Teresa hatte als Stylistin für Modemagazine gearbeitet, bevor sie sich entschloss, sich den Traum einer eigenen Brautmoden-Boutique in München zu erfüllen. Inzwischen hatten sich die besondere Auswahl ihrer Kleider und die spezielle Betreuung, die sie bot, herumgesprochen.

Die Fahrt verging im Nu. Die Sätze flogen von hinten nach vorn, von links nach rechts. Sie redeten und planten, und zwischendurch rief Silvy an und bestätigte, dass sie sich in der Boutique treffen würden, die sich in der Nähe der Theatinerstraße befand. Als sie Richtung Zentrum fuhren, sah Ella auf ihr Handgelenk. Sie lagen gut in der Zeit, kämen pünktlich an. Sie fuhren am Literaturhaus vorbei und direkt ins Parkhaus. Dort ließ Ella alle aussteigen.

Als sie die Glastür zu Teresas Boutique öffnete, erklang leise Musik.

Teresa stand hinter dem Empfangstresen und sah ihnen entgegen. »Ella. Es ist so schön, dass ihr hier seid!« Teresa nahm Ella in den Arm und hielt sie fest. Dann drehte sie sich zu Leonie. »Freut mich, dass wir uns endlich kennenlernen, Leonie. Ich hoffe, ich darf Du sagen? Ella hat in all den Jahren viel von dir erzählt. Manchmal kommt es mir vor, als würden wir uns schon kennen.«

»Das kann ich nur zurückgeben. Seit Ella weiß, dass ich verlobt bin, bringt sie dich in jedem dritten Satz unter.«

Nachdem Teresa alle begrüßt hatte, fuhr sie fort: »Ich schlage vor, ihr seht euch zuerst in Ruhe um und gebt mir Bescheid, wenn ich euch behilflich sein kann. Gerade das erste Sichten sollte von niemandem gestört werden.« Sie zeigte auf einen schmalen Gang. »Im vorderen Bereich hängen die Kleider nach Themen sortiert: romantisch, stylish, leger, Hosenanzüge und so weiter. Die Designer stehen auf den Hinweisschildern an den Wänden. Im hinteren Teil findet ihr die Accessoires: Handschuhe, Taschen, Schuhe, Hüte, Schleier et cetera. Und ganz hinten sind die Ankleideräume. Dort seid ihr ungestört und könnt euch nach Lust und Laune austoben.«

Ella ließ den Blick schweifen und saugte jedes Detail in sich auf. »Wow, ich bin sprachlos, Teresa! Ich wusste, dass du ein Gespür für Farben und Formen hast, aber das hier«, sie deutete auf den großzügigen Eingangsbereich, »ist der absolute Wahnsinn.«

Die Räumlichkeiten der Boutique ließen einen in eine andere Welt eintauchen. Der Blickfang des Raums war ein schwarzes rundes Podest in glänzender Optik, in dessen Mitte eine Vase mit einem üppigen Strauß weißer Rosen stand. Die Blumen und die Fotos dahinter, die glückliche Bräute in Schwarz-Weiß zeigten, wirkten so betörend, dass es einem den Atem verschlug. Ellas Blick ging zu den Wänden, die in Altrosa erstrahlten und einen interessanten Kontrast zu den eher kühl wirkenden grau-weißen Marmorfliesen und den goldenen Details der Tür- und Schrankgriffe bildeten.

Ella ging auf einen der Kleiderständer zu. Ihre Hand glitt über die Einzelstücke, farblich sortiert – von strahlend weiß, über elfenbeinfarben bis zu allen Schattierungen von Pastell, die in Reih und Glied an glänzenden Stangen nebeneinander hingen. Ihre Augen begannen zu strahlen, während sie einzelne Kleider herauszog. Sie befühlte zarte Brüsseler Spitze, schwere Seide und Chiffon, nahm ein mit Perlen besticktes Kleid von der Stange, dessen üppiger Tüllrock an eine Märchenhochzeit erinnerte, und betrachtete verzückt die feinen Details, wie die eierschalenfarbenen Nähte, die einem Kleid trotz der Verspieltheit etwas Modernes verliehen. Schließlich hängte sie das Kleid zurück und griff nach einem schulterfreien Traum, danach nach einem Kleid, dessen Rückenausschnitt atemberaubend war. Die floralen Stickereien eines weiteren Kleids, das eine bodenlange Schleppe hatte, erinnerte sie an einen Film, den sie unlängst gesehen hatte.

»Leonie, sieh dir diese Kleider an! Eins ist jetzt schon sicher, an deinem Hochzeitstag wirst du wie eine Prinzessin aussehen. Ach, was sage ich … wie eine Königin!« Sie zog Leonie zu sich heran und hielt ihr das Kleid, das sie als Letztes hervorgezogen hatte, vor den Körper. Es hatte eng anliegende Ärmel und einen mehrlagigen Tüllrock.

Leonie sah gerade an sich hinunter, als die Tür aufgerissen wurde und Silvy hereinkam.

»Entschuldigt die Verspätung!« Ihre Stimme überschlug sich beinahe, hatte jedoch einen beschwingten Unterton, als sie auf die Glanz-Frauen zukam, vor ihnen stehen blieb und sie der Reihe nach küsste. »Ein Kunde wollte mich im letzten Moment partout nicht gehen lassen.« Silvy machte eine Andeutung mit der Hand, dass es sich bei dem Auftrag um keine Kleinigkeit handelte, dann deutete sie einen Boxhieb an und lachte. »Beinahe hätte ich ihm mit einem Uppercut gedroht, aber mein Anstand hat das natürlich nicht zugelassen … Oh, Leo!« Silvy blieb verdattert stehen, als sie Leonie mit dem Kleid vor ihrem Körper sah. Mit einem Daumen nach oben deutete sie ihre Zustimmung an. »Das ist ein wahr gewordener Traum«, schwärmte sie und küsste endlich auch ihre Freundin.

Leonie ließ Silvy nicht mehr los, froh, dass sie endlich da war, doch nach einer Weile sah sie skeptisch an sich hinab. »Tut mir leid, euch enttäuschen zu müssen, dieses Kleid ist wunderschön, sogar glamourös, aber es ist viel zu auffällig für eine Hochzeit im kleinen Kreis, wie Michael und ich sie feiern werden«, gab sie zu bedenken. »Ich suche eher etwas Schlichtes, knielang, ohne Schleier.«

»Typisch du«, sagte Silvy mit gespielter Entrüstung. »Noch an deinem wichtigsten Tag bestehst du auf Understatement.«

»Wir setzen uns erst mal. Das kann dauern.« Annalena führte Hedi zu der rosafarbenen Samtcouch und nahm neben ihr Platz. Dort begannen die beiden Frauen, sich über die Boutique auszutauschen, während Leonie mit einem Kleid, das Ella herausgesucht hatte, in der Umkleide verschwand.

Teresa kam zu ihnen und stellte ein Tablett mit Sektgläsern auf den grauen Marmortisch. Daneben platzierte sie einen Teller mit kleinen Häppchen und einen weiteren mit Pralinen. Sie deutete auf die mit Staubzucker bedeckten Süßigkeiten. »Ich verspreche, das sind die besten handgemachten Nougatpralinen, die München zu bieten hat. Bitte greift zu.«

Silvy stellte ihre Handtasche ab und wollte schon neben Ellas Mutter und deren Großmutter Platz nehmen, als Ella ihr und den anderen ein Sektglas in die Hand drückte.

»Alle mal herhören«, rief sie in das Getuschel. »Wir stoßen auf Leonie und Michael an.« Das Plaudern hörte kurz auf. Nun erfüllte das Klirren der Gläser den Raum. Ella stieß mit ihrem Glas gegen das von Silvy und nahm sie zur Seite.

»Sag mal, was hältst du von einer Hochzeit in Italien, in der Casa Ella? Leonie liebt Sardinien, und egal ob Sommer- oder Winterhochzeit, in Porto Rafael heiratet es sich bestimmt ganz zauberhaft, sogar wenn die Hochzeit nur im kleinsten Kreis stattfindet.«

Die Familie besaß seit vielen Jahren ein Ferienhaus auf der italienischen Insel.

Silvys Augen glitzerten, ihr Gesicht überzog sich mit diesem besonderen Glanz, der immer in ihr Gesicht trat, wenn sie etwas bewegte. »Sardinien? Das Meer, die verwunschene Villa, der idyllisch gelegene Strand … Ella, das ist eine großartige Idee. Leo und Micha könnten dort gleich die Flitterwochen verbringen. In der Casa Ella ist es herrlich ruhig, das müsste doch ganz nach ihrem Geschmack sein.« Silvy stieß ihr berühmtes Lachen aus und hielt Ella erneut ihr Glas zum Anstoßen hin. »Auf einen erfolgreichen zweiten Anlauf für Leo, der, daran besteht ja wohl kein Zweifel, gelingen wird.«

Ella nippte lächelnd an ihrem Glas. Sie hielt es noch in der Hand, als Leonie den Vorhang aus gewebtem Jacquard zur Seite schob und mit vorsichtigen Schritten in die Mitte des Raumes trat. Sie drehte sich in dem schlichten Kleid aus cremefarbener Seide, in die ein dezentes florales Muster gewebt war.

»Was meint ihr?«, fragte sie zweifelnd.

Silvy und Ella stellten ihre Gläser ab.

»Mir gefällt der eng anliegende runde Halsausschnitt«, meinte Silvy. »Der bringt deinen Hals wunderbar zur Geltung.«

Annalena drehte sich zu ihrer Mutter. »Wie findest du das Kleid?«

Hedi rückte ihre Brille zurecht. »Von mir bekommt das Kleid sieben von zehn Punkten, aber es gibt sicher noch etwas Schöneres für dich.«

»Ich sehe, wir sind uns einig. Das Kleid ist ansprechend, aber nicht schön genug für Leonies besonderen Tag«, fasste Annalena zusammen. Sie griff nach ihrem Glas und nahm noch einen Schluck Sekt.

»Dann probiere ich weiter.« Leonie sah von einer zur anderen und verschwand abermals in der Kabine.

Ella steckte sich eine Praline in den Mund, hob ihre Beuteltasche hoch und zog den roten Lederanhänger in Form eines Koffers mit einem Schlüssel hervor. Sanft fuhr sie über das fein gearbeitete Leder und das silberfarbene Metall.

»Sehe ich da etwa ein verträumtes Gesicht?«, fragte Silvy. »Sag bloß, Timo hat dir einen Zweitschlüssel für seine Wohnung machen lassen?«

Ella wog den Schlüssel in der Hand. »Das ist mehr als ein Schlüssel an einem Anhänger, das ist ein Symbol für unsere gemeinsame Zukunft und eine Hommage an meinen Glückskoffer, ist das nicht genial?« Ellas Blick war voller Wärme. »Auch wenn es nicht der Schlüssel zu einer gemeinsamen Wohnung ist, möchte Timo, dass ich mich bei ihm willkommen fühle und jederzeit ein- und ausgehen kann.«

Silvy stupste Ella mit dem Ellbogen in die Seite. »Wenn ich das Strahlen in deinen Augen richtig deute, bist du bald diejenige, die Brautkleider anprobiert.«

Ella winkte ab. »Ich stehe nicht aufs Heiraten, jedenfalls nicht, wenn es um mich selbst geht. Aber eine Familie mit Kindern und irgendwann einem Hund wäre wunderbar …« Ihre Stimme wurde weich. »Ich weiß, früher fand ich das spießig, aber inzwischen …«

»Auch du darfst deine Meinung ändern, Ella. Das musst du sogar, schließlich ist mit dem richtigen Mann alles vorstellbar, das hab ich schon immer gesagt.« Silvy stand auf und begutachtete weitere Kleider, die für Leonie infrage kämen. Mit einer Auswahl trat sie vor die Ankleide und reichte Leonie ein Kleid nach dem anderen.

Minuten später kam Leonie mit dem nächsten Kleid aus der Kabine. Ella, Silvy, Hedi und Annalena tauschten Blicke, dann schüttelten sie einhellig die Köpfe, und Leonie verschwand erneut hinter dem cremefarbenen Vorhang.

Silvy nahm Ellas Hand und drückte sie sanft. »Timo und du, ihr seid ein zauberhaftes Paar«, sagte sie. »Jetzt braucht ihr nur noch eine Basis für ein gemeinsames Leben.«

»Kopenhagen wird Timo so schnell nicht los, wie es scheint, und die Firma mich nicht. Es kann also noch dauern, bis sich etwas ändert.«

Silvy strich sich eine widerspenstige Strähne aus dem Gesicht.

»Wenn Timo das nächste Mal am Tegernsee ist, sollten wir etwas unternehmen. Ich habe letzte Woche einen Zeitungsartikel über einen neuen Escape-Room in München gelesen. Das wäre doch eine tolle Abwechslung zum Arbeitsalltag. Kombinieren, logisch denken und Hinweisen nachgehen. Das klingt nach einer Menge Spaß für uns alle.«

»Was führt ihr zwei im Schilde?«, meldete sich Ellas Mutter zu Wort.

»Wir haben uns darüber unterhalten, wie wichtig es ist, uns auf die Probe zu stellen … Wir alle brauchen in unserer Freizeit hin und wieder eine kleine Herausforderung«, antwortete Ella.

Das leise Klackern der Vorhangringe ließ alle Blicke in Richtung Umkleidekabine wandern. Leonies welliges Haar lugte hinter dem schimmernden Stoff hervor.

»Seid ihr bereit für das nächste Kleid?« Sie legte eine rhetorische Pause ein, die die Erregung aller steigerte. Schließlich schob sie den Vorhang bis zum Anschlag zur Seite und machte ein paar Schritte nach vorn. In einem eng anliegenden Kleid aus elfenbeinfarbener Spitze, dessen Ärmel sich unten weiteten und kurz über dem Ellbogen in einem glockigen Schnitt endeten, und passenden Satinschuhen stellte sie sich vor ihre Familie und ihre Freundin, legte die Hände auf ihre Taille und fuhr ihre Umrisse nach, als sei sie Marylin Monroe in ihren frühen Filmen.

Ella ließ ihren Blick von oben nach unten wandern. Das Kleid, das Leonie trug, endete kurz über ihren Fesseln und zeigte ihre schmalen Knöchel und die eleganten Pumps.

Teresa kam auf Leonie zu, ging um sie herum und besah das Kleid aus jeder Perspektive. »Dafür brauchst du nicht mal einen Schleier und auch keine Blumen im Haar, aber das hier kann nicht schaden …« Teresa hob ein dünnes Satinband in der Farbe Ivory über Leonies Kopf, führte es an ihrem Haar entlang und band es in ihrem Nacken zu einer kleinen Schleife.

Leonie verharrte, während Teresa sich an ihr zu schaffen machte, dann sah sie in den Spiegel, wo Licht und Schatten auf ihrem Kleid tanzten.

Ella beobachtete, wie ein Lächeln auf dem Gesicht ihrer Zwillingsschwester erschien. Sie war rundum glücklich. Dies war ihr Kleid, und auch, wenn sie ihr stilles Glück für sich genoss, war Ella Zeuge davon.

»Meine Herrschaften!« Silvy sprang auf und eilte zu Leonie. »Du siehst aus wie eine Braut aus einem Hollywood-Film! Dieses Kleid ist nicht zu toppen, das bist du, Leo.« Langsam drehte Silvy Leonie einmal um sich selbst und klatschte in die Hände.

Auch Ella stand auf und ging auf ihre Schwester zu. »Was meinst du, ist das *dein* Kleid?« Es war mehr eine rhetorische Frage, denn sowohl Leonies als auch Ellas Strahlen waren Antwort genug.

Leonie nahm Ellas Hand. Worte waren nicht nötig. Ein Blick in Leonies Augen genügte, um zu wissen, dass ihre Zwillingsschwester in diesem zauberhaften Kleid vor den Standesbeamten treten würde, um endlich die Liebe ihres Lebens zu heiraten.

Teresa, die die Stimmung richtig deutete, brachte eine weitere Runde Sekt, um auf das Finale von Leonies Traumkleidsuche anzustoßen. Ella spürte, wie der Alkohol ihr warm die Kehle hinabrann. Es war ihr zweites Glas, und wie es aussah, würde Leonie, die bisher nur an ihrem Glas genippt hatte, an den Tegernsee zurückfahren müssen.

»Auf Leos Kleid!« Silvy lächelte glücklich. »Und auf unseren guten Geschmack. Und natürlich auf Michael, den Bräutigam in spe«, rief sie fröhlich in die Runde.

In Ellas Handtasche brummte es. Sie stellte das Glas ab, öffnete die Tasche und sah das Signal ihres blinkenden Handys. »Seid mal kurz ruhig. Kai ruft an«, bat sie.

Zwischen Silvys Gekicher und den Argumenten ihrer Großmutter und ihrer Mutter verstand man sein eigenes Wort nicht mehr. Ella schnappte sich das Handy und verschwand den Gang hinunter, wo es ruhiger war. Hier hörte man lediglich die markante Stimme Michael Bublés, die perfekt in das romantische Ambiente von Teresas edler Boutique passte. »*L is for the way you look at me. O is for the only one I see. V is very, very extraordinary. E is even more than anyone that you adore …*«

Ella drückte auf den grünen Telefonhörer, dabei begann ihr Körper sich sachte im Takt der Musik zu bewegen. »Kai. Kann ich dich später zurückrufen?« Ella setzte an, um zu erklären, dass sie in München das Brautkleid ihrer Schwester aussuchten, als Kai sie unterbrach.

»Ella … es ist etwas passiert …«

Seine Stimme klang gar nicht nach ihm, und als sie sich auf das, was Kai sagte, konzentrierte, gaben ihre Beine nach und mit einem lauten Scheppern fiel ihr Handy zu Boden.

IM LICHT DER HOFFNUNG

Wo Hoffnung ist, tut sich ein Weg auf …

27.

München, 1956

Hedi stand mitten auf der Maximilianstraße, hob die Hand, und brachte so den Verkehr zum Stehen. Dem Fahrer des VW-Käfers, der quietschend bremste, nickte sie entschuldigend zu und überquerte eilig die Fahrbahn. Das Hupkonzert, das eingesetzt hatte, verstummte, der Verkehr floss wieder weiter.

Mit wenigen Griffen richtete Hedi ihre auf Taille gearbeitete Kostümjacke – sie war während des Laufens nach oben gerutscht –, dabei entdeckte sie in ihrer Jackentasche einen der Zettel, die sie das letzte Mal eingesammelt hatte, als sie die Frauen gebeten hatte aufzuschreiben, was ihnen in Bezug auf ihre Arbeit und ihre Treffen gefiel und was sie glaubten verbessern zu können.

Sie motivieren uns, über Fehler zu sprechen und keine Angst zu haben.

Es fällt mir schwer, an mich zu glauben, aber durch Sie habe ich ein Stück mehr Selbstbewusstsein bekommen.

Die Bezahlung bei Glanz ermöglicht meinen Kindern eine bessere Zukunft.

Endlich fühle ich mich, als wäre ich etwas wert.

Bei ihren Treffen sagte Hedi oft: »Das Wichtigste ist, dass wir einander zuhören, denn hier befinden wir uns in einem geschützten Raum. Es gibt nichts, was wir nicht thematisieren können.«

Hedi wusste aus eigener Erfahrung, wie wichtig es war, sich über Freud und Leid, Erfolg und Misserfolg auszutauschen. Unmut, der sich anstaute, weil man nicht beizeiten darüber sprechen konnte, wuchs vielleicht ins Unermessliche.

Hedi verfiel in Laufschritt. Der Großteil der Rückmeldungen, die sie das letzte Mal bekommen hatte, war ausgesprochen positiv. Frauen, die mit genügend Selbstsicherheit gesegnet waren, fiel die Arbeit leicht. Doch es gab auch die, die an ihrer Überzeugungskraft zweifelten. Und manche Frau fühlte sich unwohl, wenn ihr, nachdem man ihr die Tür gerade erst geöffnet hatte, diese gleich wieder vor der Nase zugeschlagen wurde, bevor sie auch nur ein Glanz-Produkt vorstellen konnte. Hinzu kam, dass manche Männer ihren Frauen den Erfolg neideten. Sie nahmen das Geld an sich, das die Frauen verdienten, als wäre es ihres, und vertranken es in einer Kneipe mit Freunden. Hedi bekam die unterschiedlichsten Geschichten zu hören.

Sie sah auf ihr Handgelenk. Ein blasser, unerwarteter Sonnenstrahl fiel auf die goldene Armbanduhr, die sie trug. Rasch steckte sie den Zettel zurück in die Tasche ihrer Kostümjacke. Sie war spät dran. Ausgerechnet heute, wo ein Dutzend Frauen darauf wartete, von ihr auf die Ausbildung zur Kosmetikerin eingestimmt zu werden, hatte der Zug über eine halbe Stunde Verspätung gehabt.

Sie alle wollten dasselbe – sich weiterentwickeln, erfolgreich und glücklich sein, denn es ging um mehr als nur um Kosmetik. Es ging um ihre Rolle in der Gesellschaft, die sich nach dem Krieg stetig veränderte, darum, die Zukunft mit ihren Männern gemeinsam gestalten zu dürfen und zu wissen, dass jemand zuhörte, wenn einem etwas auf der Seele lag.

Zusätzlich zu den monatlichen Treffen mit den Frauen, die anderen interessierten Frauen Produkte der Firma Glanz an deren Wohnungstür näherbrachten, hatte Hedi es sich zur Pflicht gemacht, diejenigen, die sich weiterbilden wollten, zu bestärken. Alfons finanzierte Ausbildungen zur Kosmetikerin und übernahm die Kosten für sich daran anschließende Kurse. Er betrachtete es als Investition in die Zukunft. Wissen, Kompetenz und Weitblick machten nun mal den Unterschied.

Inzwischen waren andere Firmen auf den Zug der Werbung, wie Hedi sie ins Leben gerufen hatte, aufgesprungen und kupferten ihre Erfolgsidee ab. Anstatt sich darüber zu ärgern, empfand Hedi es als Kompliment. Ohnehin kam es nicht auf die Idee an sich an, sondern auf die Umsetzung dieser Werbestrategie. Soweit sie wusste, gab es keine andere Kosmetikfirma in Deutschland oder in den Nachbarländern, deren Mitarbeiterinnen so gut ausgebildet und betreut wurden wie ihre.

Hedis Schritte wurden größer, inzwischen rannte sie. Das Institut befand sich bereits in Sichtweite, als sich plötzlich die Tür eines Schuhgeschäfts, auf das sie zusteuerte, öffnete. Eine Frau trat auf die Straße und ließ die moderne Glastür hinter sich zuschwingen. Hedi sah das puppenhafte Gesicht des Mädchens, das die Frau an der Hand hielt. Das Mädchen trug eine blaue Jacke und einen karierten Rock, unter dessen Saum die dunklen Waden hervorsahen. In der Mitte des Rückens baumelte ein sorgsam geflochtener Zopf, an dessen Ende ein Büschel stark gekrauster Haare zu sehen war. Die Frau beugte sich zu dem Mädchen hinunter und sagte etwas zu ihm.

Wilma, schoss es durch Hedis ganzen Körper. Das Alter passte. Der nächste Atemzug stach schmerzhaft in Hedis Brustkorb. Die Selbstverständlichkeit, mit der die Frau mit dem Mädchen durch die Stadt ging, nötigte Hedi Bewunderung ab.

Die Frau sprach weiter auf das Mädchen ein und bog an der Ecke links ab. Obwohl sie spät dran war und ihr Ziel woanders lag, folgte Hedi den beiden. Und wenn Wilma in München lebte? Wieso eigentlich nicht? Hedi fühlte die Bedeutung des Satzes in ihren Schritten, die ihren Schwung verloren hatten. *Und wenn sie es war?*

Die Frau blieb an einer Straßenbahnhaltestelle zweihundert Meter entfernt stehen. Sie gesellte sich zu den anderen Wartenden und fuhr mit der Hand über den Kopf des Mädchens. Die liebevolle Geste rief einen solchen Schmerz in Hedi hervor, dass ihr schwindelig wurde. Sie stützte sich mit der Hand an einer Hauswand ab und versuchte, sich zu sammeln.

Das Mädchen drehte sich um und sah in ihre Richtung. Hedi suchte in dem Gesicht des Kindes nach Erkennungsmerkmalen, nach etwas, das ihr sagte, dass sie Wilma vor sich hatte. Wie erkannte man seine Tochter nach so vielen Jahren, in denen man sie nicht gesehen hatte? Wilma wurde in ihrer Fantasie jedes Jahr älter, aber das war nur ihre Vorstellung, tatsächlich erinnerte sie sich nur an einen Säugling.

Etwas in Hedi sehnte sich nach der Unschuld, die sie einmal besessen hatte. Sie hatte sich nie als perfekt betrachtet, doch wie erleichternd wäre es, sich zumindest gut genug zu fühlen – als eine Mutter, die immer für ihr Kind da war, egal, wie schwierig die Umstände auch sein mochten.

Ein Mann mit einem Dackel passierte die Haltestelle. Das Mädchen sah dem Hund mit einem sehnsüchtigen Lächeln hinterher, dabei erschien ein Grübchen in seinem Kinn. Als Hedi Wilma im Arm gehalten hatte, hatte sie ebenfalls ein Grübchen in ihrem Kinn zu sehen geglaubt. Hedi fühlte, wie ihre Kehle sich immer mehr zuschnürte.

Sie stieß sich von der Hauswand ab und eilte auf das Mädchen zu.

»Wilma?«, rief sie. Sie beugte sich hinab, um auf gleicher Höhe mit dem Mädchen zu sein, fasste es bei der Schulter und drehte es zu sich um. »Wilma!«, sagte sie und suchte im Gesicht der Kleinen nach einer Antwort auf ihre Frage.

Das Mädchen wandte sich ängstlich an seine Mutter: »Mutti? Was will die Frau?«

Die Mutter legte den Arm um sie und zog sie näher zu sich heran.

Wütend sah sie Hedi an. »Lassen Sie die Finger von meiner Tochter!«, forderte die Frau und schob Hedi von dem Mädchen weg. »Sie machen ihr Angst.«

Inzwischen hatten die Wartenden um sie herum zu flüstern begonnen. Alle Blicke waren auf Hedi gerichtet.

»Lassen Sie die Frau und das Kind in Ruhe«, rief jemand mit scharfer Stimme.

Hedi erhob sich aus der Hocke und strich sich das Haar aus dem Gesicht. »Entschuldigen Sie. Ich suche nach meiner Tochter. Sie heißt Wilma«, stammelte sie. »Und sie sieht wie dieses Mädchen aus.«

An den Blicken der Umstehenden realisierte Hedi, wie verstörend ihr Auftritt auf ihr Umfeld wirken musste.

Jetzt schien es der Frau endgültig zu reichen. »Das ist nicht Ihre Tochter. Bitte hören Sie auf, uns zu belästigen. Sonst rufe ich die Polizei!« Sie trat noch weiter von Hedi zurück, näher an die anderen Wartenden heran, von denen einige bereits begonnen hatten, einen schützenden Halbkreis um Mutter und Kind zu bilden.

Das Mädchen sah Hedi mit ängstlichem Blick an. »Was will die Frau von mir? Ich kenne sie gar nicht.«

»Entschuldigen Sie. Es tut mir leid«, sagte Hedi. »Ich habe mich geirrt.«

Sie hörte das Nahen der Straßenbahn, tat ein paar Schritte nach hinten, als die Türen sich öffneten und die Frau und das Mädchen einstiegen. Einige Männer und Frauen folgten den beiden, warfen Hedi einen Blick über die Schulter zu, dabei schüttelten sie den Kopf. Die Türen schlossen sich, und die Bahn fuhr ab.

Hedi sah, wie das Mädchen ihr durchs Fenster nachschaute.

Wie hatte sie dieses hilflose Kind nur derart erschrecken können? Was hatte sie sich dabei gedacht, es anzusprechen?

Die Straßenbahn verschwand aus ihrem Blickfeld. Hedi drehte sich um und ging wie in Trance weiter, mit den Gedanken ganz woanders. Wie viele Jahre auch ins Land zögen, sie würde Wilma niemals finden. Sie wusste doch gar nicht, wie sie inzwischen aussah, wie ihr süßes Gesicht sich geformt hatte und wie sie das Haar trug.

Vor dem Institut blieb sie stehen und ordnete ihre verwirrten Gedanken. Sie brauchte ein paar Minuten, bis sie sich bereit fühlte, den nächsten Moment ihres Lebens in Angriff zu nehmen. Der Kloß in ihrem Hals wäre auch am Abend noch da. Wie so oft würde sie sich versteifen, wenn Alfons sie in den Arm nähme, um sie zu begrüßen, denn wieder einmal würde sie sich fragen, warum sie nicht laut Nein gerufen hatte, als er ihr den falschen Weg vorschlug.

28.

Kopenhagen, Dänemark, Ende Oktober

Das Flugzeug setzte mit einem dumpfen Geräusch auf der Landebahn auf. Ella wurde nach hinten gedrückt und spürte, wie ihr der Stift aus der Hand fiel.

»Bitte bleiben Sie angeschnallt, bis wir das Flughafengebäude erreicht haben«, erklang es aus dem Lautsprecher.

Ella bückte sich und steckte den Stift mitsamt dem mit Krakeln bedeckten Papier in ihre Tasche. Wenn sie ihre Emotionen zu Papier brachte, fühlte sie sich meistens in der Lage, die Unruhe, die sie in ihrem Inneren empfand, nach außen zu lassen, doch diesmal war es ihr nicht gelungen, den Knoten in ihrem Magen aufzulösen.

Das Flugzeug rollte gemächlich aus. Das Anschnallzeichen über Ellas Sitz erlosch. Die Kabine füllte sich mit Geräuschen. Leben kam in die Menschen. Passagiere öffneten die Gepäckfächer oberhalb der Sitzreihen und suchten nach ihren Trolleys, Taschen und Mänteln. Alle schienen froh, am Ziel angekommen zu sein, und begierig darauf, ihre Sachen zusammenzusammeln, um das Flugzeug zu verlassen. Ella jedoch saß reglos in ihrem Sitz und betrachtete die Gesichter der Mitreisenden, sah ihre Gesten und hörte, wie sie sich austauschten. Zwei Frauen sprachen Französisch, andere Passagiere sprachen Dänisch oder Deutsch, wieder andere unterhielten sich auf Englisch. Dennoch hatten sie eines gemeinsam – sie konnten es kaum erwarten, in das Leben draußen einzutauchen.

Einige Stunden zuvor hatte Ella nichts mehr gewollt, als der

Ungewissheit zu entfliehen. Doch ausgerechnet jetzt fühlte sich die Ungewissheit wie ein Schutzschild an. Was sie nicht wusste, konnte sie nicht erschrecken.

Ella wartete ab, bis der erste Schwung Menschen gegangen war, dann stand sie als eine der Letzten auf und schlängelte sich von ihrem Fensterplatz Richtung Gang. Ihr ganzer Körper fühlte sich an wie gelähmt. Wie ferngesteuert griff sie nach ihrem Trolley und stellte ihn auf den Boden, langte nach ihrer Handtasche, die sie auf dem Sitz neben sich abgelegt hatte, und befestigte sie am Griff des Koffers. Schritt für Schritt ging sie den Gang entlang, vorbei an den wenigen anderen Passagieren, die sich noch im Flugzeug befanden.

Obwohl sie mittlerweile mit dem Weg durch den Flughafen vertraut war, wirkte alles fremd. In der Eingangshalle steuerte sie den Ausgang an. Sie wollte gerade auf eines der Taxis zugehen, als Kai plötzlich in der Menschenmenge auftauchte. Sein mitfühlender Blick sagte mehr als tausend Worte. Ohne auch nur einen Satz über die Lippen zu bringen, nahm er Ella in den Arm. Ihre Hände klammerten sich an seinem Pullover fest, als wäre er ein Rettungsboot, das sie vor dem Untergehen bewahrte.

Nachdem sie sich voneinander gelöst hatten, nahm er Ellas Koffer und deutete auf den überdachten Parkplatz. »Mein Auto steht gleich da drüben.«

Sie nickte und folgte ihm, sah, wie Kai ihren Koffer neben sich herrollte. »Danke, dass du gekommen bist, um mich abzuholen«, sagte sie, als sie bei seinem Wagen angekommen waren.

»Niemals hätte ich es übers Herz gebracht, dich in dieser Situation allein zu lassen. Wir sind doch mittlerweile eine Familie. Du kannst immer auf mich zählen, Ella.«

»Und du auf mich. Für dich muss es genauso schwer sein.«

»Deshalb werden wir uns auch gegenseitig unterstützen«, sagte Kai bestimmt.

»Wissen die Ärzte schon, wie schlimm es ist?«, fragte Ella heiser.

Die drängende Angst zu hören, wie die Dinge stünden, schlug ihr wie eine Welle entgegen. Sie stieg in den Wagen und wartete auf eine Antwort, doch Kai fuhr aus der Parklücke, ließ sich viel zu lange Zeit.

»Timo hat durch den Zusammenstoß mit dem Auto ein Schädel-Hirn-Trauma erlitten. Verletzungen der Halswirbelsäule konnten zum Glück mittels CT ausgeschlossen werden. Das ist schon mal eine gute Nachricht«, sagte er. »Heute Morgen hat er für einen kurzen Moment die Augen aufgemacht. Ansonsten schläft er eigentlich nur.«

Kai hielt vor einer roten Ampel und klappte die Sonnenblende nach oben. »Die ersten zweiundsiebzig Stunden wären kritisch, meinte der Arzt. Aber du weißt ja, Timo ist zäh. Den haut so schnell nichts um.« Er wollte offenbar optimistisch klingen, aber Ella hörte die unterschwellige Sorge in seinem Ton.

»Meinst du, der Arzt lässt mich zu ihm? Oder ist Timo noch zu schwach?«

»Ich bin mir sicher, dass du dich zumindest für einen Moment an sein Bett setzen kannst. Auch wenn er nicht viel mitbekommt … sicher spürt er, dass du bei ihm bist, das wird ihm helfen, schnell wieder auf die Beine zu kommen.«

Das Rigshospitalet, das von den Einheimischen meist nur Riget genannt wurde, galt als führende Klinik Dänemarks und lag mitten in Kopenhagen. Kai parkte den Wagen vor dem sechzehnstöckigen Gebäude, das in den Siebzigerjahren entstanden war und wie ein schlafender Riese aussah. Das Braungrau der Fassade wirkte nicht besonders einladend, doch davon bekam Ella kaum etwas mit, als sie aus dem Wagen stieg.

»Timo liegt im Nordflügel.« Kai deutete auf einen mit hellen Natursteinplatten verkleideten Erweiterungsbau, dessen moderne Architektur sich vom Rest der Anlage abhob. Sie überquerten die Straße und blieben vor dem Krankenhauseingang stehen.

»Gibst du mir noch einen Moment?«, bat Ella. Aus der Entfernung war die Sirene eines Rettungswagens zu hören.

»Natürlich. Bis zur Besuchszeit dauert es sowieso noch eine halbe Stunde. Nimm dir ruhig so viel Zeit, wie du brauchst. Ich hole uns inzwischen einen Kaffee und warte in der Eingangshalle auf dich.« Bevor Kai sich umdrehte und hinter der Glastür verschwand, schenkte er Ella ein aufmunterndes Lächeln.

Sie hatte ihre Haare zu einem lockeren Pferdeschwanz zusammengebunden und zupfte nun nervös daran herum. Wie gern würde sie die Augen vor der Realität verschließen. Sobald sie das Krankenhaus betreten würde, das wusste sie, gäbe es kein Zurück. Ella blickte zum Himmel und betrachtete die vorbeiziehenden Wolken. Sie atmete tief ein und wieder aus. In wenigen Minuten würde sie an Timos Bett sitzen und seine Hand halten.

Die letzte Nacht hatte sie vor lauter Sorge um ihn kein Auge zugetan. Sie hatte so kurzfristig keinen Flug mehr bekommen, weshalb Michael angeboten hatte, sie noch am Abend mit dem Auto nach Kopenhagen zu fahren. Letztendlich hatte sie sich dann doch entschieden, den ersten Flug frühmorgens zu nehmen.

Ella legte ihre rechte Hand auf die linke Brust. Ihr beschleunigter Herzschlag war deutlich zu spüren. Sie schloss die Augen und atmete noch einmal tief durch. Dann ging sie auf die automatische Glastür zu. Als sie die Eingangshalle betrat, sah sie Kai, der auf einem grau-schwarzen Stoffsessel Platz genommen hatte und in sein Mobiltelefon sprach. Als sie bei ihm ankam, hatte er schon aufgelegt.

»Ich soll dich von Sven und Freja grüßen. Sie machen sich

ganz schön Sorgen um Timo.« Kai griff nach einem Kaffeebecher und reichte ihn Ella. »Mit viel Milch und Zucker, das brauchen wir jetzt«, sagte er und warf einen Blick auf seine Armbanduhr. »In fünfzehn Minuten fängt die Besuchszeit an. Wir können also noch in Ruhe austrinken und uns dann langsam in Richtung Intensivstation aufmachen.«

Wenig später folgten sie dem Gang zur Intensivstation. Vorbei an Patienten und Besuchern. Manchen war die Traurigkeit ins Gesicht geschrieben, während andere vor Freude strahlten. Ein Krankenhaus war ein Ort, der eine Vielzahl an Emotionen offenbarte.

»Timos Zimmer ist gleich da vorn«, sagte Kai, als plötzlich eine Stimme hinter ihnen erschallte.

»Herr Brandes …«

Ella drehte sich um und sah eine Frau in Schwesterntracht auf sie zukommen.

»Schwester Hansen«, begrüßte Kai sie.

Die Frau blieb vor ihnen stehen und nickte Ella zu. »Kann ich Sie einen Moment unter vier Augen sprechen?«, sagte sie auf Dänisch zu Kai.

Er deutete auf Ella. »Darf ich Ihnen Ella Glanz, die Freundin meines Bruders, vorstellen? Sie ist gerade aus Deutschland gekommen und versteht leider kein Dänisch, weshalb ich Sie bitten möchte, Englisch zu sprechen. Sie können Frau Glanz gegenüber selbstverständlich offen sein.«

»Erfreut, Sie kennenzulernen, Frau Glanz«, sagte die junge Frau auf Englisch zu Ella. »Doktor Nielsen hat wegen Verdachts auf ein akutes Subduralhämatom eine CT-Angiografie angeordnet.« Während sie sprach, bemühte sie sich, sowohl mit Kai als auch mit Ella Blickkontakt zu halten. »Da sich der Verdacht leider bestätigt hat, musste ihr Bruder unverzüglich operiert werden.« Schwester Hansens ernster Blick wirkte wenig vertrauenerweckend.

»Operiert. So plötzlich?« Kai starrte sie fassungslos an.

»Ja, tut mir leid. Sobald Doktor Nielsen aus dem OP kommt, wird er Sie über den Zustand des Patienten und über die nächsten Schritte informieren. Am besten nehmen Sie so lange im Angehörigenzimmer Platz.« Die Krankenschwester deutete auf einen lichtdurchfluteten Raum, dessen Fenster zum Park gerichtet waren. Mit einem kurzen Nicken verabschiedete sie sich und verschwand in einem der Patientenzimmer.

»Ich dachte, Timos Zustand wäre stabil? Wie kann es sein, dass er so plötzlich operiert werden musste?« Ella setzte sich auf eines der Stoffsofas, die dem Raum eine wohnliche Atmosphäre verliehen.

Kai nahm neben ihr Platz. »Ich versteh es selbst nicht. Aber hier ist Timo in guten Händen.« Der Zeiger der silberfarbenen Uhr, die an der gegenüberliegenden Wand hing, sprang auf die Zwölf.

Kurze Zeit später erschien ein Mann um die fünfzig mit herunterhängendem Mundschutz im Türrahmen. Er steuerte auf Kai zu und streckte ihm die Hand entgegen. Kai stellte Ella vor und bat darum, sich auf Englisch zu unterhalten. Nach einem kurzen Händeschütteln setzte sich der Mann in einen Sessel, der dem Sofa gegenüberstand.

»Wie geht es meinem Bruder?«, fragte Kai.

Ella ließ den Arzt nicht aus den Augen.

»Die Trepanation ist ohne Komplikationen verlaufen. Wir haben das Hämatom entfernt und konnten den Druck im Schädelinneren senken. Zusätzlich wurde eine Drainage in das Gehirn eingeführt, durch die das Blut, sollte es erneut zu einer Blutung kommen, abfließen kann. Bis wir den Hirndruck langfristig stabilisiert haben und um unwillkürliche Bewegungen zu verhindern, bleibt die Narkose allerdings vorerst aufrechterhalten.«

»Das heißt, Timo wurde ins Koma versetzt?«, fragte Ella.

Der Arzt nickte.

»Können Sie schon abschätzen, wie lange es dauert, bis mein Bruder aus dem Koma geholt wird?« Kais Stimme zitterte ein bisschen.

»Sobald die Werte es zulassen und sofern keine Komplikationen auftreten, können wir die Einleitung der Aufwachphase in Betracht ziehen. Wie lange die Sedierung tatsächlich aufrechterhalten bleibt, kann ich Ihnen zum jetzigen Zeitpunkt allerdings nicht sagen. Erfahrungsgemäß ist aber mit einer Zeitspanne von zwei bis drei Wochen zu rechnen.«

»So lange …«, entfuhr es Kai.

»Die Langzeitnarkose ist ein wichtiges Instrument, um den Körper zu entlasten und den Heilungsprozess zu fördern«, erklärte Doktor Nielsen. »Wir bemühen uns natürlich, das künstliche Koma so flach wie möglich zu halten, um das spätere Aufwachen zu erleichtern. Ich kann Ihnen versichern, Ihr Bruder ist bei uns gut aufgehoben.«

»Und wie steht es mit möglichen Folgeschäden?«, wollte Ella wissen.

»In der ersten Zeit nach dem Unfall ist es leider nahezu unmöglich, anhand des neurologischen Befundes eine Prognose zu stellen. Sobald der Patient aufwacht, wissen wir mehr.« Doktor Nielsens Pager begann zu vibrieren. »Entschuldigen Sie mich. Schwester Hansen wird sich um alles Weitere kümmern und die Details der Besuchszeiten mit Ihnen besprechen. Ihr Bruder ist so weit stabil, deshalb steht einem kurzen Besuch nichts im Wege.«

»Vielen Dank, Doktor Nielsen.« Ella und Kai standen auf und schüttelten dem Arzt die Hand, bevor er im Krankenhausgang verschwand.

Ella sah ihm nach, dann setzte sie sich wieder auf das Sofa. Kai ging in dem Warteraum auf und ab. Sie beobachtete die Sorgenfalte auf seiner Stirn. Von seinem unbeschwerten Gesichtsausdruck, den Timo so oft kommentiert hatte, war nichts mehr zu sehen. Wie schnell sich das Leben von einem auf den anderen Moment ändern konnte. Ohne Vorwarnung und ohne zu fragen, ob man für das, was einem bevorstand, bereit war.

29.

Kopenhagen, Dänemark, Ende Oktober

Ella betätigte den Desinfektionsmittelspender und verrieb die wässrige Flüssigkeit in ihren Handflächen. Danach folgte sie gemeinsam mit Kai der Krankenschwester den Gang entlang. Weiße Wände reflektierten den orangefarbenen Boden. Vor einer Glastür blieb Schwester Hansen stehen.

»Bitte schalten Sie Ihre Mobiltelefone entweder aus oder aktivieren Sie den Flugmodus. Wir müssen sichergehen, dass das Handysignal keine Störungen der medizinischen Geräte auslöst«, wies die Schwester sie an.

Ella holte ihr Handy aus der Tasche und schaltete es aus, ebenso Kai.

Die Stimme der Schwester senkte sich um eine Oktave. »Ich muss Sie außerdem vorwarnen. Der erste Besuch auf einer Intensivstation kann für Angehörige sehr belastend sein. Gespräche über den Zustand des Patienten erfolgen grundsätzlich außerhalb des Patientenzimmers. Außerdem dürfen nur jeweils zwei Personen gleichzeitig im Raum sein. Die Dauer und Häufigkeit der Besuche richtet sich nach der Verfassung des Patienten. Grundsätzlich empfehle ich eher kurze, aber dafür regelmäßige Besuche. Außerdem würde ich Sie bitten, nicht über belastende Themen zu reden, denn auch wenn der Patient nicht ansprechbar ist, sein Unterbewusstsein ist aktiv.« Zur Bekräftigung ihrer Worte nickte sie und öffnete die Glasschiebetür zu Timos Zimmer.

Das Licht war gedimmt. Timos Körper, der reglos unter

einem dünnen Laken lag, war von einem halben Dutzend Kabeln und Schläuchen umgeben. Ellas Blick wanderte zu dem hellgrauen Monitor, der die Atemfrequenz in Form einer weißen zickzackförmigen Linie darstellte. Die grüne Linie darüber, die sich auf und ab bewegte, signalisierte Timos schlagendes Herz. Ella machte ein paar Schritte auf das Bett zu, dessen Rückenteil in einem Dreißig-Grad-Winkel angehoben war.

»Der Beatmungsschlauch ist notwendig, da der Atemreflex durch das künstliche Koma unterbunden wird«, erklärte Schwester Hansen. Sie deutete auf einen der Schläuche, der durch Timos Nasenloch führte. »Die Magensonde sorgt dafür, dass Herr Brandes die Nährstoffe bekommt, die er braucht. Ich würde Sie bitten, während Ihres Besuchs laute Geräusche zu vermeiden. Es ist wichtig, die Stimulation niedrig zu halten, damit sich das Gehirn des Patienten erholen kann.«

Nachdem die Schwester das Krankenzimmer verlassen hatte, ging Kai auf Timos Bett zu. »Hallo, Sportsfreund. Schau mal, wen ich mitgebracht habe.« Er legte seine Hand auf Timos Schulter. »Was meinst du, soll ich euch zwei Turteltauben für einen Moment allein lassen?«

Ella schätzte Kais Bemühen, Leichtigkeit in den Moment zu bringen, doch zugleich irritierte es sie auch. Er nickte ihr aufmunternd zu und schob den Stuhl, der sich neben dem Vorhang am Fenster befand, neben das Bettgestell. Dann verließ er den Raum.

Ella setzte sich und beobachtete, wie sich Timos Brustkorb im Takt der Beatmungsmaschine hob und senkte.

»Hallo, Timo.« Ella bemühte sich, die Nervosität in ihrer Stimme zu unterdrücken. »Ich bin so froh, endlich bei dir zu sein.«

Timos Kopf war bandagiert, und seine linke Gesichtshälfte zeigte eine breite Schürfwunde. Zögerlich legte Ella ihre Hand auf seine und schwieg. Nach einer Weile begann sie erneut zu sprechen.

»Du kannst dir nicht vorstellen, was Baker schon wieder angestellt hat. Weißt du noch, wie Hedi bei deinem letzten Besuch verzweifelt nach einem ihrer Schuhe gesucht hat? Das hat sich endlich aufgeklärt. Ich bin gestern früh nichts ahnend durch den Garten spaziert, als mir plötzlich hinter einem Busch ein Berg aus Erde ins Auge gesprungen ist, und siehe da, inmitten der Erde ragte mir ein Teil von Bakers neongrünem Frisbee entgegen. Als ich einen Teil der Erde beiseitegeschoben hatte, kam eine wahre Fundgrube an Hundespielzeug inklusive Hedis Schuh zum Vorschein.« Ella lachte leise. »Baker hat einen ausgezeichneten Geschmack, was Mode betrifft. Er hat sich einen von Hedis schwarz-weißen Chanel-Ballerinas als Beute ausgesucht. Großmama meint, wenn Baker uns das nächste Mal besucht, wird sie ein ernstes Wörtchen mit ihm zu reden haben. Aber natürlich wird sie es bei einer Abmahnung belassen. Bakers Blick reicht doch schon aus, damit man ihm verzeiht.«

Ella senkte die Augen und strich sanft über Timos Handrücken. »Von Mama soll ich dir ausrichten, dass sie sich endlich an das Rezept gewagt hat, das du ihr letztens gemailt hast. War wohl ein wahrer Gaumenschmaus. Ich vermute, dass sie für Stefan Kopf gekocht hat, unseren Finanzvorstand. Aber pssst.« Ella legte den Zeigefinger an ihre Lippen. »Verrate ihr bloß nicht, dass ich das Wort Date auch nur gedacht habe. Sie behauptet steif und fest, dass sie nur geschäftlich mit ihm zu tun hat, aber ich bin mir da nicht so sicher.«

Ella fasste die Suche nach Leonies Brautkleid zusammen und erzählte von Leonies und Michaels Plänen, aus ihren Flitterwochen vielleicht einen kleinen Roadtrip zu machen.

»Das steht aber alles noch nicht fest. Wann genau geheiratet wird, steht ebenfalls noch in den Sternen. Vermutlich dauert es noch eine halbe Ewigkeit. Leonie und ihre Termine … Freizeit wird kleingeschrieben. Ich habe ihr vorgeschlagen, auf Sardinien zu feiern. Mal sehen, ob sie mein Angebot, in der Casa Ella zu heiraten, annimmt.«

»Na, ihr zwei«, erklang Kais Stimme, als wenig später die Tür aufging. Seine Schuhe erzeugten ein klackendes Geräusch auf dem Fußboden. »Schwester Hansen meint, wir dürften später noch mal wiederkommen.«

Ella drückte einen Kuss auf Timos Handrücken, verabschiedete sich mit geflüsterten Worten von ihm und verließ an Kais Seite den Raum.

»Was hältst du davon, wenn wir kurz nach Hause fahren und eine Kleinigkeit essen?«, schlug Kai vor.

»Um ehrlich zu sein … ich weiß nicht, ob ich auch nur einen Bissen runterbekomme.«

»Kann ich gut verstehen. Mir geht es ähnlich. Alternativ könnten wir einen Spaziergang runter zum Sortedams-See andenken. Frische Luft tut uns sicher gut.«

Der Sortedams-See war nur wenige Gehminuten vom Rigshospitalet entfernt. Er war einer von drei ineinanderfließenden Kopenhagener Seen, die in großen Bassins eingefasst waren und die die Innenstadt von den umliegenden Stadtteilen trennten. Während sie nebeneinander hergingen, versuchte Ella, die Erinnerungen an die letzten Tage abzuschütteln. Sie wusste, dass sie sich ihre Kräfte einteilen musste. In Sorgen zu verharren brachte überhaupt nichts. Doch das war leichter gesagt als getan.

Das Vibrieren ihres Handys signalisierte eine eingegangene Textnachricht. Rasch las sie die SMS:

Wir alle denken an Dich. Bitte melde Dich, sobald es etwas Neues gibt. Ich schicke Dir eine innige Umarmung. Hab Dich lieb, Leonie.

PS: Du kannst bestimmt gute Neuigkeiten gebrauchen. Die Schadensersatzzahlung ist soeben rausgegangen. Jetzt können wir diesen Teil endlich hinter uns lassen und uns voll und ganz auf Deine Make-up-Linie konzentrieren.

»Gute Nachrichten?« Kai sah sie abwartend an.

Ella brachte ein zaghaftes Nicken zustande. »Wir haben in eine Schadensersatzvereinbarung eingewilligt. Jetzt können wir einen Haken unter die Sache machen.«

»Eine Sorge weniger.« Kai drückte aufmunternd ihre Hand.

Ella erwiderte Kais Händedruck. »Wie geht es eigentlich mit dem *Rækkehus* weiter, solange Timo im Koma liegt? Ihr habt doch eine Deadline, was die Eröffnung anbelangt.«

»Darüber habe ich mir, ehrlich gesagt, noch keine Gedanken gemacht. Angesichts von Timos Unfall ist das so unwichtig. Aber ich bin mir sicher, dass sich dafür eine Lösung finden lässt.«

Sie gingen am Ufer entlang, beobachteten die Schwäne und die Enten. Es war Ende Oktober, doch die Nachmittagssonne verbreitete noch ein bisschen Wärme. Als sie nach einer knappen Stunde wieder beim Krankenhaus ankamen, kam ihnen Astrid Mortensen entgegen.

Sie trug gestapelte Glasdosen mit bunten Deckeln vor sich her. »Was für ein Glück, dass ich euch gleich in die Arme laufe.« Ihr Blick wanderte zu den Behältnissen, die sie trug. »Ich habe euch eine Kleinigkeit zur Stärkung mitgebracht.« Sie drückte Kai die Gefäße in die Hand und schlang ihre Arme um Ella. »Es tut mir so leid, Ella. Ohne mich wäre das alles nicht passiert.«

Ella schaute sie verwirrt an.

»Timo war so lieb und hat mir geholfen, neue Regale in meinem Laden aufzubauen«, erklärte sie. »Und auf dem Weg ins *Rækkehus* wurde er dann in diesen schrecklichen Unfall verwickelt. Wenn ich ihn nicht um Hilfe gebeten hätte, wäre er früher losgefahren und dann …« Astrid brach ab.

Ella umarmte sie. »Ich weiß, was du mir sagen willst. Aber du kannst nichts dafür. Niemand konnte ahnen, wie der Tag ausgeht.«

»Ella hat recht«, fügte Kai hinzu. Er legte den Arm tröstend um Astrid und drückte sie ebenfalls kurz an sich. »Manchmal macht das Leben einfach, was es will.«

Astrid nickte, nicht ganz überzeugt. Gemeinsam betraten sie den Eingangsbereich des Krankenhauses. Ellas Magen machte sich durch ein hohles Grummeln bemerkbar, und ihr wurde schlecht. Wann hatte sie das letzte Mal etwas gegessen? Sie versuchte, die Übelkeit zu unterdrückten, doch es gelang ihr nicht, und so lief sie ohne Vorwarnung Richtung Toiletten und steuerte auf das Waschbecken zu. Sie würgte, und Schweiß trat auf ihre Stirn. Nach wenigen Augenblicken drehte sie den Hahn auf, hielt die Hände darunter und spritzte sich kaltes Wasser ins Gesicht. Sie sah in den Spiegel und schüttelte den Kopf. Sie sah mitgenommen aus. Rasch betätigte sie den Papierhandtuchspender und tupfte sich das Gesicht mit sanften Bewegungen trocken.

Nach der zweiten Besuchszeit kam die Übelkeit zurück. Erneut flüchtete Ella in die Toilette und wusch sich das Gesicht mit eiskaltem Wasser, danach ging es ihr etwas besser. Als sie zurückkam, wartete Kai vor Timos Zimmer auf sie.

»Schwester Hansen hat versprochen anzurufen, wenn Timos Zustand sich verändert«, sagte er. »Wenn es dir recht ist, fahren wir zu mir. Sven schläft ein paar Tage bei Freja, solange seine Mutter auf Geschäftsreise ist. Somit sind wir flexibel und können jederzeit ins Krankenhaus, egal zu welcher Tages- oder Nachtzeit.«

»Danke. Ich komme gern mit zu dir. In Timos Wohnung würde mir wahrscheinlich die Decke auf den Kopf fallen.«

Die Fahrt nach Frederiksberg erschien Ella endlos, und die Eingangstür zu Kais Wohnung war viel zu weit entfernt. Als sie davorstanden, schloss Kai auf. Kaum war der Schlüssel klimpernd in der Schale im Vorraum gelandet, kam ihnen aus der Küche eine blonde Frau entgegen.

Kai rang sich ein Lächeln ab. »Ella, darf ich dir Hannah, Frejas Mutter, vorstellen?«

Hannah schüttelte ihr die Hand. »Tut mir leid, dass wir uns unter diesen Umständen kennenlernen. Freja erzählt viel von Ihnen. Sie hat Sie ins Herz geschlossen.«

»Freja ist ein tolles Mädchen. Ich kann das Kompliment nur zurückgeben«, entgegnete Ella.

Kai stellte Ellas Gepäck ab und ging vor ins Wohnzimmer. Dort bat er Hannah und Ella, Platz zu nehmen. Hannah zog einen Stuhl heraus und setzte sich. »Danke noch mal, dass du Sven für ein paar Tage bei dir aufnimmst«, sagte Kai.

»Das ist doch selbstverständlich. Freja freut sich, wenn Sven bei uns ist. Die zwei sind ein eingeschworenes Team, wenn man von den Momenten, in denen sie sich in die Haare kriegen, mal absieht.«

Das Knacken von Treppenstufen ließ Ella herumfahren. Sven stand auf halber Höhe der Treppe, die zu Kais Schlafzimmer, dem Gästezimmer und den Zimmern der Kinder im oberen Stock führte. Ein unsicheres Lächeln stand in seinem Gesicht. Hinter ihm lugte Freja hervor.

»Hey, Ella!« Sven nahm die letzten Stufen, sprang ins Wohnzimmer und schloss sie ungelenk in die Arme. »Wir machen uns solche Sorgen um Timo!«

»Ja, es ist ganz schrecklich.« Freja folgte Sven nach und drückte Ella von der anderen Seite fest an sich. So saß Ella da, von vier Armen umschlungen.

Als die Kinder sie losließen, sagte Sven: »Wir haben eine

Karte gemacht, damit Timo ruckizucki wieder auf die Beine kommt. Gibt bloß Schwierigkeiten mit den Feinheiten.« Sven hielt Ella eine gefaltete Karte entgegen. »Du bist eine tolle Zeichnerin, deshalb ist das hier für den letzten Schliff in deinen Händen besser aufgehoben als in Papas.«

»He, das hab ich gehört. Sterneköche gelten ebenfalls als Künstler. Habt ihr das etwa vergessen?«

Sven warf seinem Vater einen entschuldigenden Blick zu und fing Frejas Nicken auf. »Ja, schon klar. Aber wir können die Karte schlecht zu Ende kochen, oder?« Freja konnte sich ein leises Kichern nicht verkneifen.

Ella klappte die Karte auf und beugte sich darüber. »Also gut, dann schauen wir uns das mal an. Mal sehen, was noch zu tun ist.« Sie sah auf ein zotteliges Wesen.

»Das ist ein Gjøl-Troll.« Sven zeigte auf die Figur mit dem knubbeligen Gesicht und den zu Berge stehenden Haaren. »Gjøl-Trolle bringen ihren Besitzern richtig viel Glück. Stimmt's, Freja?« Oben lief unbeachtet der Fernseher. Ella hörte die Stimmen der Schauspieler einer bekannten Serie.

»Genau. Je mehr Glück, desto besser«, antwortete Freja. Sie hatte sich auf den Stuhl neben Ella gefläzt und linste gespannt zu ihr hinüber.

Während sie auf die Karte sah, bemerkte Ella eine leicht erhobene Stelle auf der Holzplatte des Tisches. Mit der Hand fuhr sie darüber.

»Das sind die Überreste von Frejas Glitzerstein-Bastelphase«, warf Kai, der Ellas Blick gefolgt war, ein. »Weißt du noch, Freja? Damals hast du euphorisch Plastiksäckchen, gefüllt mit bunten Glitzersteinen, durch die Luft gewirbelt und behauptet, deine Kunstlehrerin hätte gesagt, du bräuchtest ein Markenzeichen.« Auf Kais Gesicht erschien ein warmes Lächeln.

»Von da an hat sie fast jede freie Minute am Esstisch verbracht und alles, was ihr zwischen die Finger kam, mit den kleinen bunten Steinchen beklebt«, fuhr er fort und strich mit den Fingerspitzen über die Holzplatte. »Wenn Freja rief: ›Kai, mir ist ein kleines Ungeschick passiert‹, wusste ich, dass es sich um verklebte Finger, Haare, die eine unglückliche Begegnung mit dem Kleber gemacht hatten, oder den Tisch handelte, der was abbekommen hatte. Ungeschick ist Frejas spezieller Ausdruck für Missgeschick.« Kai legte seinen Arm um Freja und drückte sie liebevoll an sich. »Entschuldige, dass ich mich so über diese Zeit auslasse, aber ich erzähle auch heute noch zu gern, dass mein Esstisch ein echtes Freja-Unikat ist.«

Ella ließ für einen kurzen Augenblick die Realität um Timos Unfall hinter sich und tauchte in die Welt einer Patchwork-Familie mit all ihren Erinnerungen ein.

»Dann schauen wir mal, dass wir heute kein Ungeschick verursachen«, sagte sie und machte sich mit Freja und Sven an die Arbeit.

Nachdem die Karte fertig und Hannah mit den Kindern aufgebrochen war, brachte Kai Ellas Gepäck ins Gästezimmer.

»Gib mir Bescheid, falls du noch was brauchst«, sagte er.

»Mach ich. Danke für alles und gute Nacht, Kai.«

Als Kai die Tür leise hinter sich schloss, ließ Ella den Blick wehmütig über die Möbel gleiten. Einen Augenblick wusste sie nichts mit sich anzufangen. Die vielen schönen Momente, die sie mit Timo in diesem Zimmer verbracht hatte, erschienen ihr wie Bilder aus einem fremden Leben. Alles kam ihr so unwirklich vor.

Sie schlüpfte aus den Schuhen, griff nach ihrem Terminplaner und zog ein Foto von Timo aus dem Lederumschlag. Mit den Fingern fuhr sie seine Umrisse nach und lehnte das Foto gegen die Nachttischlampe, so hätte sie es im Blick, sobald sie morgens aufwachte. Ihre Lider waren schwer und eine bleierne Müdigkeit überkam sie. Sie rieb sich die Augen und legte sich auf das frisch bezogene Bett. Als sie sich auf die Seite drehte, sank sie tiefer in die Matratze und schlief vor Erschöpfung sofort ein.

30.

Tegernsee, Ende Oktober

Von den Gräbern rundum leuchtete das Licht ganzer Batterien von Kerzen zu Hedi hinüber. Hedi legte die Herbstanemonen auf das Grab, vor dem sie stand, dabei sah sie auf den Grabstein aus hellem Sandstein, in den Gerdas Name in Gold eingelassen war. Anemonen waren Gerdas Lieblingsblumen gewesen. Früher hatte Hedi ihrer Freundin oft welche geschenkt.

»Hallo, Gerda. Ich weiß, mein letzter Besuch ist schon ein Weilchen her, und jetzt fragst du dich bestimmt, warum es mir gerade heute in den Sinn gekommen ist, dich zu besuchen.« Hedis Augen ruhten auf dem Grabstein. »Nun … ich möchte dir endlich von meiner Tochter Wilma erzählen. Ja, du hast richtig gehört. Annalena ist nicht meine einzige Tochter. Eine Tatsache, die ich dir all die Jahre verschwiegen habe, und natürlich weiß ich, dass ich viel früher mit dir darüber hätte reden sollen, als wir noch bei Kaffee und Kuchen zusammensitzen konnten, aber wie hast du immer gesagt, besser spät als nie.«

Sie war lange nicht mehr auf dem alten Südfriedhof gewesen. Mit jedem Jahr, das verging, empfand sie die Fahrt als strapaziöser. Doch an diesem trüben Morgen war sie mit dem dringenden Wunsch aufgewacht, sich von Bernadette Wergen, ihrer Pflegerin, nach München fahren zu lassen, um mit Gerda reinen Tisch zu machen. Gerda hätte gewollt, dass sie die Dinge geraderückte, und vielleicht sogar, dass sie Abbitte leistete. Dazu war es nie zu spät.

Gerda war unverstellt und geradeheraus gewesen. Sie hatte

oft von den schönen Momenten gesprochen und war nie müde geworden, Entschlüsse zu fassen. Und nun stand Hedi vor dem von niedrigem Buchsbaum umfriedeten Grab und begann von Wilma zu erzählen.

»Weißt du noch, die Nächte mit Johnny?«, sagte Hedi und reiste mit den Worten in der Zeit zurück. »Du warst bis über beide Ohren in ihn verschossen und konntest nicht genug von deinem Glück bekommen. Eines Tages hast du mich gefragt, ob ich überhaupt noch wüsste, wie es ist, einen warmen Männerkörper neben mir zu haben. Vermutlich hast du gedacht, ich wäre prüde oder hätte vergessen, wie es ist zu lieben. Damals lag es mir auf der Zunge, dir von Alan zu erzählen. Da kannten wir beide uns zwar noch nicht lange, aber ich hatte gleich großes Vertrauen zu dir, trotzdem habe ich geschwiegen ... Ich habe mich geschämt, weil ich mir insgeheim eine gemeinsame Zukunft mit Alan erhofft hatte. Ich kam mir so dumm und naiv vor, so gutgläubig. Hätte meine Mutter, wenn sie noch am Leben gewesen wäre, von meinem Techtelmechtel – so hätte sie es genannt – erfahren, hätte es ein ordentliches Donnerwetter gegeben. Erst recht, als mir klar wurde, dass ich guter Hoffnung war ... Guter Hoffnung, ein veralteter Begriff, ich weiß. Aber sind Kinder nicht die Hoffnung auf etwas Wunderschönes?«

Hedi glaubte, Gerdas Präsenz auch jetzt noch zu spüren. Vielleicht lag es an der Erleichterung, ihr endlich die Wahrheit zu sagen. Ihre Freundin hatte Trauer immer nur kurz zugelassen. »Um lange zu trauern, ist das Leben zu kostbar.« An dieser Einstellung war, aus Gerdas Sicht, nicht zu rütteln gewesen. Doch die Trauer um Wilma hätte sie mit ihr geteilt, das wusste Hedi.

»Es tut so gut, endlich offen mit dir zu sprechen, Gerda.« Hedi entspannte sich ein wenig. »Du hast natürlich recht«, fuhr sie fort. »Es ist ein Armutszeugnis, dass ich so lange geschwiegen habe. Annalena sieht das ähnlich wie du. Mein Geständnis hat sie ziemlich getroffen. In den letzten Tagen ist sie jedoch überraschenderweise wieder auf mich zugekommen. Es wird bestimmt noch einige Zeit dauern, bis sie mir verzeihen kann, wenn überhaupt. Trotzdem bin ich guter Dinge, dass wir uns irgendwann wieder ohne negative Gefühle begegnen und unser Band vielleicht sogar neu knüpfen können.«

Hedi sah sich um. Von dem Kiesweg, der parallel zu dem verlief, auf dem sie hergekommen war, schienen die buntbelaubten Äste der Bäume zu ihr herüber. Ihr Geheimnis um Wilma hatte viele Fehler nach sich gezogen. Sie hatte nicht nur ihre Familie belogen, sondern auch ihre Freunde. Aber immerhin hatte sie nun eine Entscheidung getroffen und würde keinen Umweg mehr in Kauf nehmen. Ihre Lebensuhr lief unaufhaltsam weiter. Sie hatte nicht mehr viel Zeit.

»Annalena hat meine innere Zerrissenheit schon als kleines Mädchen gespürt. Leider war ich zu sehr mit mir selbst beschäftigt, um es mitzubekommen.« Der Schmerz lähmte Hedi, sie stützte sich auf den Stock und sprach schließlich weiter. »Und was Wilma anbelangt …« Sie zögerte, dann fuhr sie fort. »Es würde ihr vermutlich das Herz brechen, wenn sie den Grund erfahren würde, warum sie nicht an Annalenas Seite im Goldblütenhaus aufgewachsen ist. Wie erklärt man seiner Tochter, dass man ihr nicht das gleiche Recht zugestanden hat wie ihrer Schwester?« Hedi schüttelte den Kopf. »Nein, Gerda. Es ist besser, wenn Wilma von der Wahrheit verschont bleibt. Sie ist bestimmt glücklich, das hoffe ich zumindest, und dieses Glück darf ich ihr nicht auch noch nehmen. Davon abgesehen wüsste ich nicht mal, wo ich ansetzen müsste, um sie zu finden.«

Hedi hörte Schritte, drehte sich um und sah Frau Wergen näher kommen.

»Frau Glanz. Wir sollten langsam ans Heimfahren denken«, sagte sie, als sie bei Hedi ankam.

Hedi rieb mit den Händen über ihre Arme, die in einem Wollmantel steckten, und versuchte, sich aufzuwärmen. Sie hatte gar nicht bemerkt, wie kalt es war, doch nun fror sie. »Geben Sie mir noch ein paar Minuten, Frau Wergen. Es dauert nicht mehr lange.«

Die Pflegerin nickte und zog sich stumm zurück.

Hedi wartete einen Augenblick, um sicherzugehen, dass niemand sie hörte. »Ich weiß, was du sagen willst, Gerda. Dass ein Teil von mir doch nur wieder aus Angst handelt. Ich würde lügen, wenn ich dir widersprechen würde. Wo Hoffnung ist, ist auch Enttäuschung möglich, das haben wir beide am eigenen Leib erfahren. Ja, es wäre mein größter Wunsch, meine Tochter noch einmal zu sehen, sie zu umarmen und ihr zu sagen, dass ich sie immer in meinem Herzen getragen habe. Dennoch, meine Entscheidung, die Vergangenheit endlich zur Ruhe kommen zu lassen, ist die einzig richtige.« Hedi strich sich eine Haarsträhne aus dem Gesicht. »Es ist Zeit aufzubrechen, Gerda. Danke, dass du mir zugehört hast. Ich hoffe, wir sehen uns bald wieder … Du fehlst mir …«

Eine junge Frau ging an Hedi vorüber. Hedi sah ein letztes Mal auf die Anemonen und die Lichter auf den Gräbern rundum, dann schob sie den Stock nach vorn und setzte sich in Bewegung.

Bernadette Wergen wartete auf einer Bank, keine hundert Meter entfernt. Auf halbem Weg dorthin klingelte Hedis Handy. Bis sie ihr Smartphone im Universum ihrer Tasche gefunden hatte, dauerte es. Doch dann schlossen sich ihre Finger um das Mobiltelefon und zogen es aus der Tasche.

Hedi hörte Ellas Stimme. »Großmama?«

»Ella … Liebes.« Hedi seufzte leise auf.

»Ist alles in Ordnung, Großmama? Du klingst irgendwie bedrückt.«

»Nein, nein, es ist alles in bester Ordnung. Ich habe mich gerade von Gerda verabschiedet. Ich bin auf dem Friedhof. Und nun mache ich mich auf den Nachhauseweg. Ich denke so oft an dich, Ella. Und an Timo. Wie geht es ihm denn?«

Hedi glaubte, ein unterdrücktes Wimmern wahrzunehmen. Augenblicklich spannte sich alles in ihr an. Die Hoffnung, Timo käme zu Bewusstsein und Ellas Leben verliefe wieder in ruhigeren Bahnen, wurde übermächtig.

»Großmama. Ich … Es ist … Es fällt mir so schwer, meine Gefühle und alles, was mir durch den Kopf geht, in Worte zu fassen. Jeder Tag ist eine emotionale Achterbahnfahrt.«

»Es gibt nichts, das du nicht aussprechen darfst, Liebes. Das weißt du, nicht wahr?«

»Ich weiß. Ich bin es, die mich zensiert. Anstatt optimistisch zu sein, konzentriere ich mich nur auf *was, wenn* … Ich sitze herum und male mir alle möglichen Szenarien aus, die nach Timos Aufwachen eintreten könnten. Und jedes Mal, wenn ich sein Zimmer betrete, muss ich die Tränen zurückhalten. Ihn reglos daliegen zu sehen, nicht zu wissen, was der nächste Tag bringt … Wir haben doch noch so viel vor. Unsere Geschichte hat doch gerade erst begonnen.«

»Ach, Liebes.« Hedi fasste sich an die Wange, sah auf das fremde Grab vor sich und versuchte, die richtigen Worte zu finden. »Du durchlebst gerade eine schlimme Zeit voller Ungewissheit, deine Geduld wird aufs Äußerste strapaziert. Da verliert man schon mal den Glauben an ein gutes Ende … und an das, was man leisten kann. Sprich dir ruhig alles von der Seele. Vielleicht hilft es dir.«

»Was mache ich nur, wenn Timo nicht mehr aufwacht, Großmama?«

Hedi sah zu Frau Wergen hinüber und hob die Hand, um ihr zu bedeuten, dass es noch dauern würde.

»Darüber denkst du nach, wenn dieses ›Wenn‹ da ist. Nimm

einen Moment nach dem anderen, das ist alles, was du tun kannst. Und vergiss nicht, dass dir nie mehr abverlangt wird, als du schaffen kannst. Das ist kein dummer Kalenderspruch, Ella, das ist meine Erfahrung.«

»Wie kannst du so etwas sagen, nach dem, was du erlebt hast?«, fragte Ella ganz und gar nicht überzeugt.

»Eben deshalb sage ich es. Das Leben ist kompliziert, weil wir ständig die Zukunft vor Augen haben. Wenn wir auf lange Sicht alles richtig machen wollen, scheitern wir unweigerlich. Nimm dir eins nach dem anderen vor. Es ist wie bei einem guten Essen. Erst kommt die Vorspeise, dann der Hauptgang und zum Schluss das Dessert. Du musst nicht wissen, was nächstes Jahr auf dich wartet, nicht mal, was nächste Woche geschieht. Lebe nur diesen einen Tag. In Ordnung?«

»Ich werde mein Bestes geben. Danke, Großmama … Sag, hast du noch mal mit Mama gesprochen?«

»Annalena hat mir gestern ein Stück Apfelstrudel vorbeigebracht, da haben wir ein paar Worte miteinander gewechselt.«

»Na also. Ihr bewegt euch nach vorn. Das ist doch ein guter Anfang.«

Hedi schob mit dem Stock eine Eichel zur Seite, dir ihr vor die Füße gefallen war. »Ich habe schon zweimal einen Mann aus der Wohnung deiner Mutter kommen hören. Offenbar trifft sie sich mit jemandem. Vielleicht ist es Stefan Kopf? Jedenfalls vermute ich es. Vielleicht hat unser schwieriges Gespräch den Ausschlag dazu gegeben, endlich wieder einen Fuß hinaus in die Welt zu setzen. Falls ja, wäre ich heilfroh darum.«

Hedi erzählte von Baker, der mit Markus Goss am Tegernsee vorbeigeschaut hatte. »Hast du heute schon was gegessen?«, fragte sie zwischendurch.

»Mir ist nicht nach essen zumute«, gestand Ella. »Sorgen legen sich mir auf den Magen, das weißt du ja.«

Hedi wusste, dass es Dinge gab, die stärker waren als der Wille. Zumindest sorgte das Telefonat dafür, dass Ella die Zeit herumbekam. Und was den Riss in ihrer Familie betraf, musste sie behutsam vorgehen und auf Annalenas Wohlwollen hoffen. Das Leben behielt stets die Oberhand, das hatte sie schmerzhaft lernen müssen. Doch den Gedanken, dass selbst das Schicksal gegen Liebe nicht ankam, wollte sie nicht aufgeben.

31.

Kopenhagen, Dänemark, November

Der Uhrzeiger sprang auf neun. Ella stützte die Ellbogen auf die Matratze und setzte sich auf. Kais Gästebett hatte eine wundervoll weiche Matratze, und wenn sie sich konzentrierte, konnte sie sich einreden, im Zimmer schwach den Geruch nach vergangenem Glück aufzunehmen. Aus dieser Vorstellung schöpfte sie seit drei Wochen Kraft, und als sie nun den Kopf drehte, lachte Timo ihr von dem Foto entgegen.

»Guten Morgen, Liebster. Ich vermisse dich.«

Kurz stellte sie sich vor, Timo käme jeden Augenblick aus dem Badezimmer und würde sie mit noch feuchten Haaren auf die Lippen küssen. Danach bliebe noch Zeit, in Ruhe gemeinsam den Tag zu planen. Ella löste ihren Blick von dem Bild, ging zum Fenster und stellte die Jalousien schräg, sodass sie durch die Ritzen auf die kahl gewordenen Bäume und Häuser gegenüber sehen konnte. Auf der Straße war nicht viel los. Eine Frau ging unter ihrem Fenster vorbei und zog Handschuhe aus ihrer Manteltasche. Offenbar war es heute kälter als gestern. Ella sah in den Himmel, hinter den Wolken blitzte ein kleiner Lichtstrahl hervor.

Noch einmal sah sie zu dem Schnappschuss hinüber. Das Foto bescherte ihr jeden Morgen ein flüchtiges Gefühl von Sorglosigkeit, doch sobald der Tag begann, übernahmen die Gedanken die Kontrolle über ihr Leben.

Anfangs hatte Kai ihr ein Schlafmittel auf den Nachttisch gelegt, damit sie nachts Ruhe fand, aber Ella hatte lediglich zweimal darauf zurückgegriffen und war dann dazu übergegangen, sich vor dem Schlafengehen eine Tasse Kamillentee zu kochen, sich in eine kuschelige Decke zu wickeln und ihren Tee in der Fensternische von Kais Wohnzimmerfenster zu trinken. Danach fiel sie gewöhnlich ins Bett und schlief sofort ein. Der Schlaf ließ sie nicht im Stich. Zumindest darauf konnte sie zählen.

Ella schlüpfte in warme Socken, ging ins Bad und schaltete das Licht an. Sie sah die offene Tür im Spiegel, davor blickte ihr ihr Gesicht bleich und ernst entgegen. Heute war ein Tag mit vielen Fragezeichen. Die Ärzte würden endlich versuchen, Timo aus dem Koma zu holen, doch bis zur Besuchszeit dauerte es noch. Ella spürte die Furcht im Magen, drehte den Hahn auf und trank einen Schluck kaltes Wasser.

»Wir haben die Medikamente Schritt für Schritt reduziert. Auch die künstliche Beatmung wurde langsam herunterfahren. Der Beatmungsschlauch wird jedoch erst entfernt, sobald der Patient in der Lage ist, selbstständig tief zu atmen oder Sekret aus der Lunge abzuhusten«, hatte Doktor Nielsen ihnen gestern Nachmittag erklärt, dabei hatte er seine Hände geknetet. Ella war aufgefallen, dass er oft mit seinen Händen zugange war, wenn er mit Angehörigen von Patienten sprach.

»Das klingt doch alles vielversprechend«, hatte Kai gemeint, als Doktor Nielsen sie allein gelassen hatte.

Doch Ella war sich nicht sicher, wie vielversprechend Doktor Nielsens Worte tatsächlich waren. Da war diese unbestimmte Angst in ihr, wie ein treuer Begleiter. Inzwischen sprach sie mit dieser Angst, scheuchte sie weg oder versuchte mit ihr zu verhandeln. Dennoch gelang es ihr nicht, die bedrückenden Gefühle loszuwerden.

Sie spritzte sich Wasser ins Gesicht und putzte sich die Zähne. Als sie die Bürste zurück ins Glas gleiten ließ, hörte sie unten Kai. Er brachte abends oft etwas zu Essen mit, manchmal kochte Ella, aber Kai kümmerte sich immer um das Frühstück. Sie achteten aufeinander, gingen behutsam miteinander um, das half ihnen beiden. Wenn sie medizinische Fragen hatten, setzten sie sich, Seite an Seite, an den PC und googelten, oder Kai rief jemanden an, der ihnen vielleicht Antworten geben konnte. Ella hatte längst aufgehört, sich zu fragen, wie sich Kais Engagement mit seiner Arbeit im *Rækkehus* vereinbaren ließ. Vermutlich schlief er nur wenige Stunden, um alles unter einen Hut zu bekommen. Anders konnte sie es sich nicht erklären.

Kai war es auch gewesen, der Timos Mutter und seinen Vater verständigt hatte. Ella hatte die beiden flüchtig kennengelernt. Inzwischen waren sie wieder abgereist, riefen jedoch täglich an, um sich nach Timos Befinden zu erkundigen.

Ella ging zurück ins Gästezimmer und zog sich an. Seit sie in Kopenhagen war, lag ihr Koffer aufgeklappt auf dem Boden, als sei sie auf der Durchreise.

»Das vierblättrige Kleeblatt«, murmelte sie, obwohl sie dieses Mal nur ihren Trolley dabeihatte. Noch nie zuvor hatte sie Glück so nötig gehabt wie jetzt.

In der Küche nahm Kai das Teesieb aus der Kanne und stellte es auf einen Teller ab. Als er Ella sah, schob er die Kanne zur Seite. »Guten Morgen, Ella. Hunger?«

Sie nickte, um ihm eine Freude zu machen. »Ein bisschen.« Es stimmte nicht, doch sie musste etwas essen.

»Warte kurz, ich bin gleich so weit.« Kai schnitt eine Avocado auf, salzte und pfefferte und beträufelte sie mit Essig und Öl.

»Magst du auch?«, fragte er, als er die marinierte Avocado auf einem Teller mit geschnittenen Tomaten verteilte.

»Nein, danke. Ich esse lieber ein Ei und eine Scheibe Toast.«

»Ist alles da.« Kai nahm zwei Scheiben Dinkeltoast aus dem Toaster. Routiniert kümmerte er sich um die letzten Handgriffe und setzte sich danach zu Ella.

Nachdem sie aufgegessen hatte, räumte Ella das benutzte Geschirr in die Spülmaschine. Kai war hinausgegangen und holte seine Jacke. Als er zurückkam, hatte er sie bereits an und ging auf den Balkon, er telefonierte gern an der frischen Luft. Danach fuhr er ins Restaurant.

Obwohl es noch zu früh war, rief Ella ein Taxi und ließ sich zum Krankenhaus fahren. Kai hatte versprochen, nachmittags nachzukommen.

Beim Rigshospitalet blieb sie einen Moment reglos im Taxi sitzen. Erst als der Fahrer sie irritiert ansah, zahlte sie und stieg aus. Das Angehörigenzimmer kannte sie inzwischen aus dem Effeff. Jede Ecke und jeden kleinen Fleck an der Wand hätte sie blind beschreiben können.

Sie setzte sich, nahm ihr Handy und rief Google auf. Der Zwang, sich auf das vorzubereiten, was der Tag bringen könnte, ließ sie einfach nicht los. Sprachstörungen, Gesichtsfeldausfälle, Störung der Feinmotorik, Epilepsie, Persönlichkeitsveränderungen. Die Liste der möglichen Folgeschäden, die vermutlich erst im Laufe der nächsten Wochen ausgeschlossen werden konnten, war lang. Ella versuchte, das Gelesene zuerst zu erfassen und es danach sogleich wieder loszuwerden. Egal was auf sie zukäme, heute war ein Tag der Freude, denn nach drei Wochen würde sie endlich wieder dem Mann in die Augen blicken können, den sie liebte. Sie holte sich einen Kaffee und las Berichte von Betroffenen, dann verließ sie das Krankenhaus, um eine Weile herumzuspazieren. Gegen vierzehn Uhr kam Kai den Krankenhausgang entlang.

»Ich kann's kaum erwarten, Timo zu sehen«, sagte er, als er vor ihr stand.

Er lächelte Ella aufmunternd zu, zog seine Jacke aus, legte sie ab und knöpfte die Hemdsärmel auf. Ella sah ihm die Erleichterung an. Könnte sie doch nur wie er empfinden, doch da war ein nagender Zweifel, eine innere Ratlosigkeit, die sich nicht wegschieben ließ.

»Du siehst blass aus«, bemerkte Kai und setzte sich neben Ella.

»Mir ist nur ein bisschen flau im Magen. Vermutlich hätte ich etwas mehr essen sollen«, erwiderte sie und nickte mehrmals, wie um sich selbst von der Richtigkeit ihrer Worte zu überzeugen.

»Dein Magen scheint in letzter Zeit öfter beleidigt zu sein. Vielleicht solltest du dich mal durchchecken lassen? Nur zur Sicherheit? Vor Ort wärst du ja.«

Ella sah Kais gerunzelte Brauen und setzte zu einer Antwort an, als Schwester Hansen hereinkam und ihr diese ersparte. Ella sprang auf. »Ist Timo aufgewacht?«, stieß sie hervor. Die Vorfreude in ihrer Stimme erfüllte den Raum.

Schwester Hansen schüttelte den Kopf. »Leider nein. Es tut mir leid, dass ich Ihnen keine bessere Nachricht überbringen kann.«

Die Antwort der Schwester ließ Ella zusammenzucken. Enttäuscht sank sie zurück in den Sessel. »Aber Doktor Nielsen hat doch gesagt, seine Werte wären in Ordnung. Wieso wacht er nicht auf?«

Als der Arzt mit ihr gesprochen hatte, war Ella zwischenzeitlich voller Hoffnung gewesen. Er hatte so optimistisch geklungen, so zuversichtlich. Aber nun begriff sie, dass eine Gleichung mit mehreren Unbekannten vor ihnen lag.

»Die Aufwachphase ist eine kritische Zeit. Für den geschwächten Körper des Patienten ist sie mit sehr viel Stress verbunden.« Schwester Hansen schenkte Ella einen aufmunternden Blick. »Wann genau ein Patient aufwacht, ist oft schwer zu sagen. Manche kämpfen länger als andere, um wieder zu vollem Bewusstsein zu gelangen. Ich kann Ihnen aber versichern, dass

Komplikationen, die im Laufe eines Komas entstehen können, ausgeschlossen wurden.« Schwester Hansen legte ihre Hand auf Ellas Oberarm und redete in einem beruhigenden Ton weiter. »Ich weiß, Geduld zu haben ist in einer Situation wie dieser verständlicherweise äußerst schwer. Und ich habe das Wort in den letzten Wochen wahrscheinlich viel zu oft in den Mund genommen. Dennoch würde ich Sie bitten, noch einmal Ihre Geduld zu strapazieren.« Sie nickte und ging ein paar Schritte auf die offen stehende Tür zu. Dort drehte sie sich noch mal um. »Zögern Sie nicht, mich anzusprechen, sollten Sie noch Fragen haben. Ich bin jederzeit für Sie da.«

Ella hörte, wie sich die Tür leise hinter der Schwester schloss.

Wie von fern erklang Kais fürsorgliche Stimme. »Bist du okay?«

Ella nickte und hielt ihren inneren Aufruhr in Schach. Auch Kai bangte um Timo. Auch für ihn war die Situation eine enorme Herausforderung. Deshalb musste sie jetzt stark sein, für sich, für Kai und natürlich für Timo. Ella atmete tief durch. Wenn sie nicht aufpasste, würde sie der unaufhaltsame Fluss schierer Verzweiflung mitreißen. Danach gäbe es kein Zurück.

Ellas Handy auf dem Stuhl vibrierte. Sie griff danach und blickte aufs Display. »Entschuldige. Das ist Leonie.« Sie stand auf.

»Richte deiner Schwester meinen Dank aus. Ohne dich wäre es hier verdammt einsam.«

Ella rang sich ein Lächeln ab. »Auch, wenn du maßlos übertreibst … Danke, Kai.«

Es ist genau umgekehrt, dachte Ella. Was würde sie ohne Kais warme Blicke und seine manchmal schrägen Kommentare tun, die ihr einen Hauch von Normalität vorgaukelten? Ella wollte gerade nach der Türklinke greifen, als der Boden unter ihren Füßen zu wanken begann. Sie griff ins Leere und spürte, wie sich alles um sie herum drehte.

Kai sprang auf und schlang stützend seinen Arm um sie. Mit der freien Hand griff er nach ihrem rechten Oberarm. »Komm, setz dich.« Er führte Ella zurück zu ihrem Sessel. »Warte kurz. Ich bin gleich zurück«, sagte er und verließ den Raum. Wenige Sekunden später kam er mit Schwester Hansen zurück. Sie schob einen Rollstuhl vor sich her.

Ella wollte abwinken, doch Kai ahnte, was sie sagen wollte, und kam ihr zuvor. »Du lässt dich jetzt durchchecken, Ella. Ich mach mir Sorgen um dich. Keine Widerrede.«

Seine bittenden Augen zwangen Ella zur Kapitulation. Notgedrungen setzte sie sich in den Rollstuhl und stellte ihre Füße auf die Stützen.

»Soll ich mitkommen?«, bot Kai an.

Ella schüttelte den Kopf. »Wird bestimmt nicht lange dauern.«

Die Papierauflage knisterte, als Ellas Beine nach der Untersuchung wie in Zeitlupe von der weißen Liege glitten. Hatte die Ärztin vorhin verdutzt den Kopf geschüttelt? Ella wusste es nicht zu sagen, zu viel ging ihr im Kopf herum. Sie ging auf den Stuhl vor dem Schreibtisch zu und bemerkte, dass sie ihre Hände zu Fäusten geballt hatte. Langsam öffnete sie sie, dabei fiel ihr Blick auf ein Regal, dessen Böden mit Medizinbüchern bestückt waren. Die junge Ärztin hatte hinter ihrem Schreibtisch Platz genommen und tippte etwas in ihren Computer, dann wandte sie sich ihr zu und sprach auf sie ein. Ella sah, wie ihre Lippen sich bewegten, aber die Worte waren wie Schallwellen, die an einer Mauer abprallten und nicht bis zu ihr durchdrangen.

Als die Ärztin endete, erhob Ella sich wie fremdbestimmt. Mit einem kurzen »Danke!« ging sie auf die weiße Tür zu und verließ das Untersuchungszimmer. Als sie aus dem Gebäude auf die Straße trat, hatte sie das Gefühl, von der Windböe, die sie spürte, erfasst und mitgerissen zu werden. Ihr Haar flog in alle Richtungen. Sie sah auf die graue Wolkendecke am Himmel, die sie an das Gemälde einer aufstrebenden Künstlerin erinnerte, das sie vor Kurzem in einer Online-Ausstellung gesehen und nicht vergessen hatte. Ella bog um die Ecke und durchquerte die durch einen Gehweg getrennte Grünfläche. Von hier aus konnte sie den Eingang zum Nordflügel sehen.

Langsam bewegte sie sich darauf zu, und als sie eintrat, war die Eingangshalle ungewöhnlich leer. Man hätte fast eine Stecknadel fallen hören können, so leise war es. Das Öffnen einer Lifttür durchbrach die Stille. Eine alte Dame stieg aus, gestützt auf Krücken. Weit und breit war niemand zu sehen, der sie in Empfang nahm. Im Vorbeigehen lächelte die Dame Ella zu. Es war ein ehrliches, interessiertes Lächeln. Ella bemühte sich, dieses Lächeln zu erwidern, doch ihr Gesicht wollte sich nicht bewegen. Sie sah der Frau nach, dann folgte sie der Beschilderung zur Intensivstation. Der Gang erschien ihr wie ein endloser Weg ohne Ziel. Ihr Leben wirkte mit einem Mal surreal, als wäre sie fremd darin.

»Ich kann gut verstehen, dass eine Diagnose wie diese oftmals ein Schock ist«, dröhnten die Worte der Ärztin in Ellas Kopf. Immerhin das war zu ihr vorgedrungen.

Die Tür zum Angehörigenzimmer quietschte leise, als Ella sie öffnete. Kais fragende Augen waren auf sie gerichtet. Noch bevor er etwas sagen konnte, bahnte sich ein Fluss aus Tränen seinen Weg über Ellas Wangen.

»Um Himmels willen, Ella. Was ist denn passiert?« Kai sprang auf. »Setz dich erst mal. Soll ich dir ein Glas Wasser holen?«

Ella verneinte mit einem zaghaften Kopfschütteln, während Träne um Träne floss.

»Warte, ich hole Taschentücher.« Kai sprintete aus dem Zimmer und kam mit einem Berg Papiertüchern aus dem Papierhandtuchspender zurück. »Etwas Besseres konnte ich auf die Schnelle nicht finden«, entschuldigte er sich.

Sie vergrub ihr Gesicht in dem grauen Stück Papier. Mittlerweile zitterte sie am ganzen Körper.

Kai legte die Hand auf ihre Schulter und kniete sich vor sie hin. Ihre Handtasche, die Ella notdürftig auf der Sessellehne abgestellt hatte, geriet ins Wanken und fiel mit einem dumpfen Geräusch zu Boden. Der gesamte Inhalt verteilte sich vor ihren Füßen. Kai fing Ellas Lippenstift auf, der im Begriff war, quer durch den Raum zu rollen. Ella legte das nasse Papiertuch zur Seite und griff nach einem Schwarz-Weiß-Foto, das aus ihrem Terminplaner herausgefallen war.

Kai sah auf das Foto, dann auf Ella. In seinem Kopf zählte er offenbar zwei und zwei zusammen. »Das ist doch nicht etwa …?« Er stockte, dann rieb er sich mit der Hand über die Augen.

Ella nickte und schob ein leises »Ich bin schwanger …« hinterher.

Im Zimmer der Ärztin hatte Ella sich vorgestellt, wie ihr Bauch immer größer wurde und die Kleidung sich zu dehnen begann, wie sie mit der Hand liebevoll über die leichte Wölbung strich und Timo das ebenfalls tat. Leben war ein Geschenk. Man musste nur die Schleife und das Papier entfernen, und schon lag das, wovon man tags zuvor noch nichts geahnt hatte, vor einem. Timo würde ein fantastischer Vater werden. Einer, der jederzeit bereit wäre, seine schützende Hand über das Kind zu halten. Doch Timos Zukunft war ungewiss und somit auch die ihres Kindes …

Kai ließ sich auf die Lehne von Ellas Sessel sinken und griff nach der Ultraschallaufnahme, die Ella ihm hinhielt. Er betrachtete die darauf erkennbaren Schatten.

Ella biss sich auf die Unterlippe, nagte daran. »Wenn Timo nicht aufwacht, was dann? Und was, wenn er nicht mehr er selbst ist, wenn er zu sich kommt? Was ist, wenn unser Kind ohne Vater aufwachsen muss?«

Sie sah, dass Kai schluckte. »Ella, glaub mir, ich würde alles dafür geben, dir darauf antworten zu können …«

32.

Kopenhagen, Dänemark, November

Timo öffnete die Augen und fing blinzelnd das helle Licht der Deckenlampe ein. Lange hatte es sich angefühlt, als schwebe er in einem Grenzbereich zwischen Wachsein und Schlaf, doch das war nun vorbei, er war eindeutig wach. Von irgendwoher hörte er ein Geräusch, das er nicht einordnen konnte. Er schloss die Augen noch einmal, roch diesen seltsam fremden Geruch, nach Reinigungsmitteln oder Ähnlichem, und als er die Augen wieder aufschlug, drehte er den Kopf zur Seite und nahm die Umrisse einer Person wahr.

Der Mann trug ein dunkles Hemd und eine dunkle Hose und schaute ihn kritisch an. Timo schloss die rechte Hand um den Rahmen des Betts. Lag Angst in seinem Blick? Oder Unwohlsein? In seinem Kopf suchte Timo nach Worten, dann nach einem Namen … und fand ihn endlich.

»Kai?«, drang es leise über seine trockenen Lippen. Etwas in Timo entspannte sich. Seine Hand ließ los und fand den Weg zurück aufs Bett.

Der Mann fuhr sich mit der Hand übers Gesicht. »Timo! Mein Gott.«

Ja, es war Angst, was er in den Augen sah, die ihn fixierten. Angst und Sorge – aber nun wichen diese Gefühle der Erleichterung. Timo sah es an den feinen Fältchen um die Augen. Das war Kai – sein Bruder.

»Du hast dir verdammt viel Zeit mit dem Aufwachen gelassen.«

»Kai«, wiederholte Timo. Mehr brachte er nicht heraus. Seine Stimme klang heiser, und sein Hals kratzte schmerzhaft.

»Wir haben heute Morgen einen Luftsprung gemacht, als das Krankenhaus anrief, um uns die gute Nachricht zu überbringen.«

Timos Blick wanderte von Kai zu der Frau, die neben seinem Bruder stand. Von Sekunde zu Sekunde wurden die Konturen schärfer, bis sich ein Bild zusammensetzte. Die junge Frau hatte strahlend blaue Augen, lange glatte Haare und trug genau wie Kai ein einnehmendes Lächeln auf den Lippen.

»Timo«, sagte sie mit sanfter Stimme.

Timo hob seine Hand zur Begrüßung. Sie setzte sich neben ihn und legte ihre Hand auf seine. Ihre Haut fühlte sich weich und warm an. Timos Augen wanderten zurück zu Kai. Mehrmals blinzelte er, dann sah er wieder zu der Frau. Es dauerte einen Moment, bis sein Bruder seinen Blick richtig deutete.

»Macht es dir etwas aus, wenn ich kurz mit Timo allein spreche?«, bat Kai die Besucherin.

Die Frau schüttelte den Kopf. »Natürlich nicht. Lasst euch Zeit. Ich hole mir einen Tee. Möchtest du auch einen? Oder brauchst du etwas, Timo?«

»Nein, danke«, sagte Kai.

Timo schüttelte den Kopf und sah, wie die Frau aufstand. Sie beugte sich zu ihm hinunter, gab ihm einen Kuss auf die Wange und ging Richtung Tür. Timo schaute ihr nach, bis sie aus seinem Sichtfeld verschwunden und das Geräusch der sich hinter ihr schließenden Tür verhallt war. Schließlich drehte er sich zu Kai und warf ihm einen fragenden Blick zu. »Kai, wer ist das? Wer ist die Frau?«

Kai schien Timos Frage nicht zu verstehen. »Was meinst du damit?«

Timo räusperte sich. »Ich hab sie noch nie gesehen.«

Kais Stirn legte sich in Falten. »Timo, das ist nicht witzig. Wir haben uns schreckliche Sorgen um dich gemacht. Ella ist durch die Hölle gegangen, und ich bin es auch. Schön, dass du schon wieder der Alte bist. Aber bei Ella solltest du dir diesen Scherz sparen.«

»Kai«, erwiderte Timo ernst. »Ich sehe diese Frau gerade zum ersten Mal. Ich mache keine Scherze.«

Sein Bruder schien erst langsam zu begreifen. »Warte, ich hole den behandelnden Arzt«, sagte er.

Wenige Momente später kam Kai mit dem Arzt zurück. Dieser ging ein paar Schritte auf Timos Bett zu.

»Herr Brandes. Wir haben heute ja schon miteinander gesprochen, als Sie aufgewacht sind. Erinnern Sie sich noch daran, was ich zu Ihnen gesagt habe?«

»Natürlich. Sie sagten, dass ich von einem Auto angefahren und mit dem Rettungswagen hierher ins Krankenhaus gebracht worden bin und dass ich drei Wochen wegen eines Schädel-Hirn-Traumas im künstlichen Koma lag.«

»Richtig.« Der beschwichtigende Ton des Arztes verhieß nichts Gutes, denn seine Augen sagten etwas anderes.

»Wenn Sie damit einverstanden sind, stelle ich Ihnen noch ein paar kurze Fragen. Macht es Ihnen etwas aus, wenn Ihr Bruder dabei anwesend ist?«

»Nein, natürlich nicht«, antwortete Timo und sah Kai an. Dieser wirkte verunsichert. Auch Timo fühlte sich fehl am Platz – wie auf einer Eisplatte, ohne zu wissen, ob sie ihn auf Dauer tragen würde.

»Können Sie mir sagen, was das Letzte ist, woran Sie sich vor dem Unfall erinnern?«, wollte Doktor Nielsen wissen.

»Ich bin nach Kopenhagen geflogen … Meine Freundin konnte keinen Urlaub nehmen und ist deswegen in Deutschland geblieben …«

Der Arzt blickte zu Kai, dann wieder zu Timo. »Darf ich Sie nach dem Namen Ihrer Freundin fragen?«

Timo nickte. »Thea … Hagerbeck.«

Kai stieß laut die Luft aus. Doktor Nielsen warf ihm einen Blick zu.

»Herr Brandes, ich hoffe, die Frage ist Ihnen nicht zu persönlich, aber würden Sie mir verraten, wie lange Sie und Frau Hagerbeck schon ein Paar sind?«, hakte Doktor Nielsen nach.

Timo rechnete im Kopf. »Wir sind seit über vier Jahren zusammen. Im Moment haben wir allerdings eine Art Beziehungspause.«

»Verstehe«, sagte der Arzt.

»Ich erinnere mich daran, dass Kai … dass mein Bruder und ich die halbe Nacht über die Probleme mit meiner Freundin gesprochen haben. Ich … Oh Gott.« Jetzt schien es Timo wieder einzufallen. »Ich hatte einen Termin mit einem dänischen Sternekoch, um ihn zu interviewen. Ich reise im Moment beruflich sehr viel. Zumindest innerhalb von Europa. Den Termin konnte ich wohl nicht mehr wahrnehmen …«

Timo sah, wie Kai den Kopf schüttelte. Doktor Nielsen nahm ihn kurz beiseite und tauschte sich leise mit ihm aus. Als er sich Timo wieder zuwandte, sagte er: »Herr Brandes, wie es aussieht, leiden Sie an einer retrograden Amnesie und können sich an einen bestimmten Zeitraum vor Ihrem Unfall nicht mehr erinnern. Ich würde gern noch ein paar Tests von unserem Neuropsychologen durchführen lassen, um das genaue Ausmaß zu erfassen.«

Timo sah den Arzt ungläubig an. »Sie meinen … ich habe einen Teil meines Lebens vergessen?«

»Du hast dich vor etwas über einem Jahr von Thea getrennt, Timo«, erklärte Kai. »An die letzte Zeit mir ihr erinnerst du dich offenbar noch.«

Timo sah seinen Bruder perplex an. In seinem Kopf überlagerten sich plötzlich Bilder, in denen Thea und er sich wie Gegner gegenüberstanden. Bilder, an die er sich lieber nicht erinnern wollte, aber sie waren da, und zwar höchst lebendig.

Doktor Nielsen machte eine beruhigende Geste. »In einigen Fällen kommt die Erinnerung mit der Zeit zurück. Aber in der Regel bleiben manche Gedächtnislücken dauerhaft bestehen.«

»Entschuldigen Sie, aber das … das muss ich erst mal sacken lassen.«

Doktor Nielsen ließ Timo Zeit, und als er so weit war, klärte er ihn mit ruhiger Stimme darüber auf, was als Nächstes auf ihn zukäme. »Wegen des Komas müssen Ihre Muskeln wieder aufgebaut werden, Sie werden eine Reha machen müssen, Herr Brandes. Danach geht es Ihnen besser, Sie werden sehen.«

Timo hörte stumm zu. Weit schlimmer als sein körperlicher Zustand erschien ihm die Gedächtnislücke, von der der Arzt sprach. Plötzlich kam ihm ein Gedanke, der ihm zusetzte.

»Kai, bitte sag mir, wie ich zu der Frau stehe, die vorhin hier war?«

Kais Blick war nur schwer zu deuten, er schien abzuwägen, was und wie er es ihm sagen sollte, dann sprach er es kurz und bündig aus. »Ella ist deine Freundin.«

Ein Gefühl der Überforderung breitete sich in Timo aus.

»Kurz nach der Trennung von Thea hast du sie am Tegernsee kennengelernt, sie lebt und arbeitet dort. Du warst gleich Feuer und Flamme. Seitdem seid ihr beiden ein ziemlich glückliches Paar, wenn du mich fragst …«

Timo durchfuhr es kalt. Er brachte nicht mehr als ein schwaches Nicken zustande. Er war selten um Worte verlegen, doch gerade wünschte er sich nichts sehnlicher, als unsichtbar zu sein und dieser Situation entfliehen zu können.

Hinter der geschlossenen Glasschiebetür lehnte Ella mit verschränkten Beinen an der Wand und scrollte auf ihrem Handy. Timo betrachtete sie und sah, dass sie nicht nur hübsch war, sondern auffallend schön. Plötzlich hob sie den Kopf, als hätte sie seine Augen auf sich gespürt. Timo fing ihren klaren, festen und zugleich forschenden Blick auf. Wie eindringlich sie ihn ansah, bevor sie beinahe schüchtern lächelte.

Kai stand auf und zog sein Hemd zurecht. »Weißt du was … ich geh mal kurz zu Ella.«

Er schloss die Glasschiebetür hinter sich und begann draußen, auf Ella einzureden, dabei nahm er seine Hände zu Hilfe, sah kurz zu Timo hinüber …

Timo hatte Doktor Nielsen beinahe vergessen, der nun von Tests sprach, die auf ihn zukämen. Er bemühte sich zuzuhören, konnte den Blick aber nicht von Kai lösen, der seine Hand gerade besänftigend auf Ellas Oberarm legte. Timo sah die wachsende Verzweiflung in ihren Augen und versuchte, ihre Körpersprache zu enträtseln. Sie schien nicht wahrhaben zu wollen, was Kai ihr gerade sagte, schließlich nickte sie widerstrebend und wischte sich mit der Hand über die Wange.

Timo atmete in flachen, kurzen Zügen. Hastig suchte er nach etwas, das ihn an Ella erinnerte, ein Bild, ein Gefühl, ein Geruch – irgendetwas. Wenn sie bereits über ein Jahr zusammen waren, musste da doch etwas sein. Er spürte einer sonderbaren Empfindung nach, die bis in seine Arme und zu den Fingerspitzen wanderte, spürte seinen Körper, doch in seinem Kopf war Leere, kein Bild stellte sich ein. Für ihn war Ella einfach nur eine Fremde.

33.

Tegernsee, November

Die Tür zum Labor fiel hinter ihr zu. Grüßend ging Ella an zwei Mitarbeiterinnen vorbei und steuerte die Mischwannen mit der Basismasse für die Lippenstifte an. Ein Mitarbeiter gab gerade Farbpigmente und weitere Zutaten in die Wanne. Ella blieb kurz stehen und verfolgte den Prozess. Nachdem sie eine Lösung für das Problem mit den Bienenwachsen gefunden hatten, kamen sie rasch voran. Was die Inhaltsstoffe der dekorativen Kosmetik anging, wären sie unschlagbar. Kein Zweifel, die Zeichen standen auf Erfolg.

Ella atmete tief durch. Wenn sie im Labor war, waren Kopenhagen und Timo weit weg, ebenso der Schock, den sie erlitten hatte, als Timo ihr zwei Tage, nachdem er aufgewacht war, in einem Vier-Augen-Gespräch geraten hatte, nach Hause zu fliegen.

Ihr erster Gedanke war, dass er es nicht ernst meinen konnte. Spätestens in ein paar Tagen würden sich die Lücken seiner Erinnerung mit bunten Bildern füllen, doch schon bald musste sie erkennen, dass ihre gemeinsame Zeit für Timo komplett verschwunden war, wie eine Zeichnung, die jemand ausradiert hatte. Wo Fülle gewesen war, war für ihn nur noch Leere.

Als Timo eines Nachmittags glaubte, sie sei nicht in Reichweite, hatte sie ihn sagen hören, er fühle nichts, wenn er ihr begegne. Diese Worte hatten sich wie ein Schwert in Ellas Herz gebohrt. Sofort beschloss sie, dass Timo sich nicht verpflichtet fühlen sollte, Kontakt mit ihr zu halten, nur weil sie schwanger war. Aus diesem Grund durfte er vorläufig auch nichts davon erfahren, das hatte sie sich in diesem Augenblick fest vorgenommen.

»Ich will nicht anmaßend erscheinen, Ella, aber deine Schwangerschaft ist eine Tatsache«, hatte Kai sie vor der Sicherheitskontrolle des Flughafens umzustimmen versucht. »Timo muss sich dem stellen.«

»Natürlich muss er das, aber lass ihn erst mal wieder auf die Beine kommen«, hatte Ella erwidert.

Leonie hatte sie am Flughafen in München in Empfang genommen und alles versucht, um sie darin zu unterstützen, mit diesem herben Schlag umzugehen.

Mehrmals war Ella am Morgen gemeinsam mit ihrer Mutter gejoggt, um den Kopf freizubekommen. Doch sie keuchte nur den Hügel hinauf, ihr Atem dunstig in der kalten Luft, und sie gab bald auf.

Doktor Nielsen hatte ihr erklärt, dass es durchaus möglich sei, dass Timo sich nie mehr an ihre gemeinsamen Erlebnisse würde erinnern können. »Im schlimmsten Fall ist diese Zeit für Herrn Brandes für immer verloren.«

Und für mich gleich mit, hatte Ella stumm ergänzt. Was nützten ihr Erlebnisse, die in ihr höchst lebendig, in Timos Gedächtnis jedoch ausgelöscht waren?

Und so wunderte es Ella nicht, dass zwischen Timo und ihr, seit sie wieder am Tegernsee war, Funkstille herrschte. Keine SMS oder Telefonate. Es war, als hätte es ihn nie in ihrem Leben gegeben.

Um sich abzulenken, arbeitete Ella von früh bis spät. Was liegen geblieben war, holte sie akribisch nach. Endlich fand sie eine Lösung für das Problem mit Herbert Franzens. Nach einem Gespräch mit Leonie schlug sie ihm vor, die Leitung der Forschungsabteilung in Spanien zu übernehmen, die sich ausschließlich um die Entwicklung dekorativer Kosmetik kümmerte. Franzens war sofort bereit, nach Spanien zu übersiedeln, er war Single, und die Aufgabe reizte ihn.

Gedeon kam aus der Kühlung. »Guten Morgen, Ella«, sagte er, als er sie entdeckte. »Das passt ja hervorragend. Hast du Lust mitzukommen? Ich zeige dir, wie weit wir sind.«

Sie folgte ihm zu den Gussformen für die Lippenstifte. Mehrere Formen waren bereits eingeölt, zusammengesetzt und verschraubt worden. Gedeon ließ eine kleine Menge über den Spatel laufen und kontrollierte die Masse, bevor er sie in eine der Gussformen füllte. Das Ganze würde heruntergekühlt werden, danach nähme Gedeon die oberste Schicht ab.

Anschließend gingen sie gemeinsam zur Kühlung, wo Gedeon etwas vorbereitet hatte. Er nahm eine Gussform heraus, öffnete sie und setzte die Hülsen auf. Routiniert unterzog er das Produkt der finalen Qualitätskontrolle und reichte Ella einen Lippenstift.

Sie freute sich über den tadellosen Zustand. Glanz-Lippenstifte waren tierversuchsfrei und enthielten keine Silikone. Es waren Produkte, die sie guten Gewissens in die Welt entlassen konnte und die Frauen ohne Bedenken benutzen konnten. Ella strich etwas von dem Lippenstift auf ihren Handrücken und roch daran.

»Ein herrlich dezenter Geruch.« Sie sah auf die edle Hülse mit dem aufgeprägten G. »Damit machen unsere Lippenstifte auch optisch den Unterschied.« Ein weiteres Mal schnupperte sie an dem Lippenstift, trug ihn auf, presste die Lippen aufeinander und genoss das Gefühl, das er auf ihrer Haut hinterließ.

Herbert Franzens stieß zu ihnen. Seine Hand schloss sich um die Kante des Tischs.

»Was die Konsistenz und den Geruch betrifft, entspricht das vorläufige Ergebnis voll und ganz meinen Erwartungen«, sagte Ella zufrieden.

Gedeon und Herbert Franzens sahen sich an. »Das hören wir gern«, erwiderten sie unisono.

Wenig später begleitete Gedeon Ella zum Ausgang. Draußen fuhr ein LKW zur Laderampe, ein weiterer verließ das Gelände. Schon früh am Morgen herrschte rege Geschäftigkeit.

»Wusste ich's doch, dass ich dich hier finde.«

Ella drehte sich um und sah ihre Schwester auf sich zukommen.

»Ich hab mir gerade ein erstes Lippenstift-Muster angesehen«, berichtete Ella. »Ich bin froh, dass wir den Zeitplan einhalten können. Du hast keine Sekunde müßig verbummelt, während ich in Kopenhagen an Timos Bett gesessen habe«, sagte sie zu ihrer Schwester, als sie den Platz überquerten.

»Das ist doch selbstverständlich.« Leonie sah Ella forschend an. »Hör mal, Ella. Seit du zurück bist, arbeitest du nonstop. Das gefällt mir gar nicht. Du musst nicht alles nachholen, was du deiner Meinung nach versäumt hast.«

Ella machte eine vage Handbewegung. »Ich bin nicht krank, und die Arbeit hilft mir. Sie lenkt mich ab.«

Leonie legte die Hand auf Ellas Schulter. »Du steckst die schwierigen Umstände gut weg. Ich bin stolz darauf, wie du alles meisterst. Aber mute dir bitte nicht zu viel zu, ja? Damit meine ich nicht nur dein Arbeitspensum, sondern auch deine Psyche.«

»Ich bemühe mich klarzukommen, aber die Angst überfällt mich oft genug. Um ehrlich zu sein, fühle ich mich ganz und gar nicht stark. Aber was soll ich tun … außer arbeiten und abwarten? Wenn mir jemand erzählt hätte, dass mein Traummann sich nach einem Radunfall nicht mehr an mich erinnert, hätte ich es nie im Leben geglaubt. Wer erlebt schon so was?«

Immerhin tröstete es sie, wenn sie morgens ans Fenster trat, um auf die Berge und Hügel und auf den See zu schauen. Die Natur hatte etwas Besänftigendes. Daraus zog sie Kraft.

»Hat Timo sich inzwischen mal bei dir gemeldet?«, fragte Leonie, als sie die Tür zur Halle öffnete.

Ella lachte freudlos auf. »Nein, hat er nicht. Und ich weiß auch nicht, ob es mir besser ginge, wenn er es täte. Was hätte er mir schon zu sagen?«

Leonie sah sie eindringlich an und ließ die Tür hinter sich zufallen. »Trotzdem solltest du ihm nicht vorenthalten, dass du schwanger bist. Er muss wissen, dass er Vater wird.«

»Muss er das?« Ella steuerte die Treppe an. Ihre Antwort klang schärfer, als sie es beabsichtigt hatte. »Damit er sich verpflichtet fühlt, nach Gefühlen zu graben, die es nicht mehr für ihn gibt? Nein, auf keinen Fall.« Sie schüttelte den Kopf und setzte den Fuß auf die erste Stufe. »Es wäre für uns beide nicht gut und dem Kind gegenüber unfair, so zu tun, als ob. Ich kann nicht mit Sicherheit sagen, ob meine Entscheidung die richtige ist, aber im Moment fühlt sie sich richtig an.«

Ella hielt sich am Handlauf fest, als sie in den ersten Stock hinaufstieg. Manchmal war ihr morgens schwindelig, und auch jetzt fühlte sie sich nicht so sicher wie sonst.

»Hast du in den letzten Tagen mal mit Ute gesprochen?«, fragte Leonie, als sie vor Ellas Büro ankamen.

Ella legte die Hand auf die Türklinke. Natürlich hatte sie Ute angerufen, denn sie hatte Timos Amnesie betreffend auf eine Lücke im medizinischen System gehofft, von der Ute wusste und mit der sie sie aufbauen konnte. Doch diese Lücke gab es nicht.

»Laut Ute ist eine Amnesie unberechenbar. Ich muss es nehmen, wie es ist.«

Leonie nahm Ella in den Arm. »Wenn es hart auf hart kommt, kümmern wir uns gemeinsam um das Kind. Wir sind für dich da, nicht nur ich, Mama und Großmama, sondern auch Micha.«

Ella kämpfte gegen ihre Emotionen an. »Danke, Leonie, aber

bitte lass uns das Thema vorerst aussparen, ja? Ich will hier nicht losheulen, diese unangenehme Situation würde ich gern vermeiden.«

Mit diesen Worten gingen sie in ihre Büros, wo Ellas Sorgen die nächsten Stunden unter einem Wust von Papieren verschwanden. Draußen war es längst dunkel, als ihr Handy klingelte und auf dem Display Kais Name aufleuchtete. Bevor die Mailbox ansprang, drückte Ella auf den grünen Knopf.

»Kai. Ist etwas mit Timo?«, fragte sie besorgt.

»Nein, nein, soweit ist alles in Ordnung. Ich rufe wegen der Eröffnung des Restaurants an. Der Termin steht endlich fest.«

Ella ging, das Handy am Ohr, nach nebenan, um sich einen Tee aufzubrühen.

»Wie sieht denn dein Plan aus?« Sie machte sich an dem Wasserkocher zu schaffen.

»Es soll kein Riesenfest werden. Allerdings möchte ich Timo gern mit den Menschen überraschen, mit denen er in den letzten Monaten vor dem Unfall so viel Zeit verbracht hat, mit dir, deiner Familie, Sascha und Silvy. Vielleicht hilft es ja, und er erinnert sich an irgendwas.«

Mit einem Früchtetee ging Ella zurück an ihren Schreibtisch, stellte die Tasse ab und rührte um. »Ich weiß deine Bemühungen zu schätzen, ehrlich, aber ich hab Angst vor meinen eigenen Gefühlen. Ich schaffe es im Moment einfach nicht, mich an eine Hoffnung zu klammern, die vielleicht irgendwann oder auch nie Realität wird.«

»Die Idee hat nur eine winzig kleine Chance auf Erfolg, ich weiß, aber lass es uns versuchen, Ella. Ich würde mir Vorwürfe machen, wenn ich es nicht täte.«

»Ich weiß nicht …« Ella zögerte.

»Da ist noch etwas anderes. Eine Überraschung«, sagte Kai am anderen Ende.

Ella konnte hören, wie die Aufregung in seiner Stimme wuchs.

In ihr regte sich Neugier. »Gib mir einen Hinweis. Nur einen klitzekleinen«, bat sie, nun doch interessiert.

»Nichts da. Du musst schon herkommen, wenn du rausfinden willst, worum es geht. Und eins noch, Ella …« Kai räusperte sich. »Ich werde alles in meiner Macht Stehende tun, um dich mit dem Kind zu unterstützen.«

Kais Worte waren Balsam für ihre Seele. »Danke, Kai. Das bedeutet mir sehr viel. Timo und ich werden immer miteinander verbunden sein. Auch wenn wir kein Liebespaar mehr sind, werden wir hoffentlich, mit etwas Abstand, so etwas wie eine Familie sein.«

Nach dem Telefonat kramte Ella ihren Schlüssel aus ihrer Handtasche. Als sie den Anhänger in Form ihres Glückskoffers in dem Päckchen entdeckt hatte, waren Freudentränen über ihre Wangen gelaufen. Timo hatte ihren Glückskoffer in etwas verwandelt, das sie immer bei sich tragen konnte und das sie jeden Tag an ihn erinnerte. Liebevoll ruhte ihr Blick auch diesmal auf dem Anhänger, der so etwas wie ein emotionaler Anker für sie geworden war. Inzwischen hatte sie sich sogar angewöhnt, ihn abends auf ihren Nachttisch zu legen – sie konnte Glück gut gebrauchen.

Ella nahm ihre Tasche, löschte das Licht im Büro und fuhr nach Hause. Sie hatte keinen Hunger, machte sich aber trotzdem einen Salat und setzte sich damit vor den Fernseher. Gegen zehn schlief sie vor den flimmernden Bildern ein und wechselte später ins Bett.

Kurz vor Sonnenaufgang wurde sie wach und tastete nach dem Lichtschalter. Draußen war es sicher noch dunkel. Müde ließ sie sich noch einmal zur Seite fallen. Doch die Sehnsucht nach Timo verhinderte, dass sie wieder einschlief. Sie war wie eine Wunde, die sich entzündet hatte und gegen die kein Medikament half. Unentschlossen lag sie da und schwang irgendwann doch die Beine aus dem Bett. Vielleicht sollte sie dabei zusehen, wie die Nacht dem Tage wich und der Himmel heller wurde? Sie ging zum Fenster und schob die Vorhänge zur Seite, dabei fuhr ihre Hand über Timos T-Shirt. Wenn sie doch nur in den Baumwollstoff hineinkriechen könnte, zurück in ihr Leben vor dem Unfall.

In der Fensternische kauerte sie sich zusammen und nickte ein. Als sie aufwachte, löste sie sich aus ihrer seltsam gekrümmten Haltung und ging ins Bad. Die Lampen neben dem Spiegel warfen ihr das hohle Gefühl des Schmerzes zurück. Ohne die Innigkeit ihrer Liebe zu Timo fühlte sie sich wie im Niemandsland, als wäre sie irgendwo in ihrem Leben verloren gegangen. Ausdruckslos ruhten ihre Augen auf ihrem Gesicht. Im Schlafzimmer griff sie nach Papier und Bleistift. Draußen zeichneten sich die Konturen der Berge scharf gegen den Himmel ab. Geriet nicht jeder irgendwann in eine Situation, in der er wie ein Löwe für sein Glück kämpfen musste? Am Esszimmertisch fuhr sie energisch mit dem Stift über das Blatt, fühlte den Bleistift wie ein lebendiges Wesen zwischen ihren Fingern. Sie zeichnete über eine Stunde und erschuf eine Abfolge verschiedener Szenen, die sie mit Sprechblasen versah, in die sie teils amüsante, teils ernste Texte schrieb – ein Comic, der ihr Leben in den letzten Wochen wiedergab. Als sie fertig war, stellte sie sich unter die Dusche. Das Wasser rann lauwarm über ihr Gesicht und ihren Körper. Entgegen aller Vernunft war ihr leichter zumute.

34.

Kopenhagen, Dänemark, Januar

Timo stieg in das Taxi am Straßenrand. Er ließ sich tiefer in die Polster sinken, roch das Leder und den kalten Rauch.

»Sie haben immer den Moment, Herr Brandes. Das dürfen Sie nie vergessen«, hörte er die Psychologin auf ihn einreden. »Der Moment ist immer wertvoller als die Vergangenheit.« Stimmte das tatsächlich? Was bedeutete jeder Moment seines Lebens ohne einen Teil dessen, was er erlebt, wer er gewesen war?

»Wohin soll's denn gehen?« Der Taxifahrer sah ihn über die Schulter hinweg fragend an.

Timo riss sich aus seinen Überlegungen. »'tschuldigung. Frederiksberg, Solsortvej«, sagte er und nannte die Hausnummer.

Der Mann brummte, legte den Gang ein und fuhr los.

In sein Alltagsleben zurückzukehren wäre beflügelnd, hatte Timo am Morgen beschlossen, als er seine Sachen zusammengepackt hatte. Inzwischen hatte er sich damit abgefunden, dass er die letzten vierzehn Monate seines Lebens vermutlich für länger oder sogar für immer verloren hatte. Der Illusion, dass sich am nächsten Tag alles wieder einfand, saß er nicht länger auf. Dennoch hatte man ihm in der Rehaklinik geholfen. Körperlich ging es ihm nach den vielen Aufbauübungen und dem Muskeltraining besser, außerdem hatte er jeden zweiten Tag mit einer Psychologin gesprochen. Wie es aussah, war er halbwegs gut darauf vorbereitet, in die sogenannte Normalität zurückzukehren, auch wenn das in seinem Fall immer noch unzählige Fragen und nur wenige Antworten bedeutete.

Timo fuhr mit der Hand mechanisch über den freien Sitz neben sich. Mittlerweile war es eine gefühlte Ewigkeit her, dass er Ella gebeten hatte, nach Deutschland zurückzukehren. Der Moment, in dem er ihr unmissverständlich klargemacht hatte, dass sie das Leben, das sie vor dem Unfall miteinander geteilt hatten, unmöglich weiterführen könnten, weil es ihm fremd geworden war, hatte sich in sein Gedächtnis als ein Tiefpunkt seines Lebens eingebrannt. Er wusste, dass er sie mit diesem Wunsch vor den Kopf gestoßen hatte, ohne ihr auch nur den Funken einer Chance zu lassen und ohne ihre Gefühle in seine Entscheidung mit einzubeziehen. Sie hatte ihn angesehen, als sei er ein Alien. Zu Recht. Doch was hätte er anderes tun können?

Als sie abgereist war, hatte er sich nicht gegen die Frage wehren können, ob er zu egoistisch gewesen war, lediglich auf seine Bedürfnisse bezogen. Doch er hatte es nicht fertiggebracht, Ella und sich selbst etwas vorzugaukeln. Das hätte niemandem geholfen.

Timo zog sein Handy aus der Gesäßtasche und scrollte, zum wievielten Mal wusste er längst nicht mehr, durch die Fotos der Monate vor seinem Unfall. Wehmütig und fragend zugleich betrachtete er die Schnappschüsse, aber auch diesmal stellte sich das Gefühl der Liebe, das er – wie die Fotos eindeutig bezeugten – für Ella empfunden hatte, nicht ein.

»Ich hab niemanden so miteinander erlebt wie euch«, hatte Kai bei seinen Besuchen in der Rehaklinik ein ums andere Mal beteuert. »Ihr seid die Ergänzung des jeweils anderen. Das ist ungeheuer kostbar, Timo. Das musst du dir zurückholen.«

Kai erzählte ihm immer mehr von Ella, sicher in der besten Absicht, doch Timo fühlte sich, als wolle ihm jemand den Mund wässrig machen. Die Liebe, von der sein Bruder sprach, war ein Ideal, das Timo nicht zu fassen bekam. Das Glück mit Ella war für ihn nicht mehr als eine romantische Geschichte, und so sehr er auch für diese Liebe kämpfen wollte, er wusste nicht, wo er ansetzen sollte. Er steckte das Handy zurück in die Hosentasche und sah nach draußen.

Zu Hause warteten Kai, Sven und Freja auf ihn und hofften vermutlich darauf, dass zumindest Bruchstücke seiner Erinnerung zurückkämen, doch Timo hatte das Gefühl, nichts tun zu können, um diesem Ziel näherzukommen. Das brachte ihn beinahe um den Verstand. Als er der Psychologin gestand, seinem Warten auf Ergebnisse nichts entgegenzusetzen zu haben – er fühlte sich wie ein Schüler, der die von ihm erhoffte Leistung nicht erbrachte –, hatte sie ihm geraten, sich nicht länger unter Druck zu setzen.

»Sie dürfen sich nicht zu viel abverlangen, Herr Brandes. Eine Amnesie ist für alle eine große Herausforderung, aber die größte für Sie selbst. Leben Sie das Leben, das Sie jetzt haben, beginnen Sie damit.«

Die Psychologin trat seinem Unvermögen mit beinahe stoischer Geduld entgegen. Diese Geduld brachte er selbst nicht auf. Nie zuvor waren Erinnerungen so wichtig für ihn gewesen – nur konnte er sie nicht herbeizaubern.

Der Fahrer bremste, das Taxi wurde langsamer. Timo sah auf die Häuser in der Straße, genoss das Wiedererkennen des Viertels. Seit er aus dem Krankenhaus entlassen worden war, war er vorübergehend zu Kai gezogen. An seine Wohnung in Vesterbro erinnerte er sich ebenfalls nicht mehr.

Sie hielten vor dem Haus, in dem Kai wohnte. Timo zahlte, verabschiedete sich und stieg aus. Im Vorraum streifte er die Schuhe ab, blieb vor dem Spiegel im Eingangsbereich stehen, fuhr sich mit den Fingern übers Gesicht und schob sich die Kapuze seines Sweatshirts vom Kopf. Sein Haar, das man ihm wegen der Operation abrasiert hatte, war längst nachgewachsen. Äußerlich erinnerte nichts mehr an seinen Unfall.

Timo ging ins Wohnzimmer. Kai war vermutlich noch im *Rækkehus*. Eine Weile stand er tatenlos herum, sah auf die Zeitungen auf dem Tisch, auf das Schachbrett auf dem Tischchen am Fenster, dann ging er ins Gästezimmer und klappte seinen Laptop auf. Etwas drängte ihn, Ella seine Empfindungen zu schildern. Immerhin das konnte er tun. Zögerlich begann er zu schreiben.

Liebe Ella,
ich komme gerade von der Reha zurück und sitze in Kais Gästezimmer, und um ehrlich zu sein, weiß ich nicht recht, wie ich diese Mail beginnen soll. Auf der Fahrt hierher habe ich überlegt, wie es Dir wohl geht.
Mir ist klar, wie verstörend meine Amnesie auf Dich wirken muss. Monatelang leben wir ein glückliches Leben, und dann, von einem Tag auf den nächsten, erfährst Du, dass ich mich nicht mehr an Dich erinnere. Glaub mir, ich würde alles dafür geben, Dir diesen Schmerz zu nehmen, aber ich kann nichts tun.
Die letzten Wochen waren ein körperliches und emotionales Auf und Ab. Es hat gedauert, bis ich mich wieder halbwegs in meinem Körper und in meinem Leben zurechtfinden konnte. Kai hat mir viel über Dich und uns erzählt. Es tut mir leid, dass ich Dich ohne viele Worte weggeschickt habe, nachdem Du so lange darauf gewartet hast, dass ich endlich aufwache.
Die Situation war nicht nur für mich eine enorme Herausforderung, sondern auch für Dich, und manchmal fühle ich mich dem Ganzen auch jetzt noch nicht gewachsen. Ich überlege oft, ob es richtig war, an jenem Tag nur an mich zu denken und einfach über Deinen Kopf hinweg eine Entscheidung zu treffen, die Dein Leben genauso betrifft wie

meins. Ich kann nur erahnen, wie schwer es für Dich gewesen sein muss, und trotz allem hast Du mir mehr Verständnis entgegengebracht, als ich verdient habe. Du bist gegangen, hast Dich bemüht, stark zu sein, um mir das zu geben, worum ich Dich gebeten und was ich gebraucht habe.

Das alles lässt mich noch immer mit Unbehagen und einem Gefühl der Ohnmacht zurück. Wie gern würde ich mich an die gemeinsamen Erlebnisse, an Dich … an uns, erinnern. Bitte glaube mir, wenn ich Dir sage, dass ich zu dieser Zeit nicht anders konnte, als Dich wegzuschicken, obwohl auch ich mir gewünscht hätte, dass die Situation eine andere gewesen wäre. Deine Selbstlosigkeit hat mir imponiert, denn sie hat mir gezeigt, was für ein großherziger Mensch Du bist. Zu wissen, dass ich Dich verletzt habe und, ungewollt, wahrscheinlich jeden Tag aufs Neue verletze, macht mich unglaublich traurig.

Ich wäre so gern wieder der Mann, den Du verdient hast und mit dem Du Dir ein Leben aufgebaut hast. Ich weiß, es ist egoistisch, Dich um noch mehr Zeit zu bitten, und ich will Dich ganz bestimmt nicht hinhalten, aber ich habe keine Ahnung, wie lange es dauert und was ich brauche, um an mein altes Leben, das mir so fremd geworden ist, anzuknüpfen.

Trotzdem möchte ich, dass Du weißt, an welchem Punkt ich gerade stehe. Wie gesagt sitze ich in Kais Gästezimmer. Dort haben wir, laut Kai, viel gemeinsame Zeit verbracht. Es gibt sogar einige Fotos, die uns in diesem Zimmer zeigen. Ich habe sie mir auf dem Handy angeschaut. Und ich bin heilfroh, dass mir zumindest mein Smartphone mitsamt der Fotogalerie geblieben ist. Ehrlich, es ist verrückt, nichts mehr über diesen Timo zu wissen, der so lässig den Arm um Dich legt, der Dich auf den Fotos küsst und an sich

drückt. Wo ist dieser Teil von mir hin? Wie bekomme ich ihn zurück?
Entschuldige. Meine Worte müssen Dich schmerzen. Denk jetzt vor allem an Dich, Ella. Blick nach vorn. Dort wartet ein Leben auf Dich. Nimm es Dir, und verschwende Deine kostbare Zeit nicht länger an mich. So schwer es mir auch fällt, das ist alles, was ich Dir im Moment sagen kann ...

Timo tippte Satz um Satz, immer mehr kam ihm in den Sinn, was er Ella scheiben konnte, bis unten die Eingangstür ins Schloss fiel. Kais Stimme erklang und verstummte wieder. Offenbar telefonierte er.

»Natürlich kann auch ich mit Timo reden. Wenn dir das lieber ist, mach ich das selbstverständlich. Aber meinst du nicht, es ist vernünftiger, wenn du selbst mit ihm sprichst?« Einen kurzen Moment war Ruhe, dann sprach Kai weiter. »Ich weiß, du möchtest ihm nicht zu viel zumuten, aber besonders jetzt sollten wir auch deine Gesundheit nicht außer Acht lassen. Timo muss wissen, was los ist, Ella.«

Timo hörte Schritte – anscheinend ging Kai ins Wohnzimmer –, dann hörte er erneut die Stimme seines Bruders. Er sprach eindringlich auf Ella ein. Timo wandte sich von seinem Laptop ab und nahm die Treppe nach unten. In der Tür zum Wohnzimmer blieb er stehen und hörte weiter zu. Schließlich räusperte er sich.

Kai drehte sich um und sah ihn erschrocken an. »Timo? Ich dachte, du wärst noch in der Reha.« Er nahm das Handy vom Ohr und hielt es gegen seinen Oberkörper. Dann hob er es wieder ans Ohr. »Ich muss kurz auflegen, Ella. Ich ruf dich gleich zurück. Ist das in Ordnung?«

Nachdem Kai aufgelegt hatte, war er sichtlich darum bemüht, Timos fragendem Blick auszuweichen.

»Ich hab höllischen Durst. Möchtest du auch ein Glas Wasser? Oder lieber ein Bier?«, fragte er. Ehe Timo antworten konnte, verschwand Kai in Richtung Küche.

»Ich würde gern wissen, was mit Ella ist. Geht es ihr nicht gut?« Timo war im Wohnzimmer zurückgeblieben und rief Richtung Küche. Von dort hörte er das Klappern von Gläsern, die aus dem Schrank genommen wurden, und das leise Zischen, als eine Mineralwasserflasche geöffnet wurde. Kai kam mit zwei Gläsern zurück und reichte eins davon Timo. Dann deutete er auf die Couch. »Setzen wir uns«, schlug er vor und ließ sich neben Timo in die Garnitur fallen.

»Jetzt sag schon. Was ist mit ihr?« Timo machte sich Sorgen, ohne zu wissen, worüber.

Kai senkte den Blick. Er schien seine Antwort abzuwägen. »Es ist besser, wenn du selbst mit Ella sprichst. Sie könnte doch für ein paar Tage nach Kopenhagen kommen.«

»Bitte sag doch einfach, was los ist«, beharrte Timo. »Deshalb muss sie doch nicht herkommen. So schlimm wird's ja wohl nicht sein, oder?« Er trank einen Schluck und stellte das Glas auf den Tisch.

Die Andeutung eines Lächelns zuckte in Kais Mundwinkeln. »Also gut.« Er atmete laut aus. »Sie ist schwanger«, platzte es aus ihm heraus.

Timo löste die Hände, die er im Nacken verschränkt hatte. Er wusste nicht, womit er gerechnet hatte, damit jedenfalls nicht. »Schwanger? Ella?«, war alles, was er hervorbrachte.

Kai sah ihn an. »Ich weiß, es ist nicht der günstigste Zeitpunkt, aber du wirst Vater«, fuhr er fort. »Und egal, woran du dich erinnerst oder nicht: Du musst dich dieser Verantwortung stellen.«

35.

Tegernsee, Ende Januar

Ellas rechte Hand wanderte zu der Stelle, wo sich ihr Bauchnabel befand, und strich sanft über den Stoff ihres T-Shirts. Mit der Linken betätigte sie den Lautstärkeregler ihrer Stereoanlage, aus der *Shiny Happy People* von REM erklang. Ella spürte, wie sich ein Lächeln auf ihrem Gesicht ausbreitete, dann begann sie, sich langsam zum Takt der Musik zu wiegen. Ihre Füße glitten über den Boden, und sie drehte sich im Kreis. Als der Takt des Liedes immer schneller wurde, wurden auch Ellas Bewegungen fließender. Schritt für Schritt verlor sie sich in der Melodie des Songs, spürte, wie die Musik ihr in den Kopf stieg. Wie lange war sie nicht mehr so ausgelassen durch ihr Wohnzimmer getanzt? Ein Ritual, das Ella durch ihre gesamte Jugend begleitet hatte und dem sie sich in diesen Minuten seit Langem wieder einmal hingab. Als die letzten Töne durch den Raum schallten, legte Ella abermals ihre Hand auf ihren Bauch.

»Ganz egal, was die Zukunft bringt, wir haben uns, und ich verspreche dir, dass es dir an nichts fehlen wird, ganz besonders nicht an Liebe«, sagte sie mit gesenktem Kopf und strich über ihren Bauch.

Dann ging sie in das kleine Büro, das sie sich in ihrer Wohnung eingerichtet hatte, holte die ausgedruckte Mail aus dem Drucker und nahm sie mit in die Küche.

»Dein Papa hat uns wieder einen Brief geschrieben«, sagte sie eine Spur nervös, als sie sich über die Arbeitsplatte beugte, um Timos Mail zu lesen.

Sie sah kurz auf, und ihr Blick fiel auf den Messerblock und die Hightech-Küchenmaschine, die Timo ihr am Anfang ihrer Beziehung geschenkt hatte. Ihre Küche strotzte nur so von Dingen, an die sie vor der Beziehung mit ihm nicht einmal gedacht hatte. Sie hatte sich immer gefreut, wenn er mit einem neuen Gerät, Vorräten und Kräutern dahergekommen war und die Dinge in ihrer Küche verteilt hatte. Seit es ihn in ihrem Leben gab, besaß sie Zitronengras, Bertram und Galgant und einige Currymischungen, von denen sie vorher noch nie gehört hatte. Wenn Timo für sie gekocht und ihre Wohnung in ein verführerisches Geruchserlebnis verwandelt hatte, hatte sich Ella wie in den Ferien gefühlt. Und immer, wenn sie einander im Lichtzirkel der Hängeleuchte über dem Tisch gegenübersaßen, aßen oder in ein Gespräch vertieft waren, hatte Timo zwischendurch die Hände nach ihr ausgestreckt, um sie kurz festzuhalten. Das waren Sternstunden gewesen.

Doch in jüngster Zeit kamen die Gewürze nur noch selten zum Einsatz. Nun gab es wieder das Übliche: Porridge, Salat und gedünstetes Gemüse aus dem Garten, Hartkäse mit Tomaten und Thunfisch oder Brot. Lediglich die Tüte mit frischem Gebäck, die ihr Hedi sonntags an die Tür hängte und in der Ella meist noch eine Auswahl an Marmeladen und eingelegte italienische Köstlichkeiten fand, die Hedi dazugesteckt hatte, sorgte für Abwechslung.

Nachdem sie den letzten Absatz von Timos Mail gelesen hatte, drückte sie die Hände zusammen, um das taube Gefühl in den Fingern loszuwerden, das die Schwangerschaftsübelkeit der letzten Wochen abgelöst hatte.

Sie sah auf die Uhr. Es war kurz nach neun, und es war Sonntag. Sie hatte die ganze Woche bis spätabends gearbeitet, und heute würde sie sich einen Tag zu Hause gönnen. Sie öffnete den Kühlschrank und nahm ein Joghurt heraus, dann sah sie auf das

Foto auf ihrem Handy, das Kai ihr von der Eröffnung des Restaurants geschickt hatte. Auf dem Schnappschuss stand Timo hinter dem Tresen und hielt ein Glas prostend in die Höhe. Entgegen ihrem ursprünglichen Plan war sie nicht zur Eröffnung nach Kopenhagen geflogen. Der Tatsache, dass Timo und sie kein Paar mehr waren, wollte sie kein zweites Mal ins Auge blicken müssen, und das flaue Gefühl im Magen, das sie seit der Schwangerschaft begleitete, hatte sie erst recht davon abgehalten, nach Dänemark zu fliegen.

Tags darauf hatte Kai sie morgens angerufen. »Die Überraschung, die ich angekündigt habe, findet mit dir oder gar nicht statt, Ella«, hatte er beharrt und ihr versprochen, so lange zu warten, bis sie so weit wäre, nach Kopenhagen zu kommen.

»Was ist das bloß für eine geheimnisvolle Überraschung? Du kannst mir doch nicht schon wieder nichts sagen«, hatte Ella dagegengehalten. Aber schließlich hatte sie aufgegeben. Kai würde nichts verraten, sie würde sich gedulden müssen, auch in diesem Punkt.

Kurz darauf hatte sie die erste Mail von Timo in ihrem Postfach gefunden, in der er über seine Rückkehr in die Wohnung in Vesterbro und die Restauranteröffnung schrieb und erzählte, dass das *Rækkehus* gleich vom ersten Tag an auf Wochen hin ausgebucht gewesen war und die Presse wohlwollend über das alte/neue Restaurant geschrieben habe. Zum Schluss entschuldigte er sich für den Kummer, den er ihr bereitete.

> Ich verspreche Dir, was auch geschieht, ich werde für unser Kind da sein, werde ihm der beste Vater sein, der ich sein kann.

Als sie diese Worte las, war Ella ein Stein vom Herzen gefallen. Danach hatten sie ein langes Telefonat geführt, das Ella mit gemischten Gefühlen zurückgelassen hatte. Doch nach der ersten Mail von Timo hatte sie ihm ein paar Tage später geantwortet und berichtet, dass die Vorsorgeuntersuchungen gut verliefen. Schließlich hatte sie ihm nach einer weiteren Mail von ihrer Großmutter und deren trauriger Vergangenheit geschrieben. Auch davon wusste Timo nichts mehr. Auf die Mail, in der sie über Hedi schrieb, hatte er ihr noch am selben Tag geantwortet:

Danke für die offenen Worte und für Dein Vertrauen, Ella. Durch Deine Mails ist mir ein kostbarer Blick auf die Zeit vergönnt, die ich verloren habe, und immer, wenn ich lese, fühle ich mich noch mehr herausgefordert, diese Lücke vielleicht doch noch zu schließen.
Was Du über Deine Großmutter schreibst, geht mir einfach nicht aus dem Kopf. Dass Wilma irgendwo in Deutschland lebt und nichts von ihrer Familie weiß, ist unfassbar traurig. Meiner Ansicht nach sollte sie erfahren, wo ihre Wurzeln liegen.
Wäre es nicht schön, wenn Deine Großmutter – spät, aber doch – ihre Tochter fände, Deine Mutter ihre Schwester und Leonie und Du Eure Tante?
Kai erzählt mir regelmäßig Anekdoten, um die letzten eineinhalb Jahre zumindest ein bisschen in mein Bewusstsein zurückzuholen. Erinnerst Du Dich, wie wir mit den Rädern unterwegs waren und in ein Gewitter gekommen sind? Wir waren nass bis auf die Haut, sagte Sven erst gestern zu mir. Er erkundigt sich regelmäßig nach Dir. Und manchmal schaut er mich mahnend dabei an, als wollte er sagen: »Nun mach schon. Schnapp Dir dieses verdammte ausgelöschte Jahr, damit Du da weitermachen kannst, wo Du aufgehört hast.«
In diesen Momenten fallen mir wieder die Worte der

Psychologin ein: Ich solle nicht verzweifeln, wenn es länger dauere oder die verlorenen Erinnerungen sogar für immer verschwunden blieben. Darüber erzürnt zu sein mache keinen Sinn, besser wäre es, rücksichtsvoll mit mir umzugehen. Und das tue ich.

In seinen Mails kam zwischen den Zeilen jener Mann zum Vorschein, der Timo vor dem Unfall gewesen war. Ella freute sich immer, morgens nachzusehen, ob er sich in der Nacht noch einmal an den PC gesetzt hatte, was er häufig tat, wenn die Türen des Restaurants sich geschlossen hatten und er nach Hause gekommen war und noch nicht schlafen konnte.

Gestern hatte er sie am Abend angerufen. Seine Stimme hatte so vertraut geklungen. Es hatte gutgetan, ihm zuzuhören und seine Fragen zu beantworten, doch es machte Ella auch traurig zu wissen, dass er in ihr die Mutter seines zukünftigen Kindes sah und nicht die Frau, mit der er leben wollte.

Mit einem leisen Rascheln nahm sie sich ein Mohnbrötchen aus Hedis Sonntagstüte, holte ein Stück Appenzeller aus dem Kühlschrank, schnitt zwei Scheiben ab und belegte das Brötchen damit. Während sie kaute, sah sie auf den Kalender. Es waren die letzten Januartage, und der Spruch des Tages lautete: *Liebe mit Inbrunst und blindem Vertrauen.*

Rasch schluckte sie den Bissen hinunter und trank einen Schluck Wasser. Weihnachten hatte sie mit Leonie, Michael, dessen Familie und ihrer Mutter bei ihrer Großmutter verbracht. Es war ein friedlich-besinnliches Fest gewesen. Und obwohl Silvy gewettet hatte, sie würde es nicht tun, war Ella Silvester zu Hause geblieben. Es hatte sich richtig angefühlt, sich auf die Couch zurückzuziehen und einen Film anzuschauen, zwischendurch zu zeichnen, ein bisschen zu lesen und kurz nach Mitternacht schlafen zu gehen. Am nächsten Tag hatte Kai angerufen und ihr ein gutes neues Jahr gewünscht. Danach hatte er den Hörer an Timo weitergereicht. Das Gespräch mit ihm war freundlich gewesen, jedoch nicht mehr.

Ella aß den Rest des Brötchens, wischte sich die Hände am Küchenhandtuch ab und ging ins Bad, wo ihr Wollkleid auf sie wartete. Bald wäre Februar, morgens würden die Vögel zu zwitschern anfangen, und ab da dauerte es nicht mehr lange, bis die Bäume wieder ihre grünen Arme ausstreckten.

Ella tuschte sich gerade die Wimpern, als es an der Wohnungstür klingelte. Als sie den Summer betätigte und wenige Augenblicke später die Tür öffnete, stand Ute mit den Kindern vor ihr. Sie hatte ihre Arzttasche in der Hand und zuckte mit den Schultern.

»Achtung, Überfall! Wir waren in der Nähe und wollen zumindest mal kurz Hallo sagen.«

Die Mädchen strahlten Ella an.

»Na, das ist wirklich mal eine Überraschung. Herein mit euch.« Ella machte den Weg für ihre Freundin und die Kinder frei und schloss die Tür hinter ihnen. »Überfälle dieser Art liebe ich, das weißt du doch.«

Kaum hatte Ute ihre Töchter von den Wintermänteln befreit, als Merle und Poldi Ella bereits um den Hals flogen und sich an sie hängten.

»Mami sagt, wir haben nicht viel Zeit, aber wir wollten dich uuuuuunbedingt sehen«, schwatzte Poldi in Ellas Ohr.

Nachdem Poldi von ihr abgelassen hatte, legte Merle tastend die Hand auf Ellas Bauch. »Wie geht es deinem Baby? Strampelt es schon, und weißt du schon, welchen Namen es bekommt? Und warum ist dein Bauch noch gar nicht richtig dick?« Wie immer hatte Merle viele Fragen.

»Mein Bauch ist noch nicht groß, weil das Baby noch relativ klein ist.« Ella deutete eine ungefähre Größe an und kam kaum zu Wort. Auch Ute wartete geduldig, bis sie an der Reihe war, etwas sagen zu können.

»Ich hoffe, du hast keine Beschwerden?«, erkundigte sie sich, als die Mädchen das Wichtigste losgeworden waren.

»Mir geht's gut. Das flaue Gefühl im Magen ist wie weggeblasen.«

»Gott sei Dank«, meinte Ute und nickte ihr aufmunternd zu.

Sie waren im Wohnzimmer angekommen, wo Ella tiefer in den Sessel rutschte, um sich zu entspannen. Ute setzte sich ihr gegenüber und sah sie fragend an. »Und? Sind alle lieb zu dir?«, erkundigte sie sich.

»Und wie. Alle kümmern sich rührend um mich. Letztens kam Franziska, du weißt, das ist die Partnerin meines Vaters, und hat mir einen Korb mit Früchten gebracht. Wegen der Vitamine. Sie sagte, sie hätte am Tegernsee zu tun, aber vermutlich war das eine Notlüge. Sie will mir das Gefühl geben, für mich da zu sein.«

»Das ist doch wunderbar. Du bist in das Netz einer funktionierenden Familie und lieber Freunde eingesponnen. So sollte es im Idealfall sein.« Ute lief rot an, kaum, dass sie das Wort *Idealfall* ausgesprochen hatte. »Entschuldige, das war nicht gerade taktvoll von mir.«

»Ach was. Ich weiß doch, wie du das meinst. Von Timo mal abgesehen hab ich echt Glück, das ist mir durchaus bewusst. Hedi ist außer sich vor Freude. Sie erkundigt sich jeden Tag und fragt, ob ich genug esse und auf mich achte. Und Leonie ermahnt mich dauernd, den Schreibtisch früher zu räumen. Und nun bist du hier und schaust ebenfalls nach mir«, sagte Ella. »Möchtest du Kaffee? Oder Tee? Frische Brötchen hab ich auch.«

Ute winkte ab. »Mach dir keine Umstände, wir haben schon gefrühstückt. Merle und Poldi haben um sechs auf der Matte gestanden, weil Rudi einen frühen Termin hatte und Krach im Bad veranstaltet hat. Wir treffen ihn später in Rottach-Egern. Du weißt ja, dass seine Tante dort wohnt. Es geht ihr nicht gut, deshalb möchte ich nach ihr sehen.«

Ella deutete auf Utes Arztkoffer, den sie im Wohnzimmer abgestellt hatte. »Deshalb hast du deine Arzttasche dabei?«

Ute nickte. »Und weil wir schon in der Nähe waren, wollten wir zumindest kurz bei dir vorbeischauen. Merle redet ständig vom Baby-Schauen. Das ist ihr neues Lieblingswort.«

»Musst du nicht üben, wie du mit Kindern umgehst?«, fragte Poldi, die mit einem Ohr gelauscht hatte. »Wenn du willst, kann ich dir helfen«, sagte sie zu Ella. »Du kannst mich alles fragen.«

»Na, da bin ich aber froh. Ich komme gern auf dein Angebot zurück«, erwiderte Ella schmunzelnd.

Merle kam mit einem Mensch-ärgere-dich-nicht-Spiel ins Wohnzimmer. Stolz trug sie die Schachtel vor sich her. »Mami, haben wir Zeit dafür? Nur eins …« Mit ihren blond gelockten Haaren und dem süßen Lächeln sah sie aus wie ein Engel.

Ute schüttelte den Kopf. »Leider nicht, Schätzchen. Tante Ingrid wartet auf uns. Außerdem nimmt man keine fremden Sachen an sich. Wo hast du das Spiel überhaupt her?«

Merle sah schuldbewusst zu Boden. »Ella hat uns beim letzten Mal gezeigt, wo die Spiele von früher sind, als sie noch ein Mädchen war. Sie hat gesagt, wir dürfen sie nehmen, weil sie kaum noch spielt. Dafür hat sie keine Zeit, weil sie immer arbeitet. Wenn ich groß bin, spiele ich trotzdem jeden Tag, sonst macht das Arbeiten mir bestimmt keinen Spaß …«

Ella lachte und nickte Merle, dann Ute zu. »Stimmt, Merle. Ich habe dir erlaubt, dich umzusehen. Und wenn du das nächste Mal herkommst, spielen wir eine Partie. Fest versprochen.«

Poldi fuhr dazwischen. »Kannst du nicht allein zu Tante Ingrid fahren, Mami? Wir bleiben hier und spielen mit Ella, damit sie mal abschaltet«, schlug sie vor. »Tante Ingrid ist krank, und wir sollen uns doch nicht anstecken …«

Ella musste über Poldis gewitzten Hinweis lächeln.

Ute sah ihre Töchter an, dann blickte sie zu Ella, die ihr zunickte. »Die beiden können gern bleiben. Ich habe heute sowieso nicht vor, auch nur einen Finger zu rühren«, sagte sie.

Poldi kam angelaufen und drückte Ella einen feuchten Kuss auf die Wange. »Wir sind auch ganz brav und erzählen deinem Baby nach dem Spiel eine Geschichte. Es macht nichts, dass es noch klitzeklein ist. Alle Kinder mögen Geschichten.«

»Aber keine gruselige Geschichte, sonst hat es in der Nacht Angst«, mischte Merle sich ein. »Wir erzählen ihm, dass ich bald Geburtstag habe. Ich lade es zu meiner Party ein.« Merle fasste Ella am Arm und strahlte übers ganze Gesicht. »Es muss kein Geschenk mitbringen, es kann ja noch nicht einkaufen gehen, denn es ist ja noch in deinem Bauch.«

»Tja, ihr seid eindeutig zwei superclevere Mädchen«, sagte Ella und strich Merle übers Haar. »Und wenn ihr mich dann noch mit diesem zuckersüßen Blick anschaut …«

Poldi zog Merle hinter sich her. »Komm, wir bereiten schon mal alles vor.« Am Tisch zogen sie zwei Stühle hervor, kletterten hinauf und machten sich daran, das Spielbrett aufzubauen.

»Danke, dass die Mädchen eine Weile bei dir bleiben dürfen«, sagte Ute.

»Natürlich können sie bleiben«, antwortete Ella. »Schon weil ich in meine Rolle als zukünftige Mutter hineinwachsen muss, du hast es ja selbst gehört.« Die beiden Frauen lachten.

»Wann fliegst du eigentlich wieder nach Kopenhagen?« Ute stützte den Ellbogen auf die Lehne des Sessels.

»Vermutlich nächste Woche.« Ella strich sich mechanisch das Haar aus dem Gesicht. »Ich überlege noch, welcher Tag am besten passt.«

»Ich bin gespannt, welche Überraschung Kai sich einfallen lassen hat. Außerdem wird es Zeit, dass du und Timo euch wiederseht. Mit dem Schreiben klappt es doch ganz gut, sagst du. Das ist ein vielversprechendes Zeichen.«

Ella dachte an die Mail vom Morgen und an ihre widersprüchlichen Gefühle. »Schreiben heißt nicht Sehen.«

Ute legte die Hand auf Ellas Arm. »Hab Vertrauen, Ella. Du weißt doch, am Ende wird alles gut. Und wenn es nicht gut wird, ist es noch nicht das Ende …«

36.

Kopenhagen, Dänemark, Ende Januar

Sie liefen im Entenmarsch hinter Kai her und folgten dem schmaler werdenden Pfad. Kai schritt forsch voran und pfiff ein Lied, während Sven Freja tadelte, die ohne Punkt und Komma vor sich hin brummelte.

»Kannst du auch mal den Mund halten? Die Welt dreht sich nicht nur um dich.«

»Ach, echt? Dachte ich eigentlich«, entgegnete Freja schlagfertig.

Von Frejas Kichern begleitet, gingen sie an einer Formation imposanter Felsen vorbei. Der Wind war ablandig und nicht besonders stark, entsprechend flach waren die Wellen, aber es war bitterkalt.

Ella beobachtete, wie Sven auf einen Felsen stieg, die Augen mit der Hand beschattete und Ausschau hielt.

»Kannst du schon was sehen?«, wollte Freja wissen.

Sven schüttelte den Kopf. »Nö.«

»Lass mich mal.« Freja versuchte, sich einen Platz auf dem Felsen neben Sven zu sichern. Mit ausgestrecktem Arm zeigte sie auf etwas. »Ist das nicht ein Boot?« Sie drehte sich zu Kai und sah ihn fragend an.

Dieser zuckte mit den Schultern. »Lasst euch überraschen. Das ist schließlich der Sinn von Überraschungen.«

»Sehr witzig.« Sven runzelte die Stirn. »Manchmal bist du echt nervig, Papa. Wir sind keine Kinder mehr, die auf eine Überraschung hoffen. Na ja, obwohl … Freja ist ja erst zwölf.«

Freja boxte ihn in die Hüfte. »Hör auf mit dem Quatsch. Ich hab bald Geburtstag, dann bin ich dreizehn.«

»Ich dachte immer, Überraschungen machen jedem Freude, unabhängig vom Alter.« Kai hob lachend die Hände, als Geste der Kapitulation.

Wenige Augenblicke später lag ein hellgrau gestrichenes Haus mit weißen Fensterläden, hinter denen sich Fenster mit ausklappbaren Oberlichtern befanden, vor ihnen. Es war auf felsigem Untergrund gebaut, das konnte Ella deutlich sehen.

Timo sah zu dem Haus hinüber. »Sieht nicht wie ein Hotel aus.«

»Dann kann es eigentlich nur ein Airbnb sein«, stellte Sven fest.

Bei dem Haus angekommen, zog Kai einen Schlüssel hervor und steckte ihn in das Schloss der von Wasser, Salz und Sonne verwitterten Eingangstür.

Freja zog Sven zu sich. »Schau mal, was hier auf dem Klingelschild steht.« Sie versuchte, die verschnörkelten Buchstaben zu entziffern. »Br…andes.« Dann drehte sie sich zu Kai. »Du hast doch nicht …?«

Kai grinste. »Doch, hab ich. Dieses schnuckelige Haus ist ab sofort unser Familienstrandhaus«, eröffnete er ihnen. »Ich hab es gekauft, damit wir Zeit am Meer verbringen können. Wenn wir die Fenster kippen, hören wir schon am Morgen die See und schauen zu, wie das Licht sich ändert.« Kai sah in die fragenden Gesichter um sich herum. »Woher ich das weiß? Ganz einfach«, erklärte er. »Ich habe vor dem Kauf zwei Nächte hier verbracht.«

Timo sah Kai irritiert an. »Du hast das Haus gekauft? Einfach so?«

Kai zuckte die Schultern. »Nicht einfach so, sondern nach reiflicher Überlegung«, sagte er grinsend. »Ein Familienstrandhaus, in dem jeder willkommen ist, ist doch nicht schlecht, oder? Die Tür wird noch abgebeizt und neu gestrichen«, versprach er. Bevor er den Schlüssel umdrehte, sah er Freja und Sven an. »Wir sehen uns erst mal alles an, diskutieren können wir später. Okay? Das Haus ist nicht perfekt, einiges muss noch renoviert und ergänzt werden, aber es hat Charakter. Und das Tollste daran ist, dass wir es mit schönen Erinnerungen füllen werden.«

»Schon verstanden, wir halten die Klappe«, versprach Sven. »Und klar helf ich beim Streichen diverser Fenster oder was auch immer anfällt. Ich bin ja kein Unmensch.«

Kai ging vor und trat in den geräumigen Windfang. Timo und die Kinder folgten ihm. Ella lugte in den Flur, von dem man bis ins Wohnzimmer und weiter aufs Meer sah. Innen liefen sie über alte Holzdielen. Durch die Wohnzimmertür, die Kai öffnete, trat Ella auf die Veranda, von der aus ein gewundener Pfad zum Sandstrand führte. Hier, direkt am Öresund, der Meerenge zwischen Dänemark und Schweden nördlich von Kopenhagen, fänden sie Weite und Freiheit. Es war eindeutig der perfekte Ort zum Durchatmen. Hier gab es reichlich Luft und Licht und jede Menge Ruhe.

»Die Lage ist einmalig.« Ella wusste gar nicht, wo sie zuerst hinsehen sollte. Oberhalb der Küste gelegen, verschmolz das Haus förmlich mit dem Meer. In ihrer Fantasie stellte sie sich vor, wie sie hier gemeinsam Zeit verbringen würden. Ihre Tochter oder ihr Sohn würde es lieben, am Strand Muscheln zu suchen, sich in den Dünen zu verstecken, mit dem Boot hinauszufahren und auf der Veranda Geschichten vom Meer zu lauschen.

Freja und Sven sprangen über die Veranda und streiften ums Haus herum. Ella und Timo gingen zurück ins Haus, gespannt darauf, was es alles zu entdecken gab.

Im Wohnzimmer sah Ella klare Linien und die strahlenden Blautöne des Himmels und des Meeres, die durch die Fenster ins Haus zu wandern schienen. Nach ein paar weiteren Schritten stand sie in der großzügigen Küche mit opalgrünen Fronten und kleinen goldenen Übertöpfen, die bereits mit frischen Kräutern bestückt waren. Wenn sie morgens am Küchentisch säßen und frühstückten, sähen sie bis zu den Dünen.

»Es gibt noch ein Esszimmer. Klein, aber gemütlich.« Kai nahm den Arm von der Arbeitsplatte, auf der er sich abgestützt hatte, und ging vor.

Das Esszimmer war nicht größer als zehn oder zwölf Quadratmeter, schätzte Ella, und war mit einem Tisch, sonnengelb bezogenen Stühlen und einem flauschigen Teppich eingerichtet. Auf dem Tisch stand robustes Steingut in Meeresfarben, außerdem sah Ella mehrere große Schieferteller, die Kai, offenbar extra für heute, mit frischem Obst gefüllt hatte.

Das Haus erstrahlte im Shabby-Chic-Look, es war originell und heimelig. Luxus waren die Weite draußen vor den Fenstern und die dunklen Holzbalken, die sich sowohl im Wohn- als auch im Esszimmer durchzogen.

»Und jetzt zeige ich euch die Schlafzimmer«, verkündete Kai.

Sie stiegen über die mit hellem Sisalteppich ausgelegte Treppe nach oben. An den Wänden hingen Aquarelle, die die Landschaft der Dünen zeigten, außerdem hatte jemand Blumen getrocknet und sie rahmen lassen. Die von der Sonne verblassten Blüten passten perfekt zur Stimmung des Hauses, fand Ella, als sie Stufe um Stufe nach oben erklomm.

»Es gibt vier Schlafzimmer. Klein, aber von mir höchstpersönlich eingerichtet. Und ein winziges Büro«, berichtete Kai. »Schaut selbst. Ich denke, das Ergebnis spricht für sich.«

Die Wände der Schlafzimmer waren in strahlendem Weiß gestrichen und die Betten aus grobem Holz gezimmert. In jedem Zimmer gab es einen Schaukelstuhl, zwei kleine Nachttische, einen Schrank und überall gemütliche Kissen und Decken, um sich darin einzuwickeln, wenn es im Winter kalt wäre. Die anschließenden Bäder hatten türkisblaue Kacheln, altmodisch anmutende Armaturen und frei stehende Badewannen.

Ella betrachtete das feine Mosaik der gefliesten Wände hinter den Wannen. Darauf sah man Wellen – als wäre das Meer mit den Badezimmern verschmolzen.

»Die Vorbesitzer haben Wert auf schöne Bäder gelegt. Die Wannen waren schon da. Ich musste das obere Stockwerk nur frisch streichen und die Schlafzimmer einrichten«, sagte Kai. »Als Letztes müssen die Fenster gestrichen werden, und auch im Garten ist noch einiges zu tun.«

»Dieses Strandhaus ist ein Traum, Kai«, schwärmte Ella. Egal, durch welches Fenster sie blickte, sie sah auf Dünen und Meer und sonst nichts. Was machte es da schon aus, dass bei einigen Fenstern außen der Lack abblätterte?

»Danke, Ella. Ein Teil der Möbel im Wohnzimmer ist noch von den Vorbesitzern. Sie haben nur ein paar Dinge mitgenommen, den Rest haben sie im Haus gelassen. Aber das eine oder andere Teil habe ich natürlich ergänzt.«

Timo schenkte seinem Bruder einen anerkennenden Blick. »Eins muss ich dir lassen. Du hast ein Händchen für Immobilien … und für Überraschungen.«

Kai klopfte auf Holz und wandte sich Richtung Treppe, weil unten sein Handy klingelte. »Schaut euch ruhig weiter um. Ich sehe mal nach, wer mich sprechen will.« Er eilte die Treppe hinunter.

Ella ging zum Fenster und genoss die Aussicht, die sich ihr bot. Als Timo neben sie trat, berührte seine Hand die ihre. Für einen Moment standen sie so da, dann nahm Timo Ellas Hand in seine und streichelte vorsichtig darüber.

Sie spürte die Wärme seiner Haut unter ihren Fingerspitzen, wurde ganz und gar davon durchdrungen. Etwas in ihr wollte die

Arme öffnen, um ihn an sich zu ziehen. Wenn er sie umarmte, fühlte sie sich immer wie vom Leben getragen.

Von unten kamen Geräusche – vermutlich war etwas zu Boden gefallen. Als Ella ihren Blick vom Fenster abwandte, sah sie, wie die Farbe aus Timos Gesicht wich. Rasch ließ er ihre Hand los, als habe er sich zu viel herausgenommen.

Für einen kurzen Moment wurde Ella das Herz schwer, doch dann lächelte sie Timo verständnisvoll an, aber bevor er etwas sagen konnte, kamen Freja und Sven die Treppe hinaufgerannt.

»Schau dir die coolen Schlafzimmer an«, juchzte Freja.

War das Erleichterung in Timos Augen, als er Freja in ein Gespräch verwickelte und seine ganze Aufmerksamkeit auf sie richtete?

Timo ging mit Freja und Sven von einem Zimmer ins nächste. »Es ist einfach perfekt. Die Schaukelstühle in den Zimmern sind der Oberhammer«, hörte Ella Freja rufen.

Vermutlich streckt sie sich gerade darin aus, dachte Ella.

»Gehen wir wieder runter?«, schlug Timo vor, als er den Kopf zu ihr ins Zimmer steckte.

Ella hörte Sven und Freja die Treppe hinunterrennen. Sie nickte und folgte Timo schweigend ins Erdgeschoss. Sie ging allein ins Wohnzimmer und entdeckte dort Fotos, die ihr vorhin gar nicht aufgefallen waren. Darauf waren Pflanzen aus den Dünen abgebildet – soweit sie wusste Hornklee und wilder Spargel. Sie streckte ihre Finger aus und fuhr mit Zeige-, Mittel- und Ringfinger über das hölzerne Passepartout, als Kai zu ihr trat.

»Du kannst dir gar nicht vorstellen, wie sehr ich mich freue, dass du meine Einladung angenommen hast, Ella. Ich weiß, Timo versucht es geschickt zu überspielen, aber auch er hat sich sehr auf deinen Besuch gefreut.«

Kai schien Ellas unterschwellige Unsicherheit zu spüren, legte seine Hände auf ihre Schultern und setzte zu einer Erklärung an. »Ich kenne meinen Bruder in- und auswendig. Und wenn ich mir nicht zu hundert Prozent sicher wäre, dass meine Einschätzung stimmt, hätte ich den Satz nicht über die Lippen gebracht.«

Ella nickte zögerlich. Der Tag verlangte ihr mehr ab, als sie sich eingestehen wollte. »Danke, Kai ... danke für alles.«

»Nicht dafür. Wir sind doch eine eingeschworene Gemeinschaft. So, jetzt muss ich dich noch mal kurz entführen. Timo und ich haben nämlich noch eine kleine Überraschung nur für dich. Allerdings wusste Timo nicht, dass die Überraschung für diesen Ort bestimmt ist. Ich war so frei und habe sie, als ich gestern schon mal hier war, einfach mitgenommen.«

Ella folgte Kai ins Esszimmer, wo Timo vor dem Fenster mit einer riesigen Holzstaffelei inklusive Leinwand und Malutensilien stand.

Timo sah Ella erwartungsvoll an. »Was sagst du? Ist uns die kleine Überraschung gelungen?«

Ella trat auf die Staffelei zu, fuhr mit der Hand über die raue Oberfläche der Leinwand und wischte sich eine Träne aus dem inneren Augenwinkel. Dann lächelte sie. »Die Staffelei ist perfekt. Ich weiß gar nicht, was ich sagen soll.«

»Tja, dann hoffen wir mal, dass in diesem Haus in Zukunft das ein oder andere Werk von Ella Glanz an die Wand gehängt wird«, meinte Kai.

Sie gingen ein weiteres Mal die Zimmer im Erdgeschoss ab. Ella entdeckte Details, die ihr zuvor entgangen waren, bunte Kissen, die in zwei Fensternischen lagen – Plätze, an denen man in Ruhe lesen, Musik hören oder einfach nur aufs Meer hinaussehen konnte.

»Was haltet ihr davon, wenn wir das Esszimmer einweihen?«, fragte Kai schließlich. »Ich war, wie gesagt, gestern schon hier und habe ein paar Einkäufe mitgebracht, es ist alles da. Timo und ich kümmern uns um was Leckeres auf den Tellern, während ihr euch noch ein bisschen in der Gegend umseht.«

Freja war sofort einverstanden, auch Sven stimmte schließlich zu.

»Dann mal raus mit uns, in die Dünen und an den Strand«, sagte Ella und schob die beiden aus der Tür.

Gemeinsam folgten sie dem Weg zum Meer, vorbei an gekrümmten Kiefern, denen der Wind ihre jetzige Form abgetrotzt hatte.

»Ich hoffe, wir kommen in Zukunft öfter her«, sagte Freja zu Ella. Sie hatte sich bei ihr eingehakt und schlenderte mit ihr den Strand entlang, dabei kletterten sie über Felsen und langten nach Treibholz, das ihnen im Weg lag. Einen Moment druckste sie herum, dann fragte sie Ella: »Was ist denn nun mit Timo und dir? Wie geht es mit euch weiter? Seid ihr nur noch Freunde?«

Ella überlegte kurz. »Meine Großmutter Hedi sagt immer: Man muss nicht wissen, ob das ganze Leben glücklich verläuft, man muss nur wissen, dass man bereit dazu ist, seinen Teil zum Glücklichsein beizutragen.«

Freja war mit der Antwort nicht zufrieden. »Und was heißt das genau?«, erkundigte sie sich.

Draußen auf dem Meer fuhr ein Schiff vorbei, dessen Bug hell in der Sonne glänzte. »Das bedeutet, dass ich bereit dazu bin, glücklich zu sein, wie immer mein Leben auch aussehen wird, und dass wir gleich etwas Leckeres essen werden und dieses Haus ein Gewinn für uns alle ist. Den Rest warten wir ab. Abenteuer kennt man schließlich auch erst, nachdem man sie bestanden hat.«

Freja ließ nicht locker. »Also ich würde manches gern vorher wissen.«

»Ich auch. Aber leider oder Gott sei Dank, je nachdem, wie man es sieht, ist das Leben unvorhersehbar. Eben ein echtes

Abenteuer. Und manchmal ist abwarten und die Zeit für sich arbeiten zu lassen, nicht das Schlechteste.«

Plötzlich tauchte Sven hinter ihnen auf. Offenbar hatte er die letzten Sätze mitgehört. »Freja auf der Suche nach dem Happy End. War ja klar.« Er schnaubte abfällig.

»Na, und? Ich mag Happy Ends«, verteidigte sich Freja.

»Ehrlich gesagt hab ich ebenfalls eine Schwäche dafür. Nicht nur in Filmen und Romanen, auch im echten Leben«, warf Ella ein. »Und? Gefällt dir das Haus?«, wandte sie sich an Sven. »Du könntest Freunde hierher mitbringen. Du auch, Freja. Genügend Betten gibt's jedenfalls.«

»Bei Einladungen denkt Sven gleich an Liva … Und das ist bekanntlich eine *never-ending story*«, antwortete Freja, dabei stieß sie ihn, an Ella vorbei, mit dem Ellbogen an.

Sven bekam rote Flecken im Gesicht, nahm einen Stein und warf ihn energisch ins Meer. Ella sah, wie sich ein Kreis auf der Wasseroberfläche ausbreitete.

Seine Miene wirkte wie eingefroren, dann setzte er zu seiner Verteidigung an. »Hast du Ella vorhin nicht zugehört?« Er warf Ella einen blitzschnellen Blick zu. »Man muss nicht alles wissen. Wenn du mich fragst, ist da was dran.«

»Und was hast du eigentlich gegen Happy Ends? So grundsätzlich, meine ich. Die tun doch nicht weh …«, bohrte Freja weiter.

Kabbelnd gingen die beiden Jugendlichen weiter und ließen Ella hinter sich. Sie sah ihnen nach – die beiden erinnerten sie, trotz ihres Alters, zeitweise an junge Hunde, die sich voller Übermut austobten. Doch trotz regelmäßiger Diskussionen und dem ein oder anderen Streit hielten Freja und Sven zusammen wie Pech und Schwefel.

Ella sog tief die salzige Luft ein, sah ihre Atemwolken in die Luft schweben und lenkte den Blick schließlich auf die unendliche blaugraue Weite des Wassers. Es war beruhigend, aufs Meer hinauszusehen, auch wenn die See wie die Vögel in der Voliere zu Hause ihr keine Antworten gab. Das größte Glück und der größte Schmerz lagen oft nah beieinander, und manchmal kam es nur darauf an, jeden Glücksmoment voll auszukosten, sodass man den Schmerz, wenn er kam, eine Weile durch das erlebte Glück kompensieren konnte. Was waren schöne Erinnerungen sonst als ein Wiederbeleben des Glücks?

Ella sah auf ihre Hand. Timos spontane Geste hatte sie überrascht. Ein kurzer Moment der Intimität, keine Lösung und kein Happy End, aber vielleicht ein Anfang? Seit seinem Unfall kannte sie die wahre Bedeutung des Wortes *untröstlich*. Der Tod ihres Bruders hatte furchtbar geschmerzt, doch zu erleben, dass ein geliebter Mensch einen nicht wiedererkannte, hatte etwas unvorstellbar Tragisches. Nun wusste sie, wie tief Liebe gehen konnte.

Ella steckte die Hände in die Taschen ihres Mantels, um sie vor der Kälte zu schützen, so marschierte sie die Dünen entlang und hielt zwischendurch das Gesicht in die Sonne, als Timos Stimme über den Strand bis zu ihr hinüberschallte.

»Das Strandhaus-Menü ist fertig«, rief er.

Ella drehte sich nach ihm um, winkte und schlug den Weg zurück zum Haus ein. Es war das Glück des Augenblicks, das sie früher mitunter übersehen hatte und das sie nun voll auskostete. Auf dem Weg stießen Sven und Freja wieder zu ihr.

Gemeinsam gingen sie auf das Strandhaus zu, und bei jedem Schritt strömte Glück durch Ellas Körper.

37.

Tegernsee, Anfang Februar

»Klar, hier ist seit Wochen Land unter.«

Ella sah zu ihrer Schwester hinüber. Besser als Leonie hätte sie es nicht ausdrücken können. Seit über einer Stunde saßen sie in Annalenas Wohnzimmer vor dem Kamin, in dem ein Feuer prasselte, tranken heiße Schokolade und hielten eine Art Kriegsrat ab. Das Thema Vergangenheitsbewältigung hatte für sie alle inzwischen oberste Priorität.

»Und weil die Vergangenheit sich nicht einfach in Luft auflöst, nur weil wir das möchten, sollten wir nach Wilma suchen. Mir wäre es wichtig nachzuforschen«, sagte Annalena. Sie fuhr sich mit der Zunge über die Lippen. »Haben wir denn eine Wahl?«, schob sie hinterher.

»Nicht, wenn wir wollen, dass Großmamas Geschichte ein Ende findet und unsere gleich mit dazu. Schließlich sind wir alle betroffen, wenn auch auf unterschiedliche Weise. Du natürlich besonders, Mama.« Ella hatte schon lange für sich entschieden, Wilmas Schicksal nicht auf sich beruhen zu lassen. Das einzige Problem war ihre Großmutter, die anscheinend nichts weiter unternehmen wollte.

»Allerdings. Wir sitzen sprichwörtlich in einem Boot.« Leonie begann die Sahnehaube auf der heißen Schokolade zu löffeln und nippte genüsslich an dem Getränk. »Allerdings wird Großmama nicht begeistert sein, wenn sie hört, was wir vorhaben. Sie hat unmissverständlich klargemacht, dass sie die Vergangenheit ruhen lassen möchte.«

»Mir ist durchaus bewusst, wie schmerzhaft für sie die Vorstellung sein muss, Wilma gegenüberzutreten. Aber natürlich hoffe ich darauf, dass sie ein Einsehen hat. Wilma ist meine Schwester. Sie ist eure Tante. Wir können nicht so tun, als gäbe es sie nicht«, erklärte Annalena.

»Es macht keinen Sinn, vor dem letzten Schritt der Wahrheit davonzulaufen. Das sehe ich auch so«, sagte Ella.

Sie war froh, dass ihre Mutter nach langem Zögern Hedis Briefe an Wilma gelesen hatte. Danach hatten sie nächtelang darüber gesprochen. Es waren emotionale Stunden gewesen, in denen sie spekuliert hatten, wie es wäre, Wilma kennenzulernen, oder ob sie es schafften, alles in den hintersten Winkel ihres Gedächtnisses zu schieben.

»Außerdem steht noch gar nicht fest, dass wir sie finden«, überlegte Ella laut weiter. »Wir haben lediglich ihren Vornamen und das Geburtsdatum.«

»Und keinen blassen Schimmer, wer sich ihrer damals angenommen hat.« Leonie stellte den Becher Kakao auf den Tisch und schlug die Beine übereinander.

Plötzlich kam Ella ein erschreckender Gedanke. Sie sah ihre Mutter mit zusammengekniffenen Augen an und beugte sich zu ihr vor. »Großpapa wird Wilma doch nicht zur Adoption in die USA freigegeben haben? Das würde jedenfalls erklären, weshalb er Großmama nie gesagt hat, wo ihre Tochter hingekommen ist. Vielleicht wusste er es gar nicht?«

Annalena schüttelte entsetzt den Kopf. »Zu so etwas wäre er nicht fähig gewesen.«

Die unterschwellige Nervosität ihrer Mutter zeigte Ella, dass Annalena sich da ganz und gar nicht sicher war.

Leonie langte nach dem Teller, auf dem Plundergebäck lag, nahm sich eine Nussschnecke und biss hinein. »Meiner Meinung nach sollten wir Nicole Marquart mit der Sache betrauen«, sagte sie kauend. »Sie hat ohnehin längst Einblick in unsere Familiengeschichte, ist verschwiegen und hat Kontakte. Sie hat ja lange als Journalistin gearbeitet. Mit ihr sind wir auf der sicheren Seite. Sie wird alle Hebel in Bewegung setzen, um Näheres über Wilma herauszufinden.«

Annalena nickte und strich ihr dichtes, nur von wenigen weißen Strähnen durchzogenes Haar zurück. »Bei dem Gedanken an einen Privatdetektiv fühle ich mich nicht wohl.« Sie ließ ihre Hand auf den Tisch sinken. »Dann lieber Frau Marquart.«

Ella ahnte, dass ihre Mutter die Wunden, die sie erlitten hatte, nachdem die Wahrheit ans Licht gekommen war, zu verstecken suchte, um Leonie und sie nicht zu belasten. Doch die Traurigkeit brach sich nur allzu deutlich Bahn. Ella las sie aus jeder ihrer verzögerten Bewegungen und aus ihrer Stimme, die leiser und weniger kräftig klang als sonst. Wenn Wilma vor ihnen stünde und sie mit ihr sprechen könnten, würde das die Wunden heilen, dessen war Ella sich sicher. Und wenn sie sie nicht fänden, wäre das zumindest ein Abschluss, wenn auch nicht der, den Ella sich erhoffte.

»Also gut«, sagte Leonie und wischte sich die Hände an der Serviette ab. »Ich rufe Nicole Marquart morgen an und bitte sie, uns zu helfen. Wir wissen nicht, wie lange die Suche dauern wird und ob wir überhaupt Erfolg haben, deshalb sollten wir keine Zeit verlieren.«

In Ellas Vorstellung hatte Wilma ein warmes, lockendes Lachen und eine Vorliebe für Kleidung in kräftigen Farben. Sie hatte sogar darüber nachgedacht, ob sie vielleicht sogar die Goldblütencreme benutzte, ohne auch nur zu ahnen, dass sie Teil dieser Familie war. Und eines Abends hatte Ella sich an ihren Schreibtisch gesetzt und eine Frau gezeichnet, die das krause Haar stylish kurz trug.

»Wann ist eigentlich mit Michael und Timo zu rechnen …

und mit Baker?«, fragte Annalena. Sie war kurz in die Küche gegangen, kam nun zurück und riss Ella mit der Frage aus ihren Grübeleien.

»Wenn nicht zu viel Verkehr auf der Autobahn ist, müssten sie in etwa einer halben Stunde da sein.« Sie spürte, wie sie bei den Worten unruhig wurde. Als Timo unlängst am Telefon vorgeschlagen hatte, sie am Tegernsee zu besuchen, hatte Leonie mitgehört und Ella, nachdem sie aufgelegt hatte, vor Freude fast erdrückt.

Und als Timos Termin mit einem »Besuch« von Baker zusammenfiel – sie hatten zugesagt, den Hund bei sich aufzunehmen, während Markus mal wieder einen Kongress besuchte –, hatte Michael angeboten, Baker aufzusammeln und danach Timo vom Flughafen in München abzuholen, um beide zum Tegernsee zu bringen.

Alle fieberten dem Besuch entgegen. Ella überlegte schon die ganze Zeit, wie es Timo wohl erginge, wenn er das Haus und den See wiedersähe. Konnte man diesen Flecken Erde tatsächlich für immer vergessen?

»Ich denke, ich sollte noch mal nach oben gehen. Ein, zwei Handgriffe sind noch zu tun, bevor er kommt.«

Leonie stand ebenfalls auf. Als sie vor ihrer Wohnung ankamen, sah sie Ella fest in die Augen. »Du bekommst schon wieder einen Fuß in die Tür namens Glück. Nicht nur wegen des Kindes.« Sie ließ ihren Blick an Ella hinabwandern bis zu ihrem leicht gewölbten Bauch. »Sondern wegen eurer Gefühle füreinander. Timo hat dich in den Briefen, die du ihm geschrieben hast, noch einmal ganz neu kennengelernt. Man kann doch gar nicht anders, als dich lieben.«

Ella drückte Leonies Hand und wollte sie am liebsten nicht mehr loslassen. »Vielleicht hast du recht, und die Unsicherheiten lösen sich bald auf. Ich wünsche mir doch nur, dass wir als Familie zusammen sein können. Timo, ich und unser Kind.«

»Sei nicht so bescheiden, Ella. Ich sehe euch als strahlendes Paar … mit süßem Fratz.« Draußen erklang lautes Hupen.

Leonies Kopf fuhr herum, und sie lächelte voller Vorfreude. »Das ist Micha.« Sie sah Ella an. »Lass dir ruhig noch einen Moment Zeit. Ich gehe vor und begrüße alle.« Sie nickte ihrer Schwester aufmunternd zu und lief Richtung Hauseingang.

Ella öffnete ihre Wohnungstür, eilte in die Küche, nahm die Vase mit den Blumen und stellte sie im Gästezimmer auf den Nachttisch. Ihre Augen huschten ein letztes Mal über das frisch bezogene Bett, die glatt gestrichene Tagesdecke und den am Morgen sorgsam gesaugten Teppich. Das Zimmer sah einladend aus – es war alles für Timo bereit.

In der Küche räumte sie noch schnell zwei benutzte Gläser in den Geschirrspüler. Vor zwei Tagen hatte Timo sich erkundigt, wo sie ihre Lebensmittel einkaufte, und tags darauf hatte sie eine Lieferung entgegengenommen. Nun warteten im Kühlschrank frische Milchprodukte und eine Auswahl an Gemüse und Fleisch auf weitere Verwendung. Es war kaum noch Platz für Ellas heiß geliebte Mandelmilch.

Ella schob die Gedanken an das bevorstehende Essen beiseite. Sie hatte keine Ahnung, was Timo an dem Abend, den sie sich freihalten sollten, für die Familie kochen wollte, doch sie wusste, dass es ein Festmahl wäre. Sie säßen alle um den großen Tisch herum und hätten ausgiebig Zeit zum Schlemmen, Unterhalten und Lachen. Sie lief ins Bad, zog sich die Lippen nach und drückte ein Kleenex dagegen. Als nur noch ein Hauch Lippenstift zu erkennen war, genauso, wie sie es wollte, nickte sie ihrem Spiegelbild zu.

Im Flur sah sie mit einer Mischung aus Furcht und Freude aus dem Fenster. Timos Arm lag entspannt auf der geöffneten Beifahrertür, während Michael etwas zu ihm sagte. Schließlich trat Timo einen Schritt vom Auto weg und blickte zu Baker hinunter. Es schien, als kommunizierten die beiden mit den Augen miteinander, dann tänzelte der Hund um Timo herum, bis dieser ihn auf den Arm nahm und an sich drückte.

Ella huschte vom Fenster zurück. Eilig lief sie in den Vorraum und zog die Wohnungstür hinter sich zu. Als sie vors Haus trat, kam die Sonne zaghaft durch die Wolkendecke. Baker lief ohne Leine herum, entdeckte Ella und schoss pfeilschnell auf sie zu. Übermütig sprang er an ihr hoch und winselte vor Freude.

»Baker!« Ella ging in die Knie und presste ihr Gesicht an den Hals des Hundes. Wenn sie ihn sah, ging ihr jedes Mal das Herz auf. »Was für eine Freude, dass du ein paar Tage bei uns bleibst! Ich hoffe schwer auf weitere Abenteuer mit dir.« Sie fuhr mit der Hand über seinen Kopf und kraulte ihn hinter den Ohren, dann richtete sie sich auf und ging auf Timo zu.

Es waren nur wenige Schritte, bis sie bei ihm war, doch sie kamen Ella endlos vor. Als sie vor ihm stand, ließ sie sich von ihm in eine freundschaftliche Umarmung ziehen. Als er sie daraus entließ, spürte Ella ihr Herz flattern.

»Danke, dass ich hier sein darf«, sagte Timo.

Er deutete auf das Goldblütenhaus, das in seiner ganzen Pracht dalag. Ella sah hinunter zum blaugrünschimmernden See, den man durch die noch unbelaubten Bäume ausmachen konnte.

Timo drehte sich zu Leonie und Michael und zog amüsiert die Augenbrauen hoch. »Kann mir bitte jemand sagen, wie ich einen Ort wie diesen vergessen kann? Es fühlt sich an, als wären das Haus und die Natur ein Wall, der einen von allem Unangenehmen abschottet. Ehrlich, es verschlägt mir die Sprache. Ihr seid Glückskinder – alle.«

Timos Ergriffenheit war bewegend. Ella hörte stumm zu und übernahm seine Freude, als wäre es ihre.

»Damit triffst du ins Schwarze. Wir schätzen jeden Tag, den wir im Goldblütenhaus verbringen dürfen«, erwiderte Leonie.

Ella sah, wie er sie anschaute. Seine Augen hielten sie fest – als würde er sie auf diese Weise umarmen. Wie schaffte er es nur, ihr durch einen Blick im Nullkommanichts das Gefühl zu geben, akzeptiert und zugleich frei zu sein?

Leonie räusperte sich und unterbrach den Moment. »Hast du Lust auf eine Tasse Kaffee, Timo? Oder auf etwas anderes? Ein Glas Wein vielleicht? Zur Feier deiner Ankunft?«, schlug sie vor.

»Kaffee wäre fantastisch. Allerdings würde ich mit Ella zuerst gern ans Wasser gehen. Das heißt, wenn es keine Umstände macht?« Er sah Ella und Leonie fragend an.

»Natürlich nicht«, sagte Leonie. »Ella zeigt dir gern alles.«

Michael nahm Timos Gepäck und Bakers Sachen und drückte auf die Fernbedienung, um den Wagen abzuschließen.

Timo streckte die Hand aus, um Michael seine Reisetasche abzunehmen, doch der wich zur Seite aus. »Lass mich nur machen«, sagte er. »Ich stelle sie in der Eingangshalle ab.«

»Und ihr beide lasst euch Zeit und kommt, wenn ihr so weit seid«, fügte Leonie hinzu.

Ella lächelte, als Michael den freien Arm um Leonie legte und mitsamt dem Gepäck mit ihr aufs Haus zuging.

»Dieser unverschämt süße Kerl scheint sich tatsächlich an mich zu erinnern.« Timo zwinkerte Baker zu, der bei ihnen geblieben war.

Ella wandte sich an den Hund, dessen Barthaare im aufkommenden Wind zitterten. »Du kommst mit ans Wasser, nicht wahr, Baker? Da gibt's eine Menge für dich zu sehen.«

Vor ihnen lag der sich zum Ufer hin weitende Garten. Ella schloss das Tor hinter ihnen. Als sie weitergingen, hörten sie von oben Musik.

»*Young at heart*, Frank Sinatra. Ein herrlicher Song. Im Herzen bleibt man immer jung.« Timo blieb stehen und lauschte, schließlich summte er mit und schlenderte weiter.

»Das ist eins von Großmamas Lieblingsliedern. Vielleicht wegen des Textes, aber vor allem wegen Sinatras Stimme, vermute ich«, sagte Ella.

Baker sprang zwischen ihnen hin und her, und als sie nur noch wenige Meter vom Ufer trennten, blieb Timo stehen. »Warte mal kurz. Ich muss diesen Anblick erst mal verdauen.«

Baker war vorgelaufen und schnüffelte herum, doch Ella blieb an Timos Seite und versuchte, alles mit seinen Augen zu sehen. Der Weg zum Wasser war idyllisch, mit altem Baumbestand und Sträuchern rechts und links und herrlichen Ausblicken auf den See.

»Das hier ist mehr als ein Zuhause … Es ist eine ganze Welt, nicht wahr?« Timo griff nach Ellas Hand, drückte sie und hielt sie in seiner.

Ella nickte. Genauso hatten ihre Großeltern, als sie sich hier ansiedelten, es gewollt: Natur, Stille … Nur das Zwitschern der Vögel in den Bäumen und das Plätschern der Wellen am Steg. »Hier kann ich auftanken und durchatmen. Wir alle können das«, erwiderte sie. Die Geschichten, die sich hier, Jahr für Jahr, abspielten, schienen in die Mauern des Hauses, sogar in die Pflanzen eingeschrieben zu sein und hatten diesen Ort zu einer Art Leinwand gemacht, auf der die Bewohner ihr Leben zeichneten.

Timo fuhr mit dem Daumen über die zarte Falte zwischen Ellas Augen. »Ella, ich … ich möchte dir für dein Verständnis danken … und für deine Geduld.«

Sie schluckte.

»Es hat mir geholfen, dir Woche für Woche schreiben zu dürfen«, fuhr er fort. »Und wenn du mir geantwortet hast, hatte ich das Gefühl, die Frau, die an meinem Bett saß, als ich aufgewacht bin, endlich nicht mehr als Fremde zu betrachten, sondern als jemanden, dem ich mich anvertrauen kann, der mir zuhört und für mich da ist.«

Ella sah, wie seine Hand vor ihrem Bauch verharrte. »Darf ich?«, fragte er zögerlich.

Sie nickte. »Ja«, flüsterte sie.

Timo trat einen Schritt näher und berührte die Stelle unterhalb ihres Bauchnabels. Ella spürte die Wärme seiner Hand durch die Kleidung hindurch.

»Ich erinnere mich immer noch nicht an unsere gemeinsame Vergangenheit, Ella … aber inzwischen denke ich, dass ich das auch gar nicht mehr muss. Was jeden Tag passiert, genügt mir. Durch unsere E-Mails beginne ich zu verstehen, wer du bist und wer ich war. Wenn es so weit ist, wirst du eine großartige Mutter sein. Und ich hoffe, ich bekomme es als Vater ebenso gut hin. Und vielleicht …« Er zögerte, aber nur kurz. »Vielleicht findet man sich manchmal besser in der Erinnerung der anderen wieder.«

Ella spürte, wie der Druck aufkommender Tränen stärker wurde. Tapfer kämpfte sie gegen den Drang zu weinen an. Sie hatten sich in Timos Amnesie verloren und nicht, wie Ella insgeheim gehofft hatte, in dem Moment erneut zueinandergefunden, in dem seine Erinnerung zurückgekommen war. Nein, das Leben hatte es anders gewollt. Durch das Schreiben hatte sich ihnen ein Raum erschlossen, in dem Freundschaft, Verständnis und tiefe, ehrliche Gefühle füreinander hatten wachsen können.

»Da ist noch etwas, das ich unbedingt loswerden muss. Etwas, das du wissen solltest«, fuhr Timo fort.

»Und das wäre?«, brachte Ella hervor, hoffend, dass er von etwas Unverfänglichem anfinge, damit sie sich wieder beruhigte.

»Da ist dieses herrlich warme Gefühl in mir, das mich immer öfter überkommt, wenn ich an dich denke. Und jetzt würde ich gern herausfinden, wie es sich anfühlt, dich zu küssen …«

Es war, als ginge in Ella eine Tür auf, durch die die Sonne in ihr Herz schien.

»Du kannst dich nicht erinnern, ich weiß, aber du hast mir dieselbe Frage schon mal gestellt«, antwortete sie lächelnd, dann schloss sie die Augen, spürte Timos Atem und seine Lippen, die ihre warm umschlossen. Da war es wieder, dieses intensive Prickeln, das in ihrem Körper lebendig wurde, sobald er ihr nahekam, sie hielt, streichelte und küsste. Dieser Kuss war wie jener in München, er erweckte alles in ihr zum Leben: jede Zelle und jede Empfindung, derer sie fähig war. Es war ein zweiter erster Kuss. Wer hatte schon die Möglichkeit, das zu erleben?

Nach einer Weile schlang Timo die Arme um sie und hob sie hoch, als habe sie kein Gewicht.

Als er sie vorsichtig absetzte, kam Baker auf sie zugelaufen. Er hatte etwas Verdrecktes im Maul und sah sie an, als warte er auf ein längst fälliges Lob.

»Sieht aus wie ein Kinderschuh«, meinte Timo, als er mit dem Fuß an den Gegenstand tippte, den Baker vor ihnen abgelegt hatte.

Ella hob den Schuh mit spitzen Fingern auf und lachte. »Das darf doch nicht wahr sein … Das ist die Hälfte, besser gesagt ein Viertel der Lieblingsschuhe, die Leonie und ich als Kinder hatten. Unsere ersten Lackschuhe. Als sie uns zu klein wurden, wollte Mama sie weggeben, doch wir haben sie versteckt, um sie für immer aufzuheben.«

»Wenn du mich fragst, ist es ein gutes Omen, wenn ein Kinderschuh just zu der Zeit wieder auftaucht, in der die ehemalige Trägerin schwanger ist«, sagte Timo mit einem vieldeutigen Lächeln. Erneut zog er Ella in eine liebevolle Umarmung. »Und was Baker anbelangt, den dürfen wir nicht aus den Augen lassen. Schließlich wollen wir unsere restlichen Schuhe behalten.«

Wir. Ein Wort, das wie Musik in Ellas Ohren klang. *Das Glück ist zurück. Endlich ist es wieder da.* Die Sätze spulten sich in Ellas Kopf wieder und wieder ab, erfüllten sie als Ganzes.

Als sie später Arm in Arm aufs Haus zugingen, entdeckte Ella Hedi am geöffneten Fenster. Sie sah zu ihnen hinunter und winkte freudig.

»Schau mal, da ist Hedi.« Rasch warf Ella ihr eine Kusshand zu. »Großmama, wir kommen gleich zu dir und bringen Baker mit.«

Timo blickte hoch. Wie auch Hedi hob er die Hand und winkte ausgelassen. *Alles gut*, sagte die Geste. Endlich war alles wieder gut, und endlich waren sie bereit, das nächste Kapitel ihrer gemeinsamen Geschichte aufzuschlagen.

EPILOG

Tegernsee, März

Ella stellte den Skizzenblock auf die Staffelei und platzierte die Box mit den Stiften auf dem Beistelltisch. Ihr Blick wanderte zum Fenster und fiel auf den makellosen tiefblauen Himmel, der sich über den türkisgrünen See spannte. Sie atmete tief ein und schlug den Block auf.

Vielleicht rührte ihre Leidenschaft fürs Zeichnen daher, dass sich durch ein paar Striche ein Gefühl festhalten und in gewissem Sinne ausleben ließ. Auf einer Zeichnung veränderte sich nichts, alles blieb, was es war.

Ella löste den Blick von dem weißen Papier und sah den Mischlingshund an, der mitten im Zimmer saß und jede ihrer Bewegungen verfolgte, als wüsste er nicht, womit als Nächstes zu rechnen wäre.

»*Mr* Baker, die Sache ist die«, begann sie. »Du müsstest dich bitte hierhin setzen.« Ella deutete auf eine Stelle unmittelbar vor ihr. »Und ein Weilchen stillhalten, damit ich dich zeichnen kann. Wir brauchen ein Porträt von dir fürs Kinderzimmer. Und eins für Hedi gleich dazu. Du weißt ja, wie sehr sie an dir hängt.«

Jedes Mal, wenn sie das *Mr* vor Baker setzte, erinnerte Ella sich daran, dass ihr Bruder den Mischling stets *Mr* Baker gerufen hatte, weshalb er Alex angeblich aufs Wort gefolgt war. Und immer, wenn auch Ella ihn so nannte, war Alex ihr ganz nah.

Baker brummte kurz, als hätte er sie verstanden, bliebe jedoch bei seiner Meinung. Dann ließ er sich dort, wo er war, auf den Teppich fallen und schloss träge die Augen.

Ella schmunzelte. »Also schön. Da bist du auch gut zu sehen. Dann zeichne ich dich eben so.« Sie nahm vor der Staffelei Platz, suchte nach dem passenden Stift und fuhr damit energisch übers Papier. Binnen Sekunden hatte sie grob die Umrisse des Hundes skizziert und begann, den Linien durch Schraffierungen Tiefe zu verleihen.

Baker drehte den Kopf, sodass Ella ihn frontal sah. »Wunderbar. Perfekt. Bleib so«, murmelte sie vor sich hin.

Sie zeichnete weiter und versank in ihr Tun, arbeitete Licht und Schatten heraus, setzte weitere Striche.

Plötzlich sprang Baker auf, lief in den Vorraum und gab Ella mit einem lauten Bellen zu verstehen, dass sie ihm die Tür öffnen möge. Als Ella ihm nachgeeilt war und die Klinke nach unten drückte, stürmte der Hund wie von der Tarantel gestochen die Treppen hinunter.

»Warte, Baker, ich bin nicht mehr so schnell.« Auf halbem Weg ins Erdgeschoss blieb Ella stehen und band den Gürtel ihrer Weste oberhalb ihres gewölbten Bauches zu einer Schleife, dann ging sie weiter.

Als sie mit Baker, der vor der Eingangstür auf sie gewartet hatte, vors Goldblütenhaus trat, sah sie Timo und Michael. Die beiden machten sich am Laderaum des Kleintransporters zu schaffen, den Timo ausgeliehen hatte.

»Guten Morgen, ihr zwei«, rief Ella.

»Hallo, Ella. Schönen Vormittag, würde ich eher sagen«, antwortete Michael und grinste. »Hallo, Baker«, rief er in Richtung des Hundes, der überall herumschnüffelte.

Ella sah auf der Wiese einen Stock liegen. Sie bückte sich, nahm ihn auf und warf ihn. Augenblicklich jagte Baker dem Stock nach. Mit wenigen Schritten erreichte Ella den Transporter.

»Na, gut geschlafen?« Timo kam einen Schritt auf Ella zu und gab ihr einen zärtlichen Kuss auf die Stirn.

»Wie ein Baby, allerdings viel zu lange«, antwortete sie. Ihre Augen wanderten über die vielen Schachteln, die sich im Laderaum des Kleintransporters stapelten. »Ich kann es kaum glauben, dass wir endlich das Kinderzimmer einrichten«, sagte sie, als Michael den ersten Karton aus dem Wagen hob und ihn auf dem Kopfsteinpflaster abstellte.

»Und ich kann kaum glauben, dass Micha und ich die Ersten im Geschäft waren und es tatsächlich geschafft haben, deine komplette Kinderzimmer-Einkaufsliste innerhalb von zwei Stunden abzuarbeiten«, erwiderte Timo vergnügt.

»Das war in der Tat eine wahre Meisterleistung«, bemerkte Michael. Er klopfte ihm anerkennend auf die Schulter und hievte als Nächstes ein braunes längliches Paket aus dem Laderaum.

Ella sah von fern ihre Mutter auf sie zukommen. Sie trug ihre Laufhose, ein langärmeliges Shirt, das durchgeschwitzt war, und einen dünnen Schal. Eine Strähne ihres zusammengebundenen Haars hatte sich gelöst. Als sie näher kam, hörte Ella sie leise keuchen.

»Ist heute nicht ein herrlicher Tag, Mama?«, sagte Ella. Sie bückte sich zu dem Stock, den Baker vor ihr abgelegt hatte, und warf ihn ein weiteres Mal.

»Schön, euch drei zu sehen. Ja, heute ist ein Traumtag.« Annalena beugte sich zu dem Hund hinunter, der mit dem Stock zurückkam, ihn achtlos fallen ließ, sie schwanzwedelnd begrüßte und dabei ihre Hand abschleckte. Als sie sich aufrichtete, blickte sie auf die Schachteln. »Sagt bloß, ihr fangt an, das Kinderzimmer einzurichten?«

»Tun wir, ja«, antwortete Timo. »Hast du am Abend Zeit? Ella und ich würden gern mit der Familie darauf anstoßen.«

»Ich komme, das ist ja wohl klar. Ihr glaubt gar nicht, wie sehr ich mich auf euren Nachwuchs freue«, sagte Annalena. Sie gab Ella einen Kuss auf die Wange.

»Also dürfen wir dich ab jetzt *Oma Annalena* nennen«, neckte Timo sie und fügte schnell hinzu: »Wobei du viel zu jung aussiehst, um als Oma durchzugehen.«

»Danke für die Blumen. Dieses Kompliment nehme ich sehr gern an.«

»Und? Wie viele Kilometer hast du heute geschafft«, wollte Ella wissen.

Ihre Mutter war nie besonders sportlich gewesen, aber aus unerfindlichen Gründen hatte sie vor einigen Monaten verlauten lassen, sie wolle an ihrer Kondition arbeiten. Seitdem lief sie jeden Morgen ihre Runden, und wenn das Wetter schlecht war, machte sie Gymnastik. Ella war einige Male mitgelaufen, doch sie war nicht der Typ, der regelmäßig joggte.

»Zehn Kilometer. Ich denke, ich mache mich.«

»Ich bin stolz auf dich, Mama. Der schwierigste Schritt ist ja, mit etwas Neuem zu beginnen … und dranzubleiben.«

»Ich werde nicht nur demnächst Oma, sondern bin auch fast im Rentenalter. Da kann es nicht schaden, fit zu bleiben.«

Ella entfuhr ein leises Lachen. »Als ob du je als Rentnerin durchgehen würdest. Du siehst fantastisch aus. Ich finde, du bist perfekt, so wie du bist.«

»Ein Tag, der mit so lieben Komplimenten beginnt, kann nur ein guter werden«, sagte Annalena. »So, jetzt geh ich aber erst mal duschen und lass euch weiterarbeiten. Ihr habt schließlich noch eine Menge vor.«

Nachdem sie sich verabschiedet hatte, trugen die Männer die Schachteln und Kartons nach oben und stellten sie in Ellas ehemaligem Yogaraum ab.

»Jetzt beginnt die eigentliche Arbeit«, sagte Timo und krempelte die Hemdsärmel hoch.

Ella setzte sich im Schneidersitz auf den beheizten Holzboden und sah zu, wie eine Schraube nach der anderen festzogen wurde, bis aus den vielen Einzelteilen Möbelstücke wurden: eine Kommode, in die sie die Strampelanzüge und allerlei sonst legen konnte, und eine zweite, etwas größere, auf der sie das Baby wickeln würde. Außerdem gab es eine Wiege mit einem Himmel aus weißem Spitzenstoff, der über das kleine Bettchen fiel.

Ella war so in ihre Beobachtung vertieft, dass sie Leonie gar nicht kommen hörte.

»Wie ich sehe, sind unsere Männer fleißig bei der Arbeit«, erklang plötzlich ihre Stimme.

»Leonie!« Ella stand auf, lief zu ihrer Zwillingsschwester und legte den Arm um sie. »Danke, dass du uns heute Michael ausleihst.« Mittlerweile erhellte die Mittagssonne die pastellgelben Wände, die Ella und Timo tags zuvor gestrichen hatten.

»Wir sind eine Familie, und nicht die schlechteste, wenn du mich fragst«, behauptete Leonie augenzwinkernd. »Du kannst immer auf unsere Unterstützung zählen.« Sie deutete auf eine der Kommoden. »Wow, das sieht ja schon richtig wohnlich aus. Wenn das Zimmer fertig ist, komme ich zur Besichtigung.«

Ella sah das Kinderzimmer mit Leonies Augen. Es war klein, und noch standen eine Menge Schachteln darin und lag Werkzeug herum, doch durch die beiden Fenster, die Richtung See wiesen, war das Zimmer sonnendurchflutet. Wenn man hinausschaute, sah man nur Grün und Blau und das Bunt der Blumen. Und wenn der Raum erst mit den hellen Holzmöbeln fertig eingerichtet wäre und sie noch eine schöne Lampe anbrächten und einige Zeichnungen von ihr aufhängten, wäre er wunderschön.

»Ich habe übrigens noch eine kleine Überraschung für dich«, kündigte Ella in Timos Richtung an, nachdem Leonie und später auch Michael sie verlassen hatten. »Du müsstest allerdings ein paar Minuten auf dem Sofa im Wohnzimmer Platz nehmen, damit ich alles in Ruhe vorbereiten kann.«

»Jetzt bin ich aber neugierig, was du Tolles geplant hast.«

Timo machte ein paar Schritte Richtung Wohnzimmer und blieb im Türrahmen stehen. »Möchtest du mir nicht einen kleinen Tipp geben, bevor ich vor Spannung umkomme?«

»Leider nein. Setz dich und genieß ein paar Minuten nur für dich.« Nachdem er sich auf die Couch hatte fallen lassen, zwinkerte Ella ihm mit einem verheißungsvollen Lächeln zu und schloss die Wohnzimmertür hinter sich.

Zurück im Kinderzimmer griff sie nach Hammer und Nägeln, sah sich noch einmal im Raum um, um sicherzugehen, dass sie die beste Stelle für ihr Vorhaben ausgesucht hatte, und begann dann, Holzbuchstaben um Holzbuchstaben an der Wand zu platzieren, vor der die Babywiege stand.

Es dauerte ein paar Minuten, bis sie fertig war. Schließlich nahm sie Wasserwaage und Zollstock und kontrollierte, ob alle Buchstaben gerade angebracht und die Abstände der einzelnen Buchstaben gleich groß waren. Zufrieden mit dem Ergebnis öffnete sie die Kinderzimmertür und ging zu Timo ins Wohnzimmer. Er hatte Musik angemacht und stand mit einem Glas Wasser in der Hand am Fenster und schaute hinaus.

»Ich wäre dann so weit«, verkündete Ella.

Timo drehte sich zu ihr um. »Mission erledigt, hoffe ich?«

»Ja. Du musst dir aber die Augen zuhalten und darfst sie erst aufmachen, wenn ich es sage«, wies Ella ihn an.

»Also gut. Ich bin ja kein Spielverderber.« Timo stellte das Glas ab und legte sich die rechte Hand vor die Augen. Kommentarlos ließ er sich von Ella ins Kinderzimmer lotsen.

»Bist du so weit?«, wollte sie wissen, als sie angekommen waren.

»Yep.« Timo nahm die Hand herunter.

Es dauerte einen Moment, bis sein Blick die rosaroten Holzbuchstaben, die Ella hinter der Wiege angebracht hatte, zu einem Namen zusammensetzte.

»Das ist … das sind …« Er schluckte und sah Ella mit einem überraschten Lächeln an. Dann schlang er euphorisch die Arme um sie, drückte sie an sich und küsste sie. »Wir bekommen eine Tochter?«, rief er, als er Ella aus der Umarmung entließ.

»Puzzle richtig zusammengesetzt«, lachte Ella. »Es wird ein Mädchen.«

Timo löste sich endgültig von Ella und ging auf die geschnitzten Buchstaben zu. Ganz langsam fuhr er mit der Hand darüber. »Marie«, las er laut.

Ella beobachtete jede von Timos Regungen. Als er sich zu ihr drehte und ihre Hand in seine nahm, spürte sie wieder dieses Kribbeln in ihrem Körper. Das Strahlen in seinen Augen löste in ihr eine Welle an Glücksgefühlen aus.

»Dass wir unserer Tochter den Namen meiner Großmutter geben, ist das schönste Geschenk, das mir jemals ein Mensch gemacht hat«, sagte er leise. »Und auch auf die Gefahr hin, dass ich kitschig klinge … Ella, du bist meine Traumfrau. Ich kann es kaum erwarten, dich und unsere Tochter jeden Tag an meiner Seite zu haben.«

Ella schmiegte sich in seine Arme. Es waren nicht nur seine Worte, die ihr tief ins Herz drangen, es war auch der Blick, mit dem er sie ansah. Dieser Blick sagte ihr, dass Timo ihr Glück nicht nur heute, sondern an allen Tagen in den Mittelpunkt stellen würde. Immer wieder aufs Neue …

ENDE

Danksagung

Herzlichen Dank, dass Sie diesen Roman unter den vielen wunderbaren Büchern in Ihrer Buchhandlung oder online ausgewählt haben, um mit diesem Buch Ihre Freizeit zu verbringen. Vielleicht haben Sie bereits in Teil 1 des »Goldblütenhauses« Leonie kennengelernt und ihre Geschichte verfolgt.

Und schon bald erscheint Teil 3, dann wird sich der Kreis um die Glanz-Frauen schließen. Im letzten Band steuert die Geschichte ihrem Höhepunkt zu, und ich würde mich sehr freuen, wenn ich Sie auch das nächste Mal wieder unterhalten dürfte.

Die Arbeit an einem Buch ist Teamwork. Deshalb danke ich allen, die daran beteiligt waren, dieses Buch zu dem zu machen, was es ist. Herzlichen Dank meiner Agentin Rosi Kern, meiner fantastischen Lektorin Martina Wielenberg und Ulrike Brandt-Schwarze für das behutsame Feinlektorat. Vielen Dank auch an Martin Bayer, seines Zeichens Anästhesist, der mir in allen medizinischen Fragen mit Rat und Tat zur Seite stand.

Und dann wäre da noch meine Tochter Arina, die streng ist, wenn es nottut, und voller Feingefühl, wenn sie schwärmt, wie gut ihr die Geschichte gefällt und wie sehr sie die Figuren dieses Romans liebt.

Danke auch an meinen Mann Franz, der einkauft und mich hin und wieder verzweifelt aus dem Supermarkt anruft, wenn er etwas, das auf der Einkaufsliste steht, trotz eifrigen Suchens nicht findet. Dass du mir diese Arbeit abnimmst, damit ich noch die letzten Gedanken festhalten und einige weitere entscheidende Sätze tippen kann, bevor die Küche ruft – schließlich essen wir beide zu gern gemeinsam zu Abend –, bedeutet mir viel. Wie oft lachen wir übers Einkaufen, übers Leben und über meine Liebe zum Schreiben, die du so tatkräftig unterstützt.

Mein letzter und wichtigster Dank geht an die Vertreter, die kreuz und quer unterwegs sind, um Bücher vorzustellen, an alle Buchhändlerinnen und Buchhändler, die das Lesen hochhalten, an Bloggerinnen und Blogger, die Bücher lieben, lesen und sie verbreiten … an alle, deren Herz für Geschichten schlägt.

Von Herzen Dank an alle Leserinnen und Leser, die mich schon eine Weile begleiten, entweder unter meinem Namen Gabriele Diechler (so heiße ich, seit ich mit zweiundzwanzig geheiratet habe … Gut, danach kam die Scheidung, aber acht Jahre später kam Franz ☺) oder unter meinem Mädchennamen Gabriela Groß. Und an alle, die meine Romane vielleicht erst jetzt entdecken.

Ich freue mich, dass wir uns über Bücher kennenlernen, denn Bücher gehören für mich zu den besten Dingen des Lebens. Bücher erzählen uns, wer wir sind, was wir überwinden können und wozu wir fähig sind. Sie zeigen uns, dass wir die Fähigkeit haben, zu wachsen, zu verzeihen, in den unmöglichsten Situationen zu lachen und von ganzem Herzen zu lieben.

Liebe ist das, was übrig bleibt, wenn wir alle Ängste und Bedenken über Bord werfen. Sie trägt uns, wenn es im Leben schwierig wird. Daran glaube ich nicht nur, ich erlebe es jeden Tag, wenn ich mein Herz öffne, um zu lieben, und wenn ich durchhalte, wenn es in meinem Leben herausfordernd wird.

Vielleicht »begegnen« wir uns in Teil 3 wieder, das wäre wunderbar. Ich stelle mir vor, wie Sie das Buch aufschlagen, den Duft des Papiers einatmen, umblättern und lesend in eine weitere faszinierende Geschichte eintauchen …

Bis es so weit ist, wünsche ich Ihnen eine gute Zeit und viel

Freude mit weiteren Büchern. Bleiben Sie gesund und wohlauf.

Mit den besten Wünschen,

Ihre Gabriela Groß

Wer Mut hat, findet sein Glück

Tabea Bach
SONNE ÜBER DEM
SALZGARTEN
Roman

368 Seiten
ISBN 978-3-404-18484-2

Die erfolgreiche, aber gestresste Sterneköchin Julia will ihren Neffen eigentlich nur kurz auf die kanarische Insel La Palma begleiten. Doch dann entdeckt sie über einer wildromantischen Bucht eine alte Finca, die sie sofort verzaubert. Könnte sie sich hier ihren Traum von einem kleinen Restaurant am Meer erfüllen? Es scheint sich perfekt zu fügen, dass am Fuße der Klippe ein Salzgarten liegt, der in Familientradition von dem attraktiven Álvaro betrieben. Julia verliebt sich auf den ersten Blick in ihn, und auch er ist ihr sehr zugetan. Aber wie so oft im Leben, kann das, was so einfach schien, ganz schön kompliziert werden …
Der mitreißende Auftakt der Salzgarten-Saga von Tabea Bach

Lübbe

„Aber sich zu lieben war eben nicht genug. Für eine gemeinsame Zukunft würde Liebe nicht reichen."

Fenja Lüders
DER FRIESENHOF
Auf neuen Wegen

352 Seiten
ISBN 978-3-7857-2763-8

Ostfriesland, 1949: Nach dem Tod des Vaters müssen beiden jungen Schwestern Gesa und Hanna um den Erhalt des Familienhofes im friesischen Marschland kämpfen. Während Hanna auf dem Hof die Zügel in die Hand nimmt, fängt Gesa als Packerin in einem Teehandel an. Fasziniert von dieser für sie neuen und aufregenden Welt steigt sie bald zur rechten Hand des Juniorchefs auf, dem Kriegsheimkehrer Keno. Die beiden kommen sich näher, aber Keno ist ein verheirateter Mann. Und auch Gesas Herz ist nicht frei. Ihr Verlobter gilt als in Russland verschollen. Als böse Gerüchte die Runde machen, drohen die Schwestern alles zu verlieren, was sie sich aufgebaut haben.

Lübbe

Ein glamouröser Salon. Eine aufregende Zeit.
Drei Menschen voller Hoffnung …

Julia Fischer
DER SALON
Wunder einer neuen Zeit
Roman

512 Seiten
ISBN 978-3-7857-2760-7

1956. Die junge Leni aus dem ländlichen Hebertshausen kann ihr Glück kaum fassen: Die Anstellung bei dem vornehmen Friseur Keller in München ist der erste Schritt zur Verwirklichung ihres großen Traums – ein eigener Salon in der Stadt. Unterdessen hadert ihr Bruder Hans mit seinem Medizinstudium. Seine Leidenschaft gilt der Jazzmusik und einer Frau, die für ihn unerreichbar ist. Denn die schöne Charlotte ist bereits verheiratet – mit einem Mann, den sie nicht liebt. Während sie alle darauf hoffen, ihr Glück zu finden, müssen sie Entscheidungen fällen, die ihr Leben für immer verändern werden …

Lübbe